春の戴冠 2

辻　邦生

中央公論新社

春の戴冠2

目次

第六章　パンと葡萄酒　7
第七章　生命の樹　104
第八章　メディチの春　204
第九章　工房の人々　291

DTP　平面惑星

春の戴冠2

第六章　パンと葡萄酒

I

ヴォルテルラの事件があった当時、私の生活といえば、他の多くのフィオレンツァの人々同様、さして目立った変化はなく、祝祭に浮かれ騒ぐ町の喧騒をよそに、ごくひっそりと落着いており、フィオレンツァの城壁の外の出来事には、さして心を動かされることはなかった。

もちろん明礬《みょうばん》の価格が変動したといっては、叔父カルロが父の書斎で遅くまで話し合っていたり、メディチ家所有の聖マッテオ号がダンツィヒの海賊に襲撃され火をかけられたといっては、父の商会で大番頭たちが右往左往していたりするのを見ていた以上、フィオレンツァの日々が平穏無事だったなどと思っていたわけではない。

しかし当時、私は自分の没頭する学問があり、それが、あたかも閉じた一個の天球儀のように見えていて、その中に入れれば、他のすべてに対する関心を失ってしまったのである。この点については、私はよく、妻のルクレツィアから文句を言われた。「あなたはサンドロのことを風変りだと仰有るけれど、あなただって変っているわ」妻は赤ん坊を腕に抱いてあやしながら言った。「あなたは一度だって親子水入らずでオルチェルラリ庭園に散歩に出かけることもないし、トルナブオーニ家の夜会などにも連れていってくださらないわ。まるでギリシア語のほかには何もこの世にはないみたいな顔をしていらっしゃる。でも、たまには、私だって散歩にもいきたいし、子供を親戚に見せたいわ。ほかの家の奥さまたちのように夜会にも出てみたいわ」

私は、誓って言うが、決して依怙地に書斎にかじりついていたり、妻を無視していたりしたのではなかった。いや、むしろ頭の中では、妻にも十分に心を遣い、家の中の快適さ、静謐さには配慮もしている積りだった。私は自分が落着いた気分になり、快活でさえあることが、ルクレツィアに対する最大の愛情の表現であると信じていた。そして私がそうした落着きや清朗感を手に入れるのは、ギリシア古典に十分に没頭できるときであった。したがって、私は、妻に対する愛情のためにも、自分の学問に打ちこんでいるという気持が、どこかに、感じられたのである。

だが、それは、妻に言わせれば、いささか偏屈な学者気質にすぎず、世間の眼から見れば、やはり変った存在でしかなかった。このことは私にかなりの衝撃を与えた、と、いまになっても思うのである。というのは、私はそれから数日、書斎にいても妻の言葉が耳についていたし、カレッジ別邸にフィチーノ先生を訪ねても、心が晴れたように思えなかったからである。

ある日、私はそのことを思いきってフィチーノ先生に訊ねてみた。私は、学問に打ちこんで、世間のことがまるで関心をひかないのは、やはり妻の言うように変人なのであろうか、と、言ったのである。

フィチーノ先生ははじめ私の問いの意味がわからないように、明るい、人の好い、灰色の眼を大きく開いて、私をまじまじと見つめていた。

「いや、いや、フェデリゴ、私は、君の疑問がよくわかるよ。とてもよくわかるよ」先生は鉢を逆さにしたような帽子をかぶり、花々の咲き乱れるカレッジ別邸の杜廊をゆっくり歩きながら言った。「私は、そういう疑問が生れたほうが健全だと思う。君の父上やレンツィ殿やパラッツィ殿のように実務を終えたあと、プラトンに打ちこむ人たちには、こうした疑問はおこるまい。だが、私らのように学問に専念する人間にとって、書斎の外の生活とは何か、時々考えてみる必要はある。君はいま、古典に打ちこみ、古典のなかにいるときのほうが気持が落着くと言った。つまり書斎の外に出ると、心の落着きがなく、楽しみもないというわけだ。それは最近私の心を横切る思いだと言っていい。私も『饗宴』の註解に熱中していると、青空やトスカナの山々やオリーヴや石段や家々などが、まるで夢のなかの物象《もの》のように、不確かな、曖昧なものに見えてくる。そんなとき、たしかに時間はとまり、空や木々や山や家々の向うに、私は不動の、静寂に満ちた世界を感じている。ギリシア古典に没頭するとは、こうした永遠感のなかに生きることだ。私の魂は、そのときこの肉体の牢獄を逃れている。魂はまるで籠の外に飛びたった小鳥のように、たのしげに、思うまま、心の歌をうたっているのだ」

私はフィチーノ先生が何よりも私を励ますためにこう言ってくれたのだと思ったが、他方では、先生も本当にそう感じておられるだろうと思い、一種説明しがたい重苦しい気分になるのだった。

これは、実は、私のなかに、どこか、フィオレンツァの日々の暮しの煩わしさから逃れたいという気持が動いていて、それが無意識のうちに、私をギリシア古典という静かな聖域のほうへ追いやっていたのではないか、という反省となり、それとフィチーノ先生の態度とは、どうやら同じ根を持っていると思われたからである。

もちろんこんな言い方は弟子として不遜である。この年齢《とし》になっても、その当時の気持が不遜だったという思いは消えているわけではない。しかし私にはそう思わざるを得ない理由が幾つかあった。そしてそれらを一括《ひとくく》りにして考えると、私たちは――カレッジ別邸に集った人々は、同じ根から、似たような喜び、似たような不安を、吸いあげていたと言えるように思うのである。

すでに何度も書いたように、ロレンツォ・デ・メディチが〈国家の長〉に推されてから、町々の賑わいは一段と華やかさを加えていた。祭礼ごとの厖大な費用はリンタ・クローチェ界隈に住む貧しい家々をも潤していたし、東方交易の恢復が新しい活気を町工場の並びに吹きこんでいた。私が昔よくサンドロと散歩した菜園のつづくサン・ガロ門からサンタ・クローチェ門に到る地区には、新しい家々が建てられ、古市場広場《メルカート・ヴェッキオ》の裏にひしめいていた織物工場の幾つかが移っていた。

だが、同時にフィオレンツァの繁栄の背後に隠れているものから、私は眼をそらすことができなかった。たとえば一四七二年だったか、七三年だったか、正確な記憶はないが、まだ子供が生れる前だったから、大体その頃のことと思う。聖マルガリータの祝日に、妻のルクレツィアを祝いにきた客の一人から、私は、もとバルトロメオの工場で仕上げ工をしていた男が斬首刑になったという話を聞いたのである。

それは、十二歳の女の子を暴行のうえ殺害した事件で、ツェッカ古塔の界隈では当時大へんな騒ぎだったというのである。

「何しろ女の子を殺してから、男は、その子の死体を焼こうと思ったんですね」客は、隣室にいたルクレツィアに聞かれまいとして声をひそめて言った。「夜のうちに、アラ・ジュスティチア門の外に火を焚きましてね。あきれた野郎ですよ。灰にしてアルノ河に流せば一切が消滅するとでも思ったのですかね。結局、死体が灰になる前に夜が明けてしまって、大急ぎで、地面に埋めたわけですよ。そいつを、また何と、その娘の遠縁の男が犬を連れて散歩しているときに、その犬が掘りだしたんですからね。まったく悪いことはできません」

「仕上げ工が犯人だって、どうしてわかったんです？」

別の客が眉をひそめながら訊ねた。

「そこですよ。男はね、何でもその場にイニシアルを刻んだ留金を落していたといいますからね。神さまは見ていらっしゃるんですね。そうとしか思えませんよ」

私は、この噂話を妻が聞かなくてよかったと真実思った。そうでなくても心配ごとの多い妻を、こうした種類の話で不要に刺戟したくなかった。私はこの種の事件の持つ何とも言えぬ陰惨さ、不吉さ、冷酷さがたまらなかった。事実、私は、十二歳の女の子の冷たくなった身体が焼かれたと聞いたとき、全身がぞっと鳥肌がたったほどである。

しかし同時に、私は、それを噂する客の態度に、どこか平然とした調子があるのにも驚いた。それは嫌悪なくしては口にできぬ種類の話であるのに、彼は、さしてそれに心を動かしている様子はなかったのである。いや、むしろ彼はその事件にひとかたならぬ好奇心を抱いていた。意地悪くみれば、彼はこの陰惨な出来事を喜んでさえいるように見受けられたのである。

なるほど町々の賑わいをよそに、老婆の首吊りとか、幼児の遺棄とかが人の噂にのぼり、事実、私自身がそうした場面に出くわしたこともある。一度は聖ロレンツォ寺院の裏手の家で、人だかりがしていたので、覗きこんでみると、ぼろ布に覆われた死体が運び出されるところで、あとから裸足の青い顔をした若い女が、泣きながら、乳呑児をかかえて歩いていた。人々の話だと、死んだのは女の父親で、病苦の揚句に首を吊ったというのだった。私は女の素姓については訊かなかったが、決して幸福な暮しでないことは一眼見ればわかったのである。

この事件があったのは賑やかな謝肉祭の騒ぎが終って間もなくだったので、何とも言えぬ沈鬱な気持になったことを記憶している。自殺したのが哀れな父親だったと聞くにつけ、祭礼の華美な仮面舞踏の列を窓に鈴なりになって眺めていた老人たちの顔が私には忘れられなかったからである。

たぶんこのことと関係があると思うが、同じ頃、カマルドリ界隈で奇蹟が現われたという噂が拡がっていた。その噂によると、界隈のさる貧しい老婆の祈っていた十字架から、突然、汗が流れたというのである。後になって、私の嫂《あによめ》の兄弟が、その十字架をサンタ・クローチェの礼拝堂に運んでゆく行列を見た、という話をしていたが、当の奇蹟の十字架を入れた黄金の聖櫃のあとには、咽び泣く裸足の男女の列が道をぎっしり埋めて、ぞろぞろ歩いていたということであった。

この噂が、父マッテオの週末の晩餐の折、誰かの口から出ると、母などは、生真面目な、固い、美しい額をそらし、皮肉な微笑を浮べて、「太陽が明るく輝いているときに、石垣の下を掘って、気味のわるい百足《むかで》がいたと言って騒ぐのは、あまりいい趣味じゃないわね」と言った。

父もそれに同意を示すように頷いた。

「私もジョヴァンナの言うのに賛成だ。どうも奇蹟話には胡散臭《うさんくさ》さがつきまとうが、この十字架の噂にも、妙にいらいらするものがある。私にはうまく説明できぬが、どこか私らの理想と考えているものに、けちをつけ、せせら笑い、背を向けようとしている感じがする。なぜだか、よくわからない。だが、これは私らが信仰と呼んでいるものじゃない。そんな洗練された、静謐さに満ちた、明澄な精神とはまるで無縁だ。十字架が汗をかく——なるほどうまく言ったものだ。うますぎるような奇蹟だ。たしかにこの奇蹟話は汗くさい。妙にいじらしく、お涙頂戴の気分がある。卑屈で物ほしげな感じがする」父は話しているうち、本当に不快な気分を感じたらしく、眉をしかめ、何度か肩をすくめた。「信仰とはそんな野蛮素朴なものじゃない。そんな取り乱したものじゃない。これではまるで髪を振り乱した気違いのようなものだ。何かを話し合えるような気分などはどこにもない。ひとりで泣くか、喚くか、身をよじるかだ」

兄たちもこれと同じようなことを言ったのだと思う。食卓の常連だったちびのロッセリーノ親方や葡萄酒商のミケーレなども、この奇蹟の噂にはあまり同情を示さなかった。

おそらくただ私だけが、どっちつかずの状態にいたのであろう。私は父ほどはっきり十字架の汗を否認する気にもなれなければ、また、当の十字架を礼拝するためにわざわざサンタ・クローチェに出かける気にもなれなかった。むしろ私は、そういう種類の事柄に対して、性急な判断を保留していたと言ったほうがよかったかもしれない。私は決定的な態度を保留することによって、実際の事柄を、よりはっきりと知ろうと思ったのであろうか。

そのせいか、どうか、私は、父などの激しい奇蹟否定の身ぶりのなかに、かえってある種のかたくなさ――自己の信じる方向に無理にも固執しようとする脆さを含んだある頑固さ――を感じたのである。私は、なにも、ここで、父が当時感じていた不安や挫折感をことさら強調したいとは思わないが、しかしそれと、父の激しい奇蹟否認の口調との間に、まったく関係がなかったとは言いきれない。

私は、逆に、父の〈ずるずる暗い窖《あなぐら》の中へずり落ちてゆく感じ〉が、彼を、必死でギリシア古典に向かわせたのだという気がするし、そのギリシア古典を明澄な理性で学ぶ態度と、十字架の汗を信じる態度とが、互に反発し合っていたのだ、と、いまでは思えるのである。

別の言い方をすると、〈暗い窖の中へずり落ちてゆく感じ〉から救われるために、父はギリシア古典を選ぼうが、十字架の汗を選ぼうが、本当は、どちらでもよかったのではないか。父にとって問題は、何とかしてこの〈ずり落ちてゆく不安〉から救出されることだった。それさえ実現されれば、どちらでもよかったのではないか——私はいまとなってはそんな気がするのである。

父の激しい否認の口調は、自分を救ってくれるかもしれぬもう一つの手段を見ての狼狽、困惑、迷い、焦燥の表明でなかったと誰が言いきれよう。

ひょっとしたら十字架の汗のほうに、真の救いがあるのではないか——そうした思いが、一瞬たりと、父の心のなかを横切らなかったであろうか。私にはそれを否《いな》む根拠がまったくない。後に起った事件を知っている現在、ますますそれを否む理由は見出せないのである。

ともあれ、父はギリシア古典のなかに彼自身の思索を求めたし、そこに没頭することによって、〈暗い窖〉から匐《は》いあがろうとしていたのだ。いや、商会経営が日々の不安定な波浪に揉みぬかれているとき、フィチーノが註解する〈永遠の静謐な浄福〉こそは、父にとって、その一日一日の憂苦を鎮め克服するために、なくてはならぬ励ましの鞭であったのだ。

父マッテオは、傴僂のトマソが言うように、ただ閑雅な夜の一と時をギリシア古典の研鑽に費していたのではなく、溺れる者がつかむ藁の思いで、プラトンの一行一行にしがみついていたのである。事実、父は日記のなかで「苦悩こそが哲学のはじまりである。

人は苦悩を鎮め、それに打ちかつために哲学を学ぶ」と書いているし、また別の箇所では、「この世の諸々の姿は、永遠なる一者のさまざまに分化した形体である。その個々の物象《もの》を離れれば離れるほど、永遠なる一者に近づくことができる」とも書いている。この後のほうの考え方は、フィチーノ先生がプラトン註解のなかで繰りかえし触れている思想であり、この考えをいっそう赤裸に語ったプロティノスに先生がひかれていった最大の理由も、まさしくこの〈永遠なる一者〉にあったのだ。

私は、なにも、あの当時、プラトン・アカデミアに集った人々全体について言及するつもりはないけれども、父マッテオに関するかぎり、ギリシア古典やフィチーノ先生の哲学は、父の日々の苦しみ、不安、躊躇《ためらい》、疑惑に慰めを与え、それを切りぬける力強い論拠となっていた、とは言いたいのである。

父にとって明晰な理解力と、事物を処理する能力とは、破滅や死から人間を守りぬく実際の武器と見られていたのだった。したがってその同じ明晰な理解力によって、苦悩や不安の原因をきわめ、それに打ちかつ道を見出してゆくのはごく自然のことに思えたのであろう。しかしそれだけに、盲信に対する反発も強かったと言えたかもしれない。

ただ私がここで指摘しておきたいのは、父マッテオにおける救済願望の強さということである。あのように冷静緻密で温厚な物腰の人物が、まるでいまにも悲鳴をあげそうにしてギリシア古典にかじりつき、フィチーノの註解をむさぼり読んでいるのは、何か、それはそれで鬼気迫る感じがする。私はいまも書斎で調べ物に熱中する父の後姿や息づかいを憶えているが、決してそれは旦那衆の暇つぶしではなかったと思うのだ。

だが、それと同じ事情が、他ならぬ私自身になかったか。またフィチーノ先生にもなかったか、というのが、いま私の心を抉るようにして迫ってくる思いなのである。

先生も私もフィオレンツァの行政や実務から遠ざかり、ひたすら書斎にこもって古文書を調べ、書きものに日を暮していたのだから、それを父マッテオや、同じ古典語仲間の銀行家のドメニコや、判事のドナートや、毛皮商のポンジアーニと同一に論じることはできないとしても、しかしあの熱っぽい、追いつめられるような、他の一切を忘れた没頭ぶりのなかには、何か共通した根が感じられる。それは、この華やかなフィオレンツァの盛りのなかで、父マッテオのいう〈暗い窖の中へずり落ちてゆく感じ〉を味わっていたことではなかったか、と私は思うのである。

なるほどマッテオのようにはっきりした自覚でなかったにせよ、漠たる不安、漠たる黒ずんだ恐怖は、共通して、胸のなかを流れていたのではあるまいか。

その一つの例として、私はいまも忘れられないのは、ヴォルテルラで生れた不気味な奇形児の噂である。それがどんな具合にフィオレンツァの町々に拡がったのか、私は知らないが、私の耳に聞えてきたとき、ほとんどすべての人々がその噂をひそひそと囁いていたのである。

私は花の聖母寺《サンタ・マリア・デル・フィイーレ》の前を通りながら、いつもは花売りや聖像売りで賑わう明るい爽やかな広場が、まるで豪雨でもくる前のように、暗く陰気にかげっているのを見て、真実驚いたものであった。人々は広場のあちこちに立って、奇形児の話を繰りかえしていた。私は彼らのそばを通りぬけるとき、「角が二つあったそうだ」とか「足に蹄がはえていたんだ」とかいう言葉を断片的に耳にしたので、彼らのひそひそ話の内容がわかったのである。

その奇形児は額に肉の瘤腫が二つあり、まるで牛の角のようで、頭のまん中が柘榴《ざくろ》状に割れていたというのであった。両手はねばねば濡れた毛で覆われ、足は猛獣のような爪がはえ、身体は女のようで、生後二時間息をしていたというのである。噂では、母親のほうも四日目に息を引きとったということだった。

別の噂では、産婆は、その赤子が出てきた瞬間に恐怖のあまり気を失ったとも、発狂したとも伝えられていた。

とまれフィオレンツァの人々は、それを、先年のヴォルテルラでの殺戮と結びつけずに考えることはできなかった。私の家の女中は、ヴォルテルラの死者たちが、フィオレンツァへの復讐を誓っているのだと信じて、聖ロレンツォ寺院へ花の都《フィオレンツァ》の罪の宥しを願いに出かけたし、サンドロの兄のジョヴァンニは、ヴォルテルラで凌辱された女の腹で、神が罰を与えたのだと言っていた。

その言い方はまちまちであったが、そこに、この都市《まち》のヴォルテルラに対する後《うし》めたさと、漠たる恐怖とがこめられていた点では、共通していた。そしてこうした不安や恐怖は、ちょうど謝肉祭や諸聖人祭に、みるみる賑やかな明るい気分が、町々に伝わり、陽気な騒ぎに人々を巻きこんでゆくように、同じ早さ、同じ震撼力で、都市《まち》全体に黒ずんだ靄を拡げていったのであった。

私は、以前、サンタ・クローチェ界隈の裏町に住むイザベラ婆さんの家にいった折、婆さんが魔女などではなくて、ひどく拍子ぬけした記憶をもっていたが、これは、サンドロともども、幼少期の私に、町の噂の取るに足らぬ性格を教える貴重な経験となっていた。

私が、移り気なフィオレンツァの人々の気質に同化せず、黒ずんだ恐怖、不安からも、祝祭の乱痴気騒ぎからも距離を置けたのは、そのおかげであると信じているが、暴風雨の前の突風におびえて震える草木のように、フィオレンツァの人々が突然角をもつ奇形児の不気味さに立ち騒いでいるとき、そんな私でさえ、それにまったく無関心であることは難しかった。

私は、むしろそうしたどよめきに似た都市《まち》の人々の心のざわめきの外へ逃れるために、ひたすら古典のなかに没入したとも、また、古典に没入していたゆえに、そうしたざわめきから容易に離れ得たとも、言うことができるような気がする。

私はこのことを当時サンドロと語ったことを憶いだす。それは私たちの気に入りの、アルノ河ぞいの散歩のあいだのことだったと思う。サンドロは私の話に注意深く耳をかたむけていたが、やがて朗らかな声で言った。

「君が言うように、それはこの世から書斎への退却なんかじゃないと思うよ」サンドロはいつもの癖で、草の茎を抜くと、それを口にくわえた。「もしそうだったら、ぼくだって〈永遠の桜草の姿〉を描こうとしているんだから、この世から逃げだしたことになるじゃないか。フェデリゴ、ぼくはポライウオーロの〈物から眼をそらすな〉について散々考えぬいた。現に、いまだって、考えぬいている。ぼくがどんなに裸婦たちを毎日見ているか、君には想像がつくまいね。女たちだけじゃない。馬だって、草花だって、ぼくの画帳には、そんなものの素描がいっぱいだよ。根のつづくかぎり描く。時には、そんな物象《もの》が見えるだけで、それを通して現われているはずの〈永遠の姿〉のほうが、いっこうに、見えないような気になることもある。けれど、結局、ぼくにはわかったんだ。ぼくが、いかに正確に桜草を写そうとね、それは実際の桜草のなかから、その一瞬の〈桜草の姿〉を摑んでいるにすぎないとね。つまりその桜草は萎れ、絵のなかの〈桜草の姿〉は、その一瞬の姿を、永遠に、そこにとどめているんだ」

　サンドロはしばらく草の茎を嚙むのをやめて、アルノ河の向う岸に眼をやった。ちょうどアラ・サンタ・クローチェ門を背にした辺りで、東の丘陵が森に覆われたまま、北にむかって低くのびていた。

「ぼくは、ここしばらく〈物から眼をそらすな〉を実行していて、大いに物象《もの》の姿と格闘した。その揚句、もう一度、前に達した結論に戻ってきた。ほら、前に、いつか話したね。フィチーノ先生の〈神的なもの〉が物象《もの》を通して現われるということを……」

私がどうしてそれを忘れるなどということがあろう。それは昨日のことのように私の耳にこびりついているのだ。

「そう言ってくれて嬉しいよ」サンドロは金褐色の髪を掻きあげると言った。「〈物から眼をそらすな〉も、それがこうした〈永遠の姿〉〈不変の姿〉まで眼を導いてゆくのだったら、正しいと思うんだ。しかし物象《もの》の表面でとどまり、その色彩、形体、材質に捉われるかぎり、なお十分ではないんだ。ねえ、フェデリゴ、ぼくだって毎日、こうした同じような考えを、ばかみたいに繰りかえして自分に言いきかせているんだよ。本当にばかみたいに、だ。だって、そうでもしないと、それこそ、ぼくも〈暗い窖〉のなかにずり落ちてゆくような気になるからだ。こうした考えはまるで虚空に張った蜘蛛の巣のようなものだ。それで辛うじて、ぼくらは、落下から救われているんだよ」

サンドロは新しく草の茎を引きぬくと、その先で、無意識に顎を撫で、それからまた、茎を歯で嚙んだ。眩しそうに顰めた眉の下で、金色の濃い睫毛に縁どられた薄い眼蓋が緊張してひくひく震え、茶褐色の暗い眼が、何かを捜すように動いていた。

「たしかにフィオレンツァの連中は移り気で、やっかみ屋で、けちをつけてばかりいる。そのくせ陽気で、派手好きで、お調子に乗ると限度を知らない。金棒引きもいれば、足を引っぱる奴もいる。欠点を挙げてゆけばきりがないさ。けれど、フェデリゴ、君の言うその黒ずんだ不安や恐怖は、何もこの都市《まち》にかぎらず、人間が生きてゆくとき、必ず生れてくるものじゃないだろうか。だから、それと戦って、それを克服するために昔の哲学者たちの考えを利用しても、それはごく当然のことで、哲学者たちはもともとそうやって、窮地に陥った人間を救いだすために考えつづけたんだ。ぼくだって、毎日、窮地から脱出するために、同じようなことを、同じような言葉で考える。〈神的なもの〉が物象《もの》を通して現われているのだと、毎日のように、自分に言いきかすんだ。しかしそうした考えが、〈暗い窖〉からぼくを救いだしてくれることは事実なんだ。たしかにフィオレンツァに暗い不気味なものが徘徊している。このことは認める。しかしプラトン・アカデミアの人々がそれから逃げだすために古典に没頭しているなんて考えるのは誤りだよ。まして君が自分のことをそう思うなんて、ぼくに言わせれば、けしからんことだと思うね。君は古典に熱中すべきなんだ。そしてぼくは絵に没入すべきなんだ。君の気に入るかどうかわからないが、これがぼくの結論さ」

私はサンドロが大きな網をたぐり寄せるようにして、ゆっくり話すその話し方が好きだった。暗く打ちひしがれたときは別だったが、ごく稀なそういう場合を除くと、サンドロは大体こうした落着いた、朗らかな調子で話をしたのである。

事実、この頃、サンドロの工房《ボッテガ》の評判がかなりフィオレンツァの人々のあいだに拡がっていた。とくに彼がジュリアーノ・デ・メディチのために描いた『花をまく花の神《フローラ》』の評判が大組合《アルテ・マジョーレ》に属する富裕な人々に伝わり、彼に肖像や礼拝図や壁画を依頼する客が急に増えていた。一時、苦しげな表情をしていたサンドロは、この時期になると、そうした窮境を切りぬけ、逆に窮境にあって考えぬいた新しい技法や彩色法などを用いて、註文主の要求にこたえていた。

私は、この回想録を書くために、サンドロが遺贈してくれた画帳や日記類に時々眼を通すが、この時期のものとしては、人物の下絵だけではなく、サン・マルコ修道院の中庭の古代彫刻の模写、とくに風に吹かれた衣服の襞の流れ、馬や牛の頭部、人体各部の習作などが眼につく。

実のところ、こうした下絵類を見るまで、サンドロがこれほど古代彫刻の模写に打ちこんでいたとは考えてみたこともなかった。たしかにサン・マルコ修道院へ私を連れていったのはサンドロだったし、そこで古代彫刻の〈不変の姿〉が与える愉悦について語ったこともよく憶えていたが、その後、それほど専心して古代彫刻から学んでいたとは不明にして私は知らなかった。画帳から察するかぎり、サンドロは日常私たちが眼にとめる人物や情景や自然風物を描くかわりに、サン・マルコ修道院に出かけて、〈永遠の姿〉〈不変の姿〉を刻みだした古代彫刻を、じっと見つめていたほうが多かったのである。

　だが、このことは、あの頃喋っていたサンドロの話からすれば、当然のことであったと思う。おそらく彼は、ギリシア、ローマの石像にまつわりつく風に吹かれた衣服の軽やかな襞ほどには、この世のいかなる襞も、〈永遠の襞の姿〉を現わしていないと思ったのであろう。その石像のしなやかな腕や見事な指ほどには、この〈神的なもの〉の現われは見られないと思ったのであろう。

　しかし下絵類をめくりながら、私が胸を打たれるのは、こうした古代彫刻の模写と並んで、彼が当時知り合っていた女たちの素描を多く残しているということだ。それも、彼女たちの肩とか、腕とか、指、足、頸など、身体の部分を繰りかえし写生しているということなのだ。

　私は、このことから、容易に、サンドロが後に見事な描線《リネア》で描いた女たちが、単に古代彫刻の模倣から生れたのではなく、ポライウオーロ親方のいう〈物から眼をそらすな〉からも生れていたことを理解できたのである。ただ、こうした努力の跡を辿ってみると、サンドロが〈永遠の桜草の姿〉という言葉で言っていた〈神的なもの〉を、どのようにして形象のうえに現前せしめるか、に、日夜心を砕いていたことが、まざまざとわかる。たとえば修道院の西寄りの糸杉の下に立っているアテナ女神の、肩から露《あらわ》な腕と指は、ダヌス門の娼婦マグダレーナの腕や指と並んで描かれているのだ。何枚にもわたるその下絵から察するに、サンドロはマグダレーナのしっとりと重く成熟した腕や、楕円形の宝石のような爪のついた、暗い、高貴な感じのする手の指などから、この〈永遠の腕の姿〉〈永遠の手の姿〉を見通そうとしていたにちがいない。

私はこうした下絵を何枚か見ているうち、マグダレーナの腕や手が、次第に、実体感を失って、徐々に、形だけのものに変ってゆくのを跡づけられるような気がした。はじめは、マグダレーナの腕は、解剖学の挿絵のように皮膚の血管、うぶ毛、微細な皺、肌の表面の感触まで描かれていたのに、それが次第に消えていって、最後には、彼女の腕の単純な輪廓だけが残されているのであった。

しかしこうした彷徨、模索の果に到達した単純な物の輪廓は、彼が古代彫刻を模写して得られた描線《リネア》と何と一致していたことであろう。おそらくサンドロは、〈物から眼をそらすな〉を実行しながら、むしろその道を行きつくすことによって、その物象《もの》の姿を越えていったにちがいない。

だが、この夥《おびただ》しい下積みの努力を、サンドロはどうして耐えることができたのか。あの当時、人気の絶頂にあったポライウオーロ親方やヴェロッキオ親方の〈物から眼をそらすな〉とは別個の道に、どうして歩きだしていったのか。

もちろんその答は無数にあろう。サンドロのような人物を一言で描きだすなどということは不可能な業だ。しかしその無数の理由のなかで、どうしても欠くことのできぬのは、アルノ河の散歩の折、何気なく語ったあの「〈暗い窖〉にずり落ちまいとする努力」ではなかったか、と私は思うのである。

サンドロはすべての物象《もの》は〈神的なもの〉を仲立ちしていると考え、その考えによって〈暗い窖〉へ落ちることから免れていると言っていた。こうした考えは〈虚空に張った蜘蛛の巣〉のようなもので、辛うじてそれによって、虚空の中に支えられているというのが、彼の言い分だった。とすれば、それを実際画布の上に実現する仕事は、いっそう確実に、こうした落下感から彼を救いだしてくれたはずである。

この場合、サンドロはあくまで〈神的なもの〉をそこに現前させなければならなかった。ただ絵を描いて、ポライウオーロ親方の〈物から眼をそらすな〉だけを実践してみたところで、彼の〈暗い窖〉へずり落ちる不安は、消し去ることはできなかった。サンドロが救われるのは、ただこの〈神的なもの〉を画布の上に描きだすときだけだった。そのときだけ、彼はこの世という〈無意味な海〉（これはサンドロの言葉である）のなかに〈有意味〉という島を捜すことができたのである。そうでなければ、彼は〈無意味な海〉のなかに永遠に溺れてゆくほかなかったのだろう。

私はサンドロの下絵類を眺めながら、こんなことを考えたが、それがまったく見当はずれだとは思わない。事実、その頃、サンドロがロレンツォ・デ・メディチの母のために描いたユーディトの姿には、マダレーナの、円《つぶら》な、怜悧な輝きを持つ眼と、細い反った鼻と、細っそりした顎とが描かれていたし、血のしたたる剣を持った若々しい姿態は、サン・マルコ修道院の勝利の女神《ニケー》の姿をそのまま写していた。とくに風にひるがえるユーディトの衣服の襞はアッティカの彫刻に見られる優美な描線《リネア》が巧みに学びとられていたのである。

ロレンツォの母、トルナブオーニ家出身のルクレツィアがこの絵にどれほど魅了されたか、さまざまな噂が流れていた。それによると、ルクレツィア夫人はこの絵の前で涙を流したとも、一晩じゅうその前から動かなかったとも、一族の女性を集めてユーディトの勇気と優しさについて語ったとも伝えられていたのである。

マダレーナの姿がこの頃のサンドロの絵――たとえば幾つかの寺院、礼拝堂に依頼された聖母子像や博士礼拝図にしばしば描かれているが、それは不思議とカッターネオの奥方の面影に入れかわり、ある聖母子像では、聖母の憂いに沈んだ横顔は、紛《まが》うことなくカッターネオの奥方のそれであり、マダレーナの子供っぽい、細っそりした顔は聖母のかたわらの天使のなかに写されていたりする。

私は、父の晩餐の常連であるちびのロッセリーノ親方や、跛のアントニオなどから、サンドロが画面の構図や背景の処理になみなみならぬ工夫を払っている点を、その頃評判になった絵を例に説明してもらったが、その奥行の感じを表現する画工たちの苦心の真髄がどこまでわかったか、不安である。ただ私なりに、それを理解しようとして、話題になった絵は必ず見てまわったし、普通の人が見落すような細部にも、とくに注意を集めて見入った。

　しかし当時、画工仲間でのサンドロの評判は、さして目立ったものではなかったように記憶する。もちろん聖ルカ画工組合に入って組合費をおさめ、十月十八日の聖ルカ祝日には自分から山車を引いたり、寄附をしたり、飾りつけに手を貸したりしていた。親方《マエストロ》たちとの付き合いにも、組合仲間の寄り合いにも、適当に顔を出していたように思う。その点でサンドロは決してパオロ親方のように風変りな画家ではなかった。むしろ話し好きの、付き合いやすい、温厚な人物と見られていた。

　にもかかわらず、彼が当時の流行から次第に離れ、〈神的なもの〉の描出に熱中するにしたがって、画家仲間では、どこか異質の人物、わかりにくい人物、煙ったい人物と見なされるようになっていた。

　すでにメディチ家のルクレツィア夫人のための作品を数点描き、肖像画家として、とくにメディチ派の銀行家や羊毛輸出入業者のあいだの評価が高まってから後になっても、私はポライウオーロの工房《ボッテガ》に働く古手の画工から、サンドロの絵はわかりにくい、というような話を聞いた。彼の意見によると、サンドロの絵には真実味が欠けているし、〈ありのまま〉が描かれていない、と言うのだった。

「あれはただ綺麗ごとを狙っているだけですよ」古手の実直なその画工は不機嫌な顔をして言った。「絵は、あなた、〈ありのまま〉を描くのでなければね。血管の一つ一つ、皮膚のしみの一つ一つまで写しだすのでなければ、真の絵画とは言えませんよ。私はあえて言いますがね、絵は真実を描くためには、美なんてものは無視してかかるんです。フィオレンツァの画工たちが手に入れたのは、この〈ありのまま〉ですよ。シエナやヴェネツィアの鬱陶しい絵ならいざ知らず、この花の都《フィオレンツァ》で絵を描く以上、綺麗ごとじゃやってゆかれませんや」

私は、この男の言葉が、当時の画工たち全体の意見を代表していたとは思わない。もちろん別個の見解もあり得たであろう。しかしフィオレンツァの絵の性格は、〈あるがまま〉を描くにあるとする根強い考え方は、専門の画家、彫刻家、金銀細工師のあいだに残っていて、かたくなにサンドロの作品をわかりにくい絵だという意見にかじりつかせていた。

しかしこうした工房《ボッテガ》のなかで、伝来の技法を墨守する画工たちに較べると、フィオレンツァの町の人々のほうが、はるかに自由に、自分の心の動きに忠実であり得たように思えるのである。たとえばルクレツィア夫人が健気な寡婦ユーディトの絵姿に心を動かされるのは、ただ単純に、サンドロが伝えたいと願ったその甘美な酩酊感が、夫人の心のなかに流れこんだために他ならない。ユーディトの衣服の襞も、円な怜悧に輝く眼も、細っそりした頸も、この酩酊感を盛る器の役割を担っているにすぎないのだ。そしてその甘美な痺れを素直に求める人、求めずにいられぬ人には、それは溢れでる夏の日の木蔭の透明な清水のように、心の渇きを、甘やかに癒して止まないのである。

だが、フィオレンツァ伝来の流派にしがみつく画工たちが何と言おうと、サンドロが感じた〈暗い窖〉へずり落ちる不安と、それを支え救出する〈神的なもの〉の表現とは、いつか、フィオレンツァの町の人々の心に、ひろく感じられるようになったのではなかろうか。

事実そう考えずには、あの時代の急激な人々の好みの変化を、私は説明することはできないのである。ある意味で、サンドロの出現はフィオレンツァの町の人々に待たれていたものであった。とくに彼がルクレツィア夫人やジュリアーノ・デ・メディチを通して、メディチ一族――のちにサンドロにあの見事な大作を描かせたロレンツォ・ディ・ピエロフランチェスコ殿も忘れてはならない――と深い結びつきが生れたのも、まさに私たちが求めていた〈神的なもの〉が、彼の画面に、純粋に、明確に、鮮明に表わされていたからなのだ。

もはや私たちは老コシモや痛風ピエロの時代にいたのではなく、ロレンツォ・デ・メディチが花の都《フィオレンツァ》に春を齎《もたら》した時代にいたのである。

だが、私が強調したいのは、花びらの舞う仮装行列や、広場の踊りや、華麗な騎馬試合の喚声がフィオレンツァの春を色彩豊かに包みこんだからサンドロの絵が好まれたのではない、ということだ。真実はまったく逆である。私たちは華麗に湧きたつ祝祭の背後に首吊人の蒼ざめた顔や、角のはえた奇形児や、汗をかく十字架をぞろぞろ運んでゆく裸足の群衆を見るゆえに、必死になって、この虚空の中に張られた〈神的なもの〉にすがりついたのである。それなしでは、私たちは、その暗い、無限に深い虚空の底へ落下することを知っていたゆえに、その不安から脱れようと、〈神的なもの〉のなかに――この〈永遠の姿〉を通して輝き出す甘美な愉悦のなかに、生きようと願ったのである。

しかし思えば、この永遠に〈神的なもの〉を憧れる心と、町々に響く「明日は明日、きょうの日を、楽しめよ」の歌とは、どれほどの相違があっただろうか。私はカレッジ別邸で開かれたプラトン・アカデミアで『現在を楽しむことが永遠性を手に入れる正統な方法であることについて』という題目が論じられたとき、私の直観が誤っていなかったことに、むしろ驚いたくらいである。

この意味では、サンドロがプラトン・アカデミアの古典学者《ウマニスタ》に愛好されたのは当然だし、サンドロのほうでも、私を通じてフィチーノの講義には深い関心を払っていたのだ。しかしもしあの当時、栗色の髪をくしゃくしゃにした、人好きのするアンジェロがいなかったなら、老ジェンティーレ・ベッキに誘われたにもかかわらず、この種の集りに出席することを認めなかったサンドロが、それほどプラトン・アカデミアに出入りするようになったか、どうか、疑わしい。

　これは私がサンドロ自身から聞いたのだから確かなことだが、彼はアンジェロの朗らかな笑いや、即興の冗談や、典雅な挙措に何かきわめて激しい感情を揺ぶられていた。サンドロは時おり、それは、アンジェロが美しいシモネッタを崇拝していたので、その共通の感情で結ばれているからだ、と説明したが、私は、必ずしもそれだけではなかったと思う。

　アンジェロの姿はその後、シモネッタやマダレーナやジュリアーノとともに、さまざまな人物のなかに変奏されて、描かれるようになったからである。また私の見るところ、アンジェロ自身もサンドロの陽気な屈託ない暮しを好んでいたようであり、二人がダヌス門の娼家で酒を飲んでいるという噂は、何となく知人の口から聞かされていた。ある人の話だと、そんなとき、サンドロはマダレーナとアンジェロを両腕に抱きかかえて、「神々の存在はこの二人によって証明されている。このような美しい存在は、神々なくして、どうして生れよう」と叫んでいたということである。おそらくサンドロだったら、そんなことを酔ったまぎれに叫んだかもしれない。

　もともとシモネッタがアンジェロと会ったのは、彼女が私の家を訪ねてきたときで、その頃、彼女はすでにマルコ・ヴェスプッチと別れて、アルノ河を越えた聖スピリト界隈の糸杉に囲まれた庭園つきの静かな邸に住んでいた。噂によると、メディチ派の市政委員《プリオーリ》や書記長、法務委員、大商人たちを客間に呼び、時に華やかな舞踏会が開かれるということだった。しかしその種の噂には、つねに誇張された、これ見よがしの、品の悪いところがあるので、私はあまり信用しなかったが、果して彼女が私を訪ねたとき、それが事実無根の風聞にすぎぬことがわかったのだった。

「だって、私がまさかレンツィの館《やかた》やデイ家の屋敷に住める身分でないってことは、先生がいちばんよくご存じじゃありませんの?」シモネッタは同席のアンジェロに挨拶したあとで笑いながら言った。「いまの家は庭園つきで気持はよろしいんですけれど、小人数の集りができる程度ですの。私ね、自分のためだったら、あんな屋敷にだって住む気になりませんわ」

もちろん私には、それがひたすらジュリアーノと会うための場所として選ばれたことはよくわかっていた。しかし風聞と言い条、彼女に関する噂があまりでたらめなのに少々腹が立ったので、そのことを言うと、シモネッタは昔のような悪戯好きの、人懐っこい輝きを青い眼に浮べながら、「でも、落ちぶれているって言われるより、そのほうがいいですわ」と言った。

「しかしいかにもあなたが自堕落に暮しているようで、私には我慢ができません」

私は、眉と眼のあいだの浅い窪みに絶えず緊張した影の走る、信じ易い、円な、シモネッタの青い眼を見ながら言った。

「でも、私にも、そう噂されても仕方のないところがあったんです」シモネッタはぴったり梳きあげ、頭の上で複雑に編んだ、重い感じの金髪をわずかに横に傾けながら言った。「先生はきっとお叱りになると思いますけど、それは本当です。舞踏会こそ開きませんでしたけれど、楽師を庭に入れて音楽を弾かせたり、カルタで遊んだり、馬を乗りまわしたり、仮面《マスケラ》をつけて行列についていったり、そんなことばかりしていました。でも、もうこれ以上は駄目なんです。これ以上は、私、こんな暮しをつづけることができません」

「あなたは一人暮しに慣れるまでは、それも仕方がないと思いますね。そのことを私はとやかく咎めだてはしませんよ。私にだってそのくらいはわかります。シモネッタ、あなたは昔から自分を苦しめる悪い癖がありました。噂に苦しむのならともかく、そんなことは決して咎めるべきことじゃありません」

「先生はいつも私をかばって下さるんですわ」シモネッタは切れの長い、信じ易い、青い眼に涙をためて言った。「でも私は先生が考えていらっしゃるほど、しっかりした女じゃないんです。先生がもし私の心のなかをご覧になったら、きっと青くなって逃げだしておしまいになりますわ」

「いや、いや、シモネッタ、私にはわかっています。私は聖職者などではなく、ただの古典語の教師にすぎません。しかし人間がどんなものか、一応はわかっているつもりだし、そうした人間のさまざまな姿に興味を持つからこそ、古典を学んでいるのです。人間はあなたが考えるように、そんな立派なものじゃないし、また、それほど恐しいものでもありません。これだけは誓って言えます。あなたは存在しもしない理想の人間を思い描いて、それであなた自身を苦しめているんです。そんな聖女さまはさっさとお棄てなさい。そしていまのままのシモネッタをお愛しなさい。自堕落なら自堕落でいいじゃありませんか。愚かなら愚かでいいじゃありませんか。それがそのようであるなら、それを愛すべきでしょう。それを大切にし、愛しむべきでしょう。私はね、シモネッタ、いまのままのあなたが、どんな聖女よりも素晴しいと思います。これは決してサンドロなんかの受け売りじゃありませんよ」

私はそう言って笑ったが、シモネッタは笑わなかった。

「本当に、そうお思いになりますの？」

「本当にそう思っています」

「もし間違ってらしたら？」

「私は昔からのあなたの先生です。人間はそんなに変れるものじゃありません。私は、あなたが何を求めているか、わかっています。あなたがそのために苦しんでいることも、理解しているつもりです」

「いまでも先生は弟子だと思って下さいますの？」

「もちろん私のいちばん初めの、いちばん大切なお弟子です」

「私ね、もう一度ギリシア語がやりたいんです。本当は、そのことを、今日はお願いにきたんです」

「もちろん喜んでお教えしますとも。あなたがそれでご自分をひどく扱わなくなるんなら……」

「もう決してあんな言い方はしません」

「いまのままのあなたを大切にできますね」

「ええ、できるような気がします。何だか、とても元気が出てきたようですわ」

「そうじゃなければいけません。もともと私たちは喜びのために生れてきたんです」

「そうでしょうか？」

「そうですとも」

「でも、私には、悲しいこと、辛いことのほうが多かったみたいです」

「それは私だってそうかも知れません。でも、そのことは、私たちが喜びのために生れてきた事実を否むことはできません」

「いま、それを信じることは、とても辛くて、できませんわ」

「信じる、信じないの問題でないことは、だんだんとわかってくると思います」

「そうだといいんですけれど……」

それは初夏の夕方に近い時間だった。小庭園にむいた奥の客間から、シモネッタは頭をめぐらして、窓のほうを眺めていた。そこには豆の蔓から淡い青い花びらが咲き、蔓ごと風にゆっくり揺れていた。

私はシモネッタに週一度の授業をすること、あとはアンジェロが私の代講にシモネッタを訪ねて授業すること、などを約束した。

シモネッタが帰ったあと、神妙に控えていたアンジェロは、思いつめたような表情で、

「あのひとが有名なシモネッタなんですね」と溜息まじりに言った。

「ぼくは、もっと豊満な、官能的な女のひとかと思っていましたよ」アンジェロは栗色の髪を額から掻きあげると、一人前の口調で言った。「あのひとが窓のそばに立っていたとき、ぼくはまるでお告げの天使か、勝利の女神《ニケー》が、まっすぐ雲の道を通って、そこに降りてきたような気がしました。なぜって、あのひとには地上の女たちの持つ暑苦しいもの、厚ぼったいもの、妙に柔かいものが、まるでありませんものね。シモネッタを見ていると、まわりの空気が、しんと澄んでくるみたいですね。まるでファエンツァの陶器のように、綺麗な、くっきりした、冷んやりした顔立ちですね。あんな女のひとのところへ教えにゆくのかと思うと、ぼくは、足が地面につかない感じですね」

「もう君は足に羽をはやしたヘルメス気どりだけれど、君が道案内するのは愛の道では

なく、古典語だってことを忘れないでくれ給え」

「しかし思召しとあればどこへでも参上するのがアンジェロの身上ですよ。ここにいて同時にあそこにいる、ってのがヘルメスの役目なら、愛の甘い言葉を翼にのせて飛ぶ恋の使者だって十分つとまると思います」

むろんアンジェロの軽口を私はそのとき冗談として受けとったが、数年後には、他ならぬアンジェロ・アンブロジーニ――フィオレンツァの呼び名にしたがえば崇高な詩人ポリツィアーノ――の手によって、美しいシモネッタの恋が歌いあげられることになったのだった。

とまれ、こうしてアンジェロはシモネッタの屋敷でその数週間後に、彼女の肖像を描きにきたサンドロと会ったのである。

「あのアンジェロってやつは素敵な男だな」サンドロは私に会うとすぐそう言った。「アンジェロといると、不思議と豊かなものと一緒にいるような感じになる。ぼくが額に汗をかくと、涼しい木蔭を吹く風となって、熱っぽい身体をさましてくれる。こっちが寒くてみじめな思いをしていると、心地よい煖炉の火になって心の底まで温めてくれる。アンジェロは当意即妙、変幻自在になんにでもなれるんだな。あの若さで古代の詩をいくらでも暗誦してみせる。その癖、踊りもうまければ、馬にも乗れる。剣も相当に使うという話だ。あんなやつに一度会うと、もう離れるなんてわけにゆかないね」

私は正直を言ってサンドロがアンジェロを手放しで誉めるのを聞いて、心が痛んだのを憶えている。それは何も一介の古典語教師にすぎぬ私が、花の都《フィオレンツァ》の春の盛りに、時を合わせて送られたような、溢れる詩才に恵まれたアンジェロを羨むはずはなかったから、決して羨望の念からくる痛みではなかったものの、やはりサンドロの愛情の幾分かが、若いアンジェロにむけられたことに対する、ささやかな嫉妬の思いではあった、といまは思うのである。

II

このサンドロの思い出のなかに、私がしばしば当時の世間の噂や出来事を挿入するのはまずやむをえないとしても、そこに私の家族や私自身の追憶を書き加えるのは、たしかにこの回想録の目的から逸脱しているとは言えそうである。にもかかわらず私の筆がおのずと、そうした迂路に迷いこんでゆくのは、あの時代が、私にとって、まさしくそうした微細な思い出と別ちがたく結び合っていて、それを切りはなしては、時代の気分も、サンドロの日々の仕事も、思いだすことができないからである。

幸い私の健康も春とともにすっかり恢復している。妻も、私がこの回想録に打ちこむようになってから、精神的にも強壮になったと保証している。もちろん回想のなかには、つねに幸福な思い出の蜜だけというわけにゆかぬ。とくに私の回想録では、これから一段とそうした蜜の味は薄くなってゆくはずだ。

しかしどのような思い出にせよ、それが回想の霧に包まれて現われるとき、私たちは、そこに何らかの甘美な蜜の味を唇に感じるのは、なぜであろうか。その人物が私に危害を加え、損傷を残していったとしても、そうした人々がすべていなくなった現在、それを思いかえすと、苦さのなかに、奇妙な追憶の蜜の味があるものだ。

おそらくそれは私ら老人に特有の感じ方であるのかもしれない。私らにとっては過去こそが自分の財宝であり、その思い出は、現実の生活より、深い意味を持つからである。それがどんなに苦さを含もうと、思い出は、ないより、あったほうがいいのだ。あるいはお笑いになる方々もあろうが、老人は、そんなにしても、生きている実感を味わいたいのである。生きる実感にもまして、すぐれてよきものが果してこの世にあるであろうか。

こんな老人の私が、晩年の父を思い出すと、かつて父の惑乱や弱気を非難めいた気持で眺めていた若い自分のことも含めて、なんとない物悲しい思いに陥るのも、当然のことであるかもしれない。

私が父マッテオから新たに売りに出た北方式帆船の購入について意見を徴されたのは、たしか一四七三年前後のことだったと記憶する。私たちの会話のなかで、ロンドンのメディチ銀行の閉鎖のことが話題になっていたから、それより以前のことではなかったと思う。

その日、私は週末の父の家の集まりに顔を出したあと、妻を先に帰して、ひとり父の書斎に残っていた。名目は、父が最近買いこんだ、アレキサンドリアの僧院蔵書の一部を見るためだったが、実際は、父は私を引きとめて気軽な話をしたかったのである。

私は蔵書のなかに古い羊皮紙の写本を認めて、それを手にとると、父は、どうだ珍しい本だろう、それはヘルメス・トリスメギストスだ、と言った。

「それじゃ『ヘルメティカ』ですか?」

私は思わず父の顔を仰いで叫んだ。

「いや、『ヘルメティカ』ではないが、彼の論文集であろうとラスカリスも言っていた」

私は分厚い簡素な装幀の写本を一葉一葉めくりながら、やや斜にかしいだエジプト風の美しい書体を眺めた。

「こんどラスカリスが運んできた古書のうち、サセッティやルチェライの手に流れたものも大分ある。いまに、このぶんでは、ロレンツォ殿に書物の分配の仲裁を頼まなければならなくなりそうだな」

「ルチェライも古書にかけては、目がありませんからね」

「それはそうと、最近ベルナルドの店で印刷機を据えつけたという話を聞いたが、見にいったかね？」

父は晩餐の葡萄酒の酔いで、ふだんよりは上機嫌だった。叔父カルロに贈られた、背に浮彫りのある、革張りの、ネールランディア製の椅子に坐り、左手の薬指に嵌めた指輪の濃い青い宝石を撫でながら訊ねた。

「いいえ、まだ出かけていませんが、何でも金属活字を組み合わせるとかいう噂でした」

「ベルナルドの話だと、これで書物の値段がいまの十分の一以下でできるというのだ。北ヨーロッパではすでにこの種の版本が出まわっているという話だ。ポルティナリの家あたりには、そんな本もあるのではないかね？」

「ネールランディアの活字本はフィチーノ先生のところで見ましたが、仕上げは見事です」

「そうすると、フィオレンツァでも活字本でホメロスやダンテが読めるようになることは不可能じゃないな？」

「ベルナルドはそのつもりで印刷機を買入れたに違いありませんね」

「そうなれば、ヘルメス・トリスメギストスのことで互いにいがみ合うこともなくなるな」

「ええ、なくなりましょうね。だいいち十分の一の値段で、しかも容易に本が手に入るとなれば、私たち学徒にはこの上ない有難い話ですよ」

「私は君が羨しいね」父は指輪の宝石に無意識に触りながら言った。「私が仕事に精を出したのは、フィオレンツァの繁栄のためもあるが、高価な写本や古書を自由に購入する資力を持つためでもあった。いや、時には私はラスカリスのように自分でギリシアやアジアに出かけたいと思ったこともある。だが、そうして手に入れた書物も、十分に読みつくす時間がなくなるとは、皮肉なものだな。私はベルナルドの印刷本でいいから、安価な本を手に入れて、そのぶんだけ、ゆっくり読める時間が欲しかった。この頃、とくにそんな気持が強くなる」

「しかし父上は以前よく実務こそ精神を鍛える試練場だと仰有って、私にも実務の道にすすむように言われましたね」

　私はいささか父が弱気になるのを励ますような気持でそう言った。

「いや、確かにそう信じていた時期もあった。だが、いまは無性に書斎に戻りたい。たっぷり書物に身を入れる時間がほしいのだ」

「ええ、それは父上だって引退を考えるべき時期は必要だとは思いますが……」

「そうじゃないんだよ、フェデリゴ」父は自分の指に嵌めた宝石と同じような青い眼でじっと私を見て言った。「私はまだ隠居を考えているわけじゃない。ただ私の生活の形として、もっと危険の少い、確実な、平安な仕事を望むべきではないか、と、そう考えているのだ。

「私にはよくわかりませんが……」

「いや、具体的にはこういうことだ。いま商会あてにガレー船の引合いがきているのだ。二年前、仏国王からロレンツォ殿が購入された船と同型の快走船だが、私は、何というのか、前ほどこの買入れに乗り気じゃない。私は、このうえ、日々緊張して、こいつが航海しているあいだ、心配しなければならんと思うと、どういうわけか、それだけで気持が疲れてしまう。もう沢山だという気がしてくるのだよ」

父は芯から疲れたようにそう言って、片手を顎にあてた。

「私はガレー船を購入するより、その分だけピンティ門の先の城外地を買ったほうがいいような気がする。最近リドルフィの抵当流れで売りに出ている土地があるのだ」

「しかし兄上たちが同意しないのじゃありませんか」私は父の青い眼が自信なげに机の上をさ迷っているのを見て言った。「危険は大きいとしても、利潤の点では話にはなりませんでしょう、船と土地とでは？」

「それは比較にならん」父はうなずいて言った。「比較にならんが、しかし私はこれ以上緊張し夜も眠られぬ思いをして富を蓄える気持になれないんだよ。夜風が窓を鳴らすたびに、寝床から起きだし、星のない空を見上げ、航海図を頼りに、船は無事だろうか、船荷は安全だろうかと考えるのに、私は、うんざりしているのだよ。できることなら、もう無罪放免にしてもらいたい。ゆっくり好きな本の中で過させてもらいたい——そんな気持でいるんだよ」

結局、父は六艘目のガレー船の購入を断念し、その分の資金は叔父カルロの工場新設のために当てられたのだと思う。さすがにピンティ門外の城外地への投資は、兄たちの同意を得られなかったのであろう。

だが、私は、二、三の友人から、これと似たような心の動きが、彼らの親たちにも見られるという話を聞き、何かほっとした気持になったことを思いだす。もし友人の親たちも父マッテオと同じような消極的な、ためらいがちな気持を抱いているとすれば、それはひとり私の父だけのことではないから、いわば父と同じ年齢ほどの人々に訪れる共通の気分であろうと、判断することができたからである。それが父固有の原因によるのでなければ、年齢とともに変化もあろうし、いずれそうした陰鬱な気分も晴れるであろう、と思えたのである。

だが、なかでも私が忘れられないのは、メディチ家の大番頭を務めるサセッティが、息子に同じようなことを洩していた、ということだった。私は小さい頃から何度か、この無表情な、髯の剃りあとの青い、小肥りのサセッティを見かけていたが、ここ十年に満たないあいだに、聖ジョヴァンニ界隈に新邸を建て、聖トリニタ教会内のサセッティ家礼拝堂のためにギルランダイヨ親方の工房《ボッテガ》に壁画を依頼して、フィオレンツァの話題を集めていた人物が、なぜ父マッテオと同じように愛蔵書のなかに埋もれ、世事から遠ざかりたいと言っているのか。彼もまた父と同じく実務の空しさを嚙みしめる年齢に達していたのか。それともあり余る財産を蓄えたあとの悠々自適の生活を思い描いていたのか。あるいはまったく別個の理由が介在していたのか。

私はその辺の事情はついに理解することはできなかったけれど、ロンドンのメディチ銀行の閉鎖といい、ジュネーヴ支店のリオンへの移転、合併といい、ずっと後になって遂にブリュージュ支店を放棄し、豪華なブラドラン館《やかた》を売却する経緯といい、こうした一連の衰退はなぜかメディチ家の大番頭であるこのサセッティの、奇妙な無気力をぬきにしては、考えることができぬように思ったものだった。

ひょっとしたら、それはメディチ側近のなかで、最もサセッティと対立していた叔父カルロの意見に、私が強く影響されていたのかもしれない。しかし仏国の王位継承をめぐる紛争のあいだ、ポルティナリに勝手な裁断を許しておきながら、いざ厖大な貸付金がブルゴーニュ侯から回収できぬとなると、さっさとブリュージュ支店を閉鎖した諦めのよさは、やはり大番頭サセッティのこの無気力と切りはなしては考えられぬように思うのである。

とまれ、こうした逡巡、躊躇、不決断がフィオレンツァの上流階級に属する人々のなかに、全部とは言わぬまでも、少くとも一部に、はっきり見てとれたのである。父にしてもサセッティにしても、長い時間をかけて髯を剃り髪を整え、念入りの仕度をして会議や仕事に出ていったのだ。私は、父が丹念にその日の衣服を選び、衣服に合わせて衿飾りや指輪の宝石を決めるのが、なぜか復活祭の聖母劇に出る役者たちが衣裳選びをするのに似ていると思ったものだった。そこには、日々の実務のなかで、自分が単なる一つの役割を果しているにすぎないという、距離をおいた、冷ややかな気持が動いているように思えたのだ。それは決して忍従といった大仰な態度ではなかったけれど、やはり禁欲的な、意志的な雰囲気は感じられたのである。

もちろん新たに絹織物の工場をサンタ・クローチェ界隈に買収して仕事の手を拡げていた叔父カルロのような人もいたのであるから、こうした逡巡、躊躇がフィオレンツァの大商人たち全体を覆っていたと言うのは誤りである。全体的に言えば、活況は以前を凌いでいたかもしれない。とくに中小組合に属する商工業者の活況はロレンツォ・デ・メディチの登場とともに一そう上り坂にむかったというのが、当時の人々の実感だった。たしかに繁栄という点では、この時期以上に栄えたときはなかったのではあるまいか。

たとえばまさにその年——一四七三年の聖霊降臨祭には、フィオレンツァの賑わいは頂点に達した観があった。私は後に述べるある出来事のために、この年の祝祭を忘れることができないのである。

その日の黎明から私は窓外で人がざわめく気配を感じた。花々が咲きみだれ、トスカナの空は一種の柔かな絹地のような青さで拡がっていた。明るい日ざしが窓に射しこんでいた。私は子供たちの手を引いて窓から外を眺めていた。妻が風邪をひいていたので、花の聖母寺《サンタ・マリア・デル・フィオーレ》のミサには参列できなかった。前日、母から私たち一家の席がとってあると言ってきただけに、妻はしきりと残念がっていたが、私は、別の理由からもそこに出かけたくなかった。それは例の、傴僂のトマソの愛人だった叔父カルロの上の娘マダレーナが、その日、郊外の修道院に入ることになっていて、一族とともに世俗者として最後のミサに加わっていたからだった。

　もちろん私は彼女の運命を哀れと思ったり、傴僂のトマソとの愛慾生活をあさましいと感じたりしたのではなかったが、結局は、この花の都《フィオレンツァ》の賑わいを見棄てて、寒村の修道院へ若い身空で閉じこもらなければならなかった従姉の顔を、直接見ることは、なぜか躇らわれた。私はトマソと面識があり、一時は心底尊敬していただけに、マダレーナと会うのが辛い気がした。私は別にトマソが憎いとも冷酷だとも思わなかったが、そうしたことに持札全部を賭けたような従姉の生き方には、何か痛ましさを覚えたのである。

　それでも祈禱行列が聖トリニタ橋を渡ってくる時刻になると、私は、子供たちにせがまれて、外へ出ないわけにゆかなかった。

　すでに私の住む聖ジョヴァンニ界隈は城外に住む農夫や小作人たちでごった返し、花の聖母寺《サンタ・マリア・デル・フィオーレ》にむかって押し合いながら動いていた。私は上の子供の手をひき、下の子供を抱いて、本寺前広場《ドゥオーモ》で行なわれる聖霊の飛翔を子供たちに見せてやりたいと思ったのである。

私たちが広場の端れにようやく着いたとき、すでに聖歌隊は聖母寺の前に並んで、聖歌を高らかに歌っていた。白と黒緑の縞模様のなかに薄紅のすじの走る、繊細なレースを掛けたような本寺の正面と鐘楼が、明るい春の光を受けはじめていた。本寺の石段の下には、山梔子《くちなし》や菖蒲《あやめ》や紫陽花《あじさい》の花を溢れるように盛りあげた、赤白黒青の幕をめぐらした山車が、大勢の若い女たちを乗せて停っていた。山車の向う側には本寺の正面入口まで金色に縫取りされた厚い絨毯が長く敷かれ、聖職者の列がその左右につづいていた。

やがて人々のなかから叫びとも嘆声ともつかぬ声があがり、それはやがて聖霊を讃える祈りへと変っていった。私が見たとき、その人工の白鳩は、ちょうど広場の半ばまでゆっくりと飛翔してきたところであった。

私は二人の子供を抱くと、白い鳩が聖霊であって、いま山車のほうへ飛んでくるのだ、と説明した。二人がこの群衆のなかでその鳩を本当に認めたかどうか私にはわからない。二人はともかく息をのんで、この異様な人々の集まりを眺めていたのである。

人工の鳩は遠くに張りわたした細い糸を伝って滑りおりてくる仕掛けになっていた。鳩の背には、イエルサレムから持ち帰った三個の火打ち石で火をつけられた蠟燭が燃えているはずだったが、その火は私のところからは見えなかった。

やがて白鳩は本寺の正面に達した。聖職者たちがそこから火を取り、高く捧げて、色とりどりの花と少女に飾られた山車のほうに向っていった。その身体が山車のほうへかがめられた。次の瞬間、山車から高々と花火が打ち上り、青空に黒煙が渦巻くと、乾いた、はじけるような轟音が、都市《まち》じゅうに響きわたった。

花火とともに人波がどっと揺れかえし、私は子供を抱いたまま、壁のほうへ押された。下の女の子がそれに怯えて泣きはじめた。私は子供をなだめながら、祈禱行列を見るのに都合のいい父の家まで出かけようとしたが、どの横町も身動きができなかった。

私は仕方なしに、とある町角の石段の上に立って、行列を眺めていた。笛や絃楽の音が建物の向う側に近づいていて、騒ぎが一段と大きくなっていった。間もなく、組合《アルテ》の旗を垂らし幕をめぐらした山車が楽隊を先頭に姿を見せはじめた。

私はいまも、そのとき子供たちが示した狂喜の様子を懐しく思いだす。もちろんこの二人に何もわかろうはずはなかったが、ただ、これら無知な幼児をさえ夢中にならせる何かが、フィオレンツァの華美な行列のなかにあることが、私に異様な感銘を与えたのである。

山車のあとから若い娘たちの踊りが広場に繰りこんできた。花びらが塔や建物の頂から撒かれ、空中がひらひら舞う白い花で満ちわたった。娘たちは胸の大きく刳《く》れた、ひらひらした黒地に銀糸の飾りのある衣裳をつけていた。胸もとからは輝くように白い、豊かな乳房が身体を左右に揺らすたびに、何か甘い重い液体のように溢れて、なまめかしい柔かさで動いていた。

白い長衣を着た少年少女の聖歌隊が、手に手に香炉を振りながら、透明な歌声をひびかせて、そのあとにつづいた。

市庁舎前《シニョリーア》の広場や古市場《メルカート・ヴェッキオ》広場では高く組立てた舞台で聖母劇や受難劇がはじまっていた。サンタ・クローチェ広場に向う細い路地には、職人や織女《おりこ》たちの群れが「若者よ、乙女らよ、明日は明日、今日の日を、楽しめよ」と歌いながら、パッツィ家やルチェライ家で振舞われる酒肴にありつこうと急いでいた。

楽隊は町角ごとに人々を集めていた。踊りの輪ができては崩れ、崩れてはまた輪になって人々は踊った。

道傍で休んでいる人もいれば、振舞い酒に酔って叫んでいる人もいた。女たちのげらげら笑い、若い娘の悲鳴、くすくす笑い、はやしたてる若者たちの声が、歌や音楽や爆竹の音にまじって、路地から、はじけるように聞えていた。

私は子供たちを連れて古市場《メルカート・ヴェッキオ》広場に出、そこから聖トリニタ橋まで人波に押されていった。橋をこえると、急に人影がまばらになって、朝のうちの雑踏を示す撒き散らされた花びらや、幕の切れたのや、飾りのものがもがれた残骸などが、道のあちこちに散乱していた。

私は都市《まち》の雑踏をつっきって戻るのは不可能に思えたので、サン・フレディアーノ門から輿を拾って帰ろうと思ったのだった。

そして私はそこでたまたま馬車に乗ろうとしていた従姉のマダレーナに会ったのである。はじめ私は、馬車に乗りかけてこちらを向いたまま、その動作をやめたヴェールをかけた婦人を、私の従姉だとは思わなかった。門のあたりには番人のほか、人足は見当らず、二、三の騎馬姿の人物だけが、聖トリニタ橋のほうへ急ぐのが見えた。馬は赤や紫の太綱で飾られ、銀に染めた鞍に晴着を着た若者が声高に何か話していた。

午後おそく行われる古代戦車行列につづいて町々を練り歩く騎馬隊の騎手に違いなかった。私は子供にそう言って説明していると、ヴェールの女がいきなり私を呼んだ。

私はおどろいて振りかえると、女はヴェールをあげて、片頬に笑いのかげを刻んだ。

「ミサで会えなくて、こんなところで会うとはね」

マダレーナは私の驚きを冷ややかに見ながら言った。

「言いわけなんかいいのよ。どうせ私には誰に会おうと、大して関係がないんだから。でも、あなたとここで会えたのは嬉しいわ。あなたとこんな場所で会うなんて、何か因縁みたいな気になるわね」

従姉の顔立ちはここ数年のあいだに急に老けこんだように見えた。眼のふちにも額にも細かい皺が刻まれ、暗い、疲れた、荒廃した感じがした。決して神の手に導かれ、静寂のなかで浄福を味わおうと願って修道院に入る人の顔ではなかった。おそらく彼女の荒んだ生活を憂慮した叔父カルロが、しかるべき聖職の地位を購入し、しばらく娘を世間の眼から隠そうとしたに違いない。

「そんなに気の毒そうな顔をしないでよ」マダレーナはなおどこかに美しさの残る皺の多い顔を私に向けて言った。「私がこの都市《まち》に未練がないと言えば嘘になるけれど、その逆も、同じように嘘なのよ。私はね、フェデリゴ、ある意味で、もうこの世の向うの壁まで行きついてしまった女なのよ。そりゃ、あなたの共感はあまり惹かないような遣り方ではあるけれど——いいのよ、そんな言いわけをしなくたって——とに角、向うの壁を見ちゃったのね。これ以上、私はこの世にいても、もう何もすることはないのよ。何しろ、私はトマソからはじめたのだから。ふつうの女なら、官能の楽しみの終りに知るものを、あの化物は最初に私に教えたんだもの。私が行きつく先はもう決っていたのよ。でも、フェデリゴ、私はその道を行ったのよ。あなたには想像することもできないでしょうけれど、これはこれで、私には人間が行きつくすべき道だとは思うのよ。たとえそれがどこか血みどろなヴォルテルラの殺戮やダヌス門の先の皮剝ぎ屋の臭いを連想させるとしてもね」

　私は言葉もなく従姉の顔をまじまじと眺めた。私は、彼女が傭兵隊副隊長のベネデットと懇ろだった時期も知っていたし、闘技士のジャノッツォと同棲した時期も知っていた。また娼婦アルフォンシーナとの関係が噂されたこともあり、ここで書くことを躇らわれるような噂が好色な男たちの耳に囁かれたこともあったのだ。しかしそのときどきに私が心を動かされたのは、従姉のマダレーナは、そういう噂のなかにいても、つねに眉一つ動かさなかったことだった。彼女は片頬を歪める冷たい笑い方をして、そうした噂を眼の下に見おろすような表情をしていたのである。

私はそんなときの彼女の豊満な胸や、細く緊った胴や、肩から露《あらわ》な浅黒いしっとりと重い腕が、ほとんど崇高と呼んでもいい威厳に満ちていたことを、いまも不思議なこととして思いだすのである。それはちょうど苦行の果てに神秘な教義の深奥に達した隠修士が、その教義の深さを私たちに教えることができないために、孤独な、重い沈黙を強いられているように、マダレーナも何かそうした私たちの理解を越えてしまったもののなかへ閉ざされていたように思えたのである。

もちろん私は彼女が言うこの世の向うの壁とは実際何を指しているのか、わからなかったが、彼女が意味しようとするところはほぼ想像できたのだ。

「私はフィオレンツァの馬鹿騒ぎは胸が悪くなるほど嫌いなのよ。なぜって、あんな一寸刻みの楽しみなんか、幾ら重ねたって人間の魂を変えるようなものにはなりはしないからよ。フェデリゴ、覚えておくといいわ、人間ってね、どんなことでも、限度までやり抜かなければいけないわ。限度まできて、これ以上もう先へゆけないというところまできて、そこを鞭で叩きのめし、叩きのめししなければいけないのよ。人間が変るのは、その限度をこえてゆく白熱した眩暈のあいだよ。それは、何も男と女の愛慾のことだけじゃないわ。そうするのが人間の道よ。人間はそうやってきっと神になるのよ」

　私は従姉の言葉のなかに痛ましくも傴僂のトマソの影響をかすかに感じた。しかし私はそれを口にする気になれなかった。問題は彼女がそのようなことの揚句に真に自分の運命に納得できたかどうかであった。マダレーナはふたたびヴェールをおろすと言った。

「私はね、フェデリゴ、その意味ではフィオレンツァの春の盛りにもう未練はないのよ。私はフィオレンツァの冬まで自分のなかで全部味わったんだから。もし未練があるとしたら、私が予見したように花の都《フィオレンツァ》が移り変ってゆくかどうか、それを見届けたいからよ。でも、私にはそれは疑いないように思えるわ。とに角、あなたに会えてよかったわ。私にいま意味があるのは、あなたのような人に会うことぐらいよ。人生って、こんなささやかなもので支えられているのね。そのことがわかっただけでもいいわ。じゃ、フェデリゴ、お達者で。二人のお子もいい子に育つと思うわ」

　私は従姉の馬車が去ってから、しばらくサン・フレディアーノ門のそばに佇んでいた。私には彼女の言葉が耳について離れなかった。たしかにフィオレンツァの町々の賑わいは、いま頂点に達しているのであるかもしれない。男も女も今この時を果汁でも味わうように全身で楽しんでいるのかもしれない。おそらく明日も明後日もその次の日も今日と同じように楽しみつづけるのであるかもしれない。だが、そうやって日々の楽しみを送った果てに、マダレーナが言ったようにこの世の向う側の壁が見えてきたら、どうするのだろうか。

多分明日を忘れて今この時に浮かれて歌い踊ることができるのは、今日と同じように楽しい次の日が待っていると考えているからだ。だが、その明日になって、もうこの世の向う側に来ていることに気がついたとしたら、果して同じように浮かれ騒ぐことができるだろうか。明日は明日だ。たしかにそうだが、しかしその明日の姿を見極めたと信じて、フィオレンツァを見棄てていった女が現にいるのである。その事実が、私のうえに重くのしかかってきた。河向うで爆竹が爆《は》ぜ、音楽が響き、笑いとも叫びともつかぬ喚声が風に乗って楽しげに聞えていただけに、マダレーリの言葉は深く私の胸に沁みたのであった。

だが、愛するフィオレンツァの移りゆきの一切をすでに見極めた現在、果して従姉があのとき苦く冷たい調子で言った予言が、どの程度まで正しかったか、となると、やはり問題は残っていると言わざるを得ない。

たとえば歓楽一つをとってみても、いったいフィオレンツァの人々は、真底から、きょうの日を楽しんでいたのだろうか。いや、それより、いまこのときを楽しむとはどういうことなのか。

私は一切が終った現在、その刻々に生きた人々の顔を一人一人思いだしながら、改めて、誰が真に生きたのだろうか、誰が真に時をとめ、生を手に入れたのだろうか、と問わないわけにゆかないのである。

だが、思えば、すでにあの当時、フィチーノ先生も、ランディーノも、いやロレンツォ殿でさえ、指のあいだから洩れる砂にも似た時間《とき》の流れを、いかにしてとどめるべきか、深夜、孤独な書斎のなかで思いめぐらしていたに違いない。

あの年の秋、ロレンツォ殿がフィチーノにプラトンの生誕を祝って集まりを開いてはどうかという提案をしたのも、こうした気持の動きをぬきにしては考えることができないのである。

私は先生からロレンツォ殿がプラトンの胸像をアテナイ市民から贈られたという話を聞いていたし、いずれそれが届いたら、カレッジ別邸に飾って、その前で〈饗宴〉を模した集まりが開かれる予定になっていたのである。

私は、四、五年前に開かれた集まりについては、フィチーノから聞いた話でしか知らないが、この年の集まりは、私自身が書記の役で文字通り末席に連なり、カレッジ別邸での〈饗宴〉の一部始終を仔細に見ることができたのであった。

当時、フィチーノ先生はプラトンの著作の翻訳を終えられ、『饗宴』や『パイドロス』の註解を試みるかたわら、スペウシッポスやプロクルスやデオニシウス・アレオパギタの著作の翻訳を考えておられた。私などが手伝ったのも主としてこれら翻訳の仕事である。

しかし先生が当時もっとも精神を集中していたのは、のちに『魂の不死に関するプラトン神学』の名で出版された思索であった。私が、書斎の仕事に疲れて散歩に出かけるフィチーノのそばで、日々耳にしたのも、もっぱら魂の不死についてのこうした思索の断片であった。

フィチーノはカレッジ別邸に住んでいて、ほとんどフィオレンツァには出かけず、メディチ家の集まりやトルナブオーニ家、ルチェライ家の客問などにも滅多に顔を出さなかった。彼の書斎を訪ねることができる人々も限られていて、たとえば私の父マッテオとか、ベルナルド・ルチェライ、医師のレオーネ・ダ・スポレトなどで、あとは弟子すじに当るジョヴァンニ・ネシとか、ナルド・ナルディとかアントニオ・ヴェスプッチぐらいであった。

「私は自分がフィオレンツァの芯に影響を与えるような形で思索していると思う」フィチーノはある日私の質問に答えて言った。「なぜなら私は自分がフィオレンツァの人々の苦悩や歓喜と一つになっているのを感じるからだ。お前は、私が午餐の集まりにも出ず、夜会にも顔を出さないのを不思議がっている。だが、哲学者の仕事は直接に他の人々を楽しませたり、寛がせたりすることではない。その点から言えば、ひどく利己的なものだ。しかしこの利己的な孤独だけが、哲学者を多産にさせる。このことは覚えておいてもいいことだ」

フィチーノは事実特別な用事でもないかぎり人々からの面会の要求に応じなかった。それでいいのだ、と自分に言いきかせるような調子で先生がつぶやくのを、私はたびたび耳にしたものだ。

もちろんそれだからと言って、フィチーノの人懐っこい性格が変ったわけではなかった。鉢を逆にしたようなフェルトの帽子の下から溢れた柔かい栗色の髪を風に吹かれながら、子供っぽい、陽気な、灰色の眼を、疑いを知らぬげに、まるく見ひらいて、どんなときにも怒りを表わしたことがないのだった。

私が講義の浄書を間違えたり、時間に遅れたりすると、「そうかな。え？　それでよかったのかな？」と自分に問いかけているような表情で、ぼそぼそ言うのであった。もしフィチーノに多少の欠点があるとすれば、当時マデイラ島から運ばれてきた黒砂糖に対して、人並ならぬ嗜好を示したことぐらいだろう。私が若かった頃、黒砂糖は極上中の極上品で、マデイラ島からはじめて輸入されたとき、父マッテオなどはフィオレンツァで最初の黒砂糖だといって高価な金額を払って私たちに振舞ったりしたものだった。私の家では、法外な値段を払うだけの価値があるかどうかという点で、何となく疑い深い気持を抱いており、あまり好んでそれに手を出すようなことはなかった。

しかしフィチーノは黒砂糖のかけらを夜の食事のあとに口にふくむのを楽しみにしていて、その代価のためにわざわざサセッティに特別の支出を交渉にいったほどだった。

「いや、いや、人間にはこのくらいの弱点はあったほうがいいのだ。別に自分を甘やかすわけではないが、一つ二つ弱点があったほうが、他の長所が生きて働く」

フィチーノは黒砂糖の壺を横眼で見ながら、子供じみた穏やかな表情でそう言うのだった。

カレッジ別邸でのプラトン・アカデミアの集まりは秋もおそくなった十一月七日、プラトンの誕生日を祝うという主旨で、計画の一切はフランチェスコ・バンディーニに委せられた。

十月に入ると、私は、長身のバンディーニがしばしばカレッジ別邸にフィチーノを訪ねる姿を目撃した。やさしい、静かな、青い眼をした、上品な細面の老人で、どこか優雅な洗練された挙措を感じさせた。細い、先のとがった指をまっすぐ前へ立てて、相手を説得するように、話しながら、それを前後に振る癖を持っていた。深刻な話になると、いつも朗らかな笑い話や冗談を披露して人を笑わすのが、長身のバンディーニの流儀なのだった。私はバンディーニに会うと、どこか、森の奥で角笛に興じている牧羊神の姿を連想した。この老人のなかには、ひどくそうした異教的な皮肉な快活さが息づいているようだった。

「私はね、マルシリオ、深刻な集まりにしたくない。もしプラトンがいたとしたら、そんな眉根を寄せた深刻ぶった会は好まなかったと思うね。そりゃ、プラトンがなぜ対話の形で哲学を書いたかを考えてみればわかる。プラトンは一つ一つの主張を、恐しげな顔をして、押しつけまいとしたからだよ。あそこでは対話者のそれぞれの主張が生きているんだ。あれは、そうした声の抑揚、調子、雰囲気、冗談、揶揄、困惑を含めて、その全体で何かを伝えようとしているんだ。それは何だと思うね？　私に言わせれば、それは精神の快活さだよ。精神の動きだよ。泉の水が溢れるように精神が溢れだしてゆくそのぴちぴちした動きの全体だよ。だから私は、こんどの集まりを、しかつめらしい議論や討論の場にしたくない。いや、プラトンの快活な精神にふさわしく、まず音楽と歌だ。それを眼目にしよう」

私は仕事部屋まで聞えてくるバンディーニの声に思わず微笑をさそわれたことを思いだす。それに答えるフィチーノの声はほとんど聞きとることができないほど低かったが、彼が、それでも多少はプラトンについての討論をまじえたほうがよくはないか、と提案していたのは、まず間違いのないところだった。

ただバンディーニの人選によって招待客が選ばれたので、顔ぶれがフィチーノの常連といくらか違っていたが、それはそれで興味ある取り合わせだと私に思えたのである。

私は〈饗宴〉の前日、フィチーノとともに会場に当てられた広間と露台を見てまわった。露台にはすでにプラトンの胸像が据えられ、白い布が掛けられていた。それは当日ロレンツォの手で除幕されることになっていたのである。

広間はフィチーノ専用の建物内にあり、庭園にそった柱廊に面して、壁龕のように深く刳れた、大きな窓が三つ並んでいた。天井は、葡萄文やアカンサス葉文を浮彫りにした格縁《ごうぶち》が神話の諸場面を描いた天井画を囲み、白地に金色の筋目の入った古代風な簡素優美な柱頭飾りを持つ柱がそれを支えていた。四方の壁には壁画《フレスコ》のかわりに虚空に多くの巻物が舞い上るさまが描かれていたが、その巻物の一つ一つにギリシア語とラテン語で箴言が書きこまれているのであった。

　私はフィチーノをはじめて訪ねた日、この広間に案内されたことを思いだしていた。それは初夏の午後のことで、窓から吹きこむ風を感じながら、庭園の反射光のなかに明るむこの広間に坐っているのは快かった。遠くで噴水の音がひたひた聞えるほか物音一つしないカレッジ別邸は、燃えるような花々に囲まれ、ひっそりして、どの部屋にも人の気配はなかった。

　私は時どき壁に沿って、ギリシア語やラテン語の箴言を拾い読みした。壁の上方、天井に近く、まるで突風に吹きあげられたように一ひねりした巻物には、「時は去りて帰らず《フギト・イレパラビーレ・テンプス》」と書いてあった。また窓の上の壁には「法は善と《ユス・エスト・アルス》義の術なり《ボーニ・エト・アエキ》」と読める巻物が描かれていた。壁龕のように窪んだ窓の縁に、巻物は、折れたように描かれていたが、そこには「生あるもの種より生ず《オムネ・ヴィヴム・エクス・オーヴォ》」と読むことができた。しかし私の眼が最後に必ず惹かれるのは、扉口の上に長い帯を翻《ひるがえ》したように見える巻物だった。そこに私は次のような文字を読むことができたのである。

「万物は良きものから生じ、良きものへ向う。この今をこそ楽しめよ。富を願うな。地位を望むな。極端は避けよ。争いを遠ざけよ。この今をこそ楽しめよ」

私はそれを読みおわると、窓からぼんやり柱廊ごしに花盛りの庭園を眺めた。庭園は段々状に低くなって、石欄をめぐらした庭園の奥を、密生した糸杉が、濃緑の壁のように閉ざしていた。そして糸杉の林の向うにフィオレンツァの町々が、花の聖母寺《サンタ・マリア・デル・フィオーレ》の赤い円屋根やその他の尖塔や胸壁つきの櫓《やぐら》などとともに、青ざめた逆光のなかに、遠く望まれるのであった。羽虫の音が窓の前で聞えていた。透明な光が柱廊から流れこんで、柱の影を一列に歩廊に刻んでいた。もの憂い、生暖かな微風が花の香りを運んでいた。

その瞬間、私は激しい喜びの感情が心を満してゆくのを感じた。私は将来に対する不安もなければ、自分の能力に対する疑惑もなかった。ただ自分がここにこうしていることだけで、もうあり余る幸福が与えられているような気がした。青空に雲が流れ、花々に光が降りそそぎ、私が若く健康であることで、もう十分なような気がした。これだけでも私は恵まれすぎているような気がした。風が吹き、光があり、夏が近づくというだけで、私は、神の恩寵が、この上なく豊かに優しく与えられているように感じた。私は思わず空中に漂う花の香りを深々と胸に吸いこまずにはいられなかった。私は書物で何度か読んだことのある〈至福〉とはこのことに違いないと思った。サンドロが話す〈神的なもの〉の現われとは、いまこの瞬間の甘美な酩酊感に似ているに違いないと考えたのだった。

私はおそらくフィチーノのもとで秘書となって働けることに感激していたのであろう。そしてそうした幸運に較べたら、その他のすべては無価値なもの、取るに足らぬものと見えたのであろう。

私はその瞬間、自分にも、自分の将来にも、地位にも、金銭にも関心がなかったのだ。私はいまこの瞬間に一切が満され、成就されていると感じていた。いや、願い以上のもの、勿体なさすぎるほどのものが、私に与えられていると感じていた。扉の上の壁に書かれた「この今をこそ楽しめよ」とは、まさに、いまの自分なのだ、と真底思ったのだった。

この広間にはそんな思い出があり、私はフィチーノのあとから広間に入ると、その初夏の頃のことが眼に浮んだ。しかしすでに私も二十歳の青年ではなく、トスカナの山野もまたすでに黄葉に濃く色どられていた。フィチーノは広間を一瞥し、それから子供じみた、明るい、灰色の眼をまるく見ひらいて、じっと、扉の上の例の箴言に見入った。

その翌日は朝から明るい光の輝く、いかにもトスカナの秋らしい澄んだ美しい日和だった。私は馬でサン・ガロ門を出ると、葡萄畑や菜園のあいだを抜け、朝日が縞になって射しこむ黄葉した林を通っていった。馬の蹄の鳴る道は湿っていて、すでに落葉の匂いが立ちのぼっていた。

カレッジ別邸には従僕たちが広間に入ったり出たりしていた。柱廊にはフィチーノ先生が姿を見せていた。

「今日の役は大へんだな。きっと議論はながくなると思うがね。もっともランディーノやベンツィは原稿をつくってくると言っていたが」

フィチーノは私の手を握るとそう言った。

「いいえ、私は速記力のかぎり書きとめるつもりです。私の記録によって、きょうのプラトン・アカデミアの光景が後世にいつまでも残ることができたら、私はもうこれ以上望むものがないくらいです」

「ああ、フェデリゴ」フィチーノ先生は柔らかな両手で私の手を取ると言った。「私はお前のような弟子を持てたことで、もう十分仕合せだよ。お前のような単純な心がこの世に平和を齎すのだ」

私は先生の低い穏やかな声が、これを書いている現在《いま》、耳に聞えてくるような気がする。だが何も私は、先生の賞讃をことさらここに書きつけて、回想録の主役に自分が取って替ろうなどと思っているわけではないのである。すでに何回か繰りかえしたように、こういう言葉を通して、むしろ私は先生の温厚な、驚きやすい、無垢な性格を示したいと思っているのである。

　だが、その日、私が胸を高鳴らせて、広間の一隅の書物机に控えていたのは事実である。もう秋の初めの頃からこのプラトン・アカデミアの噂はサセッティ家、ルチェライ家、トルナブオーニ家などの客間で囁かれていて、フィチーノと親交のあったベルナルド・ルチェライなどは直接集まりに出席できないかとフィチーノに訊ねたほどである。父マッテオはさすがにそこまで思いつめてはいなかったものの、バンディーニの人選に洩れたことは、やはり残念だったのではなかったろうか。

　九時に近くなると、まずずんぐりした身体を長い僧衣に包んだフィエーゾレの大司教アグリが、快活な小さな黒い眼を輝かしながら、柱廊に姿を現わした。早朝、馬で遠乗りをしてきたせいか、老アグリの丸々した顔は赤く上気していた。

「一番遠い私が一番乗りですかな」老アグリはずんぐりした身体を反らせるようにして言った。「長く生きると気は短くなる、ですかな」

　老アグリは両手をもみながら大声で笑うと、フィチーノに導かれて書斎に通った。

「父上とは久しく会っておりませんでな」老アグリは席に着くと言った。「お元気のようですな」

「相変らず組合《アルテ》の相談やら治療法の発見やらで家にいたことはないそうです。母がこぼしておりました」わが師フィチーノも、老アグリの前では、昔ながらの医師フィチーノの息子でしかなかった。「父ぐらいの年齢の方々は、どうも私たちとは違って、一際壮健のように見受けられます」

「そうかもしれん」老アグリは言った。「わたしらの頃はフィオレンツァもいまのように歌え楽しめという気風ではなかった。私らは働け、務めよ、神を敬え、と教えられてきた。そのおかげで、あれこれ悩むことも少なかった。コシモ殿もおられたしな。昔のフィオレンツァには何かこう質実な感じがあったな。いまのように華やかな、浮かれたような気分はなかった。どうもこれがお前たちを柔弱にするのじゃないかね」

そのとき書斎の窓の向うに老フィチーノの顔が見えた。中背の、せかせかした動作の老人で、マルシリオ・フィチーノそっくりの、子供じみた、灰色の、眼尻のさがった大きな眼をしていた。濃緑の前後に垂れた袖なし長衣をつけ、腕は、肩から脹らんだ淡い緑の絹地の袖で包まれていた。襞の多い頭巾の下から柔かい銀髪が溢れて、皮肉な、注意深い顔を縁取っていた。

「ちょうどあなたの噂をしていたところだ」老アグリは立ちあがってフィチーノ医師を迎えた。「あんたは昔通りの伊達者だな。これじゃフィオレンツァじゅうの婦人があんたの患者になりたがるのも無理からんな」

「私は患者を見るのに男女の差別はつけんよ」老フィチーノは銀髪に囲まれた皮肉な顔

を、ずんぐりしたアグリの赤ら顔にむけて言った。「その点、坊主と医者は親戚同士さ」

老アグリは面白そうに笑った。そこへ長身のバンディーニが淡い青のマントに紺のぴったり身体についた胴着を着て、黄金の留め金のついた帯を締めて現われた。

「お二人のおられるところ、つねに快活な精神あり、ですな」バンディーニはマントと羽根飾りのある長帽子を従僕に渡すと、二人の老人の向いに腰を下した。「お二人がそうしておられると、古きフィオレンツァはまだ健在だという感じです」

「フィオレンツァはつねに健在です。どうか〈古き〉などと言って私たちをがっかりさせないで下さい」

老アグリが笑いながら言った。

「〈古き〉といえば私の解剖用メスも錆びたみたいに聞えます」

フィチーノ医師がつづけて言った。

「いや、これは失言です」バンディーニは上品な細面に微笑を浮べて言った。「〈古き〉とは〈長き〉という意味ですし、〈永遠の〉ほどの意味にとって頂きたい」

「そうなると、きょうの集まりの主題にも結びつきますな」老アグリが赤ら顔を輝かせて言った。「私たちもいまや十分参加資格を与えられたわけだ」

「それはどういうことです？」フィチーノ医師が言った。「『永遠のフィオレンツァ』というの主題とがどうして結びつくのです？」

「いや、その説明は息子さんのフィチーノの役目ですよ。きょうのアカデミアでの討論の題目は息子さんのフィチーノの提案ですからな」

長身のバンディーニがうなずくようにしてマルシリオ・フィチーノのほうを見た。しかし息子のほうは眼で、バンディーニ自身が説明するように合図した。

「つまり、こうです。きょう皆で話し合うのは『現在を楽しむことが永遠性を手に入れる正統な方法であることについて』です」

「または『幸福について』と言いかえても構いません」

息子のフィチーノが補足した。

「それじゃ私たちは自分の顔を鏡にむかって論じようというのだね」

老医師は皮肉な顔で息子のほうを見た。

「自分の顔を鏡で?」マルシリオ・フィチーノが怪訝な調子で言った。「それはどういうことですか?」

「つまりだ、私たちはプラトンの誕生を祝おうとしている。それだけですでに私たちは幸福であると言える。しかもこの幸福には永遠の影が宿っている。それをわざわざ議題にして論じたてるのは、幸福が幸福を論じるようなもので、どうも実体が影を追う趣がありはしないか――そういう意味だ」

「あ、なるほど」老アグリが赤ら顔をフィチーノ医師のほうにむけて言った。「私はね、また、あんたが息子さんと議論することを、そう言ったのかと思ったよ」

一座がどっと笑った。一番激しく笑ったのは長身のバンディーニだった。

「まさか、いくらお二人がよく似ておられても」上品な細面を赤く上気させてバンディーニが言った。「自分の顔を鏡に見るなんて……そりゃ猊下、極端です」

書斎で老人たちが談笑しているあいだに、玄関の階段を通ってベルナルド・ヌッツィやトマソ・ベンツィが淡い色のマント姿で柱廊に現われた。彼らは書斎から聞える老アグリの声やバンディーニの笑声を耳にすると、互いに眼を見合って微笑した。

ジョヴァンニ・カヴァルカンティやマルスッピニ兄弟が顔を揃えたのもその直後のことであった。そして最後にカレッジ別邸に姿を見せたのは赤いフェルト帽をずり落ちるように被ったランディーノだった。彼は柱廊の奥へ、ちょっと物に驚いたような、内気な、人の好い微笑を向け、薄い眉の下の好奇心に満ちた眼で、改めて黄褐色の堂々としたカレッジ別邸に眺めいった。

朝の光は遅咲きのサルビアや菊に埋まる庭園に射しこみ、時おり澄んだ空気のなかを、プラタナスの巨木から葉がゆっくりと芝生のうえに散っていた。ランディーノは口の端に刻まれた皺を深めるように下唇を前へ出し、独特の表情の微笑を、もう一度浮べた。

そのとき、私はランディーノの姿を書斎の入口から見ていたのだった。それから十年後、このランディーノの校訂註解した『神曲』の挿絵版画の下絵をサンドロが手がけ、さらに晩年にいたるまで『神曲』挿絵を描きつづける運命になるとは、まだ、そのときは知るよしもなかったが、ただこのフィオレンツァの大学で古代文学を講じる碩学の到着で、いよいよプラトンの生誕を祝うアカデミアが開かれようとしているのを、私は、異様な感動をもって見守っていたのであった。

Ⅲ

カレッジ別邸で行われたプラトン生誕を祝う〈饗宴〉の一部始終をサンドロに話したのは、それから間もない日曜の午後のことであった。町はちょうど聖チェチリアの祝日に当っていて、教会の合唱隊や楽隊や楽器製造業者たちが、竪琴を弾くオルフェウスの彫像をオリーヴの葉で飾った山車を花の聖母寺《サンタ・マリア・デル・フィオーレ》前の広場に曳いてゆくところにぶつかった。白い聖歌隊服を着た少年合唱隊が山車の上にぎっしり並び、澄んだ甘い声を響かせて聖歌を歌っていた。時おり合唱隊の背後から鳩が放たれ、オルフェウスの、俯《うつむ》き加減の微笑した顔をかすめて、空に舞いあがった。

　行列のなかには仮面をつけた一群のおどけた楽隊がいて、道路の両側に並ぶ群衆のほうに泥酔したような足取りでよろけては、太鼓やラッパをでたらめに打ち鳴らした。そのたびに人波がどっと揺れ、娘や子供たちは恐がって悲鳴をあげて逃げまどっていた。

私がサンドロの工房《ボッテガ》に入ってからも、その騒ぎは幾つもの通りを越えて聞えていた。休みだったので、仕事場の奥まで閑散としていたが、仕上った絵や、仕上げの途中の絵が画架や壁に立てかけてあり、まわりに絵具箱や大きな汚れたパレットやぼろ布が散乱していた。私は入口にあった鈴を手にとって振ると、どこか遠くで誰かが返事をして、やがて階段をぎしぎし鳴らしてサンドロが降りてきた。

「休んでいたのかい?」

私は、サンドロの髪がくしゃくしゃのまま櫛も入れられていないのを見てそう言った。

「いや、上で小さな仕事をしていた。よかったら、上へ来ないか」

私はゆっくりプラトン・アカデミアのことを話したかったたし、最近のリンドロの仕事も見たかった。

「邪魔じゃないだろうね?」

「邪魔どころか」サンドロは柔かいくしゃくしゃの髪を横に振って言った。「朝からずっと下絵を描きつづけていたからね、ちょうど打ち切ろうと思っていたところだよ」

サンドロの仕事部屋に当てられていた中二階は、裏手に開いた小さな窓から白い光の流れこむ、船室のように手狭な部屋だった。隅に押された古ぼけたベッドと、窓に向いた大机をのぞくと、家具らしい家具は何一つ見当らなかった。机の上には幾枚もの下絵が散乱していた。

「ロレンツォ殿に依頼された『博士礼拝図』の下絵なんだ」サンドロはそう言いながら下絵のなかから何枚かを引きぬいて私に示した。「大体の構図はできあがっているんだけれど、メディチ家の人々をすべて描きこむというのがロレンツォ殿の意向でね。それがなかなかうまくゆかない」

「これは老コシモの横顔だね」私はかつてフィエーゾレのメディチ別邸の水盤に映っていた、やや長目の、細く尖った鼻をした、眼の小さいコシモの痩せた油断のない顔をまざまざと思いだした。「よく似ているね。まるで生き写しだ。君はまたどうしてコシモを見ないで、こんなそっくりに描けるんだろう」

「いや、ずっと昔、サン・マルコ修道院で会ったことがあったじゃないか、老コシモとさ」サンドロは金色の睫毛を細かくしばたたいて、茶褐色の眼で私を見た。「あの日、ぼくはすぐ老コシモの顔を素描しておいたんだ。その後、何度かコシモに会ったけれど、そのたびに画帳に描いておいたんだ。それが、いま、役に立っているんだよ」

私はまさかサンドロがそれほど用意周到だとは思えなかったので、思わずその理由を訊ねてみた。

「別に訳があったんじゃないんだよ。いつもぼくは気に入った顔をすぐ描いておくことにしているんだ。老コシモや痛風ピエロの顔が画帳に描いてあるのはそのためだ」

私は下絵のなかにメディチ家の人々が夥しく描かれているのを見て驚いた。むろんそのなかには絵画を依頼されてから素描をしたものもあったのだ。

「実はね」サンドロはちょっと眩しいように眉をしかめて言った。「ロレンツォ殿が『博士礼拝図』にね、ぼくの自画像を描きこむようにと伝えてきたのだ。それは、ぼくだって、メディチ一族が東方の博士たちになってキリスト生誕を祝う図のなかに、自分が加わるなんて、考えてもみられない光栄だと思うよ。しかしぼくがただ一人、他処者《よそもの》みたいにそんなところに混るなんて、どうも落着きがわるいように思うんだ」

「そんなことはない」私はサンドロの躊躇《ためらい》に反対して言った。「おそらくロレンツォ殿の気持では、一族の人々が勢揃いするそうした絵のなかに、証人でも立てるように、作者の自画像を描かせたいにちがいないよ。もちろん描くとしたら、絵のなかの君は、博士に従う使者たちの一人になるわけだね」

「そこまではまだ考えていないんだ」サンドロは構図の下描きを無意識に手にとりながら言った。「なにしろ三十人もの肖像を描きこんでゆくのだから、ぼくをどこにもぐりこませていいのやら、見当がつかないのだ」

　私は縦横に何本も線を引いてあるその下絵を眺めた。いつだったか、サンドロがフィリッポ親方に教わった遠近法の描き方について、いろいろ説明したことがあったが、この縦横の細かい線は、そうした画法によって構図を纏めようとするサンドロの苦心の表われだったのであろう。

私はいまもサンドロが不安げにじっと下絵の線のなかから、雲のような漠然とした輪廓で浮びあがってくるメディチ一族の姿を眺めていた様子を、はっきり思い出すことができる。彼は、私がそばにいるのを一瞬忘れたようにペンを取りあげ、下絵に何か描き加えようとし、それから私に気がつくと、すぐペンを投げだした。

「もう今日は終りにしなけりゃ」サンドロは独りごとのように言った。「消したり加えたり、きりがないんだ」

そこで私たちは薄日の入る窓の近くに椅子を引いていった。窓からは、赤い急斜面の屋根と屋根の間に、市庁舎《シニョリーア》の重々しい暗い塔が見えていた。聖チェチリアの祭りのざわめきがなお遠くから高くなり低くなりして聞えていた。

「だいぶ賑やかなようだね」サンドロは眼をあげて市庁舎の塔を眺めた。端正な旋律の絃楽の合奏が、祭りのざわめきのなかに聞きわけることができた。「今日は聖チェチリアだったね?」

「ああ、音楽家たちの祝日だ」私はオルフェウスの彫像を飾った山車のことをサンドロに話した。「あの山車の飾りつけにロレンツォ殿が五百フロリン寄附したという噂だ。叔父カルロが言っていたから、本当だろう」

「五百フロリンとはまた随分思い切った寄附だね」

「なんでも詩人、音楽家の保護聖人を讃えなければフィオレンツァの春は過ぎていってしまうということらしい……」

「花の都《フィオレンツァ》の春か……」

サンドロは何か考えこむように低くそう繰り返した。

「ああ、この都市《まち》の盛りがさ。ロレンツォ殿には、ただ、この花やかな賑わいだけが最大の願いなのだ。この前のプラトン・アカデミアだって、ロレンツォ殿の肝煎りだった。本当に、ロレンツォ殿がプラトンの胸像の除幕をしたときの様子を君に見せたかったよ」

「大勢の人が集ったのかい？」

「いや、集ったのはバンディーニやフィチーノ先生たち十人ほどだ。ベンツィがオルガンで、ギリシアの讃歌を弾いてね、参会者が菊の花の入った籠を持ってさ、それをロレンツォ殿とプラトンの胸像のまわりに播きながら讃歌を合唱したんだ。合唱が終ったとき、ロレンツォ殿が布を引き落したのだ。午前の日がその胸像に当っていてね、何と言ったらいいのか、こう凹凸がくっきりしていて、大理石で彫られた像なのに、まるで生きているみたいに生まなましい感じでね、ぼくは、思わずはっとしたほどだった」

私はそれからロレンツォが短い祝辞を述べ、それに対してバンディーニがロレンツォとプラトンを讃えた、華麗な表現の謝辞をながながと読んだ様子を話した。

「もっとも儀式ばったことはそれだけだった」私は話をつづけた。「だいたいバンディーニは朗らかな笑い話や冗談が好きな人だから、プラトン生誕のお祝いも、まず音楽から、ということになって、五、六人の音楽家が呼ばれていた。彼らは〈饗宴〉のあいだ、ずっと音楽を広間の隅で演奏していたんだ」

「プラトンの朗読があると言っていたね?」

「うん、あったのだ。ベルナルドが例のディオティマの一節をかなり長く読んだ」

「ああ、あの〈おお、わがソクラテスよ、人が生きるに価する生を送ることができるのは、美そのものの映像に真に達し得たときなのです〉のくだりだね」

「そうだよ、そこのところだ」私は思わずその日の情景を眼に思い浮べ、興奮して叫んだ。「あんなにいつも読み慣れていたのに、ベルナルドの朗読を聞いていると、まるで別の、黄金に刻んだ文字に触れているみたいにその一字一句が新鮮で、心に沁みるんだ。〈美に達する〉とはこういう瞬間のことかと思うと、何か、幸福感に満されて涙ぐみそうになったよ」

それから私は、老フィチーノ、カヴァルカンティ、ランディーノが交互に立って、『饗宴』のなかの気に入った箇所を朗読し、それに註解を加えたこと、それに対してマルスッピニ兄弟や老アグリから質問が出されたこと、ロレンツォはむしろ黙って、頷きながら、そうした意見の開陳に耳を傾けていたこと、などを話したのである。

昼食には豪華な料理が用意され、重い線刻のある銀器には、たっぷりソースをかけた焼肉や、にこごり付きの魚や、緑の香わしい草を散らした茸料理や、白葡萄酒で蒸した鶏肉などが山のように盛りあげてあるのだった。紫の筋日あるコップにキアンティ谷でとれた芳醇な葡萄酒がそそがれると、その甘やかな香わしい匂いは、たちまち広間いっぱいに漂っていった。老アグリなどは、その香りを嗅いだだけで、もうすっかり酔ったように頬を赤く上気させ、黒い陽気な小さな眼をしきりとぱちぱちさせていたのである。

しかし私が最も忘れがたかったのは、午後の心地よい、のどかな休息の後で行われたアカデミアの討論だった。人々はそこでそれぞれ〈永遠の幸福〉と〈現世の幸福〉の相違や、〈享楽〉と〈幸福〉の差異、または〈行為〉と〈瞑想〉の意味について論じ合ったのである。私は当時その討論の詳細を筆記し、何度かフィチーノ先生の指導でその筆記の補訂を行なったので、おそらくサンドロに対しても細かく正確に論議の内容を話すことができたに違いない。しかしそれからすでに四十年を経過し、手許にそうした詳細な記録を持たない現在、私は残念ながらこの回想録のなかで、それをそっくり再現することができないのである。たしかにそれは遺憾なことであるが、何とも致し方ない。ただ私はいまも忘れがたいロレンツォ・デ・メディチの議論と、それに対するフィチーノ（息子のほうのフィチーノである）の補足的な意見だけをここに書き残しておくほかない。これは私がサンドロに話したとき、他の人々の議論にまして、彼が注意深く耳を傾けていたものだったので、そのこととともに私の記憶に焼きついているのである。

その日、筆記に当っている私をのぞくと、アカデミアに参集した人々は、長方形の大テーブルを囲んだ長椅子に寛いだ姿勢で坐っていた。討論といっても市庁舎《シニョリーア》で見るような身振りを混えた激しい口調で行われるものではなく、雰囲気としては詩の朗読会のような趣を持っていた。議論が重苦しくなってくると、バンディーニか老アグリかが必ず軽妙な野次を飛ばし、一座を朗らかな笑いに誘った。どのような深刻な問題も快活な精神で論じ得ないはずはない、というのがプラトン・アカデミアの無言の申し合せだった。快活な朗らかな眼で見る場合のほうが、問題の核心を正確に見通すことができる――少くともその問題にくっつきすぎて、何が真に大切なのか、わからなくなる危険からは避けられる、というのが、アカデミアに集った人々の基本の考え方であった。

そろそろ夕刻に向う時間だったが、一座の朗らかな気分はいっそう高揚してゆくように思われた。そのとき、ずっと司会役を務めていたバンディーニが異教の長老のような面長の端正な顔で、長く伸ばした人さし指を左右に振りながら、〈死〉は死者その人には存在しない、なぜなら〈死〉が訪れたとき、死者はすでにその〈死〉を感知し得ないから、というエピクロスの言葉を引用しながら、〈死〉はただ生きている人間にとってのみ存在する、そして〈死〉は人間を〈現実〉に執着させるためにある、だから〈幸福〉とは〈現実〉を深く味わうことから生れる以上〈死〉は〈幸福〉の源泉である、という論旨の話を、皮肉な、揶揄するような調子で展開しはじめた。老アグリは背の低い肥った身体を長椅子から起して、バンディーニの冗談や機知に笑いこけた。彼はそんなとき、笑いにむせたように、喉の奥でひゅうひゅうと音をたてて、顔を真っ赤にし、涙をぽろぽろ流すのであった。

バンディーニの議論が呼びおこした一座の明るい寛いだ気分が、まだ波のように残っていて、人々が思い出し笑いをしているようなとき、それまでほとんど議論に加わらなかったロレンツォが立ちあがり、やや顰めたような眼蓋に覆われた青い眼を床にさ迷わせながら、二こと三こと自分の考えを述べさせて貰いたい、と言ったのである。

浅黒い、骨太な、上下の寸のつまったような顔は、ふだんのように、何か苦いものを嚙んだような表情を浮べていた。しかしロレンツォの特徴的な、鼻梁の中程から前へ迫りだしている扁平な鼻や、深く削げ落ちたような頰などは、傲慢というより、奇妙な親しみを私に感じさせた。ロレンツォはその瘦せた頰にかすかに微笑を刻んでいた。

「バンディーニの軽妙な話のあとでは」とロレンツォは低い、ざらざらした、幾らか耳ざわりな声で言った。（これは彼の喉が悪かったせいで、彼はそのときも、話のあいだ、三度も四度も空咳をしたのである）「誰が話したって色褪せてみえるでしょう。せめて見栄えのしない私の議論を持ってくれれば、それがもともとそうなのか、単にバンディーニのあとだからそう見えるのか、その辺のことは見別けがたい。実は私がこの機会を利用して意見を述べようと思ったのはそのためなのです」

一座の人々がどっと笑い、フィエーゾレの大司教アグリは肥った腹の上に組んでいた手をほどいて熱烈に拍手を送った。ロレンツォはそのほうに軽く頭をさげるとつづけた。

「実は私は先日イモラ地方をフィオレンツァ共和国が購入し領土に加えることを市政委員《プリオーリ》たちに提案し、ほぼその方針が決定したのです」ロレンツォの言葉は温厚な学者たちを驚かした。「諸君も知るようにイモラ地方はボローニャとラヴェンナの中間に食いこむような形をしている。ここまでフィオレンツァの支配が伸びれば、ヴェネツィア、ミラノ、フィオレンツァの三角同盟のなかで、われわれの地位は、より強大になり、われわれの発言力もそれだけ効果を持つことになります。そうなれば、この北の三角形の弱点だったミラノとヴェネツィアの反目をわれわれは未然に抑え得るし、三角同盟の安定感はいっそう深まるように思えるのです」

「その通りです、ロレンツォ殿」医師フィチーノは大組合《アルテ・マジョーレ》の代表らしい落着いた、注意深い声で言った。

ロレンツォはまた頭を軽くさげ医師フィチーノに目礼するとつづけた。

「すでに交渉委員がイモラの責任者と会っているはずです。購入金額は厖大でしょう。しかし私はフィオレンツァのためにメディチ銀行の資金を捧げるつもりです。われわれはともにフィオレンツァあって初めて存在し得るのですから」

私は老フィチーノや老アグリが大きく頭を縦に振っているのをちらと眺めた。私はロレンツォの話を一言も漏らすまいとペンを走らせていた。

「私がこんなことをいきなり話しだしたので、諸君は、私が市庁舎《シニョリーア》に向ける足を、プラトン・アカデミアに運んできたのではあるまいか、と訝しい思いをされたに違いないと思います。しかし私は決して行く先を間違えたのでもなければ、話す問題を取り違えたのでもありません。私は実はイモラ購入のような政治上の駆引きも、プラトン・アカデミアの純粋高尚な問題と何一つ変っていない、ということをお話ししたかったのです」

窓の外に西日が斜に射していて、ガラス越しに、落葉が散るたびに、その光が赤くきらきら葉をきらめかせるのが見えた。広間には一瞬、ロレンツォの言葉に同意するような沈黙がおりた。私はペンをとめてロレンツォの暗い感じのする分厚く前へ突き出たがっしりした額に眼をやった。そのときまた彼は話しはじめた。

「私がプラトン・アカデミアに望みたいのは、フィオレンツァの実務に励む人々を包みこみ、救いあげ、活動に意味根拠を与えるような哲学を、ここで考えぬいて欲しい、ということです。カレッジ別邸で考えられた哲学がこの内部だけに閉じこもって、フィオレンツァの商工業に勤しむ人々に何一つ適切な助言も励ましも与えなかったら、私に言わせれば、それは哲学ではなく、単なる囈言です。そんなものは頭の中で堂々めぐりをしていればいいので、わざわざ書いたり発表したりする必要はないはずです。考え、口にされ、書きとめられた言葉は、つねにその時代の苦しみを苦しみとし、喜びを喜びとした人々によって担われてきたのです。私はプラトン・アカデミアにそれを望みます」

人々は拍手でロレンツォの発言にこたえた。すると、マルシリオ・フィチーノが立ちあがり、父親そっくりの灰色の、眼尻のさがった、子供っぽい、大きな眼をロレンツォのほうに向けながら言った。

「ロレンツォ殿のお言葉は、私がまさしくここ十年のあいだ、プラトン翻訳を進めながら、考えぬいてきたことでした。どうか皆さん、私が、こんなしかつめらしい調子で話すのを許していただきたい」彼はフェルト帽の下から溢れる柔らかな髪を掻きあげるような動作をした。すると老アグリが大きな咳払いをしてから「しかつめらしさを表現形式にするということが、すでに、ある高級な冗談なのです」と言った。バンディーニは牧羊神のような上品な面長の顔を同意するように頷いただけで黙っていた。フィチーノはしばらく天井の柱頭装飾のほうに眼をやってから、ゆっくりした調子で話しはじめた。

「ここ二、三年のことですが、私の知人友人のなかに、しばしば同じような悩みを抱いて私のもとを訪ねる人が急に増えてまいりました。その悩みの中心はこういうことです、〈私たちは力を尽して都市《まち》のため、家業のため働きつづけた。家は栄え、妻子どもも何不足ない日々を送ることができる。堅牢華美な家も持つことができた。田舎には瀟洒な別邸も建った。高名な画家の手で家の天井や壁には見事な絵が描かれ、教会の個人礼拝堂も手に入り、そこにも一族の肖像がギルランダイヨやヴェロッキオのような腕達者な画家の手で描かれた。家には彫刻入りの金銀器が満ち、東洋の陶製花瓶や、豪華な仏国《フランチア》の家具調度、繊細なヴェネツィアのガラス器が並んでいる。あとは余暇とフロリン金貨の許すかぎり高価な書物や宝石や彫刻絵画を買い入れるだけだ。その高価な存在のなかに女性が入ることもある。アフリカから届いた珍貴な動物の場合もある。だが、私たちの生は、もうこの先、あまり変りばえのするものにぶつかろうとは思えない。食卓に並ぶ品々も初めのうちこそ珍奇で美味な料理も多かった。素晴しい酒の数々に陶然として溺れることもできた。しかしそれでさえ四度、五度が十度になり二十度となると、もう初めの感激は失われる。どんな料理をあさっても、どんな女たちを求めても、最後には生欠伸《なまあくび》とともに、いったい私たちの生とはこんなものだったのだろうか、こんな空しい頼りないものだったのだろうか、と叫ぶほかない。いったい、マルシリオ、生とはどんなときに真に永続する幸福をつかめるのだ？　そんなものがいったい私たちに与えられているのかね？〉事実、こうした悩みを抱く人々は、まだ三十になるかならぬのに、まるで老人か何かのようにとろんとした濁った眼をし、過度の快楽のためにすっかり窶れ、黄色くなっているのです。しかしその表情には決して自足した人の鷹揚な朗らかな雰囲気はありません。持つべきものはすべて持っているのに、むしろ渇いた人のように何かを求めて、ぎらぎらした血走った眼で、あたりを落着きなく見まわしているのです。いいえ、これは男だけではなく、女たちにも共通に言えることです。彼らはあらゆる物資に満され、快楽を思うさま味わえる身分でいながら、何一つ〈幸福〉を味わうことを知らず、〈幸福〉の何たるかさえ知らないでいるのです」

私はフィチーノの言葉を書きとめながら、ふと従姉《いとこ》のマダレーナのことを思い浮べた。彼女が言った「この世の向う側」というのは、いまフィチーノの述べたこの無限の倦怠と呼んでもいい状態のことだったのだろうか。

長方形のテーブルを囲んだ人々は、長椅子にかけたままの姿勢で、黙りこくっていた。一人一人が彼の言葉に該当する人物を何人か思いだしていたからであろう。

「私はしばらく以前は、同じ悩みでも、もう少し違った種類の告白を聞かされたものです。たとえば商工業の実務と学問研究の差異について、かなり突っ込んだ質問を受けたことがあります。そういう人々は言ったものです。〈実務では物足りないのです。右のものを左に動かしているような気持になるのです。ただ金銭を儲けても、それでは私は同じことを永遠に繰りかえしているにすぎないと思えるのです。フィチーノ、私には、一回きりの、一回性の刻印のある、そうした仕事が欲しいのです。そういう一回だけの仕事だったら、その一回性という性格のために、日々の繰りかえしの時間をこえて、永遠のなかに立てるような気がするんです。何かそうした仕事はないでしょうか〉これが実務に全力を投げかけて働いている人々の言葉です」

誰かが肩で息をつくのがわかった。フィチーノの発言は決して雄弁でもなく、華麗な言葉で飾られているのでもなかったが、しかし具体例を並べてゆく落着いた話し方には、なまなましい説得力があった。話しているうち、柱廊の辺に宵闇がただよい、広間のなかは従僕たちの運んできた燭台の火で赤々と輝きはじめた。

「悩みを訴える人々のなかに、もう一種類別の問題を持っている人たちがおります」フィチーノはしばらく考えるように口を噤んでから、ふたたび話しはじめた。「それは多く実務につく人々ですが、必ずしもそうばかりではありません。芸術家や学者のなかにもしばしば見当る型の悩みです。それは自分の立っている場所がずり落ちてゆき、いわば〈暗い窖《あなぐら》〉のなかに陥るような不安をたえず感じざるを得ない人たちです。そういう人々は必死になって自分の仕事に打ちこみます。何か確かな、根拠のある仕事によって自分を支えようと努めるのです。なかには商取引や工場経営が思わしくなく、そうした仕事の不振感がこの〈失墜感〉と結びついている場合もあります。しかし多くの場合、仕事もうまく進み、家族のなかにも何ら不満がないのが普通です。この人々は第一の人々のように奢侈品を買いあさったり、快楽に溺れてみようとする気持がありません。大体は、そうするにはこの〈暗い窖〉へずり落ちてゆく感覚が、あまり強く働きかけているので、到底そんな気持を感じられないからでしょう。彼らにしたがえば、第一の人々は随分と単純な暢気な人たちと見えることでしょう。事実、苦悩の度合から言えば、私には、第三の人々のほうが大きいだろうと思うのです。彼らは一瞬たりと自分の不安をまぎらわせないどころか、まさしく何かでまぎらわそうとすること自体が〈失墜感〉の原因になるのですから。でも、私には、ここ数年来、こうした悩みを抱く人々が急に増えたことが不思議だったのです。このことをどう説明したらいいのか、私はプラトンを訳しながら、それを思うと、私自身が〈暗い窖〉にずり落ちてゆくような気持になったものでした」

　窓の外がすっかり暮れ、隣の部屋で皿やコップが鳴る音がかすかに聞えた。フィチーノの話が終れば、今日のプラトン・アカデミアの〈饗宴〉を締めくくる豪華な晩餐がロレンツォの手で用意されているはずだった。私は机の両端の燭台から、赤い光がかすかに揺れるにつれ、濃い獣脂の臭いが漂ってくるのを感じた。時々燈心がじじといって白い煙を出した。一座の人々は黙りこくっていた。

「私はこの三者三様の悩みを別々に考え、その悩みの解決法をあれこれ考えました。しかし第一の人々の倦怠を治癒するには、そうした物質《もの》の充足以外の場所で、何か価値あるものを見つけることが必要でしょう。たとえば酒色に飽き果てた人に空の青さ、風の爽かさ、緑の木々の親しさを教えることがなければ——一ドゥカートも支払わない木の葉の緑や、冷たい泉の水が、どんな華美な衣裳、どんな芳醇な酒よりも、心を喜ばせるものであるかを知らせることがなければ——結局は彼らを物質《もの》の海の中で、渇きのために死なせることになるでしょう。しかし第二の人々の苦悩もある意味では、第一の人々らです。そこには仕事の目的がまるで失われているのです。〈右の物質《もの》を左へ移すだけ〉とは、何と彼らの実感を表わしていると思いませんか。売っても買っても運んでも、いや、何かをつくりだしてさえも、彼らには物質《もの》を右から左へ移したに過ぎないと思えるのです。それは、もともと、手を加えても加えなくても変りがないのと同然です。では、何のために働いたり、苦労したり、駆けまわったりするのでしょう。どうせただ品物をわずかに移動させるにすぎないのなら……」

　フィチーノがここまで話したとき、突然、大扉が開いて、燭台を持った執事が給仕人を従えて、一足、二足、広間に足を踏み入れた。彼は討論がまだ終っていないのを見ると、泡を食って、早口に何か叫びながら、給仕人たちを退らせると、また大扉を、音を忍ばせて閉めた。おそらくバンディーニとの時間の打合せでは、その頃、晩餐を運ぶ手筈になっていたのであろう。フィチーノの発言はまだ終りそうになかった。

「第三の人々の苦悩をこれらに較べると、たしかに、より内面の問題に見えます。〈暗い窖〉へずり落ちる、という感じは、一見、何の理由もなく起っているように思えるからです。つまりこの種の不安、不気味さには、原因がないのです。理由のない〈失墜感〉なのです。しかし私は長いこと考えぬいた末、これも所詮は物質《もの》の海の中を漂うことから生れる苦悩の一つだということに気づきました。私はこの暗い〈失墜感〉について何人かの人々と話し合いました。彼らは総じてこの世で満足していましたし、野心や欲求がある場合も、それを為しとげることが人生の大事な仕事であると信じています。しかしそれにもかかわらずこうした〈暗い窖〉へずり落ちてゆくような感じから抜けだすことができないのです。第三の人々の問題が複雑なのはこの点です。生きることに一応は意味も感じ、努力もするが、心の底に忍びこんだ〈失墜感〉をどうしても拭いきれない――こうした問題はたしかに解決が厄介です。しかしいまも申しましたように、これも物質《もの》の海の中に漂うことから生れてくる苦悩であることは、第一、第二の場合と同じです」

フィチーノが言葉を切ったので、私は、眼をあげ、燭台の光に黄金色に照らされたその横顔を見つめた。柔和な灰色の眼は、下から照らされた光のせいで、暗く、窪んで見え、瞳だけがその影のなかできらきらしていた。

「私の発言が長くなるのをお許しいただきたい。しかしいまロレンツォ殿が言われたように私たちがこうしたフィオレンツァの人々の苦悩や不安に無関心で、ただ古典研究に精を出すだけであれば、私たち自身が間もなく破綻するほかない。いや、〈暗い窖〉のなかにずり落ちてゆくのは私たち自身になってしまいます。私はいまロレンツォ殿がイモラ買収の問題を話されるのを聞いて、まさしくそうした問題をも同時に論議しうる哲学こそが、フィオレンツァに要求されている、と、私自身、ひそかに思っていたのです。

なぜなら私が挙げた苦悩や不安は、そのままイモラ買収の政治活動にも当てはまるからです。生に倦怠を感じる男なら、イモラ買収にも意味を見出せますまい。いや、〈物質《もの》を右から左へ移すだけ〉の人々も、〈暗い窖〉にずり落ちる人々も、たとえイモラ合併の工作を進めていても、同じ不安、同じ苦悩を感じるでしょう。なぜでしょうか？」

フィチーノはちらとロレンツォのほうを見た。しかしロレンツォは顰めるような上瞼を眼元のほうに寄せて、目の前の燭台の火がちらちら動くのに見入っていた。窓の外はもうすっかり夜になっているようだった。

「それは、逆に、こう問い返したほうが、より明確に解答が得られるかもしれません。それは〈なぜロレンツォ殿はイモラ合併の工作と瞑想生活とを一つに考えておられるのか〉という反問です。もちろん当のロレンツォ殿が最もよい解答を与えてくれるのは当然です。しかし私なりの解答を申しあげればこうです――ロレンツォ殿はイモラ合併のごとき政治活動も瞑想も同じものに見ておられるからだ、と。いや、私の言い方が挑発的なのは私自身よく承知しております。これに反対意見の方がおありなのもわかっております」フィチーノは大テーブルの端でランディーノやベルナルドが身体をもそもそ動かし、何か言いたげにするのを見ると、すかさずそう附け加えて言った。「政治活動と瞑想とを同一視するって？　それはまたどういう意味だ？　皆さんの顔にははっきりそう書いてあります。よろしい、お答えしましょう。権謀術数の渦巻く政治工作と、静寂と論理が支配する瞑想とが、なぜ同じなのか？　それは、その両者とも〈神的なもの〉が分有されているからです。どうか、もうすこしお聞き下さい」人々が急にがやがや話しだすのを見ると、フィチーノは両手を拡げて人々を制止するような身振りをした。「政治工作のなかに〈神的なもの〉があるのか？　工場の織機《おりばた》の動きのなかに〈神的なもの〉が現われているのか？　両替商の帳簿記入が〈神的なもの〉と関係があるのか？　皆さんはそう問われます。そうです。いままでそれとこれとは別々の問題だったからです。帳場で一日働き、織機の出来高を計算し、賃金を支払って、それからようやくギリシア語に取り組み、瞑想の一と時を得るのが普通ですから。そうです、一方は昼の仕事、この世の仕事、計算と動きと物質《もの》の仕事ですが、他方は夜の仕事、沈黙の仕事、内面の仕事、彼岸の仕事なのです。一方は太陽にさらされ、雨に打たれ、人と交渉し、物質《もの》に働きかけますが、他方は燭台の火の下で、時間の経過もなく、ほとんど永遠と呼んでもいい孤独のなかの仕事です。にもかかわらず私はそれら二つを、ともに〈神的なもの〉の現われと見るのです。そうです、地を匐《は》いずる農耕にも、帆綱を風に鳴らす航海にも、市場の雑踏にも、〈神的なもの〉が現われているのです。それはイモラ合併のごとき政治工作にも現われているのです。フィオレンツァをつくり上げるあらゆる職業、あらゆる職場、あらゆる振舞いのなかに〈神的なもの〉は現われているのです。たしかに瞑想は〈神的なもの〉を濃く分有しているということは言えるでしょう。しかしだからと言って、日常刻々の実務や物質《もの》が〈神的なもの〉を分有しないことにはならないのです。ここで私ははっきり私の考えを申しあげたい。私たちはこの世のすべてを〈神的なもの〉の現われと見なければならない。〈神的なもの〉のごく稀薄な存在から濃厚な存在まで、その分有度は異なっても、〈神的なもの〉の階梯によって、この世の一切が見られなければならないのです」

私は燭台の光に照らされたフィチーノの顔が、何か黄金で彫られた彫像のように見えたことを覚えている。プラトン・アカデミアの人々は、今日一日の朗らかな論議が、このフィチーノの言葉によって見事に総括され、結論づけられているのを、はっきり感じていた。彼らが予感したもの、指先に触知したもの、漠たる輪廓で摑んだものが、いまここにその本体を現わしていることを、大テーブルを囲んだ人々は直覚したのである。フィチーノはほとんど身振りもなく言葉をつづけた。

「フィオレンツァに包まれた一切が〈神的なもの〉と見なし得れば、私たちはすべて各自の仕事を通して〈神的なもの〉に触れ得るわけです。私たちは帳簿の山を整理しながらも、それが〈神的なもの〉を現わしていると見ることができるのです。だからそれに触れれば、帳簿づけが日々の虚しい繰返しであるとか、〈暗い窖〉へずり落ちてゆくとかいうことは考えられなくなります。なぜなら〈神的なもの〉に触れるとは、私たちが強い喜びを感じることだからです。私たちが心を甘美に満たす喜びを感じているとき、誰が日々を虚しいと思うでしょう？　誰が倦怠を感じるでしょう？〈神的なもの〉とは、歓喜の念を味わうことによって、その存在が知られるのです。〈神的なもの〉とは甘美な喜びに他なりません。美しい桜草を見るとき、私たちの喜びは高まりますが、それは〈神的なもの〉が濃く分有されていて、私たちが容易にそれに触れることができるからです。私たちが〈神的なもの〉を人間存在のすべてに見出し、〈神的なもの〉を深めることを哲学の中心課題とすれば、その哲学は、ロレンツォ殿の言われたごときイモラ買収工作をも含む哲学となり得るでしょう。いいえ、〈神的なもの〉に眼を向けさせることによって人々は〈無限の倦怠〉から抜け出せるでしょう。また日常の〈無意味な反覆〉からも、〈失墜感〉からも救出されるでしょう。哲学の仕事は人々の眼を〈神的なもの〉に向けさせることです。朝露を含んだ風が花々の香りを運んでくるように、人々の心に〈神的なもの〉を運びこみ、人々に〈永遠の浄福〉を深く味わわせることにあるのです」

フィチーノが言葉を終えて一揖《いちゆう》したとき、バンディーニが牧羊神のような面長な異教風の顔を前につきだして「見事な結論です。『現在を楽しむことが永遠性を手に入れる正統な方法であることについて』の根拠は、いまの発言のなかで、過不足なく言い表わされている。〈現在を楽しむ〉とは他ならぬ〈神的なもの〉に触れることだからです」と言った。

「それは神への道です」

フィエーゾレの大司教アグリは涙ぐんだ眼でそういうと老フィチーノのほうへ頷いてみせた。ロレンツォは顎を引きつけるような姿勢で長椅子のなかに沈みこみ、じっと自分の前を見つめていた。私はベルナルドもベンツィもカヴァルカンティもランディーノも燭台の光に照らされた彫像のように身動き一つしないのを眺めやった……。

私がこうしたプラトン・アカデミアの一部始終を詳細に物語るのをサンドロは注意深く聞いていた。私は彼の金色の長い睫毛にかくされた茶褐色の眼が、落着きなく、あたりをさ迷っているのを見た。それはサンドロが何か内面に思い浮ぶものを眺めている証拠だった。そんなときサンドロの注意力は内側に集中しているのだった。案の定、彼はしばらく黙りこくっていた。

「フェデリゴ、君はいつもぼくが欲しいと思っているものを持って、訪ねてきてくれるね」彼は放心から覚めると、手で無意識に髪を掻きあげながら言った。「ぼくは、この『博士礼拝図』でね、構図がしっくり纏らなかったのは、この中へメディチ家の人たちの肖像を忠実に再現する仕事と、博士礼拝という神秘な気分とが、うまく一つに表現できなかったからだ、と、いま気がついたんだ。そうなんだ、フェデリゴ。一方はポライウオーロ親方の〈物から眼をそらすな〉で、もう一方はどこか遠い東方風俗を空想しなければならないのだからね。この二つは全く別々のもの、水と油、火と土のようなものだ。ぼくはそれを、神秘な構図のなかに〈物から眼をそらすな〉を嵌めこむことによって解決しようとした。だが、何度やっても、木に竹を継いだような趣は拭い取ることができなかった。ぼくが失敗しつづけたのは当り前だった」

私はサンドロの机の上に散乱する下絵の山を眺めた。それは彼に従えばそうした格闘の惨澹たる記録にすぎないのだった。しかしサンドロの緊張した額に、青い花びらの上に浮ぶ筋目のような静脈がくっきりと現われ、顳顬《こめかみ》がひくひく痙攣していた。何か強い感情がサンドロを捉えているように見えた。

「しかしフェデリゴ、この二つは別々ではないんだ。いや、フィチーノの言葉を借りれば両方とも〈神的なもの〉を現わしているんだ。〈神的なもの〉を分有する点から見れば、〈物から眼をそらすな〉も神秘な光景を空想することも同じことなのだ。それぞれが〈神的なもの〉を現わしているのだからね。ぼくはそれに気づくべきだった。これは構図の問題なんかじゃない。この世を見る見方の問題だったんだ」

この『博士礼拝図』がメディチ一族の賞讃を博したことは、それからすぐ続いてメディチ家の何人かの肖像画を依頼された事実からも容易に想像がつく。たしかにサンドロは、当時盛況を極めていたポライウオーロやヴェロッキオ親方とは異なった画風を持っていた。しかしこの頃、一時的にポライウオーロの〈物から眼をそらすな〉を自分の絵に取り入れようとしたのは、この『博士礼拝図』で、それを自分の画風に加えることに成功したからではなかったであろうか。つまり〈物から眼をそらすな〉によって厳しく見られた物象《もの》も、〈永遠の桜草の姿〉と同じく〈神的なもの〉を現わしていることになれば、その両者は同じ姿勢で描けるはずである。

その年だったか、翌年だったか、聖マリア・マジョーレ寺院の依頼で描かれた『聖セバスティアーノ殉教』は何より私のこうした推測を裏づけてくれる。実は、昨日も、この箇所を書く必要もあって、聖マリア・マジョーレ寺院に出かけて、仄暗い礼拝堂の静寂のなかに浮び上る聖セバスティアーノの若々しい肉体をながいこと眺めてきたのである。

これがこの礼拝堂に掛けられた当時、フィオレンツァの人々は、かつてフィリッポ親方の絵を競って見にいったように、『聖セバスティアーノ殉教』を見るために押し合いへし合いしたものだった。そして誰もがサンドロがポライウオーロとヴェロッキオの工房《ボッテガ》で修業したことを、この絵の画風から、ごく当然のこととして結論していた。そこにはまぎれもなく〈物から眼をそらすな〉によって見られ写し取られた青年の若々しい裸体が、筋肉の盛り上りのどの一つも省かれずに、丹念に描き出されていたからである。

当時は私自身もフィオレンツァの多くの人々と同じく、それがこの都市《まち》の好みであり、流行であって、サンドロは巧みにそれに合わせて、克明な写実を行なっているのだと思っていた。

しかしそれは間違いであった。私は昨日『聖セバスティアーノ殉教』をながいこと見てつくづくそう思った。これは克明に人体の筋肉、骨格、姿態が〈眼をそらさず〉に写されているが、同時にそこに朝の風に似た香しいもの、清らかに澄んだもの、草の茎の白さに似た若々しいものが表現されているのである。甘美な朝の海の光の輝きを見るような、青さと金色との交錯したこの不思議な印象は、実は、サンドロが、このような気分で〈神的なもの〉を摑んでいたからに他ならないのである。

私は手許にあるサンドロの画帳からも、彼が自在に物象《もの》を描きだす腕があったことを理解できるのだが、『聖セバスティアーノ殉教』では、物象《もの》はただ物象《もの》として描かれているのではなく、まさしく〈神的なもの〉を仲介し表わすもの、という気持が、その根底に働いているのである。

後になってサンドロはためらうことなく〈神的なもの〉が純粋に露《あらわ》に現われている形姿《すがた》へと——彼の言葉を借りれば、この桜草、あの桜草ではなく、〈永遠の桜草の姿〉を現わすものへと——突きすすんでいったが、なおこの時期には、彼は〈ありのまま〉を描くことに専心さえしていたのである。

私は、しかしすでにその当時、彼が、果物の皮をむくように、〈ありのまま〉の物象《もの》から、不必要な部分を切りすてて、〈神的なもの〉を純粋に露に描きだそうと努力していたことを知っている。ただそれが大波の揺れ返しのように時折、突然兇暴な形で〈ありのまま〉へ向わせることになったのである。そんなとき彼は、すべてが〈神的なもの〉の現われだという考えに取りつかれていたのだ。

　事実、彼は、浅黒い、鬚のない、つるりとした、幅広の、骨張った顔のヴェロッキオとはよく行き来していたようである。ヴェロッキオ親方は、薄い眉毛の下の、きょろりとした、黒い、注意深い眼で、サンドロがダヌス門の娼婦たちの評判を喋るのをじっと見つめていた。画家仲間では、女性たちに眼のなかったフィリッポ親方に若い頃から仕込まれたサンドロは、他の誰にもまして女性の姿態の美しさに溺れている画家であると噂されていたのだ。

　人間は誰しも多くの仮面を持つ。画家仲間に向けて着ける仮面が、必ずしも、私のごとき幼少時からの友人に向けて着ける仮面と同じであるとは限らない。そのせいかどうか、サンドロはカッターネオの奥方に似たダヌス門のマダレーナをのぞいては、女たちについて私にはあまり話したがらなかった。

　しかし父の晩餐の席に顔を出すロッセリーノ親方やアントニオ親方の口を通して語られるサンドロの姿は、どちらかと言えば、フィリッポ風の遊び好きの画家であり、女たちの間では、さして実があるとは思われないが愉快に座を持つのが巧みな男、ということになっているらしいのであった。

　一度、私はちびのロッセリーノに、サンドロはもっと陰気な地道な男で、最近ではギリシア語も始めたたし、プラトン講読にも精通しているのだ、と言って反論したことがある。すると、彼は、二重顎を引きつけるようにして、急に真面目な顔になると言った。

「たしかにそういう面もあるだろう。あなたがそれを見ているんだから、それまで疑おうとは思わないよ。だが、私の言うのも本当なのだ。だいいちサンドロがなぜ結婚しないのか、考えてみたことがあるかね？　結婚しない男が、どうしてあんなに女が描けるのかね？　サンドロの描く女はただ町の娘をモデルにして描いたというのと訳が違う。あれは長年女と同棲して、女の内側外側を心ゆくまで味わいきった男の手に成るものだよ。そういう女がサンドロに何人いると思うね？　マダレーナ、アルフォンシーナ、ルクレツィア、いや、まだいる。こんなものじゃない。サンドロはこうした女たちと懇ろなのだ。彼女たちがいなければサンドロは絵が描けないのだ」

私はロッセリーノの言葉にあえてそれ以上反対しなかった。反論するだけの根拠もなかったし、反論してもそれほどサンドロの名誉にはなるまいと思えたからである。

ともあれ、この頃からサンドロの作品が急速にフィオレンツァの人々の注目を集めるようになったことだけは、はっきり書いておきたい。たしかに特異な作風であったし、甘美な憂鬱な気分がすでに濃く聖母子像に漂っていたが、前よりは、そうした優美な絵が好まれる気分が町全体に拡がっていたのが、彼の作品に幸いしたのであろう。それに『ユーディト』、『博士礼拝図』、それに続くメディチ家の人々の肖像画が大組合《アルテ・マジョーレ》や市庁舎《シニョリーア》で評判になるにつれて、いつかサンドロがメディチ家と特殊な契約を結んでいるような印象を一般の人々は受けるようになったのだ。

当時、私はこの噂を何か得意なことのように思い、彼にもそう言ったことを覚えている。だが、果してそれが本当にサンドロの生涯に幸運な要素として働いたのかどうか、現在から振返ってみると、私はそのどちらとも断言することを躊躇《ため》われるのである。

たしかに私はサンドロをフィチーノのもとへ連れていったし、アンジェロは一時シモネッタを崇拝してサンドロと日も夜もあけず暮していたし、のちには貴公子ロレンツォ・ディ・ピエロフランチェスコ殿とも親友の仲になったが、それは直接間接ロレンツォ・デ・メディチとの結びつきを――というよりむしろロレンツォの苦悩や焦燥や不安との結びつきを深めることになったと言えまいか。

ロレンツォの苦悩といえば、その年、彼がメディチ銀行の資本を投げだして購入しようとしたイモフ地方の買収に対して、思いもかけずローマ法王シクストゥス四世の反対が出ているという噂が流れていた。私はそれを叔父カルロの口から聞いたのであるが、カルロの言葉によれば、法王はロレンツォ・デ・メディチを不逞な野心家と呼び、イモラ地方をフィオレンツァに編入してアドリア海に向う領土をひそかに拡大しているのだ、と主張しているというのだった。

私はカルロの家に市政委員《プリオーリ》たちが集って鳩首会議を開いたこと、その何人かが大使となってローマに交渉に赴いたこと、会談が難航していること、などを、父の晩餐の席で誰からともなく耳にしていた。

　そんなある日、カルロの長男でローマ派遣大使の書記長を務めていたジョヴァンニが、パッツィ家のグリエルモ――ロレンツォ・デ・メディチの姉ビアンカと結婚したグリエルモである――と夜会で話し合っているところへ一族のフランチェスコ・デ・パッツィが顔を出し、ふとした話の行違いから、ひどい口論になり、果ては剣を抜く抜かぬの騒ぎになったのである。

　私はその騒ぎに居合わさなかったので詳細はわからないが、ジョヴァンニの言うところでは、彼がローマで法王の甥ピエトロ・リアリオの横柄な態度に不快な印象を受けたと話していたとき、そばにいたフランチェスコ・デ・パッツィが話に割りこんできたというのだった。

「一度フランチェスコの顔を見せてやりたかったよ」とジョヴァンニが言った。「まるで死人のように土気色の顔でさ、口を歪めて、墓場から出てきて人を呪おうとしているみたいだった」

　私たちが聞いていた法王の甥ピエトロの素行も決して芳しいものではなかったから、おそらくジョヴァンニが不快な印象を受けたというのは本当だったろう。とすれば、それに因縁をつけたフランチェスコ・デ・パッツィは当然ジョヴァンニに何か含むところがあったに違いない。

しかし当時、私はむろんのこと、事件の当事者であったジョヴァンニも、また騒ぎに巻きぞえを食わされた温厚なグリエルモ・デ・パッツィも、そこに何が隠されていたのか、理解できなかったのである。それから五年後、事件の一切が破局に達し、化膿した傷が一挙に破れて醜い膿が血を混えた緑白の液となって噴出するまでは、誰も、何一つ見通すことはできなかったのである。

しかし法王がひそかにイモラ買収工作を妨害しているという噂を聞いて間もなく、私は、ブルゴーニュ侯シャルルが、ブリュージュのメディチ銀行に対して、ネールランディア、仏国《フランチア》における明礬の独占販売権をメディチ家から取り上げるという通告をしてきた、という風聞を耳にした。シャルルといえばブリュージュのメディチ銀行を運営するポルティナリの無二の親友であり、どんな無理も聞いてくれる君主のはずであった。そのシャルルがなぜ突然メディチ家の主要な利潤源である明礬の独占を拒んだのか。遠いフィオレンツァではその真相は皆目わからなかった。私はそうした会話を週末の父の家での集りで聞くたびに、私自身が、何とも説明のつかぬ不安の中に引きこまれるのを感じた。そして新たに浄書をはじめた『パイドロス』の翻訳に向いながらも〈暗い窖〉にずり落ちてゆくという感じは、まさしくこうしたものだという気持に、夜毎、捉えられたのを、私はいまも思いだすのである。

第七章　生命の樹

I

私がいまここに書きつけていることは、何度も繰返すように、後になってからの、事の因果がはっきり見えるようになった眼で眺め渡される場合が少くないのである。もし私が当時これほど事の成りゆきに精通し、その将来を見通すことができたとしたら、もう少し違った見方なり、態度なりをしたであろう。私たちは背中から未来のなかへ進んでゆくと言うが、それはある意味で真実だ。私たちは何一つとして、刻々に起る出来事を予見することができないからである。

事実、私はフィオレンツァの賑やかな雑踏のなかにいて、ふとヴォルテルラの不気味な奇形児の噂を聞いたり、汗を流す十字架の奇蹟話に言い知れぬ苛立たしさを感じたりしても、それをただちに私たちを待ち受けている運命と結びつけるようなことはしなかった。いや、そんなことは考えてみようとすら思わなかったのである。

たしかに私は市政委員《プリオーリ》の一人だった叔父カルロから、フィオレンツァがトルファの明礬《みょうばん》独占権を失ったこと、イモラ地方の買収が法王の猛烈な反対にあっていること、スペイン、アフリカの明礬が北ヨーロッパに流れこみ明礬の価格が暴落していることなどを聞かされていたが、それが直接フィオレンツァの繁栄とどう結びついているのか、まったく見当がつかなかった。父マッテオなどはトルコ領から運んだ明礬を早く処分していたので、暴落の被害をまともに受けずにすんだが、都市《まち》の有力な商会のなかには、かなり打撃を受けた人々が出ていたし、メディチ銀行のブリュージュ支店、リオン支店あたりでも相当の損害を蒙ったと人々は噂していた。

といって、それによってフィオレンツァの日々の賑わいが変化したということはなかった。月ごとに行われる聖人祭礼には相変らず組合の豪勢な山車が繰出していたし、花火や行列に大勢の人々が集ってきていた。サン・フレディアーノ門から舗石を鳴らして羊毛の袋を積みあげた馬車が何台もサンタ・クローチェ界隈に走りこんでゆくのを見ると、都市《まち》の人々は、リヴォルノ港にどこの船が入ったのだろうかと話し合っていた。絹織物を積んだ馬車が包装の鉛の封印を光らせながら、アル・プラート門やサン・ガロ門へ向ってゆくことがあったが、多くはミラノ公国やローマ法王領の貴族たちに売られる品々であった。叔父カルロの工場で織られる絹布は、ほとんどサン・フレディアーノ門から出てゆく馬車に積みこまれたが、これは主としてリヴォルノ港から船でトルコに運ばれる品物であった。

変化は眼に見えるところでは起っていなかった。フィオレンツァの日々は以前にまして賑やかで陽気に見えた。古市場広場《メルカート・ヴェッキオ》はふだんの日でも祭礼のような人出だった。呼び売りの声や客を呼ぶ声が露天市の雑踏のなかに響いていた。籠に入れた鶏のけたたましい悲鳴、高笑い、押したの押されたので罵り合っている声、それをなだめる声、けしかける声が、広場のざわめきと一つになって聞えていた。子供たちが手に手に花輪や棒を持って、何か叫びながら、雑踏のなかを駆けぬけてゆく。輿に乗った貴婦人が通る。長い裳を曳いた若い娘たちが装身具店をのぞいてゆく。職人たちが話しながら通りがかる……。

たしかに私が眼にしたところでは、何一つフィオレンツァに変化らしいものは見られなかった。昨日と今日とで、これといってはっきり目じるしになる変化は起らなかった。私たちはただ華やかなフィオレンツァの日々の賑わいのなかを、まるで花を浮べた野中の川を下るように、ゆっくりと、その日暮しで流れていたのである。

私が父マッテオの週末の晩餐の席でイモラ買収がとうとう市政委員《プリオーリ》たちによって断念された、という話を聞いたとき、それを、フィオレンツァを取り巻く無数の事件のうちの一つにすぎまいと考え、そこにさして大きな意味を感じなかったのも、生活というものが一日一日で完結していて、毎日現われては消えてゆくように見えたからである。しかし当時、それが父マッテオの強い関心をひいていた事実は、やはり私に、多少は気になっていたとみえて、いまなおマッテオと叔父カルロ、来客のちびのロッセリーノ親方、葡萄酒商のミケーレがこの問題について熱くなって論じていたある晩のことを、奇妙に、はっきりと記憶している。

「しかしいくら法王でも、メディチ銀行が動かす金額の上をゆく金を、そう容易には捻出できますまい」

葡萄酒商のミケーレはその晩餐の後、話題がイモラ問題に移ったとき、赤黒く脹れあがった砂嚢のような顔を叔父カルロのほうに向けてそう言ったのだった。ミケーレは酔ったときの癖で、ひどく疑わしいような表情を浮べていた。

「そう考えるのがふつうです。私たちもそう思っていた。法王が反対しても、イモラを買収さえすれば、弁明はいくらでもできる、そう私たちは考えていました」叔父カルロはいくらか重苦しい調子で言った。「しかし私たちがイモラに申し出た金額をこえる価格で、法王はイモラ地方を住民から買収することに成功しているのです。法王はただ反対しているだけではない。フィオレンツァからイモラを奪いとったのです。横からきて、不意に、それを盗みとったのです……」

「しかし法王によくそれだけの金額が融通できましたな」

ミケーレの言葉に一瞬カルロは黙って父のほうを見た。私はそのとき、カルロが眼でマッテオに何か訊ね、マッテオのほうもそれに眼で答えたことに気がついた。おそらくこの問題は前に二人のあいだですでに話し合われていたのであろう。

「まだ、たしかなことはわからぬので」叔父カルロは声を重々しく響かせながら言った。「あまり他言してほしくないが、噂では、その金額はパッツィ銀行が立て替えたらしいということです」

「まさか」ちびのロッセリーノ親方が身体を椅子から乗りだすようにして言った。「だってパッツィ家といえども、わがフィオレンツァの一員じゃありませんか。ロレンツォ殿の考えでは、イモラ合併はフィオレンツァの安全のためにも是非実現すべきだというのじゃありませんか。とすれば、イモラ買収は国家の仕事だ。それに反対すれば反逆罪です。それをパッツィはなぜ……？」

「法王庁の鼻息をうかがったんだろう」ミケーレが赤黒く脹らんだ顔を前へ突き出して叫んだ。「パッツィ家は法王の権勢を笠に着て、フィオレンツァにはったりをかけようというんだろうよ」

「だが、なぜです？　なぜ法王の権威を借りる必要があるんです？　パッツィ家はこれ以上何を望もうというんですか？」ちびのロッセリーノ親方は肩をすくめマッテオとカルロの顔を半々に見ながら訊ねた。「あの人たちはフィオレンツァではメディチ家と並ぶ権勢と財産を手に入れているではありませんか」

「おそらく肩を並べるだけでは気にいらないからでしょう」叔父カルロはその頃、はやしはじめた顎鬚をこすりながら、注意深い眼で相手を見つめた。「財力の点ではメディチ家もここ数年来大きな損失を繰返していますから、どちらがどちらとも言いかねます。いや、ひょっとしたらパッツィの財力のほうが立ち勝っているかもしれません。しかし花の都《フィオレンツァ》における人望という点では、パッツィはメディチの敵ではありません。ロレンツォ殿は公職こそ持っておられないが、ソデリーニが〈国家の長〉に推挙して以来、陰に陽にこの都市《まち》の象徴的存在です。いえ、ロレンツォ殿のなかにフィオレンツァの人々の希望が具体化しているのです。私は工場を見まわる折、職工たちとよく話すのですが、彼らもロレンツォ殿を好んでいます。熱愛しているといってもいい位です。彼らは言っています。〈ロレンツォは気どらない。コシモよりも聡明だ。花の都《フィオレンツァ》を賑やかにし、俺たちの暮しが潤うことだけを考えている。花が咲き緑の草が伸びるのはお天道さまのおかげだが、俺たちの子供が育つのはロレンツォのおかげだ〉私は何度かこうした言葉を聞きました。しかしパッツィの連中にしてみれば、これほど競争心を刺戟する言葉もないわけです。ここ何年というもの、祭礼のたびにパッツィ家から喜捨される金額はメディチ家のそれを上廻っています。パッツィ屋敷での接待や通行人への振舞いは、ただフィオレンツァの賑わいを煽りたてるだけのものとは思われません。財力の点で肩を並べたパッツィ家はさらに、メディチの栄光や信頼や美々しさに等しいものが欲しいのです。彼らがローマへ色目を使うのはもっぱらそのためでしょう」

「それはよくわかります」ロッセリーノ親方はずんぐりした短い指を組んだりほどいたりして言った。「しかしパッツィ家とメディチ家はいまでは親戚関係を結んでいるではありませんか。もしローマ法王に厖大な金額を貸付けてイモラ買収の片棒を担ぐとしたら、いったいグリエルモ・デ・パッツィの立場はどうなりますかね？　グリエルモはそうでなくても公正な男です。一族がメディチの顔をつぶすような行為をしたら、とても、いまのままビアンカ・デ・メディチを妻にしておられんでしょう」

「いや、私も同感です。目下一番悩んでおられるのはグリエルモ殿でしょう。温厚な方だし、それに噂によれば、心からビアンカ殿を愛しておられるそうだし……」

父マッテオは深い溜息まじりにそう言った。私はふとそのとき、先日カルロの長男ジョヴァンニから聞いたパッツィ家との諍《いさかい》の話をした。

「喧嘩のもとはごく些細なことで、ジョヴァンニの言うところでは、まるでフランチェスコ・デ・パッツィが言いがかりをつけるためだけに、わざわざつまらぬことを取りあげたとしか、思えなかったということです」

私はミケーレとロッセリーノ親方にそう言った。二人はそれを聞くとひどく興奮した。

「それで読めた」ミケーレが叫んだ。「パッツィの連中はロレンツォ殿が年齢《とし》にも似ずフィオレンツァの〈長〉を務めあげているのに嫉妬しているんだ」

「しかしグリエルモだって、老ヤコポだって市政委員《プリオーリ》に選任されたし、いまさら親戚すじのメディチにむかって、協力を示しこそすれ、競争心を煽りたてられる謂《いわ》れはないはずでしょう」

ちびのロッセリーノ親方は短い指を鼻の片側に当ててそう言った。

「それはそれとして、法王に貸付けをしたというのは本当なんでしょうな」赤黒く脹らんだ顔に、むっとしたような表情を浮べて、葡萄酒商のミケーレが訊ねた。「パッツィはそれほどまでにしてメディチと張り合う必要があるんでしょうかね？」

「あるのでしょう」カルロが苦々しい調子で言った。「老ヤコポ・デ・パッツィは陰険な無口な男だから、表面はメディチ家に心服したふりをしている。しかし彼ら一族の暗々裡の野心は、粗暴なフランチェスコ・デ・パッツィの振舞いのなかに、むきだしにされているのです。七十人委員会でもパッツィ家に味方する人々が事ごとに市政委員《プリオーリ》の政策に反対しています。市政委員《プリオーリ》の公正さを見ようとはせず、一切がメディチ家を中心に運営されている、と主張してはばからぬのです。いずれ何らかの形で、パッツィが法王のイモラ介入に一枚嚙んでいる事実が明らかになるでしょう。われわれだってこの問題をただで済ますわけにはゆきますまい」

私は叔父カルロの言葉が、後に、あのような陰惨な事件に結びつき、それが直接間接サンドロに強い影響を与えることになろうとは、そのとき、まったく想像することができなかった。ただ彼が「われわれ」と言ったときの、一種の断乎とした口調に、私は、説明しがたい不安を感じた。叔父はふだんは決してメディチ派に属する自分のことを「われわれ」と呼ぶことがなかっただけに、こうした言葉のなかに、彼の無意識の怒りが隠されていることが推測されたからである。

私はその後、カルロの長男ジョヴァンニからフランチェスコ・デ・パッツィの不快な横柄な振舞いについて何度か聞かされた。あるときは市庁舎《シニョリーア》の広間で市政委員会の報告を待つ人々と喋っていたとき、フランチェスコがパッツィ派と目される人々と、聞えよがしに、ジョヴァンニがローマに派遣されたとき、町の女たちに散々に笑いものにされたという根も葉もない話をして、大声で笑っていたというのだった。また別のとき、フランチェスコは古市場広場《メルカート・ヴェッキオ》の酒場でジョヴァンニの声色を真似て、夜な夜な、彼が美少年を誘いにゆく情景を仲間に披露していたというのであった。このときもむろんジョヴァンニはその酒場に居合わせたので、彼は憤然としてフランチェスコに決闘を挑もうと思ったが、しかしいずれも仲間たちが、こうしたフランチェスコの悪質な挑発にのるのは、いかにも愚かである、と説いて、ジョヴァンニの憤激を押しとどめたというのである。

「仲間がいなければ、奴が殺されたか、俺が殺《や》られたか、どちらかだった」

ジョヴァンニはよくそう言っていた。しかし彼の友人たちの考えをまつまでもなく、フランチェスコ・デ・パッツィが正当な手続きで決闘するわけがないから、果してジョヴァンニが戦ったとしても、勝ったかどうか、わかったものではなかったのである。たしかにパッツィ家の長老のヤコポやグリエルモなどは温厚で実直な商人だった。とくにグリエルモはビアンカを通して深くメディチ家の人々と親しんでいた。にもかかわらずパッツィ一族が徐々に露骨に若いロレンツォに反感を示して、フィオレンツァの公式の宴席で同じ席を要求したり、花の聖母寺《サンタ・マリア・デル・フィオーレ》の大ミサにメディチ家より上位の席を占めたりしたことは、この一族の内部に暗く燃えていた野心をはっきり表明していたのだ。

　すでに前に書きとめておいたが、ロレンツォ自身は、フィオレンツァの公私の生活のなかで刻々に露骨になる両家の対立に心を痛めていた。彼は、老ヤコポ・デ・パッツィの、口のなかでぶつぶつ言う、不明瞭な、陰気な喋り方にも、つねに快活な口調で答えていた。老人に対する謙譲な態度も失わなかった。

「私はフィオレンツァのために捧げられている。そしてメディチもパッツィもフィオレンツァあってのメディチでありパッツィなのだ。両家ともフィオレンツァのためには心から一つにならなければならぬ」ロレンツォは周囲の人々にそう言い、また弟ジュリアーノと、パッツィ家の末娘ビアンカとの結婚式のときにも、はっきりそう演説した。もともとジュリアーノとビアンカ・デ・パッツィとの結婚は、前に書いたように、この両家の不和、反目を緩和する目的で行われたのだった。それは明らかにロレンツォ・デ・メディチのかなり性急な一方的な意向で決められ、有無を言わせぬ遣り方で実現された結婚だった。

ロレンツォも前からジュリアーノがシモネッタ・ヴェスプッチを愛しているのを知っていたし、シモネッタの慎ましい優しさには年長者らしい好意を示しさえしていた。これは私がじかにシモネッタから聞いたのであるから、まず間違いはないと思う。そういうロレンツォが、ジュリアーノとシモネッタの恋を無視して、突然ビアンカ・デ・パッツィとの結婚を取り決めたのは、彼なりに、両家の絆を強くしておく必要を強く感じていたからである。といって、それはロンドン支店やブリュージュ支店を閉鎖し、北ヨーロッパに投資した資金の半分を失ったロレンツォとしては、あながち非難されるべき処置と言えないのではあるまいか。ロレンツォはまず何よりフィオレンツァの秩序と繁栄を願っていたし、それが全イタリアの平和の根底であると信じていたからだ。あらゆる手をつくして北の三角形――フィオレンツァ、ミラノ公国、ヴェネツィア共和国――と南の三角形――フィオレンツァ、法王領、ナポリ王国――の勢力の均衡をはかることが老コシモ以来の一貫したフィオレンツァの対外政策だった。ロレンツォはこの方針を受けついだばかりか、むしろ積極的にそれを推進しようとさえしていた。彼にしたがえば、イタリア半島が平和であればあるだけ、フィオレンツァは栄えるはずであった。彼がイモラ地方の買収合併を考えたのも、もっぱらミラノ公国とヴェネツィア共和国との均衡保持に関する発言力を強化しようという狙いからであった。これは叔父カルロから何度となく聞かされているので、疑う余地はないことのように思われる。

こう考えてみると、パッツィ家の人々がローマ法王にイモラ買収資金の貸付けを行なったことは、外に対してはこうした勢力均衡策を破る軽率不穏な行為であり、内に対してはメディチとパッツィの融和への努力を踏みにじる裏切りの行為にほかならなかった。いかなる難局に当っても快活な表情を失わなかったさすがのロレンツォが、ローマから、法王庁の管理事務一切をメディチ家からパッツィ家に移す旨の通達があったとき、一瞬、激怒の発作に駆られ、蒼白な顔になったというのも、無理からぬことと思うのである。

しかし次の瞬間、ロレンツォは自分を取り戻すと、たまたま部屋に居合わせたソデリーニや大番頭のサセッティや叔父カルロなどに「もしロレンツォがこの挑戦を受けなかったら老コシモもお腹立ちになるだろう」と言って、かすかに笑った、ということだった。

「しかしロレンツォ殿の顔色はずっと蒼白いままだった。喋り方や物腰はいつもと変らなかったが、眩しそうに顰《しか》めた眼蓋が、時々ひくひく動いていた」

叔父カルロは後になってそう話してくれた。私には、ロレンツォのいくらか上下に寸のつまったような骨張った顔が、眼に見えるような気がした。鼻梁の中程から前へぐっと迫《せ》り出した扁平な鼻や、豪胆な感じのがっしりした額が、蒼白く凍りついたようになって、じっと前の虚空を見入っているさまが、はっきり眼に浮んだのである。

私は、ロレンツォの顰めた眼蓋がひくひく動いていたのは、彼が煮えたぎる激情を辛くも押えていた証拠でなくて何であろう、と思った。彼が冷たく笑ったのは、ほとんど無意識からであって、全身の注意力はこうしたパッツィ一族の無智と背徳とをいかにして罰すべきかに集中していたにちがいなかった。

差し当りメディチ銀行のローマ支店が、最大の業務であった法王庁の財務管理、巡礼手形交換、用度管理を失った以上、今後の経営をいかに運用してゆくかがメディチ家側近の緊急の問題となっていた。ローマ支店の支配人トルナブオーニがフィオレンツァに戻ってきたのは、それから間もなくのことだったが、私はたまたま招かれたルチェライ家の客間で堂々とした体軀のトルナブオーニに会ったのである。以前私が見た頃よりずっと白髪も目立っていたが、柔和な細い茶褐色の眼や、たっぷりしたまるい顎などを見ていると、ローマで深刻な破局を迎えた支配人という感じはしなかった。太い朗らかなその声にも、話しぶりにも、陰気な湿った印象はなかった。それはいかにも落着いた、悪びれない、屈託ない態度なのであった。私はその客間に響くトルナブオーニの笑い声を聞くと、はたして本当にメディチ銀行のローマ支店は破滅に瀕しているのだろうかと自問しないわけにゆかなかったのである。

こうした状態のなかで、たとえばジュリアーノとシモネッタの関係が何かパッツィ家に対する冷ややかな挑戦の意味合いを帯びたとしても不思議はなかった。私は若いジュリアーノがどんな気持で、気楽で子供っぽいビアンカ・デ・パッツィを見ていたか、よくわかるような気がする。おそらくジュリアーノ自身もメディチ家が陥っている困難な状況をよく理解していたにちがいない。だからこそ、シモネッタを説き伏せて、ビアンカとの結婚を受けいれたのであろう。またロレンツォも二人の関係はあまり大っぴらにならぬかぎり見て見ぬふりをつづけていたのである。

しかし鼻のあたまにいつも汗をかいている陽気なビアンカ・デ・パッツィにとって、こうした一切は、災難と呼ぶほかないような事柄ではなかったろうか。鞠打ちに熱中し、レースを幾重にも縫い重ねた胴着や裳裾を泥だらけにし、斜にひしゃげた帽子を平気で頭に乗せ、侍女たちと笑いころげていたビアンカは、気取った、品のいい、端正なジュリアーノをおそらく物足らぬ、上辺だけの、移り気な男と思ったであろう。これと逆に、上着の皺一つに死ぬ思いをしたジュリアーノは、この無頓着な、開けっぴろげの、気楽なビアンカを、何か肉体に加えられた不快な痛みででもあるかのように、顔を顰めて眺めていたにちがいないのだ。

おそらく二人が別の機会に顔を合わせることがあったなら、こうした極端な気質の違いも何とか歩み寄りの道を見いだしたであろうし、相違そのものを可笑しがって見るだけの余裕も生れたであろうと思う。しかしジュリアーノは初めのうちこそ、ビアンカと連れだって集りなどに正式に出かけることがあったものの、イモラ問題が起り、パッツィ家への敵意が露《あらわ》になるにつれて、ロレンツォはもはやジュリアーノに良人としての体面をまもるように強制しなくなり、ジュリアーノ自身も半ば公認された気持でシモネッタと暮すようになったのであった。

私はここで格別フィオレンツァの風俗道徳について論じる積りはない。一介の平凡な人生を送った古典学徒にすぎぬ私が、波乱の生涯を送った男女の心奥の喜悲について、何か言うとすれば、それはあまりに大胆であり、あまりに厚顔であると言わなければなるまい。私は従姉のマダレーナが修道院にいったことさえ、いいことなのか、悪いことなのか、判断することができないのである。私にできるのは、せめて〈世間の向う側の壁を見てしまった〉というマダレーナの荒涼とした顔を、ただ恐しいものとして感じることだけである。同様の理由で、私がジュリアーノとビアンカ・デ・パッツィにできるのは、二人の不幸の深さを如実に感じること、そしてその前でただ黙ることだけなのだ。もちろんここにシモネッタの慎ましい挙措を加えていいかもしれない。彼女もまた不幸という点では、彼ら二人に毫も劣るところがなかったからである。

もしシモネッタが数日早くジュリアーノに会っていたら、彼女はマルコ・ヴェスプッチとは結婚しなかったろうし、彼と結婚していなければ、ジュリアーノとの結婚はまるで望めないということではなかったはずだ。だが、そのことはここに繰返すまい。

私がここで註の形で言っておきたいのは、こうしたメディチ家とパッツィ家の暗黙の反発、敵意、憎悪が、両派の人々のあいだに眼に見えぬ形で自然と伝わっていた、ということである。むろんフランチェスコ・デ・パッツィのような無法な男は例外であったが、概して両派の反目は表立つことはなかった。祭礼の賑わいのさなかに酔った勢の喧嘩口論は絶えなかったが、それは直接両派の人々が憎悪に駆られた結果ではなかったのである。

しかしいま思うと、シモネッタが私たちメディチ家に好意を寄せる人間たちにあれほど尊敬され、憧れの的となり、多くの心酔者をつくったということは、こうした特殊な背景を考慮に入れないでは、考えることができないのである。

人々は私の持って廻った理屈に憫笑を禁じえないかもしれない。また当時のことを記憶にとどめる人は、シモネッタ・ヴェスプッチの美しさ、優美な挙措について何がしかの思い出を抱き、彼女がフィオレンツァを熱狂させたのはその美しさ、気高さのためだ、と言うかもしれない。

にもかかわらず私はあえて自説を主張したいと思うのである。シモネッタの美しさは彼女自身の生得のものであっただけではなく、あの時代の特殊な状況がつくりだしたものであった。人々はシモネッタに熱中し心酔することによって、若いジュリアーノの幸福を讃えようとしたのである。そしてジュリアーノの若さと輝かしい幸運を讃えることによって、メディチ家とフィオレンツァの繁栄と賑わいを、何か眩ゆい花盛りのように眺めたいと思っていたのだ。

それでなくてはフィチーノ先生の周囲の人々のあいだに拡がった熱病のようなシモネッタ心酔を何と説明すればいいだろう。

たしかに恋といい、愛と呼ぶものは、この世を変える変幻の働きであって、一度その魔力に魅入られると、自分でいかにあがいてみても、もはやどうすることもできぬものなのかもしれぬ。

当時、人々はフィチーノ先生をカレッジ別邸に訪ねても自然と話題はシモネッタのうえに戻っていったものだった。彼女がフィチーノ先生を訪ねることは月に一度あるかないかだったが、彼女の訪問日に同席することは、プラトン・アカデミアの周囲に集る人々にとって、甘美な夢のような願いなのであった。

私は先生のもとでは末席に連なる弱輩にすぎなかったが、長身で瞑想的なルチェライや陽気なずんぐりした司教アグリなどから、シモネッタと娘時代から知り合っているという幸運を大いに羨しがられたりした。もちろんシモネッタは自分がフィオレンツァの学者仲間、詩人仲間で噂の的になっていることには、ほとんど無関心だった。彼女には、若いジュリアーノしか眼に映らなかったし、それ以外に生きる理由を感じていなかったからである。

このことがシモネッタに一種独特の放心に似た表情をとらせていたにちがいない。私は彼女がフィチーノ先生の客間を出て、カレッジ別邸の正面の柱廊を、ぼんやりした表情で歩いているのを時おり見かけたが、当時人々が噂したように、そこには〈無限にやさしい静けさ〉が漂っていた。司教アグリのように、それを聖母マリアの甘やかな悲哀に包まれた表情と較べる人もいたが、多くは古代ギリシアふうの端正さ、優美さ、ういういしさになぞらえていたように思う。

私はサンドロの絵からも容易にわかったのだが、その頃のシモネッタは次第にカッターネオの奥方に似て、娘時代の陽気な、人懐っこさを失っていた。たしかに微笑のかげのある明るい青い眼や、薄い眉と眼のあいだの浅い窪みや、眼蓋の切れの長い線は昔のままだったが、顔全体の感じはずっと弱々しく、憂鬱な暗い気分が漂っていた。私は、放心したシモネッタに柱廊でばったり出会ったりすると、カッターネオの奥方の冷んやりした上品な優美な顔立ちが、そのままシモネッタのなかに現われているような気がした。金褐色の髪にかこまれた形のいい額をすこし俯《うつむ》けるようにして、自分の前を見つめている様子はカッターネオの奥方そっくりだった。反り気味の細い鼻、うっすら開いた形のいい唇、先端の細っそりしたやさしい顎などは、前に感じた以上に、奥方との相似を感じさせたが、おそらくそれは、シモネッタの頰に影をつくっている、いくらか肉のそげた感じや、微熱のあるような物うげなポーズによって強められたからに相違ない。

いまから思うと、シモネッタを病床に釘づけにし、あの美々しい騎馬試合のあった翌年、彼女を死の黒衣で包み去った病気は、すでにその頃、彼女を冒しはじめていたのかもしれぬ。たしかにシモネッタの放心した美しい表情には、恋に憑かれた女性の穏やかな輝きといったものも感じられたが、同時に、ローマ街道の入口で発掘された古代墓碑の浮彫りに見られる物うげな憂鬱に似たものが、淡い翳りのように漂っていたのである。

その頃、彼女がフィチーノ先生や私を訪ねるときは、もはや以前のように馬に乗るようなことはなく、都市《まち》の婦人たち同様、馬車を用いていた。もちろん仮面をつけて広場の踊りの輪に加わることもなかった。彼女の気晴らしはアンジェロを相手にギリシアの詩を読むか、あるいはアンジェロがつくった滑稽な諷刺詩の朗読を聞くかぐらいで、あとはジュリアーノとひっそり暮らしていた。彼女はトルナブオーニ家の集りにも、ルチェライ家の園遊会にも滅多に姿を現わさなかった。彼女が好んで出かけたのはカレッジ別邸のフィチーノ先生の書斎であり客間であった。そして多くの場合、彼女の希望から、そこに同席するのは、私と、若いベルナルド・ルチェライぐらいだった。彼女はベルナルドと会うと、ルチェライ家の園遊会や集りに出られなかったことを謝るのだった。

すると、ベルナルドは真っ赤になって「あれはあなたのような方のおいでになる場所じゃありません。あなたにふさわしいのはフィチーノ先生の書斎です。古代の知恵が香しい女性の身体を借りてこの世に現われるとしたら、シモネッタ様、それはあなたを措いてほかにありえないのです。私はあなたにお目にかかると、古い高貴な時代の書物を読んだときと同じ喜びに身体が満されるのを感じます。あなたが身を置かれるには先生の書斎がいちばん似つかわしい場所です」と言うのであった。

シモネッタはシモネッタで、ルチェライ家の典雅な趣味を示すアルベルティ親方の設計した宏壮な邸宅や、石欄や糸杉をめぐらした庭園や、夥《おびただ》しい華麗な室内装飾、家具調度などを賞めると、ベルナルドは、少年のようなはにかみと羞恥を顔に浮べて言うのだった。

「あんな地上の幻影など、あなたのような方が眼をおとめになってはいけません。私もいつか簡素な修道院のような住居に逃げるつもりです。そこでの美しさは、ただ自然の恵みとじかに接しているような、そうした種類のものだけです。空の青さや、香しい風や、緑の大地や、水盤を溢れる水だけで満された住居です。窓にはアネモネをこぼれるように咲かせるんです」

先生がいない折には、客間か、格言を壁に書いた大広間で私たちは話をした。時にはフィオレンツァから四、五人の楽師たちがきて、甘美な音楽を聞かせることがあった。そんなときシモネッタはカッターネオの奥方そっくりに顔を俯けるようにして、縺れあい絡みあいして高まってゆく旋律に聞きいっていた。それはジュリアーノが昼の政務や会議や軍事訓練のあいだ、シモネッタを慰めるために送ってきたメディチ家専属の音楽家たちであった。

プラトン・アカデミアの集りがあってしばらくしたある冬の午後、私がカレッジ別邸でフィチーノ先生の原稿の浄書をしていると、家令がシモネッタの来訪を告げた。私は、なぜ彼女が不意にフィチーノを訪ねる気になったのか、一瞬理由がわからなかった。フィチーノ先生はアカデミアの集りのあと、二週間の予定でウルビノに招ばれていたのである。

私は柱廊まで立ってシモネッタを出迎えた。彼女は濃い灰色の頭巾付きの長いマントに包まれ、柱廊を吹きすぎる風のなかに立っていた。

「一言でも手紙を書いてくれればよかったのに」と私はシモネッタの冷たい手を握った。「フィチーノ先生はあいにくお出かけなのですよ。今日はまたベルナルドもきていませんん」

「いいえ、私は先生にお目にかかりに参りましたの」

「私に？」

「ええ、おかしゅうございます？」シモネッタは灰色のだぶだぶの頭巾を後にやりながら言った。金褐色の髪がその下から溢れて、彼女の細っそりした顔を取りまいた。「私ね、先生のお宅へうかがって、こちらだとお聞きして、それで参りましたの」

「何か用事でも？」

「用事がないときは、先生をお訪ねしてはいけないみたいですのね。本当にいけませんの？　私みたいに古いお弟子の一人でも？」

「いや、いや、シモネッタ」私は彼女を部屋に入れながら言った。「私はいつだって喜んで、あなたを迎えますとも。たしかに私はあなたの昔からの教師です。しかしいまフィチーノ先生のところに集る学者、詩人たちがあなたに夢中になっているのを見ると、私などが古い誼《よしみ》を持ちだして、あなたを独占するのは気がひけます。あなたはいま花《フィオレンツァ》の都の憧れの的でもあり、古代風な美しさを体現した女性《ひと》でもあるんですからね」

「私は何も変ってはおりません。先生と初めてお目にかかった頃と同じ愚かな女ですもの。他のかたには何と言われようと、先生だけには昔のシモネッタを見ていただきたいのです。でないと、私ね、本当に自分がどこかに消えてしまいそうですの」

「私の知っているのはもちろん昔変らぬシモネッタです」煖炉の火を掻きおこしながら私は言った。「さ、その冷たい手を温めなさい。こんなに手が冷えるまで戸外をほっつき歩くなんて、身体によくありませんね」

　シモネッタはマントを脱ぐと、火のそばに引いた椅子に坐り、手を火のほうにかざした。燃えついたばかりの薪から、新しいたっぷりした焔がゆらめき、ぱちぱちと爆ぜた。

「私ね、本当は、こんなふうに静かに火でも見ていたかったんです」しばらくしてシモネッタは私のほうを見ると言った。

「ジュリアーノも時々溜息まじりにそう言うんですの。こんどこそフィオレンツァを離れて山にゆこうって。でも、そのたびに会議か儀式か集りが入りこんでくるんです。ロレンツォ様はどんなお忙しいときでも、すぐお出かけになりますのね。でも、ジュリアーノは駄目なんです。田舎にゆくには狩猟の服が要りますし、散歩着も沢山用意しなければなりません。お友達にもきてもらう必要がありますの。ジュリアーノはロレンツォ様のようにはいかないんですの」

　私はロレンツォが数冊の書物を肩にすると、馬を飛ばしてずっと遠くのポッジオ・ア・カイアーノの別邸まで出かけることを知っていた。気が向けば、ロレンツォは街道ぞいの旅籠で夜を明かすこともできた。私がかつて見たように村の若い男女と歌ったり踊ったりすることもロレンツォのたのしみの一つだった。彼は誰とも口をきくことができたし、物柔らかな人好きのする打ちとけた態度は、骨太な、豪胆な、男くさい容貌とともに、こうした若い農夫や娘たちに、言い知れぬ親しみを覚えさせた。私の知っているある農夫は、ロレンツォと親しくなってから三年ほど、彼がメディチ家のロレンツォであるのに気づかなかった。彼がそれを知ったのは、たまたまこの二人が棒押しをしているとき、市庁舎《シニョリーア》から突然迎えがきたからだった。この若い農夫が使者にむかって「見たとおりだ。ロレンツォ・デ・メディチなんてそんなお偉方がここにいるわけがねえ。ここにはおれと、この若衆と二人しかいねえよ」と言ったという話を、私は、当のその農夫から聞いたことがある。

たしかにこうしたロレンツォに較べてジュリアーノが田園の静寂を求めたとしても、それはまたかなり趣の変ったものだったにちがいない。彼は兄ロレンツォのように気軽にフィオレンツァの外に出てゆかなかったが、それだけに霜のくる畑や枯葉を巻いて烈風の吹きすぎるトスカナの林の奥をいきいきと想像することが得意だった。彼はシモネッタの肩に頭を凭せかけて、幼少時に痛風ピエロや老コジモとともに出かけた田園生活の思い出を話すのだった。不思議なことに乗馬や舞踏や剣技にすぐれていたジュリアーノは決して身軽にどこへでも出かけるという性格ではなかった。そうしたことに関しては、彼は優柔不断で、いつまでも寝床のなかで空想している型の人物だった。そんなときシモネッタはジュリアーノのためにテオクリトスの田園詩を朗読するということだった。

「谷の向うの林が落葉して明るかったものですから、馬車をとめて、空を見ていましたの。冷たい風が吹いていていて、道ばたは氷がとけないままで、前だったら、とても冬なんか嫌だと思っていましたのに、今日はそうじゃないんです。寒々した黒ずんだ林も、丘のかげの暗い家も、霜でかちかちになった轍の跡も、なぜか懐しく気持が惹かれるんですの」

シモネッタは火を見つめながら独りごとのような調子で言った。

「フィチーノ先生の言葉を借りれば、地上のすべては何らかの意味で〈神的なもの〉の現われです。こうした冬の荒れた谷や野にもそれが現われているとしたら、シモネッタ、当然、それはあなたの眼にも触れたはずです。煖炉の火、霜に凍った林の中の道、枯枝ごしに仰ぐ冬空の青さ、風にふるえる枯草、泥のなかをゆく農夫の車——どれ一つとして〈神的なもの〉を感じさせないものはありません。春にアネモネや水仙や桜草が喜びの歌をうたうのだとしたら、冬の凍てついた大地は静寂と枯淡、鋭さと堅固さの美を現わしています」

「前だったら、そうした美しさを、私、わからなかっただろうと思います。冬は醜い老年か、いまわしい死の象徴としか思えませんでしたの」

「イタリアでは冬は死の季節です。氷雨と寒さと灰色の大地、何一ついいものはないと考えられていましたからね」

「何一ついいものはない……？　変ですのね。私もそう思っていました。そう思っていると、すべてが死や老年のいまわしさに見えてくるんですもの」

「しかしあなたはその同じものが美しく見えたんですね？　つまり冬の姿さえ、あなたにとっていいものに見えてきたんですね」

「ええ、とても素晴らしいものに見えたんですの。林の奥から冬の青い空に鳥たちが群れて飛び立ったときなんか、泣きだしそうになりました」

シモネッタはそう言うと、不意に眼をあげて、私のほうを見つめた。

「先生は前から〈神的なもの〉が見えていらっしゃいましたの？　冬のこごえた風物のなかに？」

彼女はかすかに眉と眉を寄せ、青い眼を細めるような表情をした。

「いつとは言えませんが、年とともに、だんだんと、こうしたものにも美しさがあるのだとわかってきたのです」

「では、先生は冬は死の季節だとはお思いになりませんの？　いまわしい季節だとお考えになりませんの？」

私は窓の外に眼をやった。柱廊の向うに黒ずんだ糸杉の並木を背景にした冬枯れの庭園が見えていた。谷の低まりを越えて、シモネッタが通ってきた林が、午後の太陽の光に背いて灰青色に寒々と続いていた。風が糸杉の並木をゆらしているのが見えた。

「いいえ、私は死の季節だとは思いません」

「〈神的なもの〉が現われているからですのね？」

「そうです」

「では、死の季節ではなく、死についてはどうお考えですの？　死もやはりいいことですの？　ここにも〈神的なもの〉が現われておりますの？」

私は思わずシモネッタの顔を見返した。薄い眉の下の浅い窪みに、青い影のような翳りが澱んでいるのに、そのとき私は気がついた。ちょうど細めた青い眼から、淡い色が滲みだしているような感じがした。

「おぞましい死や老年、という意味での死のことですね？」

私は深い井戸をのぞきこむような気持でシモネッタの宝石のように青い眼を見つめた。

「ええ、そのおぞましい死を、という意味です」

「なぜそんなことをお訊きになるんです？」

「私、ぜひ先生のお考えを知りたいんです」

「だから、なぜです？　なぜ私の考えをお訊きになりたいんです？　きっとがっかりなさるでしょうに」

「そんなことはありません」シモネッタは強く頭をふった。

「私ね、先生のことでがっかりしたことは一度もありません」

「しかしこんどはわかりませんよ。だってあなたが理由もなく難しい質問をなさるんですからね」

「いいえ、理由はあるんですの」

「じゃ、それを先に言って下さい」

シモネッタは黙って私の顔を見つめていた。私も黙って彼女の顔を見まもっていた。煖炉のなかで薪が崩れ、炎が大きくゆれた。

「私ね」しばらくしてシモネッタは眼を火のほうへ向けて言った。「遠からず母のところへゆくことになると思うんです」

私は一瞬彼女の言った意味がわからなかった。シモネッタの声が低かったのと、「母のところ」という言葉が、何気ない調子で言われたからである。

「お母さまって？」

私は驚いて問いかえした。

「あそこにいる母ですわ」

シモネッタは眼を上に向けるような動作をしてから、かすかに微笑して私のほうを見た。

「何をばかな……」私は自分が愚かなことを訊ねたのに腹をたてながら言った。「あなたは昔からよく訳のわからないことを言って、私を煙にまきましたね。さ、言ってごらんなさい。どうしてそんな気持になったのです？　ジュリアーノ殿とのあいだに何かあったのですか？」

「いいえ、そんなこと、あるわけありませんわ」シモネッタは金褐色の髪を左右に強く振った。「私はただある日、わかったんですの。母のそばに遠からずゆくということが……」

「まさかあなたは……」

「いいえ、まさかじゃありません。母と同じように、私、血を吐きましたの」

私は茫然としてシモネッタの蒼白い細っそりした顔を見つめた。

「私ね、このことはあの方にもまだ話してありません。でも、私が遠からず母と同じようになることはわかっているんです。私ね、そのことがこわいんじゃありません。いいえ、その反対なんです。ですから、先生にお訊きしたかったんです。私ね、ジュリアーノ様のためにも、どうしてももっと生きたいように思います。フィオレンツァの花の盛りを、もっともっと生きたいと思うんです。それなのに、死が近いと知っても、すこしもそれが嫌じゃないんです。それで、私ね、自分でどちらかに嘘があるんじゃないかって思ったんですの」

「シモネッタ、あなたに嘘があるわけはありません」私は自分のなかで何かが崩れそうになるのに必死になって逆らいながら言った。「その両方が本当です。だが、私は、あなたが遠からず死ぬなんて信じたくありませんね。いいえ、そんなこと、信じさせないで下さい」

シモネッタは私の言葉に微笑した。

「わかりました。私はもう何も申しあげません。ですから、教えていただきたいんですの、先生はおぞましい死にも〈神的なもの〉が現われているとお考えかどうか……」

「〈神的なもの〉は死にも老年にも現われています。それは疑うことのできないことです」

「では、おぞましい死もいいことなんですのね？　ちょうどおぞましい死の季節がいいもの、素晴らしいものに見えたように？」

　私は重い鎖を引きちぎるような気持で答えた。

「もちろんです。死が〈神的なもの〉の現われである以上、それはいいことです。素晴らしいことでなければなりません」

「先生も本当にそうお思いになりますのね？」

「そう思います」

「それは正しい考え方ですのね？」

「ええ、正しい考え方です。〈生〉の前につつましく膝をついて、その貴重さ、その素晴らしさを真に知るためにも、〈死〉に〈神的なもの〉を見るのは正しいことなのです」

　シモネッタはほっと息をつくように肩を落した。

「私ね、ながいこと冬が嫌いだったように、死や老年のおぞましさを正視することさえできませんでした。それが、いつか、冬が好きになったのと同じように、死や老年が不思議にそれほど嫌ではなくなっていましたの。私ね、それを自分の弱さのせいだと思いました」

「弱さのせい？」

「ええ、自分が死をおそれるあまり、それをやみ雲にいいことと信じこんで、それに縋りつこうとしているのではないかと……」

私は首を振った。

「私に言わせれば、人間がそこまで冷静に自分の虚しさと立ちむかっていられるなんて、とても信じられないことですよ」

私はこの言葉を決して誇張して使ったわけではない。もし人が何らかの慰めを〈死〉のなかに見出すとして、そのときその慰めがいかがわしいもの、信用しがたきものとわかったとしても、果して人はその慰めを棄てることができるであろうか。ましてその当人がそれによって〈死〉の虚しさに救いなく直面しなければならないときに。

私はシモネッタが風のなかをふたたび濃い灰色のマントにくるまり馬車で遠ざかるのを眺めながら、フィオレンツァがつくり得た女性のなかで、その叡智と勇気において、彼女ほどのひとに会えるであろうか、と思ったのだった。

その翌年、フィオレンツァの盛りを華やかに謳歌してジュリアーノ・デ・メディチがサンタ・クローチェ広場で騎馬試合を行なったとき、アンジェロは優雅な韻律で歌われた『美しきシモネッタ』を書いて二人に捧げたが、もちろんここには、笑い上戸の若いアンジェロの暖かい気持が、心地よいリズムに乗って流れているだけで、彼女の内奥に静かに目覚めた冬の季節への恐れと愛着は、ほんの匂いさえも書きこまれることがなかった。

シモネッタもこの屈託のない、当意即妙の才に恵まれたアンジェロを、ともすればあまりに真剣な色合いを帯びてくるジュリアーノとの恋にそえる、恰好の気晴らしと感じていたのであろう。彼女はアンジェロといると、よく喉をそらして心よげに笑った。そしてシモネッタが笑えば笑ったで、アンジェロは口当りのいい、甘美な詩を即座につくって、それを美しい筆蹟の字で書き、リボンをつけて、彼女の足もとに捧げるのだった。

十年後に私たち古典研究者のなかに姿を現わし、フィチーノをして「イデアの国から舞いおりた天使のよう」と叫ばせた若いピコ・デラ・ミランドラ伯爵に較べると、アンジェロは骨の髄まで歌から歌へ軽やかに舞う詩人だった。

彼は花について考えるよりは、花の香りに酔って浮かれ歩き、花から花へ飛びまわるのを好んだ。すでに私はアンジェロがやすやすとラテン詩のもじりを作る現場に居合わせてその途方もない才能に舌を巻いたが、彼の自在な即興が発揮されるのは、母国語による田園詩、恋愛詩だった。深い哀愁と軽妙なリズムを持ったロレンツォ・デ・メディチの詩にくらべると、陽気なアンジェロの詩は豊富な語彙を宝石のように燦然と鏤《ちりば》めた豪奢な趣味を感じさせた。そこにはロレンツォのあの単純な、旅籠にごろ寝する、軽やかな歓びはなかったが、フィオレンツァの大組合《アルテ・マジョーレ》に属する階級に迎えられた洗練された技巧と円熟した効果とがふんだんに駆使されていたのである。

私は本来ならシモネッタの憂慮すべき状態をすぐにもサンドロに話したと思うが、その年彼はめずらしくフィオレンツァを離れ、ピサの納骨堂《カンポサント》の壁画制作に従っていたため、私はそれをひとり胸のなかにとどめておくほかなかった。

もちろんサンドロに手紙を書くということも考えられた。しかしピサから送られてくるサンドロの手紙をみると、彼の精神状態も絵画の進捗の具合も、近来になく最低のものに感じられてくるのだった。

私は、かつて彼がジェノヴァやスポレトでフィリッポ親方の仕事を手伝っていた頃、フィオレンツァを離れると、なぜか絵を描く気力を失ってしまう、と言っていた言葉を思いだした。私は何としてもこのピサの納骨堂《カンポサント》壁画や本寺《ドゥオーモ》の礼拝堂壁画を完成してもらいたかった。手紙の調子だと、いまにも仕事をほうりだしてフィオレンツァに逃げかえってきそうな気配だった。

私は何とかサンドロの仕事を見、彼を励ましてやりたかった。ここで彼が一頑張りすれば、サンドロの工房《ボッテガ》の評判ははじめてフィオレンツァの城壁の外に伝わることになる——私はそう思って、その年も押しせまった十二月十五日にサン・フレディアーノ門を馬で出たのだった。

街道には冬の日が淡く流れていた。トスカナの空は暗い谷間の上に青く冷たく拡がっていた。時おり風が砂を巻きあげて街道を走っていった。

私はそのときになって、私をこの旅に駆りたてたのは、他ならぬシモネッタへの憂慮であったことに気づいたのであった。

Ⅱ

私は途中プラートに立ちより、かつてサンドロがフィリッポ親方の工房《ボッテガ》で働いていた頃、その下絵塗りに励んだ本寺《ドゥオーモ》の壁画を、久々に眺めた。すでに親方は亡くなっていたが、その濃緑に白、青に淡黄を主調にした上品な図柄は、本寺《ドゥオーモ》のほの暗い壁面に、どこかなまめいた明るさを湛えて浮びあがっていた。私は黒衣の僧や老婆たちがひっそり入ったり出たりする本寺《ドゥオーモ》の片隅に立って、若い娘たちの押し殺したようなくすくす笑いを聞いているような気がした。フィリッポ親方の壁画には、それほどまでに、若々しい、賑やかな、甘美な気分が濃く描きこまれていたのである。

ある意味で、私がこの壁画を見たのは、サンドロの壁画と何となく較べてみたいという気持が動いていたと言ってよかったかもしれない。私は手紙でサンドロの仕事がうまく進んでいないのを知っていたから、彼をなぐさめたり、励ましたりするためにも、師匠フィリッポの壁画を見ておいたほうが、何かにつけ好都合だと考えたのである。

プラートに寄り道したおかげで、一日半ほど遠廻りになったが、それでもアルノ河に沿って二日ほど下ると、ピサの城壁に囲まれた寺院や市庁舎の塔が見えてきた。サンドロが仕事を依頼されている納骨堂《カンポサント》は本寺《ドゥオーモ》と並んで堂々とした屋根を拡げているはずであったが、それは私のところから見えなかった。かえって、フィオレンツァの人々が笑いものにする斜に傾いた円形の高い塔が、ちょうど細い蠟燭を並べた菓子を幾つも積みかさねたような感じで、その頭を見せていた。

私は城門を入ると、弓なりに曲っているひっそりした家並の前をぬけて、本寺《ドゥオーモ》のほうへ向った。どの家でも職人たちが木を削ったり、鉄を打ったりして働いていた。絹布の染色をしている家も何軒か見られた。大小の桶が店の奥まで並び、職人たちはそこに布を投げこんだり、引きだしたり、布を絞ったり、紐にかけて乾したりしていた。しかしフィオレンツァの雑踏と賑わいを見慣れた眼には、この小さな職人の町はひどく慎ましやかで、静かに見えた。

サンドロの手紙によると、本寺《ドゥオーモ》の聖務局では、納骨堂《カンポサント》の壁画に取りかかる前に、一種の試作《パラゴン》として、本寺《ドゥオーモ》のインコロナータ礼拝堂に『聖母昇天』を描くように依頼したというのだった。私は、ともかく本寺《ドゥオーモ》にゆけば、そこでサンドロが働いているにちがいないと単純に考えていた。手紙のなかで、サンドロは、ピサの坊主どもが疑わしげな表情をして、礼拝堂壁画の下絵《シノピア》を描くのを何度も見にくると言って、腹をたてていた。

「そんなに俺の腕が信用できないのなら、はじめから仕事など頼まなければいいのだ」

彼はそう書いていたのである。

しかし私が、妙な具合に傾いている白く高い塔の下を通って本寺《ドゥオーモ》のなかに入ってみても、サンドロらしい人物は見当らなかった。天井修理の職人が何人か足場を組んで働いていた。

私ははじめそれがサンドロの弟子たちだろうと思って近づいたが、彼らは私の言葉に怪訝《けげん》な顔をして「壁画を描いている？　そんな画家がいたかね？」と言うのだった。

ちょうどそこに来合わせた司祭風の男に私はインコロノータ礼拝堂はどこか、と訊ねた。男は驚いたような顔をして言った。

「あそこはいま壁画を描いている最中だから、なかには入れませんよ」

「その壁画を描いている男に会いたいのです」

「壁画を描いている男？」相手は私の顔をまじまじと見つめて言った。「あの男は礼拝堂にはめったに来ませんよ。あなた、お知り合いですか？　そうだったら、あの男に言ってやって下さい。もういい加減に仕事をつづけるように、ってね。なにしろここふた月というもの、仕事場にも顔を出さない始末ですからね。だいたい司教猊下も司教猊下ですよ。作品を見もしないで、あの男を呼び寄せたのですからね。ただメディチ家に一番お気に入りの画家だという評判だけでね。私たちが反対したんですよ、あの男への依頼をね。だってそうじゃありませんか。あの男の絵なんて、このピサじゃ誰も見たこと、ないんだから。それで、とにかく礼拝堂へまず壁画を描いてもらおう、本式の依頼はそれからだ、ということになったのですよ。でも、本式に納骨堂《カンポサント》の壁画を依頼しなくてよかったですよ。礼拝堂のでさえ、この体たらくなんだから。まったくとんでもない奴をつかんだもんだ」

私はこの司祭風の男の言葉を最後まで聞く勇気がなかった。私は男と別れると、本寺《ドゥオーモ》の奥の礼拝堂の前までいってみた。壁画全体に天井から白い布が掛けてあって、仕事の進捗の程度はわからなかったが、足場や梯子は半ば取りはずしたも同然で、しばらく仕事をした気配はなかった。

私はサンドロの宿所を訪ねる道々、なぜ彼が名前をフィオレンツァの城壁外に拡げるこんないい機会に、大事な仕事を放棄したばかりか、悪評をふりまくような態度をとって平然としているのか、と考えつづけた。私に言わせれば、ピサでの仕事が成功すれば、すぐにミラノにもヴェネツィアにもローマにもその名が響いてゆくはずであった。それが、逆に、フィオレンツァにおけるサンドロの地位をいっそう強固なものにすることは疑いの余地がなかった。自らの判断を尊び、他の諸都市にくらべて一段と自分の権威を重んずるフィオレンツァの人々も、真実のところ、ヴェネツィアやローマの評判をひそかに気遣うようなところがあり、他の都市《まち》で喝采を浴びた画家や建築家は、フィオレンツァでは奇妙にちやほや持てはやされる事実に、私は、早くから気がついていたのである。

　もちろん私はそれがサンドロにとって必要なことと大事なことも思わなかったが、折角与えられた機会なら、それをわざわざ無にすることもあるまい、と思ったのだった。しかしおそらく彼がそうするにはそれだけの理由のあることは間違いなかった。とすれば、その理由は何か――私はアルノ河に沿った貧しい町並をぬけてゆくあいだ、ひどく切ない気持でそんなことを考えていた。

　サンドロの借りた部屋は、井戸のある小広場から奥に入った路地に向っていた。弟子たちの出入りを考えたためか、路地に向った扉口が二つ開けられ、そこから板に布を張った素描用の下地や、大小さまざまの画布がはみ出していた。戸口から頭を突っこむと、絵具の匂いや、膠《にかわ》の匂いがむっと鼻をついた。

　冬の午後の日ざしが淡い影を戸口の前に投げていた。河のほうから路地を吹きぬける凍ったような風が、がたがた戸口の扉を鳴らしていた。私は仕事部屋には誰もいないものと思い、声もかけず、そこに立って、どうしたものやらと深い溜息をついた。そのとき奥の薄暗闇のなかで誰かがもそもそと動き、やがてサンドロの無精髯をのばした蒼白い顔が現われた。

私はこんなときのサンドロの気持がおよそどんなものか想像がついたので、黙って彼の顔を見まもっていた。

「いま着いたのかい？」

サンドロの眼は光を失ったようにただ空虚に見開かれていた。

「たったいまだ。本寺《ドゥオーモ》のほうに寄ってみたんだ、あっちで仕事をしていると思ったからね」

「ああ、仕事はもう中止だ。本寺《ドゥオーモ》のほうにはもういっていないのだ」

「それは決ったことなのかい？　手紙にはそうは書いてなかったが……」

「いや、まだ決ったわけじゃない。しかし決ったも同然さ。このぼくがゆく気がないんだから」

「なぜ？　なぜだね？」私は思わずそう訊ねた。サンドロはそれにすぐに答えず、私を仕事部屋の奥に連れていった。

「ぼくが仕事を怠けているなどとは、君は思わないだろうね」サンドロは私の顔を見ると幾らか元気を取り戻して、からかうような調子で言った。「結果から見れば、ぼくは仕事場に出かけず、こんな薄暗い部屋にすっこんでいるんだ。坊主たちがぼくを怠け者と思って憤慨するのは当然だ。そんなことは一々かまっちゃいられない。だが、君までそれに同調して、ぼくを怠け者と思ったら、ぼくは悲しいよ。ぼくは怠け者かもしれない。だって何一つ仕事をしないのだからね。しかしぼくはやりたくてもできないのだ。そうだよ、ぼくは、無理矢理ぼくに仕事をさせまいとしている見えない天使と、毎日毎日、くたくたになるまで戦っているようなものなんだ。そうなんだよ、ぼくは毎日、天使と取っ組み合いをしているんだ。それがぼくの仕事なんだ。ぼくは朝から晩までここでその天使と戦っているんだ。これがその残骸さ」

私は仕事部屋の隅に乱雑に積み重ねてある下図の山をちらと眺めた。そう言えば、メディチ家に頼まれた『博士礼拝図』もこうした下図の山のなかから、地面を匐うようにして生れたものだった。私はそれがサンドロの絵画制作の遣り方であると単純に信じていた。母の部屋によく出入りする跛のアントニオ親方や、浅黒いつるりとした感じのヴェロッキオ親方などは、たしかにこうした無駄な下描きの山をつくることはなかった。といって、私も跛のアントニオが人々が言うように決して単なる思いつきで絵筆をとるとは思っていない。彼が母に衣裳の下図を見せているとき、私はたまたま居合わせたことがあるが、母が、たかが一と時の衣裳のためにこんな見事な下図を描いていただかなくても、と言いかけると、跛のアントニオは燃えるような眼で母を見ながら、自分には寺院の大壁画でも奥さまの衣裳でもいささかもそれに向う心持ちは違っておりませぬ、と言っていたのである。

その出来上りはいかにも彫琢を経ずに、一気呵成に、霊感の波のまにまに仕上げられたかに見える絵画や彫刻や精緻な工芸品が、実はそう見えるだけであって、そこには日々の心労と不安と困苦が、血走った眼や、青く脹れた額の血管の緊張した気配とともに織りこまれていることを、私は、幼少時から、父のもとを訪れる工房《ボッテガ》の親方《マエストロ》連の話を通して、おぼろげながら理解しているつもりだった。たとえどんなにフィリッポ親方がフィオレンツァの人妻や美しい娘たちに熱中しているときにも、私は一度たりと、ただそのことだけが彼の『聖母子』の清浄甘美な趣や『ヘロデの饗宴』のあの細部の明確な輪廓の呼びおこす甘やかな幸福感を創りあげたと思ったことはなかった。そこには無数の素描、構図下絵、モデル探索が隠されているのであり、直接、その壁画の下図と目されるものでも二十枚以上の試作が繰りかえされたのである。少くともプラート本寺の壁画についてはサンドロ自身も徒弟の一人として制作に加わっていて、こうした隠された仕事の秘密を見ていたのである。

　とすれば、私は何もサンドロの散乱した下図の山や、血走った眼にことさら同情する必要もないはずである。いや、むしろ自分の能力の限度につねに挑み、その作品の限界を少しでも拡げようと努める芸術家《アルチスタ》にとって、こうした労苦は自明のこと、と考えるべきであったかもしれない。事実、私は跛のアントニオ親方にもちびのロッセリーノ親方にも、かつてこうした気持を味わったことはなかったのである。

　しかしサンドロの場合、とくにここ二、三年の仕事は、単に試作《パラゴン》のための仕事というにはあまりにその下描きの内容が多岐であり、複雑であり、混沌としていた。この前の『博士礼拝図』のときなど、直接に図柄と関係のない構図が、枡目に引いた紙の上に幾つも描き散らかされていたのであった。

私はそれを見ると、思わず「これはまるでパオロ親方やピエロ親方の画法の本にある挿絵のようだね」と叫んだ。すると、サンドロはぎょっとして、ほとんど飛び上らんばかりの表情で、私をまじまじと見つめた。

「また、君は、なんで、そんなばかげたことを言うんだね？　それは本当にばかげたことだよ。そんなこと……」

サンドロはなぜか、ひどくしどろもどろの調子でそう言うと、そこらに散乱していた下図を一束にして、紐でくくると、戸棚のなかに押しこんだ。そして一、二度、まるでそれがそこに十分に仕舞いきれず、そこから飛び出してきはしまいか、と恐れてでもいるように、そちらのほうへ不安そうな眼をむけていたのである。

ところが、私がピサの仕事部屋で眼にした下描き類の印象も、『博士礼拝図』のときのそれと変っていなかった。いや、まったく同じだと言ったほうがよかったろう。サンドロが見えない天使と戦っていると言ったとき、私の胸の奥を黒ずんだ冷たいものがかすめすぎたのは、彼がふたたび以前の途方もない陰鬱な迷路のなかに陥ったことを直覚できたからである。それが彼から陽気さ、率直さ、明晰な判断、親切心などを容易に奪うばかりか、別人のような疑い深い、陰気な、苛立ちやすい性格を与えるのを、私は長年の付き合いから知っていたのである。

「まさか、ぼくがいままで仮にも君を傷つけるようなことを言ったことがあったかい」私はわざと快活な様子を装いながら言った。「君が立ちどまるときは、立ちどまる理由が必ずある。それを知っているのは、まずぼくぐらいだ。その程度は己惚れさせてもらうよ」

「いや、ぼくの言ったことが気にさわったら赦してくれたまえ」サンドロは画架の前に坐ると、悩ましげな眼をして、そこに置いてある画布の素描を眺めていた。「何しろピサにきてからは、誰ひとりぼくの言うことなんかわかっちゃくれない。仕事部屋で考えこんでいると、容赦なく戸を叩き、礼拝堂へ出かけろと怒鳴りつける。礼拝堂にいきさえすればすぐに絵が描けるとでも言いたげなふうだ。まったく事がそんな簡単にゆくのなら、誰も画工になって血を吐く思いをするものか」

私は以前にもサンドロが私と話しているうち、何か暗示、思いつきといったものを見つけて、危機を切りぬけたことがあるのを知っていたので、シモネッタのことは伏せておくとして、あれこれ話題を拡げてみるのが、彼のためになるに違いないと考えた。そこで何気なく、最近亡くなったパオロ親方のことを口にした。

「ああ、とうとうあの気違い親爺も死んじまったのか」サンドロはぼんやりした表情で戸口のほうに眼をやっていた。アルノ河から吹きあがってくる冷たい風が扉をがたがた鳴らし、窓に午後の薄日が照ったりかげったりしていた。しかしサンドロはそうしたことには何も気づいていないようであった。「ぼくはパオロ親方の絵が好きなだけに、なんであの老人が、あれほど遠近法に熱中するのか、わけがわからない。最近出たピエロ親方の画法の本だって一から十まで気違いじみている。何もかも遠近法だ。球だって箱だって人体だって……。フェデリゴ、ぼくは遠近法は悪魔の申し子に違いないと思っている。だって遠近法って、血も涙もない冷酷な存在じゃないか。悪魔以外には、あんな冷酷な見方はできやしない……」

私はパオロ親方が遠近画法に熱中して、腹をたてた細君に追いだされたという町の噂を知っている程度だった。ただピエロ親方の画法書は父の書斎にしばらく置かれていたので、ぱらぱらと開いてみたことがある。もっともそれとてサンドロの憤慨をなだめるだけの知識を、そこから学び得たわけではなかった。私は画法書のなかに人体も球体も立方体もすべて四角い枡目の紙に描かれ、一点に集中する線の束や、それと結ぶ点を通る平行線や、上下左右に走る線の群などを見たにすぎなかった。

この線の束に関係があるらしい遠近画法がなぜサンドロを苛立たせるのか。いや、それより、なぜそれが悪魔のように冷酷なのか——私はそれをはっきりサンドロに問いただしたかった。

しかし下手をすればサンドロはひとりで陰鬱な、不機嫌な沈黙のなかに閉じこもることになりかねない。そこで私は辛抱づよくサンドロが何か言いだすのを待っていた。仕事部屋は寒かったが、火がなくてはならぬほどではなかった。通りのほうで城壁工事か何かの人夫たちが声高に喋りながら通ってゆく声が遠ざかると、また辺りはひっそりとして、風の音だけが、時おり、扉をがたがたと鳴らした。

「君はピエロ親方の絵を見たかい？　あれは冷んやりとして、人間だって樹木だって衣服だって、まるで固いファエンツァの陶器の肌みたいだ。岩だって雲を浮べた空だって遠近法の冷たい悪魔の透明な洞窟のなかに閉じこめられている。そこから誰も出られやしない。パオロ親方だってそうだ。あんな夢幻の世界を、なんで糸繰り車のような線の束のなかに閉じこめる必要があるんだね？　その線の束が細くなるにつれて、熱のある夜の夢みたいに赤く輝きながら二重に重なりあった影たちが、みんなその線の束に削ぎとられ、細くなってゆくんだからね。そいつはまるで人間のぬくみで温められた夢を盗みにきた悪魔のとがった爪のある細長い指みたいだ。フェデリゴ、君はそれでも遠近法なんてものを許してやることができるかい？」

サンドロは喋っているうち、いくらか興奮し、元気を取り戻したように見えた。そこで私は思いきって、遠近画法についてほとんど何も知らないこと、せいぜいその知識は父の書斎でピエロの画法書を見たにすぎないこと、などを口にした。しかしサンドロはそれを聞いても苛立つ様子も気落ちした表情も見せなかった。

「どうもぼくは性急すぎるんだ」サンドロは眼もとに一種の優しい表情を浮べると言った。「何しろここでは朝から晩まで、言ってみれば遠近法のことしか頭にないからね。それでつい、誰もが、ぼくと同じにそのことを考えているものと思いこんでしまうんだ……」サンドロは下描きの中から、枡目状に線を引いた一枚の紙に描いた素描を取りあげた。「ねえ、これはここのピサの本寺と、あの変てこな斜塔を描いたものだ。遠近法とは、遠くの一点を定めて、それに線の束を集中してゆく。この線の束の中に物象《もの》を入れれば、物象《もの》の奥行が正しく表現される――そういう画法だ。だから見給え、この素描の右手に一点が定めてある。この点の位置さえ正しければ、あの巨大な本寺や、斜に妙な具合に建っている円形の塔も、ほら、眼で見ているように描けるというわけだ。これが遠近画法書の要約さ」

　私はついさっき見た本寺あたりの建物がありのままに再現されているのを見ると、サンドロの何かたっぷり湧きあがるような、豊満な、しなやかな描線《リネア》の、燃えるように濃い明確さとともに、その描出の技巧の冴えに内心舌を巻いたのだった。しかしサンドロはおよそ私が関心を向けるものにはまるで無感覚でいるらしかった。彼に言わせれば、それは画家にとって自明の前提だったのであろう。

「しかしぼくなどはこれほどの素描ができれば、それでもう十分だと思うな。こう言っても、気を悪くしないでほしいが、ぼくにはどこが悪いのか、わからない。線といい構図といい、冬の朝の澄んだ大気の気分さえ感じられるみたいだ」

「君がそう言ってくれると、そりゃ、ぼくだって嬉しいよ」サンドロは身をそらして遠くからそれを見るような眼をして言った。「ただね、ぼくが問題にするのは——ぼくが悪魔の洞窟とか、冷たい線の束とか、冷酷な箱とか呼ぶのは——この中に入ると、どれもこれもこの線の方向によって奥行が決定されるからなんだ。線の束は一点に向って集中してゆく。この一点が絵の中では最も遠い場所を示すから、遠くになればなるだけ、物象《もの》は点に近づいてゆく。ということは、小さく描かれるということに他ならない。これに反して近い物象《もの》は大きく描かれる。いや、この素描だって、ほら、変てこな斜塔は本寺の円屋根より大きく描かれているね。つまり斜塔が近く、本寺の円屋根が遠くにあるということなんだ」

サンドロは素描から眼を離すと、戸口を鳴らす風の音を聞いてでもいるように、柔かい金褐色の髪の垂れる額を前へ傾けていた。

「たしかにそのことは悪くない。フィオレンツァの画家《マエストロ》たちが辛苦して絵画のなかに、箱のような、舞台のような奥行をつくりだしたのだからね。アルベルティ親方だって、マサッチョ親方だって、絵の中に舞台のような奥行をつくりだした。その点じゃパオロ親方の執念はすごいもんだ。マンテーニャ親方だって、倒れた人間を足のほうから眺めるなんて見方に夢中になっていた時期があったじゃないか。ぼくもあの親方からずいぶん色々と学んだがね。しかし正直言って、頭より足を大きく描いて、いかにも倒れた人間を足のほうから見ているように表現しても、それは決して正確な描法とは思えない。だってフェデリゴ、足は前にあろうが、奥にあろうが、頭より大きいわけはないからね」

私はサンドロのやわらかな厚い下唇が舌でなめられるのを眺めていた。二十代のおわりからサンドロの身体は父マリアーノに似ていくらか肥ってきたように見えた。青白い花の筋のような静脈はまだ顳顬《こめかみ》に浮んでいたが、顔の輪廓はむしろ線が太くなり、鼻梁のはっきりした鼻や強く張った顎には、どこか肉厚な男臭い感じが濃くなっていた。

「それは遠近画法書に述べてあるように〈ありのまま〉の物象《もの》かもしれない」サンドロは言葉をつづけた。「しかし足を頭より大きく描く必要があるように、この悪魔の冷酷な箱――ぼくはそう呼ぶしかないと思うんだよ――の中に入ると、自動的に、そうした大小関係を強制されて、ぼくたちはそこから自由になることはない。どんなに大切なもの、心に暖い感じを与えるもの、輝かしいものも、決して大きく強調して描きだすことはできない。そのくせ、つまらぬ物象《もの》でも近くにあれば大きく描かれるのだ。こんな冷酷な規則をつくって、ぼくらは何を手に入れたのかね？　それは、絵の中に舞台のような奥行の感じを持ちこむことだけだ。たしかにその感じは生れた。そこに量感をもった、丸味のある人物を置くことができた。箱の内側のような奥行ができたから、樹木も山も川も谷もそこに模造庭園のように置くことができた。フィオレンツァの巨匠《マエストロ》連が偏執狂のように描こうとしているのはこういう絵なんだ。ここに人間の情念がすべて表現できると彼らは信じこんでいる。この冷酷な箱、この悪魔の洞窟は、まず人間たちが立ったり坐ったりする舞台と考えられているんだ」

「だったら、絵画は昔よりもいっそう豊かな画法を手に入れたことになりはしないかね？」

私はサンドロの困惑の原因がどこにあるかを確かめるようにそう訊ねた。

「いや、そうだといいんだが……どうもそうなりそうにない」

サンドロは溜息をついた。

「なぜだい？　なぜそうならないのだい？」

「それはだね、それが悪魔の洞窟だからさ。冷酷な箱だからさ」

「そこが、よくわからない」

「冷酷な箱と呼んだのは、その奥行を支配するのが、単に近いものが大きく、遠いものが小さいという規則だけだからだ。ね、フェデリゴ、そこには〈神的なもの〉は何も存在しないんだよ。すべてが冷酷な悪魔のようなこの法則に従えられるんだ。これは、言いかえれば、ぼくたちが愛そうが憎もうが、そんなことに関係なく、すべてが冷酷な箱の中の規則に従っているということなんだ。つまりそこには……」サンドロは言葉を切ると、大きく息をついてから言った。「人間の心が入ることはできないんだ。そこは人間の心のない、空っぽの部屋なんだ。なるほど人々の愛憎がそこに渦巻くことがある。だが、それはまるで氷の塊りの中で演じられる芝居を見ているようなものなんだ。そこに、ぼくらの心が入りこもうにも、道はないんだ。ぼくらはその前でただ永遠に立ちつくし、それを〈ありのまま〉に見るほかない。でも、フェデリゴ、ぼくたちの心が入りこむことのできない場所に、どうして〈神的なもの〉が現われるだろうか。そんなことは到底考えられない。といって、遠近法を使わずに画面を組みたてることができるだろうか。何しろいまは猫も杓子も〈ありのまま〉をばかのように有難がっているからね」

私はサンドロの説明がどこまで理解できたのか、はなはだ心許ないが、ただ〈悪魔の洞窟〉という言葉、〈冷酷な箱〉という表現によって、おぼろげながら彼が直面している困難を感じられるような気はした。私には、それが、地下水のぽたぽた落ちる、苔の匂いの染みた薄暗い岩屋のようにも、また、青白い物影のさまよう湿った牢獄のようにも感じられたのである。

私は、いま、サンドロの残した手記、日記、下描き類に眼を通しながらも、正確に、いったい彼が何を悩み、何に引っかかっていたのか、説明できないのをもどかしく思う。だが、私の理解したかぎりでも、それらが複雑にわかれ、相互に矛盾しながら入り組んでいた以上、それを平明に述べようと思うこと自体が無理な願いであるのかもしれぬ。

それでも私は、サンドロがピサで何を悩みつづけているのか、理解しようと努め、彼に頼んで本寺《ドゥオーモ》まで出かけ、礼拝堂の壁に描きはじめた『聖母昇天』を見せてもらったのである。私は、ほぼ完全に下絵《シノピア》もできあがり、聖母の頭部、衣服の一部には色が塗られはじめたその壁画が、白い布の下から出てきたとき、なぜサンドロがこれほどの作品を描きながら、迷い悩んでいるのか、理解に苦しんだ。カッターネオの奥方を思わせる聖母の細っそりした顔立ちは、不思議な放心と恍惚とした表情を浮べていた。私は思わず壁画を見あげて眼がくらくらするのを感じた。私には、これが彼の傑作の一つになるだろうことが直覚できたのだ。ようやくはじまったばかりのこの絵が、すでに花明りの下を流れる仄かな甘美な憂愁の気分を感じさせたからであった。

私はそのことを言うと、サンドロは首を振って、「いや、ピサの坊主たちはフィオレンツァの人々ほどにはこの作品が気に入らないのだ。彼らは〈神的なもの〉が夾雑物を剝ぎとって現われでようとすると、困惑し、腹を立て、悪態をつきだすのだ」と言った。

しかし私は、サンドロがこの見事な壁画の前で思いあぐねているのが、ピサ本寺の聖務局の意向などではないことはすぐわかった。

私たちは本寺《ドゥオーモ》を出ると、向いに堂々とした屋根を拡げている納骨堂《カンポサント》に足を踏みいれた。サンドロが依頼されているのは、ここの壁画の旧約場面を継続して描くという仕事だった。私はサンドロの説明で、すでに六年以上そこで壁画を描きつづけているのが、ラルガ街のメディチ館《やかた》の礼拝堂に濃厚な色彩と豪華な構図の『博士礼拝図』を描いたゴッツォーリ親方であることを知ったのだった。かつて老コシモ在世中のこの礼拝堂壁画の完成がフィオレンツァの上流階級に忘れがたい事件として受けとられたことを、私は思いだした。父マッテオがメディチ館から帰ってきたとき、めずらしく興奮した口調で、この若いゴッツォーリは跛のアントニオなどより優れた画家かもしれぬ、と言ったことを私は記憶していたし、そのときアントニオ贔屓の母がひどく腹をたて、成上り絵師のゴッツォーリなどはただメディチ家の機嫌を取り結ぶのが上手なだけの、田舎臭い、力みすぎの絵しか描けない、と言ったのを、かすかに憶えていた。

たしかに克明丹念に描かれたメディチ礼拝堂の壁画は、豪華な効果のわりには、野暮ったい鈍重な泥臭さが感じられた。巨匠の腕になる技巧の完璧さは画面のどの部分にも見てとれたし、とくにメディチ家三代の当主を博士随行の人物の中に描きこんだ手腕は、サンドロの『博士礼拝図』より規模が大きいだけに、受ける印象も強烈だった。にもかかわらずそこには都会風の洒脱味など全くない、妙に正直な、押しつけがましい気分が漂っていた。

これがフィオレンツァの上流階級に披露されたとき、ゴッツォーリの若々しい強引な画風が人々を驚かした理由は私にも理解できるような気がした。人々は信じられぬような赤裸な信じきった態度で、東方の星を訪ねてゆく博士たちの行列が、〈ありのまま〉に描かれているのを見たのである。

ゴッツォーリがピサ本寺に招かれたのも、このフィオレンツァの評判と技倆を見込んでのことだったが、事実、彼がすでに六年にわたって描きつづけた『バベルの塔』『ノアの洪水』『ダヴィデとゴリアテ』『アロンとモーゼの死』などは、そのなまなましい現前感、華麗重厚な構図、人物表現の荘重さなどによって、その前に立った私を圧倒した。

ちょうどゴッツォーリの弟子たちが高い足場を組んで、『ヤコブの夢』を描いているところで、上下左右に引かれた枡目の線の上にゴッツォーリ親方の大胆適確な描線《リネア》が何人かの人物の輪廓を描きだしていた。弟子たちがこの下図の輪廓にそって壁土を塗ると、ゴッツォーリは筆をとってそれが乾かないうちに、その部分の色を描いてゆく。壁の上は、着色された雲形の斑点が、あちらこちらに、べたべた貼りつけられているような感じがした。

私はゴッツォーリ親方が六年かけて描きつづけてきた旧約の諸場面が、ピサ本寺の人々を満足させているだろうことは容易に理解できた。しかし残る壁面はまだ描かれた壁面の倍以上も空白のままであった。親方がここまで描くのにすでに六年費したのであれば、この残りが壁画で満たされるには、なお二倍、いや三倍の歳月が要求されるかもしれなかった。ピサ本寺の聖務局がサンドロに壁画制作の分担を依頼したのも当然だったのである。

しかし納骨堂《カンポリント》の仕事場へ入ったとき、サンドロの示した態度は、ふだんの彼とは違って、ひどく怯えたような、苛々したような様子をした。彼は口のなかで何かぶつぶつ言い、ゴッツォーリの弟子たちが足場に上ったり下りたりするのを黙って眼で追っていた。

「梯子の上にいるのが親方《マエストロ》かい？」

私は、足場の上に腰をおろし弟子たちの塗った壁土の上に丹念な筆触で色を描きこんでいる五十がらみの人物を眼で指して、そう訊ねてみた。

「ああ、あれがゴッツォーリだ」サンドロは不安な表情のまま言った。「見給え、雷が落ちようと、洪水になろうと、あの男はああやって、熱中して絵を描きつづけるこったろうね。あの男には絵があればいいんだ。粗衣粗食で、この世の他のことには興味がない。無口で、ひたむきで、ただ描きに描いている。自分の腕を疑ってみたことなど一度もない男だ」

距離が遠かったのと、薄暗かったので、よく見えなかったが、それでも鬚のながい、眼のぎょろりとした、魁偉な容貌を見わけることができた。

私たちは納骨堂《カンポサント》のなかをひとわたり眺めてから、もう一度、本寺《ドゥオーモ》のインコロナータ礼拝堂にゆき、『聖母昇天』を眺めた。私は、自分の好みから言って、ゴッツォーリ親方の逞しい、野性味に富んだ、写実的な画風より、サンドロの夢想にあふれた、夏の夕暮のような甘美な絵のほうが、ずっと身近に感じられた。私はカッターネオの奥方に似た聖母の静かな表情を見ながら、サンドロにそんな気持を話したのである。

「こんなみじめな気持でいるときに、フェデリゴ、そうした共感をこめた言葉を聞くのは嬉しいよ」サンドロは壁画の上に白い幕を掛けながら言った。「何しろぼくはゴッツォーリのように絵の前に平然と腰を下しているわけにゆかないからね。いつも、絵を描く理由を見つけては、やっと絵筆を握ることができる。ぼくは素描や下図を沢山描くが、それは、心底から、どっしり落着いて絵を描くための、しっかりした根拠を見つけるためだ、と言ってもいいんだよ」

「だって君はもうずっと絵を描いてきたし、いまじゃフィオレンツァの新進の工房《ボッテガ》の主宰者じゃないか。それが、いまさら絵を描く根拠を捜すなんて、それこそ、順序が逆なんじゃないのかい？」

「そうかもしれない。しかし事実がそうだから仕方がない」

サンドロは仕事場の足場から下りてくると、低い声でそう言った。

私はとりあえずアルノ河畔の旅籠に部屋をとり、その夜、久々でサンドロと酒を飲みながら語り明かしたのである。話はフィオレンツァの噂からプラトン・アカデミアのこと、翌年行われることになっていた騎馬祭のこと、イモラ事件のことなどへ移り、また、時おり、二人が昔歩きまわった町々や郊外の思い出もまじったが、しかし話題は自然と昼間話し合った遠近画法や納骨堂《カンポサント》の壁画のほうへ向っていった。

　旅籠の外は河ぞいのせいか一晩じゅう風が戸を鳴らし、時々屋根の角をかすめる風の唸りが、犬の遠吠えのように聞えた。

「ぼくはフィオレンツァの画家たちがポライウオーロの〈物から眼をそらすな〉を実行しているのを素晴しいことだと思うがね」サンドロは煖炉のそばに腰をおろし、葡萄酒の盃を重ねていた。彼はフィオレンツァにいた頃より酒量が上っているように見えた。

「だが、そうやって〈あるがまま〉に見ている画家とは、いったい何者だろう？　〈物から眼をそらすな〉はいかにも痛ましい響きの言葉だ。だってすこしでも人間らしい心があれば、本当は眼をそむけたいと思うことのほうが多いのだからね。いや、一度〈ありのまま〉を見ようと決心した画家は、もう自分のことなんか、構っちゃいられないと言ったほうがいいかもしれない。画家はリヴォルノ港の沖の浮き燈台のように、じっとその物象《もの》を眺めつづけているんだ。悲しかろうと、嬉しかろうと、物象《もの》が〈あるがまま〉に在り、〈あるがまま〉に描きだせれば、それでいいんだ。画家はただ物象《もの》を写す空虚な物見のようなものなんだ。あの遠近画法、あの〈悪魔の洞窟〉だって同じさ。その奥行の感じは〈あるがまま〉の拡がりに見えるだろうさ。しかしそれは、こうした空虚な物見みたいな画家が、ただじっと見つづけることで、やっと成りたっている舞台なのさ。こんな絵を描きつづりていたら、フィオレンツァの画家はただ〈ありのまま〉を見る物見の塔みたいになってしまう。フィオレンツァの都市《まち》の連中がそれが好きだと言うんなら、それも結構だ。でも、フェデリゴ、いったい空虚な物見の塔のような画家とは何者だろうね？　そんなになっても絵を描く必要があるんだろうか？　ねえ、それでも絵を描きつづけなければならないのだろうか？」

　サンドロは銀の浮彫りのある盃を机の上に置くと、しばらく煖炉の火を見つめていた。煙突の奥で風の音がごうごう鳴り、時おり風が逆流するらしく、焰があわただしく左右に揺れた。私はサンドロが何か考えこむのを見ると、彼に声をかけるのを控えていた。

「ぼくはね、このピサにいると、自分が空虚な物見になっているのがよくわかる。ぼくはただ物象《もの》を見ているのだ。物象《もの》が明るいとか暗いとか、丸いとか四角いとか、そんなことを見ているだけなんだ。そして自分は砂埃りにまみれた空家みたいにがらんとしてしまっている。まるで物象《もの》が主人で、自分は、物象《もの》を記述する従者になったみたいだ。でも、こんなことは、フィオレンツァにいたときには一度だってなかったんだ。花の都《フィオレンツァ》にいると、ぼくはいつも何かに満されている。浮き浮きした気分か、賑やかな気分か、物悲しい気分か、それはわからないけれど、つねに何かで身体じゅうがいっぱいなのだ。ぼくは町角でジュリアーノ殿に会ったり、ダヌス門でアルフォンシーナに笑いかけられたり、古市場広場《メルカート・ヴェッキオ》で嫂のマリアに怒鳴られたりする。市庁舎前の角石に腰をおろすと、夕空を区切った花の聖母寺《サンタ・マリア・デル・フィオーレ》の円屋根が見え、懐しい聖ルカの旗をたてて山車がねり歩いてゆく。ぼくは何気なくカリマラ街の往来の石を足で触ってみる。カント・ディ・ヴァケレッキア街の角にある馬車よけの丸石を手で撫でてみる。すると、突然、なんとも言えない喜びが身体の中に湧きあがってくるんだ。なんでもない小さな広場、薄暗い路地裏、ぽたぽた水の垂れている古井戸——そんなものがフィオレンツァにあるというだけで、ぼくの心は無性に嬉しくなる。懐しさとやすらぎが胸のうちに溢れてくるんだ。仕事場《ボッテガ》にいても、フィオレンツァの町の賑わいが屋根をこえ裏庭を伝って響いてくる。ぼくにはそれだけで十分なんだ。それだけで気持が落着き、ゆったりとする。妙な話だが、フィオレンツァが包んでくれるこの華やいだ、明るい、陽気な気分——それが、絵を描くのに必要なのだ。アンジェロの笑い声とか、フェデリゴ、君の物静かな喋り方とか、プラトン・アカデミアに集る人々の物腰、態度、朗らかな対話とか、ぼくの囲りにあるすべてが、まるで快い柔らかな靄のように厚くぼくを包んでいる。ぼくはフィオレンツァと一つになっているのを感じるのだ。ぼくは花の都《フィオレンツァ》の一喜一憂に動かされている。まるで花の都《フィオレンツァ》の心のときめきがそのままぼくの心と重なっているみたいなんだ。あそこにいるとき、ぼくは空虚な物見なんかじゃない。身体じゅうに人々の生活が生きている。喜びや悲しみや怒りや不安が刻々に血の中を駆けめぐっている。ぼくは、それを何とか描きたいと思う。そんなとき、ただ〈あるがまま〉に見られた物象《もの》なんて何の意味があるのかね？　ぼくはフィオレンツァの心のときめきを花の都《フィオレンツァ》の春の喜びを——画布の上に思いっきり、吐きだしたいんだ。フェデリゴ、ぼくはピサにきてみてしみじみそのことがわかったんだ。ぼくはただ物象《もの》の従者になって、それを〈あるがまま〉に描く空虚な物見にはなれない。それはね、決して物象《もの》の姿を見るのがおそろしいのじゃない。そうじゃなくて、ぼくは、そうするには花の都《フィオレンツァ》の春の盛りがあまりにぼくの身体を満しているからなんだ。フィオレンツァの歌が——シモネッタが——メディチの盛りがぼくの胸の中にたぎりたち、喚声をあげ、画布の上に氾濫しようとして待ち構えているんだ……」

サンドロが酔っていたことを私は否《いな》むまい。煖炉の火に照らされた彼の顔が赤く輝き、眼が一種の放埒な陶酔の色を浮べていたことも事実である。しかし私はサンドロの言葉に心を動かされた。サンドロの描きだすわがフィオレンツァの都市《まち》の鼓動が、そのまま私の身体に伝わり、私自身も酔ったような気持になっていた、ということを告白しよう。

だが、私が、最初あれほど口にすまいと決心していたシモネッタの病気のことをサンドロに打明けたのは、決してこうした一時の陶酔や感激に駆られたからではない。

私はサンドロと話しているうち、花の都《フィオレンツァ》を優美に形どったかに見えるシモネッタについて、何もかも知らなくてはならないのは、私ではなく、サンドロであると固く信じられたのであった。むろん彼がそれを知ればピサでの仕事に過重な負担がかかることはわかっていた。しかしそれがフィオレンツァに関する事柄であれば、ましてシモネッタについての事柄であれば、サンドロは、むしろ喜んで担いたいと思うにちがいない――私はそう思った。そこで、ちょうどシモネッタの話が出たのをしおに、私は彼女から打明けられた一切を話したのである。

サンドロは思ったよりも冷静に私の話を聞いていた。時々、深く頷くように頭を前に振った。それから長いこと煖炉の火を見つめたまま黙っていた。

「フェデリゴ、ぼくはなぜだか前からこうなることがわかっていたような気がする」しばらくしてサンドロが言った。「ぼくはそれをおそれていた。しかしおそれながら、それがくるのを、じっと待っていたんだ。まさかそれがシモネッタの病気だとは思わなかった。そんな姿をとって現われようとは、夢にも想像しなかった。しかしそれがいつか必ずやってくるだろうことは知っていた。昔、一緒にフィオレンツァの通りをぶらぶら歩いていた頃、ぼくが〈悲しみの森〉って言ったことを覚えているかい？」

「ああ、覚えているとも。フィオレンツァは凍りついた石の森だって、そう言っていた。呻き声が声にならずに石の壁の向うから立ちのぼっているんだ、とね」

「ぼくはあの頃、フィオレンツァの春の盛りに、何か暗い影が横切ってゆくような、妙な予感があったんだ」

私は口をつぐんでサンドロの横顔を見つめていた。彼の唇は何か喋ろうとして、ぴくぴく震えていた。涙が頬を伝って流れるのが見えた。

「ぼくはね、フェデリゴ」サンドロは顔を歪めたまま、低い声で言った。「多くのことは望まなかった。あれもこれもと願うような性質じゃなかった。そのかわり大事なものは生命と取りかえたって放したくなかった。ぼくにとって花の都《フィオレンツァ》の春の賑わいがそれだった。父の革鞣《かわなめ》し場がそれだった。甘いパンの香りに満ちたマリアの台所がそれだった。そこにいると、ぼくは文句なく幸福だった。それだけで十分だった。何もかも満されていた。うっとりした、いい気持になれた。安らかだった。ぼくは末っ子らしく皆から甘やかされ可愛がられるのを感じた。それを素直にぼくは受けられた。ぼくには君がいる。兄のジョヴァンニがいる。嫂のマリアがいる。それだけでもう十分すぎる。そのうえぼくにはシモネッタがいたのだ。シモネッタがね……」

すでに夜は明けようとしていた。部屋の中に青白い光が流れ、机の上の燭台の火が淡くなりはじめた。窓の外は仄白んで、曇り空が低く垂れているのが見えた。

「こうした幸福がそんなに長く許されるはずがないことを、どうしてもっと早く気がつかなかったのだろう」サンドロは低い声で言った。「鳥たちが朝の光を迎えると、自然と囀りはじめるように、アルノ河のアネモネが最初の春風に触れると花を開くように、ぼくはシモネッタのそばにさえいれば、それでよかった。そのほかのことは何も感じなかった。マダレーナやアルフォンシーナに感じるのとは、まるで違った感じが、シモネッタのまわりを取りまいていたんだ。そうだ、それをあのひとの美しさと言うこともできる。だが、それだけでは十分じゃない。フィチーノだったら〈神的なもの〉と言うだろう。でも、それだって、いまのぼくの気持を十分に表わしてくれない。フェデリゴ、ぼくはね、シモネッタという一人の女性《ひと》を通して、ぼくらの死さえ全く無視できるような至高の喜びが現われているように思えるんだ。ぼくらが、そこに身を置きさえすれば、この世の生死など、まるで、どうでもよくなるような、そういったものが、あの女性《ひと》のなかには現われているのだ。それはただ美しい女性《ひと》と言っただけでは足りない。あの女性《ひと》の優しい笑いを見ると、ぼくらはこの世の不運や不幸など、まるで意味のないものに見えてくる。ただ単純にあの女性《ひと》のそばで生き、花の香りを感じ、太陽の光を浴びるだけで、それで一切が成就されているように思えるのだ。もし生きる喜びの極点が白く輝いているとしたら、まさしくあの女性《ひと》のそばにいることだ」

私たちはいつか窓のそばに立ち、曇り空の下に拡がるピサの狭い屋根の並びを眺めていた。

「ぼくはもうこれ以上あの仕事はつづけられない。そんなことは、ぼくにはどうでもいいのだ。ぼくにはただ一つ、大切なことがある。そこに身を置けば、一切が成就したのと同じようになる、そうしたものがあるんだ。ぼくはそのそばを離れるべきではなかった。空虚な物見なんかになるべきじゃなかった。ああ、フェデリゴ、ぼくは何と言われたって、もうあの女性《ひと》のそばから離れない。たとえ人間の歴史が永遠につづき、すべての人々が指さしてぼくの愚かさを笑うとしても、ぼくは平気だ。ぼくはたじろがない。そして頭をあげ、あの女性《ひと》のそばにとどまることを誇りに思うのだ。そうだ、フェデリゴ、生きる意味とは、このことだ。人が死さえ恐れず、永遠の青空にむかって、まっすぐ力に満ちて歩きつづけられる、そういう場所に立つことなのだ。それを、ぼくは、あの女性《ひと》の姿を通して知ったのだ。ぼくが描くべきものは、そういうものだ。それを措いて他にはあり得ないのだ」

サンドロが納骨堂《カンポサント》の壁画どころか、インコロナータ礼拝堂の壁画さえ仕上げず、ピサを引きあげた理由について、本寺《ドゥオーモ》の聖職者のあいだではむろんのこと、フィオレンツァの一部の人々にも、香しからぬ評判が立ったが、おそらくそれは彼が途中で仕事を辞退したという事実より、本寺当局に理由の一つも説明せず、唐突にピサを離れた冷然とした態度のためと思われる。

ピサの知人の話によると、サンドロが引きあげる日、本寺《ドゥオーモ》の責任者たちはサンドロの仕事部屋まできて、彼がピサを去る理由を訊ねたというのだった。

「いや、ゴッツォーリも変人には変人だが、アレッサンドロという男はそれに輪をかけた変人だという噂ですな。なにしろ一ことも口をきかず、馬に乗ると、どんどん行ってしまったというんですからね。弟子たちが仕事箱や画布を積んだ馬を曳いて、そのあとから駆けてゆくところは、まったく珍妙な見ものだったようですよ」

私は、知り合いの男が父の店でこんな話をするのを、ただ黙って聞いていた。そしてサンドロが、もはやピサ本寺の聖職者どころか、法王庁の権威にすら眉一つ動かさないであろうことを考えて、ふとピサの旅籠での一夜を思いだしたものであった。

シモネッタの病気について私はその後詳しい経過を聞く機会がなかった。ただ老フィチーノ医師が時おりシモネッタの屋敷を訪ねていること、外見は元気であること、などを、息子のフィチーノから聞くぐらいであった。それと前後して、サンドロがジュリアーノに頼まれてシモネッタの肖像を描いているという噂も流れてきた。しかしこれはシモネッタの屋敷へしばしば出かけていた陽気なアンジェロによって打ち消された。

彼の話によると、ジュリアーノ・デ・メディチがサンドロに依頼したのはシモネッタの肖像ではなく、ジュリアーノとシモネッタの姿を象徴する神話の場面だというのだった。

「なんでも、それは旗に描かれるという話だよ」アンジェロは栗色の髪を額から搔きあげながら言った。「長い旗に描いて、それをフィオレンツァじゅうに押したてて歩くのだそうだ」

私は冗談好きのアンジェロのことだから、また口から出まかせの話をしているのだと考えて、それを本気では聞かなかった。当時、アンジェロはフィチーノ先生の推挙で、ロレンツォ・デ・メディチの長子ピエロの傅育《ふいく》係に任じられたばかりだった。もっとも陽気なアンジェロの態度がそれで変ったということはなく、相変らず当意即妙の軽口や駄洒落や剽軽な短詩でルチェライ家の集りやトルナブオーニ家の客間を愉しませ、女たちを笑わせていたのである。

のちになって、ロレンツォの妻の生真面目なクラリーチェがアンジェロのこうした態度や性格に対して多少危惧の念を抱き、息子ピエロへの影響を慮っていたという話を叔父カルロから聞いたが、それはあり得ることだったろうと思う。

アンジェロの当時の関心は怜悧なピエロの傅育より、もっぱらジュリアーノとシモネッタの讃美に向けられていたからである。

そんなある日――それは年が改ってすでに一四七五年の春になっていたと思う――サンドロが突然私を訪ねてきて、アテナとアフロディーテの姿や属性について調べてほしいと言うのだった。

「これはジュリアーノ殿から依頼された絵の主題じゃないのかい？」

私はサンドロを驚かそうと思って、アンジェロから聞いた噂を、わざと少し変えて、そう、あてずっぽうに言ってみた。するとサンドロは頭をふった。

「いや、絵じゃないんだ。旗なんだよ。ジュリアーノ殿の旗なんだ」

「旗だって？」私はびっくりして叫んだ。「じゃアンジェロが言っていたのは本当だったんだね？　ジュリアーノ殿はその旗を押したてて花の都《フィオレンツァ》じゅうを駆けめぐるのかい？」

「さあ、それは知らないが……」サンドロは顎を引くような様子をしながら言った。「とにかくその旗にアテナとアフロディーテの姿を描かなければならないんだ。ジュリアーノ殿の頭上にはためくにふさわしい気品と優美さを持った旗にするためにね」

「しかし何だってそんな旗がいるんだい？」私は妻の運んできた飲物をサンドロにすすめた。「サン　ロマノの戦いでもまたはじめる気なのかな？」

「いや、戦いじゃない。騎馬祭《ジオストラ》があるという話だ」

「騎馬祭《ジオストラ》？」

「ああ、騎馬祭《ジオストラ》だ」サンドロは言った。「ジュリアーノ殿の家令の話だと、それは、ただシモネッタに捧げるための、花の都《フィオレンツァ》をこぞっての美々しい祭礼になるということだ」

Ⅲ

私はこの回想録に取りかかったときから、いずれプラトン・アカデミアの集りや騎馬祭《ジオストラ》の賑わいを読者に伝えたいと思っていた。だが、いざそれを記述する段になると、私は、思い出のなまなましさに圧倒されて、とてもそれを冷静詳細に書くことはできそうにない。どうか読者は（もちろんこの回想録が誰かに読まれることがあっての話だが）若い日々の思い出に、ペンの先の震えを押しとどめることのできない老人の気持の昂《たかぶ》りを許してやって頂きたい。

私はジュリアーノ殿の騎馬祭《ジオストラ》と言っただけで、もう耳には、あの朝の馬の嘶《いなな》き、蹄の音、観衆のどよめきが聞えてくるのである。人々の頭をゆらせ、まるでリヴォルノ港に入ってくる三檣帆船の舳先のように左右にゆっくり人波をわけながら、ロレンツォ・デ・メディチやソデリーニの輦台《れんだい》が入ってきたとき、突然、サンタ・クローチェ広場に響いた観衆の喚声を、私は、なにか、この世ならぬ激しい熱狂した魂のおのずからなる叫びとして、聞いたのである。

私がこんなことを書いただけで、もう鵞ペンの先が可笑しいようにぶるぶる震えている。そうなのだ、この感じ易さ、この気持の弱りが老人ということなのだ。だが、また、こうした性格があるからこそ、老人にとっては、過去は、現実のさまざまな出来事以上に、重い実在感をもって感じられるのかもしれぬ。過去は、私らには、単に経験され消費されたものではない。いや、逆に、経験され消費され消え去ることによって、はじめて現存物以上の重さをもって、私らの心に住みつくことができる何ものかなのだ。

いったいどうしてあの華やかな騎馬祭《ジオストラ》の日々が永遠に消えさったなどと言えるのだろう。若いジュリアーノや慎ましいシモネッタがどうして地上から姿を消したなどということがあるだろう。

たしかに性急な人々の眼にはそう見える。この世の日々の忙しさにかまけた心には、そう思える。だからリンドロはジュリアーノの似姿を何度か描いたし、シモネッタの面影は彼の絵のなかに繰りかえし現われてくるのだ。サンドロは、そうした絵を眺めた人が、計らずも、私たちが生前の彼らに感じたと同じ喜びや驚きを、そっくり味わうことができるように、細心の工夫をこらしていたのだ。

しかしサンドロも私も、地上を越えたものを見ることのできる眼には、絵というような補助手段を用いなくても、かつて在ったものは永遠に存在する、という事実をよく理解していたのである。サンドロの絵が、当時のフィオレンツァの画家のなかでも、次第に、異なった傾向を見せはじめたのもそのためだったし、また〈永遠〉についてプラトン・アカデミアの人々としばしば話し合ったのも同じ理由からであった。

私たちの考え方はいささかも誤ってはいなかった、と、老人の私が、いま、幾分の誇りをもって言うことができるのは嬉しいことだ。私たちにとって何ものも過ぎさらない。何ものもなくならない――私はいまそうはっきり言うことができる。華やかな騎馬祭《ジオストラ》の賑わいも、ジュリアーノやシモネッタの笑い声も、なお、ここにあるのだ。そうだ、ここに、この胸の中に……。

あの当時――私がようやく三十歳をこえたばかりの頃、世間の人々は、ロレンツォ・デ・メディチが復活祭や諸聖人の祭礼をことさら派手に賑々しく行うのを、冷たく眺めていたものだった。私は父の晩餐の席でもロレンツォに対する批判めいた言葉を耳にすることがあった。そしてその多くは、ロレンツォが老コシモに較べて、永遠に残る芸術作品に金銭《かね》を投じない点を責め、瞬間に燃えあがって消える祭礼などに興じるのは軽率な所業である、というのだった。

「だってそうじゃありませんか」とちびのロッセリーノ親方がある晩餐の席で言うのだった。「建築なり彫刻なりに金銭《かね》を投じれば、それだけのものは残ります。老コシモは節約家だったし、時には吝嗇でもあった。しかし建築や彫刻や絵画には金銭《かね》に糸目をつけなかった。気の遠くなるような浪費をやって平然としていた。だが、それは、老コシモが、こうした事情を知っていたからです。コシモはあとに残るものに金銭《かね》を使った。コシモはフィオレンツァを美しく飾るものには、手放しで金銭《かね》をそそぎこんだ。だからこの都市《まち》だって美しくなったんですよ。私ら彫刻家も潤った。建築家だって画家だって潤った。潤えば潤ったで、仕事の腕も上り、工房《ボッテガ》にもいい職人《アルチスタ》が集った。万事都合がよかったのです。しかしロレンツォ殿ときては、建築も彫刻もさっぱりだ。そりゃ、サンドロをご贔屓にはしていましょうさ。しかしそれだけじゃフィオレンツァの職人たちは潤いません。仕事をどんどん増やし、職人を使わなければ、いまに親方《マエストロ》連中はどんどんヴェネツィアやローマに逃げていってしまいますよ。ドナテルロ親方みたいにね。ロレンツォ殿は見てくれの派手なものにだけ、金銭《かね》を使いたがる。今年の復活祭の盛況はどうです？　あれは派手すぎると言うべきじゃないでしょうかね？　それに祝祭日の騒ぎはどうです？　最近の流行歌だってひどいものじゃありませんか？　だが、一度過ぎされば、どんな祭りだって、もう二度と見ることはできないんですよ。永遠に地上から消えてしまうんですよ。あんなもの、水の泡と同じこってすよ。そいつに金銭《かね》を使うなんて、それこそ本当の浪費じゃありませんか。なんにもなりはしない」

私はちびのロッセリーノ親方の苦情が理解できなくはなかった。たしかに形として残らぬ祭礼や行列や舞踏会に厖大な経費を当てるのは、親方の言うように無益な消費かもしれない。だが、形の残るものなら、いくら費用がかかっても、それは浪費ではないのか。たとえば川向うのピッティ館やストロッツィ館、ラルガ街のメディチ館は、なるほど重厚華麗な屋敷には違いない。また老コシモが肩を入れた聖ロレンツォ寺院、聖スピリト寺院の建築などもフィオレンツァの壮麗な趣になくてはならぬ存在である。

だが、それが浪費でもなく、無駄使いでもないというのは、支払いの対象が何も建築や城壁や彫刻だからではない。そうではなくて老コシモがそれを熱愛し、それを鼓舞し、それに息を吹きこんだからなのだ。建物も彫刻も壁画も老コシモに息を吹きこまれて、花の都《フィオレンツァ》の魂として生命に目覚めたのだ。だからこそ、人々はそれに熱中し、それを賞讃し、あたかも生きているもののようにそれを身近に感じていたのである。

あの当時――ロレンツォが祭礼に力をそそぎ、花の都《フィオレンツァ》を華麗な行列や舞台や仮面舞踏会で飾っていた頃、私は、口ではうまく言えなかったが、こうしたことは、よく理解していたように思う。私は事ごとに——むろんちびのロッセリーノ親方に対しても——ロレンツォの態度、考え方を弁護した。私に言わせれば、老コシモもロレンツォも同じフィオレンツァに生命を吹きこむためにメディチの私財を惜みなく使っていたのだ。

「たとえ壮麗な城館をつくり、長大な城壁をつくっても、それがただそこに在るというだけでは何もなりません」私は、そんな議論が出た父の晩餐の席上で、思わず熱くなって叫んだのだった。「それが私たちに意味があるのは、石材や木材でできたそうした建物や彫刻が、私たちに何かを語りかけるからですよ。もし石が石、木が木だったら、それは死物です。沈黙した物質《もの》にすぎません。私たちがそれに手を加え、生命を吹きこみ、私たちの魂の対話者としたからこそ、それは単なる物質《もの》ではなく、〈意味ある存在〉になったのです。大切なのは物質《もの》に与えられたこの〈意味〉なのです。しかし皆さんの議論を聞いていると、この〈意味〉などは問題ではなく、ただ建物という物質《もの》、彫刻という物質《もの》だけが大切だ、と仰有っているように聞えます。もし皆さんが、そうじゃない、我々も〈意味〉を大切に思っているのだ、と仰有るなら、当然、ロレンツォ・デ・メディチ殿が祭礼に力をそそがれるのを是認されるはずです。なぜって祭礼こそは、ただ〈意味〉だけで成りたっているものだからです。その土台は、ただ人々が歌い、踊り、飾りつけ、演戯をし、押し合いへし合いし、大騒ぎをする——それだけのことです。その日が過ぎれば跡形もありません。でも、それだからこそ〈意味〉だけが純粋にそこに生きていた、と言うことができないでしょうか。どうか、皆さん、私がこんなに熱くなって叫ぶのを許して下さい。私はどうしてもこれだけは言わずにいられないんです。もし私たちにとって〈意味〉だけが大切であり、〈意味〉によって生きるのだとすれば、皆さんは当然老コシモが建築や彫刻に熱中したのと、ロレンツォ殿が祭礼に力をそそぐのと、その性格はまったく同じだということに賛成なさるはずです。なぜってその両方ともが、フィオレンツァに〈意味〉を与えることだからです」

晩餐の席は私の発言でかなり騒がしくなったことを今でもよく憶えている。父は私の意見には賛成らしかったが、いつもなら食後の陶然とした静かな時間の流れが、突然、荒々しく湧きかえったことに多少迷惑な思いを感じていたらしい。母などは明らかに私の不躾な発言に腹を立てていた。

しかし私は自分の意見に珍しく固執し、晩餐の席が議論で踏みにじられるのを見ても、あえて自説を引きさげる気にはならなかった。もちろん議論に勝敗がついたわけではなかった。ただ敵味方に分れて、テーブルを叩き、赤くなったり青くなったりして、わめいていただけであった。

若年の意見の多くは、後になって訂正されるのが普通だが、このことだけは例外的に今も私が是認する考えの一つである。私は人間にとって何が真の実在かと問われれば、それはかかる〈意味〉だと答えたい。〈意味〉こそが人間にとっての実在である。不壊《ふえ》に見える物質《もの》も、フィエーゾレの丘のローマ遺跡のように、いつか崩れて、夏草のなかに埋もれるほかない。だが、〈意味〉こそは人間が存在するかぎり、時の破壊力にも抗して永遠に生きつづける。これこそが人間にとっての実在なのだ。

どうか昂奮した老人がペンの震えを押えがたく、思念の流れに惑乱してゆくのを許していただきたい。だが、読者の許容にも限度があろう。（ここで読者という、誇らかな言葉を書きこむ自分の弱さを、私は許すことにしよう。これは表現の一様式とも考えられるではないか？）いかに老人でも主題からそれた叙述は慎しむのが礼儀であるからだ。

さて、サンドロがピサから引きあげた年、私の記憶に誤りがなければ、一四七五年の春、フィオレンツァの町々がいつか騎馬祭《ジオストラ》の噂で持ちきるようになった頃、父の友人で地図製作に生涯を捧げたある老人と出会ったことを、ここで書いておきたい。

老人の名はトスカネルリと言って、背の高い、瘦せた、声の大きな人物だった。柔かい白髪が、禿げた頭のまわりを、綿の塊りのように取りまいていた。広い額の下に白い長い眉が垂れていて、そのかげから鋭い刺すような青い眼がのぞいていた。顔は暗い禁欲的な乾いた感じだった。頰骨の下に皺が寄り、それが頰の窪みを深めていた。おそらく老人はその頃すでに八十歳に達していたであろうか。

私が老人にはじめて会ったのは、父の依頼で新しくトルコから届いたアラビア語の数学書を届けに出かけたときであった。老人は私の家の二すじ裏の静かな部屋に住んでいた。私の通されたのは、トスカネルリ老人の仕事場らしく、地図や、天球儀、三角定規、大小のガラス瓶、ガラス球、天秤、小皿、動物の骨などが、天井まで埋めた四壁の厖大な数の蔵書に囲まれ、窓から流れてくる、ひっそりした、冷ややかな、乏しい光のなかに、ぼんやり浮びあがっていた。

　私が仕事場に入った最初の印象は傴僂のトマソの部屋との何とない類似であった。トマソの部屋は薬剤師らしく薬品を入れた大小の瓶が所狭しと並んでいたし、またギリシアの詩集なども蔵書のなかに含まれていたから、トスカネルリ老人のそれとは決して同一の雰囲気ではなかったが、どこか共通する部分があるのを、私は感じた。

　私は父から老人がブルネレスキと共同して花の聖母寺《サンタ・マリア・デル・フィオーレ》の大円屋根をかけるとき、その構造を計算したり、図面を引いたりしたという話を聞いていた。また星座の測定や、航海用地図の作成に熱中しているという噂も耳にしていた。しかし私が父の依頼を受けて老人を訪ねたのは、当時、フィオレンツァの人々のあいだで、老人が魔法を使って赤子を犬猫に変えたり、大きなガラス球で人の運命を占ったりしているという噂が立っていたからであった。私は子供の頃イザベラ婆さんを訪ねて以来、なぜかフィオレンツァの人々がひそひそ話で伝えるこの種の話題に興味を感じた。たとえば汗を流す十字架の奇蹟談とか、ヴォルテルラの奇怪な赤ん坊の噂とかのように、突然、この都市《まち》に拡がるこの種の流言の神秘な暗さ、陰湿な恐怖に、私は、十分検討してみるべき問題を感じていたのである。

もっともそれがサンドロの関心でもあったことを、急いで付け加えておく必要があるかもしれない。サンドロはひどくこの種の噂に敏感で、その正体がはっきりしないうちは、私に、根ほり葉ほり、調べさせるのがつねだった。私が、なぜそんな性急に正体を知りたがるのか、と訊ねると、サンドロは急にしどろもどろになって「だって、そんなことを知らずにいるなんて、気持が落着かないじゃないか」と、言いわけがましく、答えるのだった。それはともかく、私は、こうした流言や噂の背後に、フィオレンツァの華やかさが覆いかくしている別の姿が透けてみえるような気がしていた。万一サンドロから頼まれることがなくても、私は自分でそうした噂のもとを訊ねて歩いたに違いないと思う。それは時として私には、フィオレンツァを知るにはその隠された半面にも通暁しなければならない、と思えたからである。

老人は私の手からアラビア語の数学書を受け取ると、ぱらぱらと頁を繰っていた。

「父上は健在かね？」

老人は長い眉毛の下に隠れている暗い鋭い眼をあげて、そう訊ねた。

「元気にしております」

私は老人の一挙手一投足に注意しながら言った。

「それは結構だ」老人は本の上に眼をむけると言った。「互にまだ仕事ができるのはいいことだ。近頃は父上は何をやっておられるかね？　相変らずプラトンかね？」

「はい。『パイドロス』の註解に熱中しております」

「相変らずだな。君も何かね、フィチーノのところへいっているのかね？」

「はい、私もプラトンの勉強をつづけたいと考えております」

「なるほど、父子二代、プラトンか」トスカネルリ老人は長い白い眉毛の下で暗い眼をしばたたいた。「なぜ君はアリストテレスをやらんのかね？」

私は、老人の訝しげな皮肉な眼ざしを受けとめかねた。そこには何か言いしれぬ力がこもっていた。

「私はずっと……ずっとプラトンを学んでおります。アリストテレスまでは……」

「手がまわらんと言うのかね？」

「はい。私は〈地上の事柄〉より、それを意味づける根拠を求めたいと思っています」

「夢想だな」老人は吐きだすように言った。私はその言葉を聞きそこねた。で、もう一度聞きかえした。

「夢想だ。そいつは夢だよ」

老人は鋭い眼で私を見ると、そう言って、また数学書の上に視線をむけた。

「プラトンがですか？」

私はいささかむっとして訊ねた。

「いや、プラトンに救いを求めようとする考え方が、さ」老人は長い白い眉毛の下の暗い眼をしばたたき、じっと私のほうを見つめた。「君は月が欠けるのを見たことがないかね？」

「あります」

「なぜ月は満月になったり、三日月になったりするのかね？」

「それは……」

「君は鳥が空を飛ぶのを見るだろう？　それなのになぜ人間は空を飛ぶことはできないのかね？　そんなことを考えたことはないかね？」

「それは〈地上の事柄〉です。私はもっぱら……」

「〈地上をこえたもの〉つまり〈意味〉の根拠を求めている、というわけだね」

「ええ……」

「君は一日に何回食事をするかね？」

「三回です」

「食事なしに生きられるかね？」

「いいえ」

「それは〈地上の事柄〉ではないのかね？」

「〈地上の事柄〉です」

「〈地上の事柄〉もそれなしでは生きられぬとしたら、それはやはり大事なことではないかね？」

「大事です。しかし……」

「しかし何だね？」

「しかしそれとこれでは、大切さの内容が違います」

「どう違うね？」

「食事は肉体のことに属します。〈地上の事柄〉はすべてそうです。しかし〈地上をこえたもの〉つまり〈意味〉は魂のことに属します」

「肉体と魂はどう違うね？」

「肉体は滅びます。しかし魂は滅びません」

「なぜ魂は滅びないのかね？」

「それは存在の根源だからです。それなしでは万物が存在しえないからです」

「しかし魂なしで月も存在する。この大地も存在する。大海原も存在する。これは〈地上の事柄〉だが、滅びることはない」

「しかしそれをそうあらしめているのは〈意味〉ではありませんか？」

「人間がすべて死滅したあとで〈意味〉だけが亡霊のように地上を徘徊すると思うか

ね？」

「しかし人間が死滅したあとの大地や月や大海原なんて、人間にとってどうでもいいものじゃありませんか？　無人の、荒れはてた地上と海原を、無気味に月が照らしているなんて、人間にとって無意味です」

「しかし大地も海原も月も存在するのだ。それはどうすることもできない」

「人間にとって意味がない以上、それは、存在しないも同然です」

「〈存在しない〉と〈存在しないも同然〉とは同じではない。人間が死滅したあとも、月は欠けるだろう、地球はまわるだろう」

「そうでしょうか？」

「そうだ。月は欠け、地球はまわる。月は存在し、地球は存在する。だから、月についての〈知〉、地球についての〈知〉は、人間がいようと、いなかろうと、存在する。〈知〉のみが不滅なのだ」

「魂も滅びません」

「いや、肉体が滅びる以上、肉体に包まれた魂も滅びる」

「魂が滅びる？」

「滅びる。人間は霊肉とも大地に戻る。塵に戻るのだ」

「そんなことになれば人間の〈意味〉の根拠はなくなります」

「はじめからそんなものはないのだ」

「じゃ人間は何のために生きているのです？　〈意味〉がなくて、人間は生きられますか？」

「人間は三度の食事で生きている。それだけだ」

「魂でも生きています。〈意味〉によってでも生きています」

「それは三度の食事で生きているからだ。エンペドクレスは君と同じように魂の不滅を主張した。彼は自分が魂となって空中を自由に飛べると考えた。そこで彼はエトナ山に登った。彼は火口の上を魂のようにふわふわと飛べると信じ、火口にむかって飛びこんだのだ。彼は飛べたかね？　とんでもない。火口の縁に残ったのはエンペドクレスの革靴《サンダル》だけだ」

「それとこれとは違います」

「いや、違わない。見給え」トスカネルリ老人は長い白い眉毛の下に隠れた眼を横にむけて、窓際の机の上に置いてあった図面を指して言った。「これは人間が空を飛ぶ機械の設計図だ。人間は空を飛ぶ。だが、エンペドクレスのようにではない。〈地上の事柄〉には〈地上の事柄〉に関する〈掟〉がある。この〈掟〉を知るのだ。〈掟〉を知ってそれに従うのだ。月は欠ける。なぜ欠けるか。その月の〈掟〉を知るのだ。なぜ地上に物が落ちるか。その落下の〈掟〉を知るのだ。なぜ風が吹くか。その風の〈掟〉を知るのだ。この〈掟〉を知れば、人間は空を飛ぶことができる。だが〈掟〉を無視し、魂となろうとすれば、誰もがエンペドクレスになるほかない。残るのは革靴《サンダル》だけだ」

私はそのときになって、なぜ老人の仕事場が傴僂のトマソの部屋と似ているか、に気がついた。トマソが頭脳を信じ、他の一切を無力なものと考えたように、トスカネルリ老人も〈地上の事柄〉を支配する〈掟〉を知ることだけが真の実在だと信じているのだった。

「私に言わせればプラトン学徒はエンペドクレスと同じだ。物象《もの》の〈掟〉を考えずにすべてが思いのままになると妄想しているのだ。つまり夢をみているだけなのだ。大切なのは〈知〉なのだ。〈地上の事柄〉の〈掟〉に通暁することなのだ。どうだね、君はこの新しい地図をどう思うね？」老人は壁に貼ってある羊皮紙の地図を眼で示しながら言った。「見給え。ここがイタリアだ。君の父上の船は地中海を通ってコンスタンティノポリスに到る。もう一方は、見給え、ヘラクレスの柱を越えて北ヨーロッパに向う。だが、ポルトガル国王の船はアフリカを廻って印度へ達している。どうだね、これは海原や風や大地の〈掟〉に通暁した結果ではないかね？　それとも君は嵐の海に帆を張り、凪の海に帆をおろして、それで船を航行できると信じているのかね？　まさか、そうは思うまい。そうだ、〈地上の事柄〉を動かすには、それを支配している〈掟〉を知らなければならない。〈掟〉さえ知れば人間には何でもできる。花の聖母寺《サンタ・マリア・デル・フィオーレ》の円屋根もこの〈掟〉を知り、それに従ったからできたのだ」

老人は地図のそばまでいって、雲形にもやもや描かれている部分を指でさしながら言った。

「見給え、大地の〈掟〉を知る者なら、印度まで何もアフリカをまわってゆく必要はない。ヘラクレスの柱を過ぎ、そのまま西へ真っすぐゆけばいい。地球はまるいのだ。西へゆけば印度につく。東をまわるより近いのだ。これが地球の〈掟〉だ」

私はこのときになって、トスカネルリ老人が物を考えすぎた余り、頭がおかしくなったのだと確信できた。

「君もフィオレンツァの人々同様、私が法螺を吹いていると思っている。いや、君の顔を見ればわかる。だが、これは真実なのだ。いずれ誰かが証明することになるだろう。君の父上は私の考えを知っている。半信半疑だが、かなり私を信用している。私は、せめて君の父上ほどにフィオレンツァの連中が夢から醒めてくれることを望んでいるのだ。君はまだ年齢《とし》は若い。夢から醒める時間は十分にある。君は、いつまでもフィチーノの仲間と綺麗な夢を追っていてはいけない。〈地上の事柄〉の〈掟〉を知るのだ。川が上流にむかって流れたり、風に逆らって船が進んだり、夏に雪が降って冬に暑熱が来たりしない限り、〈地上の事柄〉の〈掟〉を知らなければならぬ。人はその〈掟〉に従ってのみ幸福になれるのだ。〈掟〉を無視し、ただ綺麗ごとを夢みていれば、〈掟〉に逆らえぬ以上、ひどい仕返しを受けるのは当然だ。アリストテレスを読み給え。そしてまた月の瘦肥の原因を考え給え。フィオレンツァに必要なのは、夢に酔うことじゃない。美々しい祭礼に酔うことではないのだ」

私はトスカネルリ老人が長い白い眉毛の下から、暗い鋭い眼で私を見据えているあいだ、自分が、机の上か部屋の隅に置かれた物体になっているような気がした。老人は長さを測ったり、重さを目盛りで読んだり、計算したり、比較したりすること以外には関心がないようだった。老人は肉体も魂も共に滅びると信じていた。残るのは事物の〈知〉だけで、それは〈掟〉を理解しうる形で示したものに他ならなかった。そして〈掟〉はただ測ったり、目盛りを読んだり、計算したりして理解できるものなのだ。

だが、考えてみると、これはサンドロが言った、あの遠近図法——あの〈悪魔の洞窟〉と同じ考え方ではないだろうか。事物の〈掟〉とは、〈あるがまま〉ということと同じではないだろうか。人間がいようが、いまいが、月はあり、大地はあり、大海原はある、とトスカネルリ老人は長い眉毛の下から暗い眼を光らせて言った。しかしそういう〈地上の事柄〉を眺め、測ったり計算したりするのは、空虚な物見になることじゃないのだろうか。祭礼は夢にすぎぬと老人は言う。同じ論法で人間の〈意味〉だって夢にすぎないというわけだ。〈意味〉とか祭礼とかいうよりも、まず建物や彫刻を——しっかり手に摑めるものを——事物の〈掟〉を、というのである。

私は老人の家を辞してから、フィオレンツァに底流し渦を巻いているさまざまな考え方、生き方が、決して単純明白なものでないのを、あらためて思いしらされたのだった。サンドロも私も、ロレンツォの熱狂や好意や軽妙さや祭礼好みには、いまこの都市《まち》に春の盛りをもたらした最大の力であるとして、深い愛着を抱いていた。いまこの花の都《フィオレンツァ》を活発にし殷賑にするにはこれ以外に手段がないように思っていた。差しせまって大事なのは生きる〈意味〉を与えることだった。いかに羊毛を多量に輸入し多量の毛織物が染色されようと、そんなものが山と積まれ、金貨が袋を満しても、そこに物見のような無感覚の男がいて、緑の大地や月の蒼白さや大海原のうねりを感じることもなかったら、いったい人間は何のために生きているのだろう。フィオレンツァは代々富を集め、財宝を蓄積した。海を越え、嵐を冒して、壮麗な都市《まち》をつくりあげた。フィオレンツァはいま山の頂に達している。あと人々に残された仕事は、うんうん言って山を登ることではなく、人間が生きる〈意味〉を考えることだ。地上に現われた〈神的なもの〉を深く味わうことだ。そしてその端的な表現が華麗な祭礼なのだ。それは日々の労苦の生活を一挙に楽しみと叫びと踊りに変え、時間の流れを断ち切ってそこに永遠の熱狂した渦巻き、円環をつくりだすのだ。もはや明日のために生きるのではなく、今日のため、いまのために燃えつきて生きるのだ。生きる手段と目的が一つになり、生きることがそのまま目的の成就となるのだ。生きることが輝きとなる。歩くこと、喋ること、喰べること、愛することは、そのまま白熱する頂点となって、そこで足ぶみし、時間はとまり、充足し、完結するのだ。〈神的なもの〉はその瞬間、もっとも純粋に甘美な晴れやかな感覚を伴って顕現するのだ……。

　私は通り二つを、おそらくぶつぶつと何か言いながら、通行人にぶつかるのにも気が付かず、急ぎ足に歩いて、家へ戻っていったにちがいない。私は憤慨していただろうか。それとも意気銷沈していただろうか。あるいはまたトスカネルリ老人の皮肉な態度に困惑を覚えていただろうか。

　私はそのどれとも言いかねるが、少くとも一種の悲哀に似た気持を味わっていたことは確かだった。私は町角から聖ロレンツォ寺院の赤い円屋根を仰ぎ、それから十歩ほど歩いて花の聖母寺《サンタ・マリア・デル・フィオーレ》の円屋根が赤く春の夕暮れの空に浮ぶのを眺めた。問題は、あの美しい屋根をブルネレスキと一緒にトスカネルリ老人が計算して建てたということだった。そしてその円屋根は、ただ美しさを夢想している人間にはつくることができない、ということだった。そこには屋根の〈掟〉があった。〈掟〉を知らなくては、その美しさも――私たちが〈神的なもの〉と呼ぶ甘美な清浄感も――生れてこないのだった。

　私はその日、家に帰っても無口だったのであろう。妻がしきりと気にして私の気持を引きたてようと話しかけるのであった。私は、妻の気持はよくわかったものの、どうしてもそれに調子を合わせるのが億劫で、部屋に早くから引きこもった。

私は、自分の今の気持がフィオレンツァの人々の気持をかなり広いかたちで集約しているのではないかという気がした。机に向い、ランプを明るくして、筆写中の書物を開いたものの、私の考えは同じ場所でぐるぐる輪を描いていた。窓の前は小さな庭になっていて、春らしい湿った花の香りが立ちのぼっていた。私はそのまま頬杖をついて、ぼんやり窓の向うの闇に見入った。

私はトスカネルリ老人が世間で言うような魔法の使い手だとは思わなかったが、人間がいてもいなくても通用する事物の〈掟〉が不滅であり、魂も肉体も滅びるという信念には、やはり何となく悪魔的なものを感じた。おそらく私の父が老人を高く買っているのは事実だったろう。父の考え方のなかに、船を荒海で操る航海者の沈着と計算がつねに働いていたのを、誰より私がいちばんよく知っていた。父はエンペドクレスの革靴《サンダル》とならぬように、歯を食いしばって、日々、商売の〈掟〉を見ぬき、それを手中に入れようと努めていたのだ。

しかしこれは父だけではない。叔父カルロが毛織物工場のほかに絹織物を手がけたり、メディチ銀行から資金を借り入れたり、手形をアウグスブルグの支店で割引かせたりするとき、同じように商売の〈掟〉、事物の〈掟〉に忠実だったと言えないだろうか。いやいや、人々はそれに背くことなどできはしなかったのだ、もしボスティーキ家やフランチェスコ兄弟の商会のように破産したくないのなら……。

　そうだった、ソデリーニもアッチャイウオーリもパッツィもサセッティも、すべて〈掟〉を知り、それに従い、それを利用して、ここまでのしあがってきたのだ。このことはもちろんロレンツォ・デ・メディチだって知っている。それは蒼黒い、上下の寸のつまった、重苦しい彼の顔を見ればすぐわかることだ。ロレンツォはフィオレンツァの計算ずくの、冷酷な、情け容赦もない実利一点張りのなかにいて、わざわざリュートを弾き、「明日は明日、きょうの日を、楽しめよ」を歌っているのだ。といって、彼が事物の〈掟〉を無視しているわけはない。いや、ひょっとすると、彼がリュートを弾いて陽気に振舞い、花の都《フィオレンツァ》に祭礼を奨励するのは、何か別個の〈掟〉を彼が知っていて、それに従おうとしているのではないだろうか。そうではないと、誰が言えよう。

　私の父だって、実利の〈掟〉に縛られているからこそ、この〈掟〉が課せられていることの意味を、プラトンやギリシア詩のなかに捜そうと努めているのだ。父はトスカネルリ老人に強く共感すると同時に、それに反発を感じている。だが、これは父だけではなく、フィオレンツァの実利の〈掟〉を厳しく知るほどの人には、すべて、妥当することではないだろうか。

　たしかに人々はロレンツォの祭礼奨励を軽薄な、愚かしい浪費として非難した。フィオレンツァの実利の〈掟〉に照らせば、当然、一日で消える、影も形もない行事に莫大な財貨を投じるのは狂気の沙汰であった。

だが、サンドロが〈悪魔の洞窟〉を憎悪し、ピサから逃げかえってきたように、その同類の〈事物の掟〉から逃げだし、実利の〈掟〉を越えるものを求めようとする人があっても、何の不思議があろう。

いや、誰もがトスカネルリ老人と同じ考えを抱いているからこそ、そこに魔法の臭いを感じるのではないか。誰もが川が上流に流れることができず、風に逆らって帆走できぬことを知るゆえに、そうした〈事物の掟〉の外に人間の生きる場所を求めるのではないか。さらに進んで、〈掟〉に従いながら〈掟〉から自由になる方法を考えるのではないか。

それはたしかに矛盾した二つの対立を、なんとか一つに纏めようとする試みには違いない。だがフィオレンツァでは誰もがこうした分裂を心のなかで味わっているのではないか。もはや祖父クリストフォロの時代のようにひたすら実利のために働いた後、葡萄酒につやつや顔を輝かし、自足して休息するなどということはできないのだ。

「だが、これはフィオレンツァの不幸と言えないだろうか」

私は思わずそうつぶやいて額を軽く叩いた。諸々の思いが渦を巻いて、何一つはっきりした筋道を辿れないように思えたからである。

私がサンドロを訪ねたのは、アテナ女神について調べた資料を、その後、彼がどんな具合に形にしたかを見ておきたかったからだが、同時に、こうしたフィオレンツァの不幸な感じが何とも耐えがたくのしかかっていたからであった。

サンドロの工房《ボッテガ》は以前より明るくなり、裏の方にかなり広い張出しを増築していた。職人や弟子たちの数も十人を越えていて、フィリッポ親方の息子が、青い寄り目の、やさしい表情をしながら、大画面の前で絵具をとかしたり、まぜたり、彩色したりするのを、あれこれと指図していた。

サンドロは私の顔を見ると、何かの下絵らしいものを傍らに置き、膝の布切れを払って立ちあがった。

「ああ、やっと顔を見せてくれたね」サンドロはピサにいるときとは打って変った元気な表情で言った。「もうアテナもアフロディーテもできあがっているんだ。ね、これはどうだい、ぼくがフィオレンツァじゃ初めて工夫してみたんだよ。なかなかうまく仕上ったと思わないか」

私はサンドロが手渡した窓掛けのような布を受けとった。

「これは？」

私は驚いてサンドロのほうを眺めた。

「拡げてみ給え。絵ではない。しかし絵の一種だ。布で描いた絵だ」

私はその布を拡げてみた。褐色や黄や赤や代赭《たいしゃ》や青や紺の、色とりどりの端ぎれが丹念に縫い合わせてあって、ちょっと見ると、聖人祭の舞台で軽口を言っては尻を蹴られている道化の斑服《まだら》のようだった。

「そんな具合に見たんではわからない。あ、フィリピーノ」サンドロは、青い眼の寄った、やさしい顔立ちの、気のいいフィリッポ親方の息子を呼んだ。「この旗を向うに立って拡げてみてくれないか。ちょっとフェデリゴに見せてやりたいのだ」

フィリピーノは絵筆を置くと、にこにこ笑いながら、私から布地を受けとり、それを両手いっぱいに開いて、部屋のはじに立ったのだった。

私は思わず椅子から立ちあがった。それはフィリピーノの背丈いっぱいの高さの紺青の地に、崇高な凜々しい表情のアテナ女神が兜の下からどこか遠くを放心したように眺めている姿が、色鮮やかに浮びあがっているのだった。アテナ女神のつけている兜も冑《よろい》も黄金の輝きにきらきら光り、女神の清らかな叡智が、古代戦士の厳しい外形に、繊細な、優美な趣を与えているように見えた。そう言えば女神の顔立ちも、兜のせいで、女らしい典雅な表情というより、どこか、若々しい青年の面ざしを感じさせた。

私がその布地の前に近づくと、女神の兜の輝きや、憂愁に満ちた眼や、眼と眉のあいだの優しい感じのする皺や、官能的な唇の弓なりの線などが、急にぼやけ、消えてしまって、黄や代赭や淡緑や赤の小ぎれを細かく綴り合わせた床モザイクの模様のような色斑の集合になってしまうのだった。

ところが、そこから四歩、五歩と後ずさりすると、黄や白や銀や金や代赭で綴り合わせたその色ぎれの集合は、次第に、くっきりした兜の輪廓に変り、黄と白と銀は、きらきら輝く兜の正面の盛り上った部分となり、金と代赭はそこに線刻された模様となるのだった。そばでは、青い荒布を簡単に糸で縫いつけたにすぎぬと思ったものが、離れて見ると、深い憂愁を湛えた、やさしい上瞼の窪みを持つ、青い女神の眼《まな》ざしになってゆくのだった。

「サンドロ」私はこの魔術の前に茫然としたまま、そう言うのがやっとだった。

「どうやら古典学者のお気に召したらしいね」サンドロは私の反応をみると満足そうに言った。「アテナの姿はこれでいいわけだね。すべて君の書いてくれたとおりに描いてみた。手に持っている杖も記述どおりだよ」

「ああ、そんなことは、この見事な布絵《コンメッツ》の前では、どうでもいいことだ」私は驚きからなお我にかえらぬままに言った。「ぼくの記述を読まなくっても、これだけの女神像は容易に君にはできるんだ。大切なのはそんなことじゃない。アテナ女神の澄んだ叡智をこういう形で表現できるということだ。このぼろぎれの集りにすぎないものが、これほど優美な絵に変るなんて、君はまた、なんという魔術師なんだろう。いったい、いつこんな技法を学んだんだ?」

「そんなことを言われると困るな」サンドロは私のそばに腰をおろすと言った。「ぼくは君と一緒に子供の頃、父の仕事場で、色で染めた革の端きれを貰っては遊んだじゃないか。ぼくは色のついた革を沢山集めていた。それを糊で貼っては風景を描いたり、女のひとを形にしたりしていた。色斑を配置して、物の形を描く遣り方は、そんな子供の頃、自然と身についたものだよ。これもその応用だ。もっともなかなか手のこんだ応用だがね。フィオレンツァじゃまだ布絵《コンメッツ》をつくった人はあまりいないんじゃないかね」「アントニオ親方が少しやるぐらいだ」私は、母の衣裳のために、親方が刺繡や布地描き絵に満足できず、胴着用の華麗な花模様の布絵《コンメッツ》をつくったのを思いだした。「しかしそれだって、これほど手のこんだものじゃない。こんな見事な画面じゃない……」

私はサンドロがこの布絵《コンメッツ》のための下絵を相変らず幾つも描いているのを見て、ピサの一夜を思いだした。

「いや、これを描いているときには、あんな死ぬ苦しみはなかったよ」サンドロは下絵を一枚一枚思いだすように眺めながら言った。「これはそれぞれに愉しかった。こんなに習作を描いたのは、自分のなかに、これという決定的な形をつかむためなんだ。それをつかむためには、どうしても何度か同じ主題を描いてみる必要があるんだ」

「じゃ、これがジュリアーノ殿の旗になるんだね」

「そうだ。この裏側に同じ布絵《コンメッツ》を貼り合わせてね、両側から見えるようにする。あとアフロディーテがアテナ女神に手をとらせて、立ち上ろうとするところを描くんだ。その下絵はできているがね」

「それはシモネッタなんだね？」

「ああ、できるだけシモネッタの似姿にしようと思うんだ」

「アテナ女神はジュリアーノ殿だね？」

「いや、むしろフィオレンツァの表現だといったほうがいい」

「じゃフィオレンツァの都市《まち》がシモネッタを立ち上らせるわけかい？」

「そうじゃない。フィオレンツァがアフロディーテに、自分の守護神になるように頼んでいるんだ」

「叡智の神が愛の女神にね」

「そうだ。〈知る〉神が〈愛する〉神にね」

私たちは仕事場を出て古市場広場《メルカート・ヴェッキオ》のほうに足を向けた。町は復活祭の準備で賑わっていた。広場では行列や祭礼舞踏を見るための観客席が、一段と高く、つくられていた。大工たちの鎚音がひどく景気よく聞えた。春の午後の日ざしが、建物のかげを広場に長く描いていた。時おりアルノ河のほうから暖かい風が吹いていた。広場には露店がぎっしり並び、そのあいだで大勢の人々が押し合っていた。サンドロと私は広場から新市場広場《メルカート・ヌオヴォ》にぬける道の半地下にある酒場に腰をおろした。

私は銀の線刻のある盃に泡立った葡萄酒をそそぐと、それを高くあげ、「ジュリアーノの旗のために」と言った。「〈知る〉神と〈愛する〉神のために」

サンドロは額にかかる金褐色の髪をかきあげ、同じように盃を高くあげた。

私はサンドロといると、前夜、トスカネルリとの話が呼びおこした奇妙な惑乱した気持が、おかしいほど、おさまっているのに気がついた。酒場の、眼の高さにある窓から見えている町の賑わいが、いかにも生きいきと感じられた。豪華な被《かぶ》りものに金糸のヴェールをかけた貴族の婦人たちや、足にぴったりした、左右色違いのズボンを穿いた若者や、膝までくる上張りを着た職人たちが、広場に入っていったり、広場から出てきたりしていた。露店の呼び売りの声は、町の快い喧騒の響きと一つになって、窓際まで聞えていた。

「その〈知る〉神と〈愛する〉神のことなんだが」私は一口葡萄酒を飲むと言った。「実は昨日トスカネルリ老人に会ったんだ」

「計算やら地図製作やらをやっている老人だね」

サンドロは注意深い表情で私を見ていた。

「ああ、あの変り者のね」私は急にトスカネルリに与えられたある種の不安、困惑を思い出した。「その変り者の老人がね、プラトン学徒は夢をみていると言うんだ。人間がいようがいまいが変らぬ、不易の真実である〈地上の事柄〉に目を開け、と言うんだ」

私はそれから老人との対話を詳しくサンドロに話した。

「つまり老人は〈知る〉神だけが必要だと言うんだね。ぼくらは〈事物の掟〉に背けない。だから幸福を得るためには〈掟〉を知って、それに従うことが必要だと言うんだ。エンペドクレスの革靴《サンダル》になってはいけない、と言うんだ。〈地上をこえるもの〉や人間の〈意味〉を考えることは、〈掟〉を知らず、ただ夢を見ていると言うんだ」

サンドロは何度も頷きながら、黙って聞いていた。私は老人との遣り取りをそのまま再現してみせたりした。

「ぼくも君も、花の都《フィオレンツァ》が賑やかに湧き立ち、一日一日を充足して暮すことを、素晴しいことだと信じている。そういう活気を都市《まち》に与えるロレンツォ殿の方針を強く支持したいと思っている。だが、それは全フィオレンツァの意志ではない。そのことだけはよくわかった。それにフィオレンツァの人々は、それぞれ相反する考えに悩まされている。ぼくは老人の言葉を聞いているうち、自分でも、どちらの意見が正しいのか、まるでわからなくなってしまった。足もとの地盤がゆるんで、ずるずる崩れてゆくような感じだった」

サンドロはなおしばらく銀の盃を手にしたまま、じっと自分の前を見つめていた。それから、物を考えるときの低い声で言った。

「ぼくも、ピサにゆく前にトスカネルリ老人に会ったら、君と同じような不安や迷いを感じたと思う。だがね、ピサで、ぼくは煉獄の苦しみを味わった。そしてそこから不死身な甲冑を着て出てきたんだ。ぼくも〈事物の掟〉には悩まされた。絵で言えば〈あるがまま〉から〈眼をそらすな〉だね。ぼくはその〈あるがまま〉と戦った。そしてその揚句、トスカネルリ老人の言う夢想こそが真実であると思えるようになったんだよ。老人は夢にすぎぬと言って非難する。だが、人間にとって真の幸福とは、夢にしかない。夢をみること——それが人間の幸福なのだ。ロレンツォ殿はそれを知っている。だからフィオレンツァの祭礼を賑やかにするのだ。祭礼は花の都《フィオレンツァ》の夢なのだ。ねえ、フェデリゴ、人間は夢をみている動物なんだ。夢をどれだけ長くみられるか、に、人間の幸福がかかっているんだ。トスカネルリ老人は夢は〈事物の掟〉を知らぬ愚者の寝言だと言う。だが〈事物の掟〉を知るだけの人は、夢みる幸福を知らぬ愚者だと言える。エンペドクレスは火口に落ちてゆくあいだ、永遠の夢をみていたのだ。火口の縁に残った連中は、明日から同じように退屈平凡な日常が繰りかえされるにもかかわらず、自分たちのほうが、大地に足をつけた真の生活、真の幸福を手にしていると信じていた。だが、エンペドクレスがその一瞬のなかに永遠を感じた幸福の目くるめく輝きに較べたら、彼らの地上の幸福とは、何とうす汚い幸福なのだろう。エンペドクレスの革靴《サンダル》は至福に到った者の証拠であるのに、それを、地上の幸福を裏切った者の愚しさの証拠品にしてしまう。フェデリゴ、ぼくはピサではこのことで苦しんだんだ。来る日も来る日も、寒い部屋のなかで、毛布にくるまって考えつづけたんだ。〈地上の事柄〉がうまくゆき、物質《もの》が蓄積され、財宝が増え、地表の顔立ちが変ったとしても、それを味わう人間がいなかったら、いったい何の意味があるだろう、そこに〈神的なもの〉の現われを感じないのなら、何の役に立とう、とね。そうなんだ、〈地上の事柄〉は〈地上の事柄〉だ。それは勝手に〈掟〉に従って変化してゆけばいいのだ。だが、ぼくらは、それを感じ味わうから生きているんだ。感じ味わうことがなければ、〈掟〉を知ろうが、地上に棲息しようが、それは生きているんじゃない。ただそこにいるだけだ。人間として生きるはずの者が、ただ地上にいるだけ、なんて、ずいぶん憐れな、みすぼらしい話じゃないか」

　サンドロはそこまで一気に喋ると、手にしていた葡萄酒の盃をぐっと飲みほした。それから、ちょっと噎《む》せて、咳を一つ二つしてからつづけた。

「ぼくがピサで考えた結論はこうなんだ、つまりね、〈事物の掟〉にしたがうとき、人間は自分の外に出て、事物《もの》の家来になる。もし人間が自分の中にいて、〈掟〉など無視すれば、世間ではそれを夢みていると呼ぶ。しかし人間が生きるために――感じ味わい魂が目覚めるためには〈自分の中にいる〉以外には方法がないんだ。〈自分の中にいる〉ことが夢みることだと言うんなら、人間が生きるってのは、夢をどれだけ長くみるかということさ。君はエンペドクレスが愚者だといって囃すために、火山の縁に立って、自分の凡庸な腐ったような生活にしがみつくかね。それともエンペドクレスの革靴《サンダル》をみて、目くらむ至福を味わった、真に生きた人間がいたことを羨む人々の組に入るかね？　フェデリゴ、フィオレンツァの祭礼をとかく言う人々は、祭りの中に生きていない人々なんだよ。だが、祭りとは、ただその中に生きる人々だけに存在しているんだ。外に出た途端、祭りを祭りにしている生命が消えてしまうんだ。祭りを外から見る人々には、祭りは一瞬にして消える騒ぎと映ろうさ。だが、祭りの中に生きた人には、その昂揚した陶酔と充実は、生の拡がりの末端までも覆っているんだ。この生命の昂揚感の拡がりを、どれほど追いかけていっても、その縁辺《はし》から外に出ることはできないのだ。祭りの外にいた人には、一瞬の陶酔と見えたものも、祭りを生きた人には、永遠の持続となって、事物の世界を包みこんでいるんだ。エンペドクレスもエトナの火口の一瞬の目くらみによって全世界を包みこんだのだ」

　私は、ピサのときとは打って変ったサンドロの確信にみちた言葉を聞いていた。泡立つ葡萄酒をさっきついだばかりなのに、サンドロの盃も私の盃も空だった。私は手を鳴らして新しい葡萄酒を運ぶように命じた。

「フェデリゴ、君はいまフィオレンツァの人々の心は二分して、相矛盾するものに悩まされていると言ったね。ぼくもその通りだと思う。〈事物の掟〉にしたがって自分の外に出るか、〈自分の中にいる〉ことによって生命を感じ味わうか、だ。前者の道をゆけば〈地上の事柄〉に通暁することはできる。だが自分の外に出て、空虚な物見となるほかない。事物はうまく管理され、外から見れば富裕の存在と映るかもしれない。そうして築かれた都は豪奢な外観を誇るかもしれない。だが、それは生命とは何ら関係のない死骸の都市なんだ。生きるというのは、〈自分の中〉を、ずっと長廊下を通ってゆくように、歩いてゆくことなんだ。その外に出ては駄目なんだ。〈自分の中にいる〉とは祭りに生きることなんだ。魂が目ざめ、〈神的なもの〉の顕現に立ち会うことなんだ。生きることが、そのままで楽しいことになることなんだ。フェデリゴ、いま、フィオレンツァではこの二つが戦っているんだ。いいかい、戦っているんだよ。戦っている以上、勝たなければならないんだ。勝つためには、相手より強くなければならないんだ。つまり、ぼくはロレンツォのことを言っているんだよ。ロレンツォがなぜフィオレンツァの町に祭礼を盛んにするように心を配っているか、その理由は、フィオレンツァの人々が自分を取り戻すためなんだ。生きることが悦びであることを取り戻すためなんだ。〈事物の掟〉に対して、冷酷な実利一点張りに対して、人間の生の叫びを取り戻すためなんだ……」

私は、それに附け加えて、あえて何を言う必要があっただろう。ピサから帰ってきたサンドロが、あれほどジュリアーノの旗に打ちこんだのも、それが青葉のきらめく六月に予定された花の都《フィオレンツァ》の華麗な騎馬祭のためのものだったからだ。

「いいかい、ぼくらは戦っているんだよ」と言ったサンドロの言葉が、あのアテナ女神の憂愁を帯びた上瞼の、眩しそうに寄った皺の魅惑と、不思議な具合に重なって、私の心のなかに甘美な酩酊感を呼びおこした。

私は眼の高さにある窓から、町の賑わいを眺めていた。若い女も通れば役人も歩いていた。両替商もいれば胸をはだけた女もいた。楽隊が町角に現われて、陽気な曲を鳴らしていた。夕日が入ったらしく、町の屋根の上に雲が赤く染りはじめた。燕が、鋭い声で鳴きながら、その夕空に群れていた。

私は言い知れぬ清朗感に満され、身体が二倍にも三倍にもふくらんだような気がした。いままで何をびくびくと恐れていたのか、と、自分自身を笑いたかった。身体じゅうに勇気が満ちてゆくような感じだった。

私はそのことをサンドロに言おうとして、彼のほうに眼をやった。しかし半地下になった酒場は薄暗く、窓を背にしたサンドロの表情は、暗いとも明るいとも、はっきり見分けることができず、空の盃を手にした姿だけが、彫像のように黒ずんで、じっとそこに坐りつづけているのだった。

第八章　メディチの春

I

一四七五年の復活祭は、私も、妻と二人の子供とともに、花の聖母寺《サンタ・マリア・デル・フィオーレ》の祭壇正面に向って右側の、私たち一族の席で大司教ジェナツァーノ猊下の取り行なう大ミサに連なったのだった。祭壇上のジェナツァーノの姿が豆粒ほどに感じられる巨大な本寺《ドゥオーモ》の内部は、フィオレンツァの町の人々によって埋めつくされていた。私は大司教が聖句を唱え、香炉の煙のなかで儀式をすすめている間、ブルネレスキ親方が、あの奇妙なトスカネルリ老人の精密な計算をもとにして築きあげた宏大な円屋根を、内側から、じっと見上げていたのである。

私はいまなお、その復活祭の大ミサの間、自分を捉えていた夢想を忘れることはできない。思えば、その後、他ならぬこの花の聖母寺《サンタ・マリア・デル・フィオーレ》で、忌まわしい、身の毛のよだつ事件が起ったのだし、私たちが花の都《フィオレンツァ》の希望とも理想とも思っていた人の血が、まさに私の立っていた辺りで流されたことを考えると、私が、その一瞬、高い天井の窓から斜に射しこむ日の光の金色の縞模様を見ながら、いつか、深い放心に捉われていたのは、何かそうしたことの予感でもあったからなのだろうか。

本寺《ドゥオーモ》の身廊は身動きさならぬ人々でぎっしり埋っていたが、私たちの頭上には、巨大な円屋根に覆われた寺院内部が、気の遠くなるほど、広々と拡がっていた。私は、この無数の人々の群をさえ、はるかに越え、その一人一人を砂粒のように感じさせる本寺《ドゥオーモ》の巨大さに一種の畏怖を覚えていた。私が妻のルクレツィアの手を強く握りしめたのは、ジェナツァーノ大司教の柔和な、よく響く声に感動したというより、この寺院内部の空虚な拡がりにおののいたためだと思う。

妻は私のほうを見上げた。そのとき、突然、祭壇の後部にある合唱隊席から、荘厳な歌がひびきわたった。それは北の国からやってきたアリゴ・テデスコの作曲した輝くような旋律を重ねてゆく新しい歌であった。人々の話では、イザークと呼ばれたこの音楽家は、南の、明るい華美なフィオレンツァに憧れてきたものの、北国の曇り空の下に拡がる黒い森の気分を忘れることができない、というのだった。

事実、私が、復活祭の朝きいたその曲も、どこか遠い地平線に夜明け前の薄明がただよっているような気分に浸されていた。輝くような旋律は、その夜明け前の、曙光を望む、予感にみちた心を表わしていた。男声合唱の重々しい響きが、容易に明るんでゆかない夜の深さを感じさせた。しかし遠くから潮のように湧きあがってくる女声合唱のさわやかな透明な響きは、その夜明け前の闇のヴェールを一枚一枚剝ぎとってゆく涼しい風の流れのようだった。そしてその間に少年合唱の濃い甘さを湛えた澄んだ響きは、雲の合間に赤く染りだす朝焼けのすがすがしさを呼びおこした。

私は歌声が本寺《ドゥオーモ》の内部を満たし、交響し、渦を巻いてゆくのに、茫然として聴きいっていた。その旋律の一つ一つは、まるで光りかがやいた宝石の細片となって、巨大な寺院内部をぎっしりと埋めつくしてゆくような気がした。いままで仄暗く、蒼古として、畏怖に満ちていた空虚な構内が、突然、明るくなり、表情を取り戻し、華やかな祭礼の気分で飾られてゆくのを感じた。

その復活祭の朝のジェナツァアーノ大司教の説教も私には忘れがたいものだった。ジェナツァアーノは背の高い、穏やかな、端正な顔立ちの人物だった。響きのいい、丸味を帯びた彼の声は、フィオレンツァの婦人たちに何か快い陶酔を与えるらしく、彼の説教にさして関心のない若い娘たちまで、ただその声をきくためにだけ、ミサに出かけるのだと言われていた。彼は、陽気なアグリとも親交があり、アグリを通してフィチーノとも仲がよかった。後年フィチーノが次第にプラトンの考えをイエスの教えと一致させるようになったのも、この柔和な大司教との親交が大きな影響を与えていたのではなかったかと、私などは考えている。事実、ジェナツァーノはその容貌の柔和な端正さと同じように、考え方も温厚で、寛大であり、彼自身古代ギリシアに尠《すく》なからぬ関心を寄せていたのである。

彼はその復活祭の朝、精神の美しさは地上の美しさと一致するという説教をした。キリストが復活したのは、地上を精神の美しさで満すためであるとまで言った。彼は説教壇から身を乗りだすようにして、深い丸味のあるよく響く声でキリストの復活が生命の復活であり、生命の復活は地上を精神の美しさで満すことであると説いたとき、私は、彼の考えが、すでに、ほとんどわが師フィチーノの考えと一致しているのに、あらためて驚いたのであった。

彼は決して激情に身を委ねることなく、また誇張した身ぶりや言葉を用いることなく、ただもっぱら私たちの理解力に静かに訴えるように話していた。それはカレッジ別邸でフィチーノが話す態度と完全に一致していた。彼は快さが自発性を呼びおこし、自発性は活発な理解力をうながすと言っていた。たしかにこの二人の話し方のなかには、共通した快さが感じられた。人々が彼らの話を好んで聞きたがったのは、まさしくそのためだったと言っていい。

それに較べれば、それから十五年後、この同じ説教壇から響いた叫びは何にたとえたらよかったろうか。身をよじり、歯をむきだし、人々の頭上に言葉の鞭を振りまわすようにして絶叫したあの男、あのフェラーラ訛りの男は、何という粗野な、荒々しい、むき出しの遣り方でフィオレンツァに異質の血を流しこもうとしたのだろう。それはいまなお、悪夢のように私の記憶にこびりついている。この回想録が無事書きすすめられるならば、いずれ後に、詳細に、フェラーラ訛りのこの修道士が引きおこした事件の一切を語るつもりである。

ともあれ、私は、その復活祭の朝、いかにもフィオレンツァの祭礼にふさわしい華やかな温和な空気のなかで、魂が壮麗な絵暦の一齣一齣を巡礼してゆくような気持を味わえるのに、ひどく満足していた。耳は、この巨大な本寺《ドゥオーモ》の内部を光のレースで満たすような合唱の高まりで、魅惑されつくしていた。眼は、華麗な祭壇上の大ミサや司教たちの荘厳な衣裳に快い畏怖を覚えていた。

だが、思えば、年々の復活祭は華やかに祝われたけれど、フィオレンツァの輝くような明るさが花の聖母寺《サンタ・マリア・デル・フィオーレ》の隅々まで行きわたったのは、その年が最後だったのではないだろうか。

私の席から重々しい表情のロレンツォ・デ・メディチとクラリーチェの横顔が見えていた。ロレンツォより背の高い、控え目な、繊細な感じの、細っそりしたジュリアーノの顔が、その後に並んでいた。トマソ・ソデリーニや、ローマから戻っていたジョヴァンニ・トルナブオーニの顔も見えた。ジョヴァンニは妹のルクレツィア・デ・メディチ

——ロレンツォたちの母に、時々、眼でうなずき合っては、二人の感動を伝えようとしていた。

この一団の上流階級の人々のなかには、ほかにピッティ家、ルチェライ家、アッチャイウオーリ家などの人々の顔が見えた。私はそこにヴェスプッチ家の人々の顔も見分けた。むろんマルコやその父の姿もそこにあった。私は反射的に身廊の逆の同じ場所に、人々から一人だけ離れて立っているような印象を与えるシモネッタの顔を眺めた。彼女はマルコと別居しているものの、なおヴェスプッチの名前を持っていた。しかしそれでも彼女はカッターネオ家の席に連なっていたのである。

サンドロはずっと横の、聖ルカ組合の親方《マエストロ》連の並ぶ席の後ろに坐っていた。私は一、二度、遠くに、彼の頭を見わけたように思ったが、もちろん眼を見かわすことはできなかった。かつてそこに姿を見せたパオロ親方はすでにいなかった。父がしばしば羨望の念をこめて話していたアルベルティ老人も前々年亡くなっていた。すでに老人がそこにいないということだけで、聖ルカ組合には歯がかけたような、奇妙な空白感がただよっていた。なお跛のアントニオ親方やアンドレア親方、ヴェロッキオ親方など工匠《マエストロ》連が顔をずらりと並べていたにもかかわらず、誰しもが、数学、古典学、自然学から建築、彫刻、絵画まであらゆる事柄に精通し、名人芸を見せたアルベルティ老人のような人物は、おそらく二度とフィオレンツァに現われまいという気持を、それとなく抱いていたのだった。

私の父はよく週末の晩餐の折の話題のなかにアルベルティ老人の逸話を挿むのを好んだが、なかでも私たちを興がらせたのは、アルベルティが完全な人間となるためには、学問技芸の奥儀に達するだけでは不十分で、さらになお、肉体を訓練により完全に発達させなければならない、と考えていたという話だった。

「私が子供の頃、アルベルティはもう三十になっていたはずだが、それでも両脚をぴったり着けて、自分の肩ほどの高さを飛ぶことができた」父は私たちの顔をぐるりと見廻してそう言った。「私は眼をまるくしてアルベルティを見たものだ。するとあの人はすっかり得意になって、逆立ちをしてそこらを歩きまわったり、円盤を遠くまで飛ばしたりしてくれた。それから汗をふきふき、私に、人間とは、自分の情念を自由に支配できると同時に自分の肉体も自由に操れるのでなければいけない、と言うのだった」

私はアルベルティ老人が聖ルカ組合の画家や彫刻家とも、フィオレンツァの学寮のランディーノなどとも同僚としてつき合っているのを、遠くから畏敬の念をこめて眺めていた。華麗なフィオレンツァの祭礼や、絵画彫刻の披露日に雑踏する群衆の背後に、いわばそうした激しい、押え難い衝動の象徴として、私などは、アルベルティ老人の姿を感じていたのである。

その老人が亡くなっていたことは、たしかに私には奇妙な寂しさを感じさせたが、しかし花の聖母寺《サンタ・マリア・デル・フィオーレ》を埋めつくす大群衆には、そんなことは、何の意味も持たなかった。現にこの巨大な会堂をゆるがすようにして合唱が湧きあがっているのだ。ジェナツァーノの説教の描きだす地上のすばらしさは、人々の眼を、新しく周囲にむけて開かせたのだ。それは高い広い空間から、フィオレンツァを象徴する白い百合が、甘美な香りを放ちながら、無数に舞いおりてくるのを、眼に見るような気持にさせた。北方の森の国からきた楽人、あの瞑想的な顔をしたアリゴ・テデスコ、向う流の呼び方にしたがえばハインリヒ・イザークと言うこの作曲家の合唱曲は、いままさに、終曲の高まりへ、ためらいつつ、迷いつつ、進んでいた。輝きを予感させた旋律は、すでに確乎とした形をとり、基調声部の導きによって交互に少年たちと女性たちが同じ旋律を輝かしく歌いあげていた。それは、刻々に赤らんでゆく東の空の雲が、いよいよ輝きを増してゆくのに似ていた。女声合唱が高らかに夜明けの風のように会堂のなかに透明な甘美な響きを満していった。人々の心はもはやこれ以上の甘やかな陶酔に耐えられないような気がした。それは恍惚とした痺れであり、白熱してゆく眩暈であった。しかしそれはなお刻々と頂点に向って匐いのぼり、やがて、これ以上持ちこたえられぬ目くらむ絶頂が来たのだ。あらゆるものが息をのんだ。あらゆるものが時の終りに立つような永遠の静止を感じた。その瞬間、どっと輝きが、真の太陽が、地平の向うに湧きあがり、溢れだし、すべてが歓喜のなかに雪崩れこんでいった。ブルネレスキ親方のかけた大天井の下には、男声と女声と少年たちの声が狂おしく急迫して鳴りひびいていた。夜明けの――復活の、息づまるようなドラマは終ったのだ。空はみるみる明るくなり、透明になり、地上からは夜のかげが逃れつつあった。霧が晴れ、森が現われ、露に濡れた牧場が現われた。都市《まち》が浮びあがり、丘へ続く街道が見えはじめた。復活は成就し、すべては――地上のすべては今こそ輝かしい喜びに満たされている。丘の上に雲が流れているではないか。丘の斜面の草は露を含んで微風にゆれているではないか。花々は黄に、青に、紫に、野辺を飾り、川にそって咲きみだれている。そうなのだ、神は地上をかくも愛し給うた。それゆえにこの春の微風を西から君たちに送り給うたのだ。雲も青空も季節もすべて神の愛が地上に形をとった姿なのだ。遠い町々を見給え。あそこにも多くの人々が住んでいる。喜んだり悲しんだりして彼らも日々を送っている。だが、それも神の愛なのだ。

私の耳には、なおジェナツァーノの声が聞えていた。それは不思議と異教ふうの匂いを持つ説教であるにもかかわらず、人々はそれに気づいた様子はなかった。フィオレンツァの人々はむしろそうした調子を好んでいた。彼らは花の聖母寺《サンタ・マリア・デル・フィオーレ》の大天井の下から、すっかり満足して、ぞろぞろと外へ溢れだしていた。彼らは自分がどこからさ迷いだしたのか、一瞬きょとんとした表情をしていた。外は春の午前の光に溢れていた。鳩が広場の空に輪をえがいて飛んでいた。

私たちは親戚や顔見知りに挨拶をして、それぞれ用意された昼の正餐まで町の通りをあちこちと散歩してまわることにしていた。会堂のなかの人々は波のように左右にゆれた。メディチ家の人々が会堂から引きあげてゆくところだった。

先頭にはロレンツォの上下の寸のつまったような、蒼黒い、骨太な顔が見られた。彼のやや顰めたような眼蓋に覆われた眼は、分厚く前へ突きでた額の下で、やや伏せられた恰好だった。しかしジュリアーノの青い眼は、まっすぐ前を見、微笑を浮べ、祖父コシモ譲りの長い鼻が、薄い敏感な唇のうえに伸び、細い長い顎がそれと釣り合っていた。彼は素早くカッターネオ家の席に眼をやり、シモネッタがそこから彼のほうをじっと見ているのを認めた。

私は彼女が一時小康を取りもどし、前よりもしばしばルチェライ家やストロッツィ家の女性たちを訪ねているという噂を耳にしていた。彼女がその頃、もっともよく交際していたのはマリエッタ・ストロッツィだったことは、サンドロから聞いて、私も知っていた。この小柄な、細っそりしたストロッツィ家の娘は、ランディーノについて早くからウェルギリウスやホラティウスを好んで読んでいて、あまり人なかに出たがらない性分だった。私も二、三度その姿を見かけたことがあるが、青い、つぶらな、優しい眼をした、綺麗な顔立ちをしていた。ただその表情に、どこかひどく物憂げなところが感じられた。兄が聞いてきた話によると、マリエッタ・ストロッツィは少女の頃、冬に、中庭で雪投げをして、同年配の少女たちがきゃっきゃと言って遊んでいるとき、彼女だけは悲しい顔をしていたということだった。彼女は、明日になれば消えてしまう雪で遊んでも、ちっとも楽しくなれないのだ、と近しい友達に洩らした、と伝えられていた。十代のはじめにすでにそんな気分に捉えられる娘だったら、二十歳にはどんな気持になるだろうか。そんな娘が本気で恋に打ちこむことができるだろうか。

もちろん私はマリエッタが誰かを恋したとか結婚したとかいう話を聞いたわけではなかったが、ただシモネッタが彼女を愛しているという噂を耳にしたとき、それは大いにありうることだと感じたのである。理由は私にもわからない。だが、とも角、これは互に同類を感じたにちがいないとだけは思うことができたのだった。

シモネッタはマリエッタ・ストロッツィのように必ずしも楽しいことは果敢なく、幸福の瞬間は短いと思っていたのではない。それは彼女と話し合うことの多かった私の意見として、記録しておいてもいいと思う。シモネッタはむしろ幸福の瞬間は短いゆえにそれはさらに幸福になると考えていた。その意味で、彼女はフィチーノ先生の言う瞬間の永遠という考え方を自ら深く感じて生きているようなところがあった。

私は、彼女がはじめて死期の予感を告白したときのことをよく思いだした。それは決して嘆きでもなく、恨みでもなかった。死をあえて悪《にく》むこともせずに、刻々と、日々が美しく見えてくる自分に、何かしら不審を感じている、といった趣を、彼女の告白は持っていたのだった。

私はシモネッタを見るとき、彼女のまわりを流れる時間は、私たちのそれより、はるかに濃密なのではないか、と考えたものだ。

私がジュリアーノの向けた視線の先にシモネッタを見たときも、それと同じような思いが激しく吹きぬけていった。その頃、彼女が病に冒されているのを知っていたのは、彼女のほかにはサンドロと私ぐらいであったろう。おそらくジュリアーノには、それは打ち明けられていなかったにちがいないと思われる。彼女の本能は、もしジュリアーノがそれを知れば、彼女の思いのままに生を燃えつくすことを許すまい、と感じていたからだ。ジュリアーノは転地を命じたり、ローマに名医を求めて出かけさせたりするであろう。そしてジュリアーノ自身はフィオレンツァから動けないとすれば、それは二人の間の長い別離を意味することになる。シモネッタにはそれが耐えられなかった。そんなふうになるくらいなら、むしろ何も告げずにずっとジュリアーノの側にいたかった。そ の期間は短くても、それが、一体何だろう。生きている間ジュリアーノの側にいられるなら、彼なしで長生きするより、それはどれほど生き甲斐のあることか——彼女はそう思い、一切を黙って忍んでいたのであろう。

私は、シモネッタがジュリアーノの一瞥を受けると、一瞬、硬直したようにそこに立ちつくし、次の瞬間、幅広の被りものの縁についている金色のヴェールをおろしたことに気がついた。彼女の慎ましさについては、しばしばフィチーノをはじめカレッジ別邸に集る学者たちの間で話題になったが、それはプラトンの言う精神の美しさが仮に肉体を借りて表われる場合、おのずと取る姿態の形とも言えようか。

私はサンドロが描く女性たちが、いずれもシモネッタが示したこの種の慎しみを分与されているのを見ると、絵の与える感動とは別種の感慨に捉えられずにいられない。私がいまも愛してやまないロレンツォ・ディ・ピエロフランチェスコ殿の屋敷の大画面のヴィーナスにせよ、フローラたちにせよ、女性的な、甘美な優しさが地上の風に吹かれなければならないとき、おのずと示す恥らい、慎ましさ、戸惑いを示している。たしかにそれはすべての女らしさについて言えることかもしれない。その意味では、精神はまず女性の美しさを通して地上に現われるものかもしれない。それは地上の風の荒々しさ、直接さ、物質的な肌ざわりに対して、思わず顔をそむけ、後ずさりする動作に似ている。精神とは、まさしくそのように純粋であり、透明であり、純一である、と言わなくてはならないであろう。

だが、地上が精神を憧れるように、精神もまた地上を憧れる。精神が地上の荒々しさ、直接さ、物質的な肌ざわりにおののきつつ、ためらいつつも、おずおずと地上のほうに姿を現わし近づいてくるのは、ただこの憧れのためである。人々はそれを愛と呼んでもいいかもしれない。あるいは、精神はそのような恥らいをあえて踏みこえながら、地上に身を投げだすことによって、地上の持つ宿命を成就させようとしているのかもしれない。それならば、なおのこと、精神が、感覚の美の姿を借りてこの世に現われるのは、精神の側の自己放棄、自己献身と言わなくてはならないだろう。

　おそらく師フィチーノならこのときの彼女を見てはっきりそう言ったにちがいないと思う。私は、サンドロが描く女性像に、次第に濃く立ち現われてくるある種の怯え、戸惑いの意味を、こんなふうに理解しているが、果して彼の真意はどこにあったのか。

　その頃から、フィオレンツァの上流階級で好んで求めた彼の工房《ボッテガ》の聖母子像は、円形画《トンド》や長方形や、楕円形など様々な枠どりで描かれていたにもかかわらず、その表情、姿態、気分は、共通して言いがたい困惑、憂愁を表わしていたのである。

　私は人々の流れが過ぎさるのを待って、カッターネオ家の人々とともに扉口のほうに出ようとするシモネッタに近づいて挨拶した。

　彼女は金色の縞模様のあるヴェールのむこうから微笑して言った。

「まさか先生とお目にかかれるとは思いませんでした」

「いや、私のほうこそ意外でした。あなたがミサに出られるほどお元気になられたなんて。サンドロから大体は聞いていましたけれど、こうして聖母寺《サンタ・マリア》でお目にかかれるとは嘘みたいですね」

「この頃ずっと調子がいいんですの」シモネッタはゆっくり扉口を出ると、広場に満ち渡る春の光の前で、ちょっと眼を眩しそうに細めながら言った。「フィチーノ老先生もこのぶんなら、夏までには、すっかり元通りになるだろうって仰有っています。それで、私、こんどの騎馬祭《ジオストラ》の首席貴婦人《プリマ・ドンナ》の役を引きうけましたの」

その年の騎馬祭《ジオストラ》はもう前年から人々の噂にのぼっていたが、それにシモネッタが加わるというのは、多くのフィオレンツァの男たちの希望であったにもかかわらず、ほとんど望みがたいことだと思われていた。叔父カルロの話では、いちばんそれに執着していたのは共和国首席《ゴンファロニエーレ》をつとめていたトマソ・ソデリーニだということだった。彼はシモネッタの美しさが騎馬祭《ジオストラ》に欠けたらその大半は意味を失うだろうと言ったのだった。

おそらく彼の頭には、一四六七年に行われた大騎馬祭《ジオストラ》の思い出がこびりついていたのであろう。それはブラッチオ・マルテルリの結婚を祝うために行われた華々しい騎馬試合だったが、そのときの首席貴婦人は他ならぬルクレツィア・ドナティなのだった。私もその日のことはよく覚えているが、白いタフタの袖の脹んだ衣裳の上に金糸で織った網目のマントを羽織り、豊かな金髪の上に宝石を鏤《ちりば》めた精緻な細工の冠をのせたルクレツィア・ドナティの姿は、それこそフィリッポ親方の描いた聖母戴冠をそのまま地上に実現したような気持を抱かせたのである。

彼女の表情には、どこか子供じみた、ういういしい甘さが漂っていた。青い、人懐っこい眼といい、短い、先端の反り気味の鼻といい、まるい柔らかな顎に囲まれた半開きの口もとといい、なお子供っぽい愛くるしさが濃く残っている顔立ちであった。しかしそのルクレツィア・ドナティが宝石を鏤めた冠をかぶり、金色の網目のマントを羽織って、騎馬試合の正面に設けられた首席貴婦人の座に立ったとき、その子供っぽい顔が一種崇高な冷たさに変り、私たちは彼女の持つ犯し難い気品に改めて眼を見はるような思いをしたのである。

　この騎馬試合で勝利を得たのは、十七歳になったばかりのロレンツォ・デ・メディチであった。彼は優勝者に与えられる菫の花冠を頭に受けるために、美しいルクレツィア・ドナティの前に進んだのだった。人々は、花冠を頭上に戴《の》せた若いロレンツォが、長いこと、身動きもせずに、ルクレツィア・ドナティを見上げていたという話を、後になるまで繰りかえしていた。私は、もちろん遠くから見ていたので、その詳細はわからなかったが、本当にロレンツォが石になったようにそこに釘づけになっていたとしても、ほんの一瞬のことだったのではないかと思う。しかしあの頃、ロレンツォは多くの恋人たちを持っていた。彼は花から花へ蜜を集めるように、女たちに愛想のいい言葉をふりまいていた。その彼がルクレツィア・ドナティをその菫の花冠を頭上にしたまま恋いこがれたというのは、いかにも叔父カルロなどの好きそうな話である。彼らは本気でロレンツォがルクレツィア・ドナティと結婚するものだと信じていた。しかし実際はまったく別の結果になっていった。彼はルクレツィアではなく、クラリーチェ・オルシーニと結婚した。ローマ法王領に発言権の強い古い貴族オルシーニ家と深い関係を結んだのである。

　トマソ・ソデリーニはこの結婚には原則的に賛成であると言っていた。「しかし私の本心では、ロレンツォ殿がなぜドナティの娘を見棄てたのか、よくわからん。私ならフィオレンツァを棒にふってもあの娘と結婚するんだが」

　彼は気安い友人たちにつねづねそう洩らしていたと、これも叔父カルロが話してくれた話の一つだった。もちろん市庁舎《シニョリーア》に集る市政委員《プリオーリ》たちの気楽な陽気な雑談のなかで話されたこの種の言葉を、文字どおり受けとる必要はないけれども、トマソ・ソデリーニのような陰気な野心家が、こんなことを言ったというのが、当時、私には記憶に残ったのである。

　このソデリーニがシモネッタを首席貴婦人にすることに執着したという噂は、私の心を快く擽《くすぐ》るようなものを持っていた。しかし私も、まさか彼女が、その煩雑な役を引きうけるとは夢にも考えていなかった。で、彼女が、それを引きうけたと言ったとき、思わず私は彼女の顔を見つめたほどだった。

「まあ、私がそんなことをするのは似つかわしくないんでしょうか」

　シモネッタは私の様子に眼ざとく気づいてそう言った。

「いいえ、その反対です。あなたほど首席貴婦人にうってつけの女性はおりません。それはソデリーニの言うとおりです。でも、あれは、それこそ半日、試合に臨んでいなければなりませんからね。とてもあなたの身体には無理だと考えていました」

「私もはじめはそう思っておりました。でも、それは名誉な役割だし、フィオレンツァで婦人たちが心から欲しがっている地位ですわ。私も、一度は、それを勤めてみたいんですの」

「あなたがそう仰有るんなら、私たちのほうが有難いくらいです。前のあなただったら、決してそんなに素直に仰有っては下さいませんでしたからね」

「まあ、私ってそんなにひねこびて、皮肉な女だったのでしょうか」

「いいえ、そうじゃありません」私はシモネッタの言葉をあわてて打消して言った。「そうじゃなくて、あなたは、普通の女のひとが望むようなことから、故意に身を引こうとしていましたね。自分が出なければ、それだけ他の女のひとに分け前がゆくとでも思っているように……」

「私って、そんな傲慢な……？」

「言い方がわるかったら許して下さい。あなたはいつもこの世の事柄を越えようとしていました。昔からどこかこの世に執着のないところがありました」

「私ね、本当は、前のほうが、この世に執着していたと思います。でも、いまは、かえって執着がないんですの。ですから、首席貴婦人の役も引きうけてみようかと思ったのですの」

「この世を宥してやるんですね？」

「そんな大それた気持ではないんです。私ね、やっとこの世と和解できるようになったんです。前には、俗でいやだと思ったことも、みんながそれを愛好しているのなら、それを一緒に楽しもうって気持になったんです。先生はお笑いになるでしょうけれど、私ね、自分が、いまフィオレンツァに生きていることが、それは幸福に思えることがあるんです。今日の大ミサに出ていても、この大寺院がここにあって、いろいろな人々と一緒にいることが、この上なく、いいことに思えてくるんですの。気の毒なマルコだって、ずいぶん私の我儘で迷惑をかけましたけれど、あの人がいることも素晴しいことだと思えてきたんですの。それにこんどの騎馬祭《ジオストラ》はジュリアーノ殿もマルコもパッツィの方々も出るということですわ。私には誰が勝っても、騎馬祭《ジオストラ》が行われることがいいことに思えますの。先生、私、この頃は庭の緑の木々を見ていて何時間でも過すことができるようになりました。風が吹いて木の葉がそよぐと、それはそれで楽しいことなんです。私の家から城門を出て葡萄畑に沿った道など、秋でも春でも、私には何か格別に親しいものに思えるんです。道って本当に不思議なものですわ。ただ人が歩いてゆくところなのに、そこには、他の場所とは違う、やさしい親しさがあるんですのね。この頃は、誰かと話をするより、道や木々や風や空と話をしていることが多いんですの。さっきも大司教様が仰有っていましたけれど、この地上って、先生、どうしてこれほどいいのでしょうか。こんなに素晴しいものに満されていて、なおこれ以上の天国を望むなんて、それこそ傲慢だし贅沢ですわ。私ね、時々、雨が降ったり、風が吹いたり、日が照ったりするのが信じられないほど、美しいこと、素晴しいことに見えることがあるんです。散歩に出て、城壁に囲まれたフィオレンツァの町々を眺めると、こんな大きな都市《まち》が、くっきり細く線刻した精密な銀の置物のように横たわっているのが、心をときめかすことに思えるんですの。そこで行われる騎馬祭《ジオストラ》など、まるで仏国《フランチア》の宮廷の優雅な絵で見るような夢の情景に思えるんです。私がその絵のなかの一人の女になって、そこに立っているなんて、それだけでも楽しいことではないでしょうか」

いや、シモネッタ、それは楽しいことなのだ。楽しいことでなければならないのだ。

私は花の聖母寺《サンタ・マリア・デル・フィオーレ》の黒緑と薔薇色と白の縞模様で築かれた、華麗なレースをかけたようなその全姿態を見あげた。春の明るい光のなかで、僧帽のような赤い円屋根が大きな脹らみを空に拡げていた。

鐘楼からは鐘が鳴りつづけていた。すでに広場の向うでは受難劇を演じる操り人形たちが熱狂した客を集めていた。楽隊が鐘の音の重さをはねのけるようにして、流行り歌を演じていた。すでにアルノ河のほうで爆竹が鳴りはじめた。復活祭の山車行列と少女たちの花行列が動きだしたのかもしれなかった。

シモネッタは金色のヴェールの奥からじっと町々の賑わいを眺めていた。私はそのとき彼女のほほ笑みを浮べた青い翳りのある眼が浄福感に満されていたと言ったら、言いすぎになるであろうか。

だが、私には彼女のあの優しい、寛大な、悩ましい眼の表情を、ほかに何と言い表わしたらよいか、わからない。それは、その後、しばしばサンドロの絵に描かれた若い女たちの、憂いを帯びた、頭をやや傾げた姿態にもっともよく似通っている表情なのであった。

Ⅱ

私の生涯のなかで、その年々の思い出を繰れば、なにも、とくにその年——一四七五年——だけが華麗な祭礼に満たされていた、というわけではなかったが、しかし六月終りの騎馬祭《ジオストラ》にむかって徐々にフィオレンツァの町々が熱狂してゆくさまは、その前にも後にも、ついぞ見かけなかった不思議な光景であった。

復活祭のあと、大天使ガブリエル祭、聖ジョルジオ祭、聖カタリナ祭などが相ついだが、そのいずれも広場での踊り、町角ごとの人形劇、無言劇、宗教劇、通りから通りを練り歩く騎馬行列、少女たちの行列、アルノ河を埋める花飾りの船の行列などで終日賑わっていた。私などは、子供にせがまれて、そうした祝祭のたびに聖ロレンツォ広場から花の聖母寺《サンタ・マリア・デル・フィオーレ》前の広場へ群衆に押されながら出かけたものであった。

時にはカリマラ街を押し合いへし合いして、穀物倉庫から羊毛館の前をすぎ、メディチ銀行や父の店のある新市場広場《メルカート・ヌオヴォ》あたりまで出かけることがあった。いつもなら硬い切石を敷きつめた広場には、緑の羅紗張りの帳場台を持ちだし、金を天秤で測ったり、金貨を革袋にしまったり、帳簿に数字を書きこんだりする仕事着姿の番頭や手代たちが見られるのに、その日は仮面をつけた男女が色鮮かな衣服を着て、楽師たちの弾く舞曲にあわせて腕を組んだり、身体をぐるぐるまわしたりして、踊りつづけているのであった。

大通りに面したストロッツィ家、カステラニ家、リドルフィ家、デイ家など貴族屋敷の窓からは、色とりどりの紋章入りの旗が垂れさがり、大広間につづく露台には老若の貴婦人たちが繊細な絹の扇を口もとに当てながら、この湧き立つ波に似た群衆の流れを見おろしているのだった。時おり、そうした窓々から慈善のための銀貨や銅貨がまかれたり、幾樽もの葡萄酒が中庭で人々に供されることがあった。歌声や喚声が高くなって、楽師たちの鳴らす陽気な音楽がまるで聞えなくなるのはそんなときだった。眼を閉じていると、どこか町の向うで一騒ぎ持ちあがったのではないか、と思えるほどだった。

聖人祭の日には、聖人の画像や彫像を乗せた山車がアルノ河を渡って町の広場広場を一巡したあと、花の聖母寺《サンタ・マリア・デル・フィオーレ》の前の広場に到着する瞬間が、祝祭の頂点になっていた。

むろん夜に入り、黒ずんだ、彫りの深いフィオレンツァの路地ごとに、篝火が赤々と燃え、風に煽られて炎を激しく揺らすようになっても、祭礼の人波は一向におとろえないことも多かった。そんなときには古市場広場《メルカート・ヴェッキオ》あたりの居酒屋や賭博場はぎゅうぎゅうの人だったし、広場や路地に鳥肉を焼いたり、干葡萄を売ったりする屋台が出て、大勢の客を集めていた。

私はよくカリマルッツォ街からカント・ディ・ヴァケレッキア街の細いごろごろした石だたみの道を通ってサンドロの工房《ボッテガ》に寄ったが、そんな日にも、彼は、徒弟たちのいない、がらんとした仕事場で、描きかけの大小の画布や板絵のあいだに蹲《うずくま》り、何かしきりと下絵を描いているのであった。

私はある祭礼の日、彼を訪ねて、踊りで賑わう町に出てみないか、と誘ったのである。サンドロは夢からなかなか醒めてこないような、茶褐色の暗い放心した眼をあげて、私を、じっと見つめていた。

「町がお祭騒ぎをしているのに、何だって一日ぐらいみんなに付き合おうとしないんだい？　そんなにつめて仕事をしていたら、身体がもたないだろう？」

サンドロは私の言葉が理解できない人のように、黙って首をかしげ、それから眼を前に置いてある下絵に移した。

「いや、ぼくは祭礼にはみんなと一緒になって浮かれるわけにはゆかないんだよ」サンドロは何か別のことを考えているとでもいうように、のろのろと答えた。「ぼくらはね、この祭礼の準備や意匠を市政委員会から依託されているんだよ。この祭礼は実はぼくらが準備し、計画し、飾りつけ、演じさせているんだ。そうだよ、少女たちの花行列の衣裳も、髪飾りの菫の花環も、柔かい二の腕でかちかち鳴っている金の腕輪も、すべてぼくらが考え、つくったんだよ。この前の復活祭の合唱隊を乗せた山車や広場の飾りつけはアントニオ親方の工房《ボッテガ》が受けもったし、聖ジョルジオ祭の大祈禱行列の持っていた燭台はヴェロッキオ親方の工房《ボッテガ》でつくられたものなんだ。ねえ、フェデリゴ、このところ、祭礼ごとに職業組合から依頼があるだけではなく、市政委員会やメディチ家からの依頼も急に増えているんだ。もちろんぼくらは画工だからね、こういう祭礼を飾りつけることによって、画布の上ではなく、このフィオレンツァという都市《まち》の上に、絵を描いているような気になるんだ。言ってみれば、この賑わいは、ぼくらのすじ書きがそのまま形になって現われているようなものだからね。ぼくらがその中に混っているとしても、他の人々のようには酔えないし、熱中できない。ぼくらが楽しめるのは、騒ぎの外にいて、騒ぎ全体を見渡しているときなんだ。熱中するのではなく、醒めて眺めているときなんだ。でも、ぼくには、みんなが夢中になっているとき、町なかで、一人醒めて、別の楽しみを味わうなんて、ちょっと人が悪いような気になるんだ。どこか気がひけるんだ。ぼくが外出しないのは、つまり、こういうわけだからさ」

「それじゃ、この祭礼の段どりも……？」

私は驚いて訊ねた。

「アントニオ親方の工房《ボッテガ》じゃ、何しろ弟子たちの数も多いからね、祭礼行事の一切を請負うという話だよ。行列の衣裳から行進の道順までね、むろん広場の舞台も、演《だ》しものの衣服もね」

「それはまた工房《ボッテガ》としては大へんな仕事だね」

「ああ、大へんといえば大へんだがね。しかし何年もかかる壁画制作とか、大画布の絵にくらべたら、わずか一日の画面だからね。緊張と集中は要るけれど、延々と苦労を曳きずることはないんだ」

「それじゃ、前に話してくれた騎馬祭《ジオストラ》の旗も、祭礼準備の仕事なんだね？」

「あれはジュリアーノ殿からそれとは別に頼まれたんだ。しかし結局市政委員会から当日のサンタ・クローチェ広場の飾りつけと配置はぼくの工房《ボッテガ》が受け持つように依頼された」

「それはすばらしいじゃないか。こんどの騎馬祭《ジオストラ》には外国の大使たちも大勢集るというからね。君の名を知らしめる恰好の機会だと思うな」

「そうかな。ぼくにはそんなことはどうだっていいように思うがね。ぼくがこれを引きうけたのは別の理由からだよ」

「別の理由？」

「ああ、別の理由さ」

「それは何だい？　ジュリアーノ殿が出場されるからかい？」

「それもある。だが、それだけじゃない」

「じゃ、何だね？」

「シモネッタさ」

「シモネッタ……？」

「ああ、シモネッタが首席貴婦人になるからさ。ぼくはね、あのサンタ・クローチェ広場をただシモネッタのためにだけ飾りつけたいと思うんだ。中央の舞台にシモネッタが立つね。舞台の垂れ幕や天蓋はまずシモネッタの衣裳と調和し、それを引きたてなければならない。その舞台は、背後に並ぶ無数の旗や飾り幕の全体と巧みに調和しなければならない。そして最後にそれが広場全体の色彩や動きや馬場や群衆とうまく映り合うことが必要なんだ。ぼくは、これが一生に一度の仕事だっていう気がする。たぶんぼくはこの仕事を終えたら、二度とこの種の仕事は引きうけまいと思うよ。そうだ、もう二度とはね……」

　私はシモネッタが騎馬祭《ジオストラ》の中央桟敷に立って、華やかな騎馬試合を見つめている姿を考えるだけで、叔父カルロがよく口にするブルゴーニュ宮廷の優雅な挿し絵を見るような気になったが、しかし思えば、その一日の絵姿は、それなりで、ふたたび見ることのできぬはずのものだったのだ。

「シモネッタはその一日の絵姿となるだけで十分過ぎると言っているんだ」

私はサンドロを慰めるつもりでそう言った。

「十分過ぎる？」サンドロは茶褐色の暗い眼をあげて言った。「そんなことを言ったのかい、あのひとは」

サンドロはしばらく下絵のほうに眼を向けていた。

「いかにもシモネッタの言いそうなことだね。あのひとの慎ましさがそんなことを言わせているんだ。たしかにぼくらは一日の絵姿で十分過ぎるのだ。本当は一瞬の間だって、もし真実生きたことを感じられれば、それで十分なはずなんだ。しかしこのフィオレンツァの浮かれ騒ぐ人々のなかで、何人がそのことに気がつくだろう」

私たちはしばらく黙って、遠い町々の叫びや音楽を聞いていた。私たちはたしかにシモネッタの健康に対する危惧をその賑やかな花の都《フィオレンツァ》のどよめきのなかに反芻していたが、同時に、そうした祭礼の一瞬一瞬が、いわばこの都市《まち》を素材とした美的な作品に他ならぬことを、改めて感じなおそうとしていたのである。

私は、ここ数年のあいだ、祭礼が次第に派手になり大がかりになっていった理由を、はっきり知り得たように思った。それはフィオレンツァの繁栄にともなう自然の動きでもあったろうが、それ以上に、ロレンツォ・デ・メディチや、ロレンツォの意向を受けた市政委員《プリオーリ》たちの意図によって導かれた結果であることが納得できたのである。
思えば、その年の謝肉祭に古市場広場《メルカート・ヴェッキオ》につくられた舞台で、美しいヘレナがパリスに誘惑される場面や、バッカスとアリアドネの恋の場面が無言劇で演じられたが、ヘレナの古代風の襞の多い透きとおった衣服や、パリスの肩のふくらんだ、金糸で一面に百合の花を刺繍した、ぴったり胸についている胴着やしなやかな脚に張りついたような黒革のズボンなどは、すべてアントニオ親方が工夫をし、自ら衣裳図案を描いたものだった。このことは、親方《マエストロ》が跛の足をひきずるようにして母の客間にきたとき、彼自身の口から聞いたのである。

私はサンドロにこれらの仕事に対する報酬がどれほどであるのか、正確に訊ねたことはなかったが、その労力と大がかりな規模からいって、決して僅かな金額ではなかったろうと思われる。それから十数年たって、ロレンツォ殿の晩年に、メディチの悪口を言う者が少くなかったが、彼らが口を揃えて誹謗したのは、祝祭のために浪費したメディチの負債が一向に返済されていないということだった。私は、当時メディチ銀行の大番頭だった鬚の剃りあとの青いサセッティから、そのことを聞いた記憶がある。この書物蒐集と美術品に目のなかった寡黙な男は、脹れた眼蓋の下から、静かな憂鬱な青い眼を私に向けて、彼にはメディチ家の財産管理はもう不可能だ、という意味のことを言ったのである。いずれ後に触れることになると思うが、忠実なサセッティがメディチ家を退いたのは、それから間もなくだったのである。

むろんこのことは何も直接的にメディチの厖大な財力が危機に瀕していたということを示すわけではないが、少くとも、サセッティを憂慮させるような財産管理の不安が、ロンドン、ヴェネツィア、ローマ、ブリュージュと相ついだメディチ銀行の破産とともに、こうした祝祭行事への支出によっても齎されていたことは確かだったように思う。

私の回想録の読者は（もちろん読者があってのことだけれど）私が花の都《フィオレンツァ》の賑やかな祭礼について詳細に筆を動かせば動かすほど、まるでこの都市《まち》の住人が、一から十まで、上品な趣味と美的嗜好を備えていたように感じられるのではあるまいか。もしそうだとしたら、それは、あくまで私の筆力が不足なためであって、実を言えば、フィオレンツァの人々は実利的で、狡猾で、冷淡で、嫉妬深く、野卑で、猜疑心も人一倍強かったのだ。これはいま、回想録を書いている私の周囲の人々を見ても、そう断言できるのである。たとえば上の娘の亭主は、例のフィオレンツァを汚辱に引きずりこんだ暗黒の時代に、フェラーラ訛りのあの偏屈な男に荷担していたくせに、いまはもっぱらローマ法王庁の機嫌を取り結ぶのに汲々としている。結婚のとき、娘の財産分として贈与した五百フロリンや数々の銀器、レース類のほかに、この男は、現在も私の遺産を細かく算定しては、それをジョヴァンニの銀行に投資することを楽しみにしているのだ。

むろんこんな男にサンドロの作品や、跛のアントニオ親方の肖像画の値打ちがわかるわけがない。彼らはむしろそれより金銀細工や青銅の小工芸品を愛好するが、私に言わせれば、その美的価値のためより、鋳潰したときの金銀の重さが彼らを惹きつけるからにちがいない。

何も私は娘をとられたからといって、娘の亭主に八つ当りをしているわけではない。実際の話として、この男に似た好み、関心がフィオレンツァ全体に拡がりだしていることを言いたいのである。まだ私ぐらいの老人のいる家では、それでも、かつてのフィオレンツァの気質や趣味を残しているが、そういう繋がりの切れた家では、絵や彫刻を愛好する気配すらない。彼らの好む絵はもはやサンドロやアントニオ親方の持つ澄んだ、明確な、強い輪廓で支えられた世界ではなく、眠くなるような、甘くとろけた、品の悪い画風のものになっているのだ。この〈とろけた甘さ〉はサンドロの持つ、澄んだ憂愁に満ちた、夏の午後の花々の香りに似た甘美さとは、縁も所縁《ゆかり》もないしろものなのである。

しかしこうしたフィオレンツァの趣味の悪さ、野卑、愚昧さ、暗いものへの衝動は、すでに花の都《フィオレンツァ》が巨匠《マエストロ》連の精妙な腕で典雅に飾られていたそのさなかに、たとえば汗を流す十字架への熱狂となり、またヴォルテルラの異形の赤ん坊への恐怖となって隠顕していたのである。また、祭礼そのものも、つねに優雅な花行列やギリシア神話の無言劇で満足していたわけではない。そこには必ずといっていいくらい、血みどろの牛を闘わす午後の気晴しや、時には犯罪者の処刑が、組み入れられていたのであり、それがアルノ河の水上行進や少女たちの花行列以上にフィオレンツァの男女を熱狂させていたことは、やはり書いておかなければなるまい。

いまでも憶えているのは、あの華麗な一四七五年の復活祭の直後、市庁舎《シニョリーア》の鐘楼で絞首刑にあった若い男のことである。ふだんはこの種の見世物には出たことのない私が、なぜその日、男が絞首台に吊り下げられるのを見にゆくことになったのか、詳しいことは記憶していない。ただ私の眼に残っているのは、市庁舎《シニョリーア》広場に集った群衆の異様な興奮の表情だった。私は、広場の端に立っていたが、傍らの老人は、帽子をずり落ちるように被り、少しでも高いところに立とうとして、石だたみの切石の凹凸を足でさぐりながら、たえずその辺をうろうろと歩きまわっていた。また四十恰好の織匠だという男は、浅黒い、肥った頬をぶるぶる震わせながら、犯人が姿を現わすのを待ちあぐねていたのである。

この織匠は、一見、考え深そうな、青い、大きな眼をしていたが、フィオレンツァの職人らしく、ひどく勘定高く、冷淡で、強引な感じがした。しかし、次第に絞首刑の時間が近づいてくるにつれて、その眼は細められ、厚い唇は力なく開かれ、顔全体に一種の恍惚感に似た弛緩の表情が浮んでいたのだ。

彼は、周囲の誰かれとなく話をせずにはいられなくなったのであろう、私の腕をとると、犯人の若い男が、いかに愚かしい、悪どい盗みを働いたかをくどくどと話したのだった。

「あの男は近郊の百姓の倅だということですよ」肥った織匠ははあはあ息をついて言った。「まったく呪われた悪魔野郎でしてな、復活祭の聖木曜に監獄《スティンケ》を出たばかしでした。それが、あなた、復活祭のごたごたにまぎれて、花の聖母寺《サンタ・マリア・デル・フィオーレ》のなかに入りこみ、僧会議室の聖壇の下に隠れておったといいますからな。それを、また、誰も気がつかずに外から鍵をかけて閉めたんですから、この悪魔野郎に一晩がかりで念入りな仕事をわざわざさせてやったようなものですよ。こいつめ、一晩で、聖母像の眼と腕と足から銀の飾りをごっそり剝ぎとって、罰当りめ、翌朝、うまうまと逃げ出したもんです。首を絞められるのも当然ですよ」

　私は広場の人々が急にざわめきはじめたのに気がついた。見ると、貧相な、蒼ざめた若い男が、両手を縛られたまま、黒い三角の頭巾ですっぽり顔まで覆った四人の刑吏に引きだされるところであった。刑吏の後から、背をかがめた小男の僧が、十字架を前に突き出すようにして歩いていた。若い男は二、三度足場の上でよろめき、そのたびに黒覆面の刑吏に左右から抱きおこされていた。

　やがて広場の群衆は水を打ったように静まりかえり、隣の男の重苦しい吐息まで聞えるほどだった。人々は、若い哀れな男が絞首台にのぼってゆくのを、固唾《かたず》をのんで見つめていた。それは、どこか操り人形の動きに似て、ひどくぎくしゃくした動作だった。四人の刑吏が手をとり足をとりして、ようやく絞首台にのぼらせている感じであった。

しかし私に忘れられないのは、その後、若い犯罪人がとった行動である。彼は、刑吏の後にいた僧に何か悪態をつき、彼を追い払うような身振りをした。僧はいかにも腹立たしげに、肩をすくめ、両手を挙げ、やがて絞首台を下りていった。黒頭巾を深く被った刑吏たちは素早く鐘楼の窓から垂れている鉄鎖に絞首索を結び、他の一端を若い男の首に巻きつけた。男は身体をもがき、四人の刑吏が上から押えこむようにして、男の首に縄を巻きつけたらしかった。

男はよろよろと立ち上った。彼は目隠しを拒み、絞首台の上に、一瞬、身体を左右に揺らしながら立っていた。そのとき不意に、男は大声で「死んじまえば誰だって、おんなじだ。神さまなんていやしねえ」と叫んだのだった。それは叫ぶというより、何か鳥でも鳴いたような、悲鳴に近い声だった。

次の瞬間、刑吏が男を絞首台の上から突き落した。男の身体は、人形のように、斜になって落ち、絞首索が伸びきったところで一旦弾ねあがり、左右に足をばたつかせて奇妙な具合に揺れた。私は一瞬、男がまだ生きていて、空中で身もだえているのではないかと思い、ぞっとした。しかし男の身体はすぐ、だらりと長くのびきり、絞首索の下に濡れたぼろきれのように重く垂れて、ゆっくりと揺れつづけた。

広場を埋めた人々のあいだから、深い息が洩れ、急にざわざわと騒がしくなった。十字を切って、サンタ・マリアを唱える人々も多かった。

しかし私の眼に奇妙に映ったのは、そうした信心深い人まで含めて、広場を埋めたすべての人が、何か激しい快楽を味わったあとに見られる快い虚脱の表情を浮べていることであった。私を嫌悪と恐怖で満たしたこの処刑の光景が、この人々には強い快楽を与えているのだろうか――私は思わずそう独りごちた。私は、祭礼の午後、サンタ・クローチェ広場で行われる闘牛のことを考えた。そこでも人々は、血を赤くしたたらせ、臓腑《はらわた》を黒くぼろのように曳きずってもがく牛を、ひたすら息をつめて見守っていたのだ。

もちろん私はそれがフィオレンツァ気質の主要な部分を占めていると考えているわけではない。ただ注意してよいのは、こういう残忍で粗野な生命力があったにもかかわらず、コシモやロレンツォは、それを高めて、品位ある、人間らしい、やさしい感情をフィオレンツァの人々のなかに吹きこもうとしていた、ということである。

私の父や叔父カルロの年恰好の人々まで、コシモ・デ・メディチがこの都市《まち》を恋人のように愛して、広場の建物の正面を美しく調えたり、聖ロレンツォ寺院や聖スピリト寺院を建立したり、彫刻や浮彫りで町を飾ったりしたのを知っていた。それはどんな荷担ぎ人足でも獄吏でもよく心得ていたことだった。そして人々はコシモが愛した建物や彫刻を、彼ら自身でも同じように好んだのである。言わばフィオレンツァの都市《まち》そのものが一つの学校であった。そこで行われている建築や彫刻や絵画や集会や学問が一つ一つ都市《まち》の人々に人生の目標、基準、意味を教えていた。だから人々は午後の絞首刑を見て粗野な興奮を味わったあと、その粗野な気分を反省させるに足るだけの、静かな繊細な壁画や彫刻の前で、精神の品位を取り戻す古典を繙《ひもと》くことができたのである。

これは一介の古典愛好の老書生の繰り言にすぎぬかもしれないが、一言つけ加えておくと、人間はどんな世の中でも放置すれば野蛮に帰るものなのだ。ただ絶えざる陶冶だけが人間を辛うじて人間にふさわしい状態にとどめているのである。したがって人間が自己陶冶の意志も基準も失い、ただ財貨を集め、日々の欲求を満たすだけの存在となれば、容易に、人間以下の状態に転落するのは自明のことと言っていい。

私は、ロレンツォ殿がなぜサセッティを嘆かせるほどの財力を傾けて、当代切っての巨匠たちに装飾させた華麗な祭礼を取りおこなったのか、今にして、よくわかるのである。ロレンツォ殿はフィオレンツァの全人心を活気づけ、生活を潤沢にするとともに、この祭礼の賑わいを通して、人々に、優美さへの情熱や、共に踊る楽しみや、洗練されたものへの共感を教えようとしたのだ。ロレンツォ殿のもとにあって、フィオレンツァは大いなる学校であり、人々はそこで人間の品位と愉悦とを学んだのである。むろん誰も強制されはしなかった。誰も自分がいま何かを学びつつあるとは気がついてはいなかった。にもかかわらずフィオレンツァに住むということは、それだけで、すでに、何ものかへ高められることだったのだ。それが、平日の夕刻、仕事を終えて広場から広場へさまようとき、遠く夕陽に赤々と染まる花の聖母寺《サンタ・マリア・デル・フィオーレ》や聖ロレンツォ寺院の円く脹らんだ僧帽のような大屋根を見たり、重厚な切石を積みあげて華麗な効果を高めている貴族屋敷に眺めいったり、城門の櫓《やぐら》の向うに赤い屋根屋根の並びを見渡したりする喜びの意味だったのだ。町角の見通し、石だたみの凹凸、羊毛の乾いた臭いを残して走る羊毛袋を積みあげた馬車、足場を組んで働いている石工や彫刻家たち、緑の羅紗の机の前で革袋から金貨をあけている両替商たちなどがつくりだすフィオレンツァの生活気分も、そのままでは、何も感じられないように思うのだが、リンドロの言い方にしたがえば、一度フィオレンツァを出て他の都市《まち》にゆけば、この平凡な、取るに足らぬ日々の光景、日々の暮しが、まるで特別な釉薬を塗った陶器の絵のように、一段と色鮮やかな、くっきりした輪廓をもって迫ってくるのだった。そしてこの色鮮やかな家々のたたずまい、町の人々の行きかう姿は、すでにそれを眼にとめるだけで、私たちを、何ものかに変えていたのだ。そこには、つねに老コシモやロレンツォの意向を受けた巨匠《マエストロ》連の細心熟慮の結果が、建物の正面に、町角の彫刻に、寺院の塔に、女たちの衣服に、織りこまれ、刻みこまれていたからだ。私たちは町に出るたびに、ただフィオレンツァの外観を見ていたのではなく、こうしたよき意図繊細な感情を、知らぬ間に味わっていたのである。

私がその年の春から初夏にかけて、刻々に、フィオレンツァの祭礼の賑わいが熱気を帯びてゆくように思ったのも、決して偶然ではなかったと、いまでは言えるような気がする。いや、それはたしかに偶然でもなく、また、気のせいでもなかったのだ。それは隠れた意図の表われであり、ひそかな願いの実現であったからである。

すでに五月に入ってから騎馬祭《ジオストラ》の噂はさまざまな形で町を流れていた。夕刻、一仕事を終えて聖マリア・ノヴェルラ界隈の、当時まで菜園や果樹園のつづいていた寂しい道を辿り、裏手から古市場広場《メルカート・ヴェッキオ》に近づいてゆくようなとき、私は立ち話をしている人々が、騎馬祭《ジオストラ》に準備されたフロリン金貨の量とか、馬の数とか、騎馬試合に出場する人々の名とかを口にするのを耳にした。

私は多少サンドロからサンタ・クローチェ広場の飾りつけについて聞いていたものの、彼らが話す事柄はすべて耳新しく好奇心をそそるものだった。私は菜園の垣根ごしに、土を耕したり、肥料をやったりしている老人たちが、大声で話し合うのも耳にした。彼らは首席貴婦人に誰が選ばれるだろうか、と話していたのである。

すでに緑が濃くなり、町はずれの菜園ぞいの木立は濃いかげを道に落していた。トスカナの晩春の空は、不思議と物思わしげな青さに変り、ちょうど祭壇画の背景によくある、青空のまわりを金色の細い線の束で縁どりした、特別の意味合いを帯びた空に見えたのだった。

私は叔父カルロの家で（彼も月に一度晩餐会を開き、時おり私を招んでくれたのだ）騎馬試合に出場する若者たちの名前を聞いたが、ジュリアーノ・デ・メディチはもちろんのこと、ほかにトルナブオーニ家の末子とか、ルチェライ家の次男とか、ストロッツィ家の遠縁の若者とかの名が挙がった。いずれも上流階級のあいだでは馬術や剣技に評判の若者たちだった。

　晩餐の終り頃になり、葡萄酒の酔いがまわりはじめると、こうした席のつねとして、話はますます活気を帯び、話題も人々の興奮をそそるようなものが選ばれた。私がいまでも忘れられないのは、六月半ばのある晩、そうした話題がたまたま勝敗の予想になり、誰が優勝をとげるかという段になった折の、一座の人々の興奮ぶりであった。

　叔父カルロは忠実なメディチ党の一人として当然ながらジュリアーノがかなりの成績をあげるだろうと言った。

「私は優勝なさるとは断言しませんけれどな」カルロは実務家らしい油断のない青い眼で同席者を見まわしながら言った。「ジュリアーノ殿の馬術は当代一流ですからな。どれほど槍や剣を使われるのか、それは知りません。しかしあれだけの騎《の》り手を打負かすのは容易じゃありませんよ」

「それは私も認めますがね」叔父の向い側に坐った、肥った、二重顎の同業者のマネッティ老人が、鯉に似た口を突きだすようにして言った。「だが、勝負は槍ですよ、馬じゃありません。その点、ゴンディの息子に分《ぶ》があると思いますね。このところ傭兵隊の副隊長のベネデットが毎日のように槍の指南に出かけておりますからな」

「ゴンディの息子もだが」葡萄酒の酔いで赤くつやつやしたまるい顔のトルナブオーニの遠縁の男が口をはさんだ。「町の噂ではグリエルモ・デ・パッツィが本命だということですよ。何しろ、こんどの試合に対するパッツィ家の気持の入れようは大へんなものですからな。ま、どんなことがあっても優勝はパッツィ家がとる、と、そう一族が決意しているという噂です」

「だが、グリエルモは妻のビアンカ・デ・メディチがいるからな」皮肉な、浅黒い、幅広の顔をした画家のドメニコ親方が反対した。「メディチの娘はグリエルモが表立ったことをするのを好かんですからな」

「しかしこんどはパッツィ家の名誉を顕揚するにはもってこいの機会です」トルナブオーニの遠縁の男は赤いつやつやした童顔をドメニコのほうにむけ、はっきり反対して言った。「ここ数年来のパッツィ家の態度を見れば、この噂も、案外、根拠があるかもしれませんよ。考えてごらんなさい。復活祭の祭礼準備に市政委員会に提供された金は、メディチ家が二百フロリンだったのに対し、パッツィ家は二百五十フロリンだったと言いますしね。噂では、こんどの騎馬祭《ジオストラ》の準備もパッツィが大へんな肩の入れようだということです。私の叔父のジョヴァンニはローマのメディチ銀行で近頃はめっきり仕事がしにくなったといって、しきりとフィオレンツァに帰って参りますが、話を聞いてみると、いずれも、パッツィ銀行がメディチと張り合って何かと邪魔をするのだそうです。この前のイモラ買収に法王庁に資金を出したのはパッツィ銀行ですからね」

「それはその通りです」幅広の顔を後にそらせるようにして、皮肉な表情をしながら、ドメニコ親方が言った。「だが、誓ってもいいがグリエルモは出ませんよ。誰か別の人間が出るとしてもね」

「そうですかな」トルナブオーニの遠縁の男は疑わしそうに言った。「パッツィ家で一番強いのはグリエルモです」

「しかし一番温厚で無欲なのも彼ですよ」ドメニコは幅広の皮肉な顔を歪めるようにした。「それにグリエルモはメディチとパッツィの反目を好んでいませんよ」

何人かが別の優勝候補の名を挙げ、それに対する反発やら賛成やらがつづいた。しかし私はそうした熱くなった議論からひとり離れて、いつか見たグリエルモとビアンカの姿のことを思いだしていた。

グリエルモにとってみれば、好敵手ジュリアーノ・デ・メディチをこの大騎馬祭《ジオストラ》で破ることができれば、メディチ家と肩をならべ、いまや、フィオレンツァの人気が相半ばするといわれたパッツィ家の繁栄と評判を、一挙に前へ押し出す機会となるには違いなかった。しかし叔父カルロがその席上で言っていたことだが、ロレンツォがともかくにも〈国家の長〉としてフィオレンツァの有力な家々の頭に立つことができたのは、もっぱら、姉ビアンカ・デ・メディチの良人だったこのグリエルモの力があったからだというのだ。彼はほとんど表面に出ることはなく、事ごとにパッツィ家の人々を押えて、ロレンツォの意向がそのままフィオレンツァの統治に反映するように努めていたというのである。

フィオレンツァの人々が熱狂している騎馬祭《ジオストラ》にこうしたいまわしい確執が隠されているとしたら、それはたしかに残念なことであり、パッツィ家の長老ヤコポあたりが自重してくれると有難い、と、単純な私などは、食卓の熱くなった話しぶりを見ながら考えたものであった。しかしこの両家の反目は当時私が考えていたような、両家の勢力争い、憎悪、反発といったものではなかったのだ。いずれ後に詳細に書きとめるつもりだが、それはフィオレンツァの現在《いま》の運命とも結びつく複雑怪奇な無数の糸の絡まり合いの一面にしかすぎなかったのである。

とまれ、大騎馬祭《ジオストラ》が刻々に近づくにつれて、どこで誰が馬を訓練しているとか、誰がアラビア種の馬をトルコの太守から買ったとか、どこそこの工房では誰それの馬覆いを金糸の縫取りの華麗な布でつくっているとかいった詳細な話が食卓や町角で人々に交されるようになり、それがいっそう町の興奮をかきたてているように見えた。

首席貴婦人にシモネッタが推されていることは、まだ一般に知られていなかったが、それは彼女が噂の中心になるジョヴァンニ・トルナブオーニ家や、ルチェライ家や、サセッティ家の夜会に全く姿を現わさなかったためと思われる。

しかし六月も半ばを過ぎると、シモネッタの名前が人々の口にささやかれるようになった。もちろんヴェスプッチ家を出た彼女が騎馬祭《ジオストラ》の最も中心となる首席貴婦人をつとめることへの意外の気持が、そうした噂のなかに織りこまれてはいたが、かえってそれだけに一般の人々は、当日の試合の折、眼にするシモネッタの美しさをあれこれと想像するのであった。私は一度ならず町の人々が、別居中の人妻を首席貴婦人に選んだ以上、理由はただ一つ、彼女が並はずれた美女だということだ、と言っているのを耳にした。むろんシモネッタを見たこともなく、彼女の生活を知らぬ彼らが、何を臆測しようと、それは仕方のないことだが、しかしシモネッタがどんなに美しい女性であろうかと彼らが酒場などで話しているとき、私は何か突然話したくなる衝動を押えるのに苦労した。私は、シモネッタの眉と眼のあいだの浅い窪みや、眼蓋の上に眩しげに寄っている皺や、明るい、信じ切った青い眼や、弓なりの唇によく合った細っそりした顎などについて思わず話したくなるのだった。それはサンドロが描くほどの実在感もなく、夏の午後の花の香りに似た甘美な趣もなかったにせよ、若い娘の頃から見守ってきたシモネッタに対する私の気持のすべてがこめられているはずであった。だが、私は、彼らがそれ以上彼女について話すのを聞くことができず、葡萄酒を飲むと、そそくさと店を出るのだった。

私はこの噂好きのフィオレンツァでシモネッタに向けられた好奇心や嫉妬や中傷がこの程度で終るわけはないのをよく知っていた。事実、騎馬祭《ジオストラ》が近づくにつれて、とくに上流階級のあいだでは、彼女とジュリアーノの関係はひどく後暗い、いまわしいものとして囁かれるようになったのだ。私は妻のルクレツィアがどこかの夜会でそんな噂を聞きこんできてそれを知ったのだが、それを聞いたとき、このフィオレンツァの生命《いのち》取りとも言える悪癖が、いまも性懲りなくはびこっているのを感じた。他人の仕事に無関心なふりを装いながら、一日としてそれが気にならぬ日のないフィオレンツァ気質——優れた仕事が生れると、それを味わう前に、仕上げた人への嫉妬に身を嚙まれて、正当な評価さえ下さなくなるこの都市《まち》の気質が、突然、シモネッタのまわりで火を噴いたような気がしたのである。

しかし考えてみれば、こうした嫉妬や中傷めいた噂まで熱っぽい騎馬祭《ジオストラ》の期待が生みだした物狂おしい幻想の一つと言えないこともなかったのである。

六月半ばをすぎると、サン・ガロ街のリドルフィ家や、デル・セルヴィ街のウトパスキオ家など大きな厩舎をそなえた貴族屋敷には、城外の別墅《べっしょ》から続々と面覆いをつけた馬が送られてきた。なかにはすでに華麗な刺繡をした馬覆いですっぽり身体を包んだ黒いアラビア種の馬やマケドニア産の赤馬などもいたのである。

子供たちが喚声をあげて馬の列のあとにつづいた。窓から女たちが鈴なりになって時ならぬ通りの喧噪を眺めていた。市庁舎前広場《シニョリーア》では野外舞踏のための楽隊席や貴賓台がつくられて、古市場広場《メルカート・ヴェッキオ》から新市場広場《メルカート・ヌオヴォ》にいたる小路や町角には人形劇や無言劇の舞台が組みたてられていた。しかし私の気持をひきつけたのは（いや、私だけではない。都市《まち》の人々がすべてそれに熱狂していたのだ）サンタ・クローチェ広場につくられる騎馬試合の馬場と、そのまわりを囲む観覧席の建設であった。もちろんただ一日のための急造の設備だったから、本建築のような大がかりなものではなかったが、それだけに一日の歓楽を強調した華麗な装飾に力がそそがれたのであった。聞くところによると、サンドロの工房《ボッテガ》のほかに跛のアントニオ親方の工房《ボッテガ》もドメニコ親方の工房《ボッテガ》も馬場の設営や騎馬試合の装飾に加わっているということだった。

私が出かけたときは、すでに広場を囲む三方の家々の前に二段の一般観覧席がつくられていた。サンタ・クローチェ寺院に面した一辺には一段と高い舞台状の観覧席が建設中だったが、それが上流階級の人々の占める席であることは一目でわかったのである。首席貴婦人を囲んで騎馬試合の騎士たちが謁見する貴婦人たちの座席は、その中央に一段と前へ迫りだしたあたりに、組み立てられていた。この正面の色彩配置や装飾はサンドロが受持っているはずだったが、工事はまだそこまで進んでいなかった。いたるところで槌音が景気よく聞え、丸太や煉瓦を運ぶ車が石だたみをがらがら鳴らして走っていた。都市《まち》じゅうが普請騒ぎを楽しんでいるようだった。サンタ・クローチェ界隈の家のなかには、この機会に建物正面の塗りなおしをやろうという家主もいて、左官屋まで足場を組んでは、せわしい日取りに追われて仕事をしていた。

七日前になると、サンタ・クローチェ広場に入ることが市政委員会の名で禁止された。名目は一般市民の立入りが職人たちの仕事の邪魔になるからというのだったが、本当は、華麗な装飾効果をその当日、全フィオレンツァの眼の前に、一挙に見せて、人々に楽しい驚きを与えるためであったらしい。

事実、私でさえ、その日から後、広場をのぞくことができなかった。広場の入口は幕で閉され、窓から外をのぞくことも禁じられていたのである。

それだけに六月二十八日の騎馬祭《ジオストラ》当日は、朝から、私の胸は子供じみた興奮でしめつけられていたのを、いまも懐しく思いだす。私は妻のルクレツィアに注意されるまで上着を着るのを忘れていた。食堂ではテーブルにつまずいて花瓶を倒して床を水だらけにした。私は子供たちが着がえを終えて出てくるのを玄関の間でいらいらしながら待ちつづけた。ふだんなら私のほうがゆっくりするはずなのに、その朝は、ルクレツィアの化粧がばかに時間がかかるように思われた。

すでに聖ジョヴァンニ界隈は騎馬行列が進んでいた。楽隊が町角で陽気な曲を鳴らしていた。窓から覗いている老人たちもいたが、大半は通りへ駆けだし、行列のあとについてサンタ・クローチェ広場に急いでいた。私たちの席はすでに叔父カルロの手で上流階級席に用意されているはずだったが、これだけの群衆が押しかけるのでは、何となくそれも心配になってくるのだった。

どこかで爆竹がはじけ、乾いた鋭い音が建物のあいだに反響し、子供や若い女の悲鳴が聞えていた。どの家の窓にも長い色とりどりの旗が垂れ、広場に近い通りでは両側の建物に綱を渡して花飾りや吹流しや赤や青の角燈などをぶらさげていた。小広場ごとに仮面をつけた男女が四、五人の楽師の曲にあわせて踊り狂っていた。聖ロレンツォ寺院の前の石だたみの広場では「若者よ、乙女らよ、明日は明日、今日の日を、楽しめよ」と歌いながら若い男女が幾つもの輪になって踊っていた。

アンティノニ屋敷やルチェライ屋敷の中庭はすでに開かれていて、従僕や女中たちが縫取りのある晴着を着て、葡萄酒を大樽から汲みだしていた。楽師たちは中庭を見下す廻廊に陣取って、舞曲や民謡を弾き鳴らしていた。私は細い曲りくねったオピーナ屋敷の前の小路を抜けてゆくとき、少女たちの行列が紫陽花《あじさい》の花を髪に飾り、手に手に香炉を揺らし、聖歌をうたいながら通ってゆくのに出会った。すると、壁面に紋章の浮彫りのあるオピーナ屋敷の窓という窓がいっせいに開いて、そこから夥しい薔薇の花びらが雪のようにひらひらと降ってきたのだった。私の上の娘は何か声をあげて、私の手にかじりついた。

「パパ、なんて綺麗なんでしょう。天国って、きっとこんなふうね」

娘は息をつくと、そう叫んだのだった。下の娘のアンナは活発な子であったが、まだ姉ほどには、そうしたことはわからなかった。ただ彼女は花びらの舞いおりるなかを、気が狂ったように飛びまわり、その花びらを空中でつかまえようと夢中になっていたのである。

サンタ・クローチェ広場では花火が連続して鳴っていた。気のせいか、人々のどよめきまで聞えるような気がした。

私たちが広場に近づいたとき、もうその辺一帯は身動きのできぬほどに雑踏していた。馬の嘶《いなな》きが聞え、蹄の音、鼻を鳴らす音、鞍同士のぶつかる音などが、むっとした獣じみた臭いとともに、人波をこえて、私たちを、異様な気配のなかに包みこんだ。

私はサンタ・クローチェ寺院の黒と白の縞になった端正な正面が、無数の赤、白、青、黄、緑などの旗や幟《のぼり》で埋めつくされているのを見たのだった。それはまるで合戦の前に集合したフィオレンツァの全傭兵隊を見ているような感じだった。そしてその前面は、金色の草花模様を浮き上らせた淡い青地の垂れ幕で仕切られ、そこに上流階級の観覧席が設《しつら》えてあるのだった。その席の手すりは濃い紺で塗りあげられ、観覧席の土台は背後の垂れ幕と同じ淡い青の幕で覆われていた。南と北の一般観衆席は濃い薔薇色の花を散らした鴇《とき》色の幕が張りめぐらされ、西の観覧席——上流階級の席と向い合った観覧席は、金色の草花模様を描いた淡い青の幕で仕切られていた。

私はやっとの思いで席に着くと、あらためて馬場になっている広場や、観覧席をすでに埋めつくしたフィオレンツァの人々や、その前にずらりと勢揃いした騎馬の列を眺めた。馬たちはいずれも華麗な飾りのある覆いを被せられ、馬というより、ずんぐりした別種の愚鈍な動物のような感じだった。ただその一頭一頭は入念な飾りの馬覆いが被せられているので、その見事な出来栄えに人々は眼を見はった。白絹のきらきらした冷たい地に楯形の紋章を金糸銀糸で刺繡した高雅な覆いや、眼を吊りあげたすさまじい形相を、黒地に銀と赤の糸で縫い出した馬の面覆いや、赤と青の左右色違いの幻想風な覆いなど、一つ一つ数えあげてゆけば、到底この回想録は終ることができないであろう。だが、それらは、眼をつぶると、ぞろぞろと、影絵のように私の前を通りすぎてゆくのだ。あばれる馬もあれば、むずかる馬もいた。すっかり怯えきった馬もいた。しかし地面にすれすれの馬覆いで頭からすっぽり包まれた馬は、ただ嘶いたり、後足で立とうとしたり、前足で地面を蹴ったりするのが見えるだけだった。

私は落着いてあたりを眺めていたように思うのだが、実際にはずいぶんあわてていたに違いない。その証拠に、勢揃いした騎士のなかからジュリアーノの姿をどうしても捜しだすことができなかったのである。

だが、そんな私にもただ一つのことははっきり納得できた。それはこの騎馬試合の馬場が、どことなくサンドロの描く絵の気分に似ているということだった。それはさまざまな馬覆いや騎士たちや群衆の異なった色彩、異なった形が混入していたにもかかわらず、広場全体をある優雅な、ほのぼのとした、繊細な気分で包んでいたのだった。私は父の書斎でよくサンドロと一緒に眺めた、ブルゴーニュ宮廷のさる貴族の所蔵だった細密画写本を思いだした。それは仏国《フランチア》の宮廷風俗を描いた、優美な、端正な気分の絵だったが、私は、この騎馬試合《ジオストラ》の馬場に、その気分がなまなましく写しとられているのを、ふと感じた。サンドロの話では、この騎馬祭を計画したトマソ・ソデリーニは何よりも仏国《フランチア》宮廷風の洗練された趣味と華やかな優雅さを取り入れるよう彼に命じたというのだった。しかし騎馬試合《ジオストラ》が行われる以上、ソデリーニならずとも、その発生地仏国《フランチア》宮廷の空気を再現したいと思うのは当然かもしれない。すくなくともサンドロが試みたそうした企てはまずまず成功したと言ってよかった。淡い青と鴇色という取り合せは、そこに描かれた草花模様によって、一段と宮廷風の優雅さを強調するのに役立っていた。

やがて馬場中央の入口近くに整列した九人のトランペット奏者が、金色の楽器を太陽に向けるようにして、高らかにファンファーレを吹き鳴らした。場内の観衆がいっせいに立ちあがり、間もなく潮騒のような拍手が湧きおこった。

前後に切れた濃紺の上着の下に、細身の青の胴着をつけ、形のいい足にぴったり付いた青のズボンをはいたロレンツォ・デ・メディチが、共和国首席《ゴンファロニエーレ》のトマソ・ソデリーニと市政委員《プリオーリ》たちに囲まれて、広場に姿を現わしたのであった。

ロレンツォは階段の上までのぼると、そこで手を挙げて人々の喝采にこたえた。彼らが中央舞台に近い席に坐ると間もなく、ふたたび明るい輝くような旋律を九人のトランペット奏者が吹き鳴らした。拍手は前よりも高くなり、口笛さえまじっていた。

当日の貴婦人役に選ばれた七人の婦人たちが白い高雅な装いで入場してきたのであった。婦人たちの先頭にはシモネッタが頭を軽く右へ傾けるようにして歩いていた。階段をのぼり、舞台中央に立って、熱狂する大観衆のほうを向いたとき、白い鳩が何十となく放たれ、同時に、広場に面した建物の窓という窓から花びらが振り撒かれた。花火がつづいて空で鳴り、トランペットが輝かしい旋律を何度も響かした。

私は身体が異様に興奮しているのを感じた。坐っていても、手がふるえるような気がした。貴婦人席は金色の草花模様を織りだした淡青い幕の前で、まるで七輪の百合が咲きだしたように見えた。六人の婦人たちは胸の大きく刳《く》れた白の衣裳の上に長い銀の刺繡のあるマントを羽織っていた。その白い装いは青の背景の前では、いかにも仏国王《フランチア》朝風の軽やかな優美さを感じさせた。

ただシモネッタだけは同じ白い衣裳でも、形がすこし変っていて、華やかな泡立つようなレースで飾った衿がぴったり頸に付き、まるで細っそりした彼女の顔が波の中から浮び上っているようだった。シモネッタの複雑な形に結った豊かな金髪の上には真珠を鏤め三本の羽根で飾った筒形の冠がのっていた。

　私はシモネッタの美しさをよく知っているつもりであったが、舞台の上に坐り、まわりの貴婦人たちと談笑している彼女の表情ほどに優雅な気品に満ちた顔を見たのははじめてだった。それは決して陽気というのではないが、さりとて憂鬱な表情でもなかった。強いて言えば、そこには甘やかな深い憩いとでも呼ぶべきものが漂っていた。形のいい広い額の下の青い陽気な眼は、たしかに娘時代の人懐っこい明るさを失っていたが、しかし眩しげに寄せられた眼もとの皺のせいで、微笑の絶えない優しい表情が加わっていた。それに、カッターネオの奥方そっくりの、先に反りのある美しい鼻や、弓なりに両端のそっている唇や、細っそりした顎が、前には、どこか繊細な、気まぐれな感じを与えたのに、いまでは不思議と甘美な安らかな気持に誘うのであった。

　広場のどよめきはなおつづいていた。しばらく上空を舞っていた鳩も飛び去り、騎馬パレードの第一陣が広場に対角線に置かれた緑の生垣に沿って走りぬけるあいだも、この動揺はおさまらなかった。私は周囲の人々の反応から、それがシモネッタの美しさに対する賞讃や驚きのどよめきであるのに気がついた。人々は、彼女を、ルクレツィア・ドナティと較べ、ロレンツォと彼女との悲恋をいまさらのように思いだしていたのである。

　しかし私はながいことシモネッタのほうへ関心を向けているわけにゆかなかった。というのは、そのとき、私の前にいた叔父カルロが、私に、パッツィ家では、今日の騎馬試合にフランチェスコ・デ・パッツィの長男のロドルフォを出すということだ、と言ったからである。

「ロドルフォといえばたしか去年成年式をあげたばかりでしょね」

私はそう訊ねた。

「そうだ。二十二歳のジュリアーノと戦うには、ちょうど恰好の年頃だろう。何もグリエルモやフランチェスコがいまさら目くじら立てることではない。パッツィもすこしは正気に戻ったのだろう」

カルロは私のほうを振りむいたままそう言った。

「しかしロドルフォを出すというのは、パッツィのもともとの作戦だったのじゃありませんか」

私は従姉のマダレーナといつか話していたとき、この乱暴者の若いロドルフォのことを聞いたことがあったのだった。彼女はこの若い、無鉄砲なロドルフォが傭兵隊の副隊長のベネデットと彼女を争おうとしたと話していたのだ。

「あの子がよ、まだ十七かそこらで、ベネデットと決闘するっていうんだから、私だって黙ってほうっておくわけにゆかないじゃない？　結局、ベネデットと仲なおりさせたのよ」

「で、奴は、おとなしく諦めたの？」私はマダレーナに訊ねた。

「諦めるわけはないじゃないの。毎日くるのよ。でも、大抵はダヌス門で誰かと遊んでからあとね。大した若僧よ。いつかベネデットを殺すんだといって、剣や槍に励んでいるんだって。あの子なら、いつか、きっとやるわね。大体すじは悪くないって、ベネデット自身が讃めていたんだから」

私はこのときのマダレーナの言葉をそのまま叔父に伝えた。

「なるほど。私らの間では放蕩者という悪名しか聞かなかったが、あれでもパッツィでは切り札の一つになるつもりなのかね」

カルロはそう言って軽く受けとめたが、私は叔父ほど気軽くロドルフォのことを考えることはできなかった。だいたい試合前に彼の名を当のパッツィ家ではもちろんのこと、フィオレンツァの誰もがまったく問題にもしなかったというのは、考えてみれば変であった。たしかにロドルフォは放蕩三昧に耽る一介の乱暴者であるかもしれない。しかし年頃から言って、その剣技から言って、当然、グリエルモなどより噂にのぼって然るべき人物であった。そのロドルフォがまったく無視され、いないかのように扱われたのは、パッツィ家の故意のたくらみがなければ考えられないことであった。

私は砂塵をたてて走る第二陣、第三陣の騎馬の群を見ながら、心のなかに高まってくる不安を押えることができなかった。

Ⅲ

私がジュリアーノ・デ・メディチの姿を見たのは、広場に走りこんでくる騎馬の群を幾組か見たあとだった。はじめ気がついたのは、騎馬隊の先頭にひるがえる例のアテナ女神の布絵《コンメッソ》だった。サンドロの工房《ボッテガ》で見たとき、それはまだ仕上っておらず、アテナ女神が槍を右手に握り、メドゥーサの顔を浮彫りにした古代風の楯を左手に持って、金色の兜に囲まれた顔を、斜め上にあげている姿だけが描かれていたのだった。

しかしサンタ・クローチェ広場の入口から銀の甲冑に濃い青の馬覆いをつけた騎馬隊とともに走りこんできたその旗には、さらに幾つかの細部が加えられているのに、私はすぐ気づいた。パラス・アテナの頭上には光芒を放つ太陽が様式化された形で描きだされていて、女神が顔をあげていたのは、実は太陽を仰いでいたということがわかるのだった。布絵《コンメッソ》の旗は騎馬の疾走とともに私の眼の前を通りすぎていったが、その短い瞬間にも、私は、パラス・アテナの静かな愁いを帯びた顔を、はっきり見てとることができた。それは決して誇らしい昂った表情でもなければ、物悲しい沈んだ顔付きでもなかった。

前にサンドロの工房《ボッテガ》で舌を巻いた布地の貼合せによる見事な表現は、こうして遠く距離をおいて見たほうが、いっそう効果を現わしているように思えた。たとえば女神のかぶっている兜や、膝まで垂れている古代風の衣裳の上につけた胸当ての黄金の輝きなどは、到底布ぎれでできているとは思えなかった。私は旗の動きにつれて、その金色が日に輝いて眩しく光るように感じた。もちろん私以外の人々は、この旗の制作者がそこに金属片のようなものを貼りつけたものと考えたにちがいない。しかし金属片などは何も附着していなかったことは、あとになって私自身で確かめたし、サンドロもそう言っていた。だから、人々の眼に黄金の輝きと見えたのは単なる布ぎれがつくりだした幻影にすぎなかったのだ。

私はたしかにこうしたサンドロの腕の冴えに眼を見はったものの、パラス・アテナの傍らに立つアフロディーテの姿や、パラス・アテナを囲んでいる巨大な火焔のうねりは、その瞬間、はじめてそれを見ただけに、それらの与えた印象は新鮮で強烈だった。ただ私に意外だったのは、愛の女神アフロディーテが、サンドロの話のようにアテナ女神を支えてはおらず、オリーヴの幹に後ろ手に縛られて立っていたことだった。女神の持っていた弓矢と箙《えびら》は地面に投げだされていた。しかしアフロディーテは悲しんだり絶望したりしているのではなく、むしろそうしてオリーヴの木の下に縛られることが、彼女にとって最も願わしい状態であるかのように、慎ましい、生真面目な表情でパラス・アテナのほうを眺めているのだった。注意深い人だったら、それが、正面桟敷にいる首席貴婦人のシモネッタの顔と瓜二つであることにすぐ気づいたかもしれない。私は真珠を鏤めた白銀の兜の面頰《めんぽお》をあげ、ジュリアーノが貴婦人席に一揖しながら走りすぎてゆくのを見ると、思わずシモネッタのほうに眼をやらないわけにゆかなかった。

私の眼には、シモネッタは、真珠を鏤めた筒形の冠がいかにも重いとでもいうように、複雑な形に結った豊かな金髪に囲まれた額を軽く右へ傾けるようにして、ほほ笑んでいるように見えた。彼女のまわりの六人の婦人たちは、白い鳥の羽毛でできた大きな扇で、広く刳れた胸をかくすようにしながら、ジュリアーノを囲む騎馬隊が菱形の隊形から横隊になり、さらに逆三角の隊形になって、広場を走りすぎるのを見送っていた。観衆のなかから喚声と拍手が湧きおこり、正面に近い窓の露台に並んでいた少女たちが、一巡りして貴婦人席に近づいた騎馬隊に白い薔薇の花びらを吹雪のように撒きちらし、九人のトランペット隊が長い筒を空にむけて、一斉に輝かしい短い旋律を断続して吹き鳴らした。それがジュリアーノであることに気づくと、観衆の喚声は一段と高まり、「メディチ万歳、ジュリアーノ万歳」と叫ぶ声をそのなかに聞きとることができた。

ジュリアーノは馬上から白い衣裳に銀の刺繡のあるマントを羽織った婦人たちに深く頭を垂れ、共和国首席《ゴンファロニエーレ》のトマソ・ソデリーニと兄のロレンツォの前で片手をあげた。パラス・アテナとアフロディーテを描いたジュリアーノの旗が大きく振られ、トランペットが鳴りひびき、それを合図に騎馬隊は帯のような長い列となって広場から出ていった。

ちょうどそれは伸縮自在の色模様が目まぐるしい動きで形を変えながら、広場を横切り、一巡し、渦をまいて出ていったような感じだった。銀と濃い青の単純な色調が、どこか遠い東洋の王宮の豪奢な気分を人々に呼びおこした。私の傍らに坐っていた幼い娘たちまで「なんて綺麗なの。なんて綺麗なの」と叫んだほどだった。

騎馬隊のパレードはなお砂塵をあげ、地面をゆるがすような響きをたてて次々と走りこんできた。赤と黒の色調で整えられた一団もあれば、青、黄、緑で飾った騎馬隊もあった。馬覆いに豪華な金糸銀糸の刺繍をほどこし、甲冑に、赤、青、緑の宝石を鏤めた、息を呑むようなルチェライ家の騎馬隊が広場に入りこんできたとき、私たちは思わず席から立ちあがり、吐息とも叫びともつかぬものを洩らしたのだった。広場が動揺し、それが突然信じられぬような感嘆の叫びに変っていったのは、全く当然のことだった、と、これを書いているいまも、私は思うのである。前にも後にも私はあれほど贅をこらした見事な騎馬隊のパレードを見たことがない。高雅なジュリアーノの騎馬隊の粧いに較べると、ルチェライ家のそれは輝くような華麗さに色どられていた。むろんそのいずれをとるかは人々の好みであったが、しかしきらびやかな豪奢なものが私たちの心を満たし、湧きたち、溢れでてゆくような印象の点では、その双方に何か忘れがたい洗練された味わいが感じられたのである。

騎馬パレードが終ったあとにも、広場を埋めた観衆のどよめきは続いていた。私のまわりでも、酔ったようになった人々の興奮した話声が聞えていた。妻のルクレツィアは上の娘に騎馬パレードに出た貴族や上流階級の人々について説明していた。下の娘のアンナは話の内容はわからぬものの、すっかり場内のどよめきさや、舞いおりてくる花びらに興奮して、母親と姉のあいだに割りこもうとして、足をばたばたさせたり、歌でもうたうようにルクレツィアが口にするメディチとかルチェライとかパッツィとかいう言葉を繰りかえしては、私たちのまわりを飛びはねたりしていた。

人々は革袋から葡萄酒を飲んだり、鳥や豚の焼肉を喰べたり、知り合いを見つけて大声で挨拶を交したり、次第に迫ってくる騎馬試合《ジオストラ》の予想をしたりしていた。

正面の中央舞台でも、ソデリーニが身体を横にひねってロレンツォ・デ・メディチと何か話していた。六人の婦人たちも手の白い羽毛の扇をひらひらさせながら、寛いだ様子で話し合っているのが見えた。

ただ心なしかシモネッタだけが正面を向いたまま、まるで活人画の舞台の人物のように、動かずにいた。見方によっては、彼女が、この大観衆の前で緊張し、同席の婦人たちと気楽な会話を交せないでいると見えなくもなかった。だが、私には、シモネッタが何を考えて、そうやって舞台の中央に坐っているか、わかるような気がした。というのは、そのとき、私も騎馬パレードの美しさに酔ったようになりながら、心のどこかに、ある奇妙な黒ずんだものが澱んでいるのに気づいていたからである。

そのとき叔父カルロが不意に私のほうを振向いて言った。

「さっき、お前がロドルフォ・デ・パッツィのことを気がかりなふうに言っていたが、私も何となく気になりはじめた。お前も変だとは思わないかね？　このパレードにはパッツィの騎馬隊は出ておらんからな」

私は、あっと声をあげそうになった。一々それがどこの騎馬隊だと気にとめてなかったこともあるが、私はパッツィ家が騎馬隊を出していないのに、そのときまで、まるで気づいていなかった。

「まさか、そんなことは……」

私は口ごもった。

「私もそう思う」カルロはパッツィ家の席のほうに眼をやりながら言った。「だがあれほど事ごとにメディチと張り合っていたパッツィの連中が、なぜこれに加わらなかったのかね？　いままでのことを考えると変だとは思わんかね？」

「たしかに変です。いや、変以上です」私は声を落して言った。

「まるでロドルフォの名前を目立たぬように伏せていたのと、同じような遣り口を感じますね」

「そう思うかね？」カルロも声をひそめて言った。「これは、ひょっとしたらお前の直感が当っているのかもしれぬ。パッツィはジュリアーノとの騎馬試合に何か仕掛けてあるのだ……」

私は騎馬パレードのあいだじゅう心のなかに澱んでいた黒ずんだものの正体を眼の前に突き出されたような気がして、身体がびくっと震えた。

「私はジュリアーノ殿にお目にかかってこよう。万一何か不審な点があれば、試合は取りやめていただかねばならぬ」

叔父は立ちあがりながら、怒りの色をすでに眉のあたりに漂わせていた。彼は前の席にいた執事にパッツィの様子を見てくるように小声で命令していた。私は胴震いがとまらなかった。寒気がするように身体がおかしいほどぶるぶる震えつづけた。

カルロが席を立っているあいだ、私はシモネッタのほうを眺めていたが、彼女は、他の六人の婦人たちと話をする様子はなかった。花火が青空に乾いた音をたてて鳴っていた。軽業師の一行が入ってきて、とんぼ返りをしたり、輪のなかを飛んだり、人梯子をつくったりして、観客の喝采を浴びていた。私の娘たちは観覧席の最前列に出たいと言いだし、ルクレツィアは困りきっていた。

「あなたからも何か言ってやって下さいな」

彼女はアンナを叱りながら私にそう言った。私は二人の娘に近いうち軽業興行を見せにゆくから、今日はおとなしくするように言いきかせながら、自分の口だけがただそう言っているのを感じていた。幼い娘たちを静かにさせるためになら、私はどんな心にないことも口にしただろうと思う。私はジュリアーノがパッツィ家の何かの企みに足をとられるのではないか、と、ただそれだけに心が向いていたのであった。

　叔父カルロの姿を見ると、私は、べそをかいている末娘のアンナをルクレツィアのほうへ押しやって、叔父のほうへ身体をのりだした。

「ジュリアーノ殿は何と言われましたか？」

　カルロは眉と眉のあいだに皺を寄せたままの表情で言った。

「ジュリアーノ殿はな、何も心配はいらぬと言って笑っておられるのだ。ロドルフォのこともすでに気がついておられたそうだ」

「何か企みのことは……？」

「万が一にそんなことがあっても、十分に勝算があると言われた。それに、騎馬試合は何も実際の争いではなく、あくまで祝典の余興だとも言われた。勝ち負けにはそれぞれに意味があるのだと……」

「でも、パッツィ家の連中が、何か周到な感じで手を打っているところから見ると、ただ勝敗だけを試合に賭けているとも思えませんが……」

「まさかと思うが」叔父も一瞬不安そうな表情を顔にのぞかせたが、それなり黙っていた。やがてパッツィ家の席へ送られた執事が戻ってきた。私は聞き耳をたてていたが、これという危惧の種になるようなことはなさそうであった。カルロは出場者の武器、服装、馬具廻りの調べを、出場前に念入りに行うように、その男に指示していた。

「たぶんこれだけやっておけば大丈夫だろう。これだけの人間たちの面前だ。不穏な手段を弄することは不可能だろう」

叔父は私をなぐさめるように言った。

私たちはしばらく黙って空虚になった広場に六月終りの昼すぎの太陽が照るのを眺めていた。

トランペットが九つの細長い首を空に伸ばすようにして鳴りひびいたのは、第十七時（午後一時）をすぎるかすぎないかの時刻だった。

花火がふたたび空にあがり、乾いた、耳に痛いような音をたてて弾《はじ》けた。観衆は待ちかねたように喚声をあげ、手を叩き、足を踏み鳴らした。すでに葡萄酒に酔っていたのか、二、三人の男が馬場にむかって帽子を投げたが、そうした男たちは満場の失笑と嘲罵のなかを役人に引き立てられていった。

やがて仏国《フランチア》宮廷風の細身の、刺繡に縁どりされた、淡紫の上着に、濃紫と淡い朱の縞模様の、鯨骨で脹らませた短いズボンを穿いた傭兵隊士官ベルナルドが、胴につけた鋼鉄の鎧を冷たく光らせながら、ひょこひょこ飛ぶような歩き方で馬場の中央へ進んでいった。曲った長いベルナルドの足は、ぴったり付いた青と紫の色違いの靴下に覆われていた。

私はベルナルドが呼びあげた最初の二人の名前を聞きとることができなかった。場内の興奮が高まり、人々の喚声が満ちていたのと、自分の耳もとで鼓動が激しく鳴りつづけていたためであった。

ベルナルドに呼ばれた二人の騎士は、広場の東と西に、広場の対角線に置かれた仕切りの緑の生垣を挟んで、馬をすすめた。一方は赤に黒の花模様を浮上らせた馬覆いをした馬に乗り、面頬を深くおろした、ずんぐりした鎧の騎士だった。反対側の騎士は濃い青に金色の刺繡のある馬覆いをかけ、金の枝葉模様が打出してある鎧を着ていた。面頬のある兜も同じように美しい金色の渦巻模様が浮彫りにしてあった。二人は長い槍を斜に構えた。

一瞬、場内がしんとした。が、次の瞬間、騎士たちの激しい声とともに二頭の馬が生垣を挟んで、東と西から走りはじめると、人々は狂ったような喚声をあげた。騎士たちは、槍を斜に構えたままの恰好で近づき、槍先で相手を牽制しながら、あっと言う間もなくすれ違った。喚声のなかに、一瞬、気ぬけしたようなどよめきがまじった。

二人の騎士はすぐ馬首を転じると、ふたたび入れ替った場所に立って馬の呼吸をととのえ、相手の隙を窺っていた。人々の声援はふたたび高まってゆき、悲鳴のような叫びとなっていった。

騎士たちは身を乗りだすようにして鐙《あぶみ》を蹴り、槍を斜に構えたまま、走りだし、近づくにしたがって、槍が相手を狙って大きく旋回した。

私は馬が両方からぶつかるようにしてすれ違ったのだけはわかったが、次の瞬間、なぜ金の枝葉模様の鎧を着た騎士が、まるで自分で弾ね飛びでもしたかのように、高く逆になって一回転し、人形のように地面に落ちたのか、見当がつかなかった。長い槍と兜が別々に弾け飛び、弧を描いて落ち地面の上を転がった。その辺り一面に砂埃りが濛々と立ちあがっていた。

勝ったほうの騎士は割れるような喝采のなかを、広場を　回りして、貴婦人席へ馬を走らせていった。

もちろん子供たちは何が起ったかわからず、大人たちの真似をして拍手をしていたが、しきりと母親にどっちらが勝ったのか、と問いただしていた。

「いま、シモネッタ様に菫の花冠を頂いている方がお勝ちになったのよ」

「でも、どうしてなの？　どうして勝ったの？」

幼い娘たちは納得せずに母親の手をひいては答を求めていた。

私は身体じゅうに重い疲労がのしかかってくるような気がした。それはジュリアーノの試合でもなく、ロドルフォの試合でもないのに、張りつめたような緊張がつづき、数瞬の勝負がつくと、急に緊張がほぐれて、ぐったり身体が崩れていったからだった。

試合出場の順番は籤によって決められており、勝者が次々と新たな相手を迎え撃つという形になっていたため、順位の後の者ほど優位であることは当然だった。私としては、ロドルフォがすこしでも早く出場し、誰か適当な相手に撃たれて退場することを願うほかなかった。私は何度か深い息をついた。

次の勝負も冷静に見ることはできなかった。私の身体は悪寒でも襲ったように震え、何か言おうとすると、歯ががちがちと鳴るほどだった。

五組ほどの試合が進んだが、一度勝った者も次の騎士の挑戦を受けられず、敗退する場面がつづき、観衆はそのたびに叫んだり、口笛を吹いたりしたが、ゴンディ家の息子が黄に黒の馬覆いの馬に乗って現われると、噂のように、たてつづけに三人の挑戦者を破って場内を熱狂させた。

しかし次のトルナブオーニ家の末子に三度の槍の激突ののち、四度目に右肩を打たれ、ベルナルドに負けを宣告された。

観衆は「擦り傷だ、擦り傷だ」と叫んで、ベルナルドの審判に異議を唱えたが、槍が胴から上を打った場合、打たれた者は敗者と判定されるのがこの種の試合の規則であった。ベルナルドはそれをわざわざ観衆の前で読みあげ、一部の兵隊たちの失笑を買っていた。

こうした騒ぎのため、私は、東の入口にジュリアーノが馬をすすめたのに、しばらく気がつかなかった。

「ジュリアーノ様よ、こんどは」

妻のルクレツィアにそう言われて、私は、胸の底を冷たいもので刺されたような気がして、思わず飛びあがった。

私はジュリアーノの後に旗手が支えるパラス・アテナ女神の旗がゆっくり風に動いているのを認めた。顔を斜にあげて太陽を見つめている静かな顔は、カッタータネオの奥方の、細っそりした表情を思わせた。なぜそのとき私がカッタータネオの奥方のことを思いだしたのか、わからない。だが、この布絵《コンメッソ》をサンドロがつくったとき、彼は、ジュリアーノの勝利を、パラス・アテナに祈ったというより、カッターネオの奥方に祈ったのではないかという気がした。

私の胴震いは急にとまっていた。場内はジュリアーノの名を聞いて、気が違ったような騒ぎになっていった。ルクレツィアが耳もとで何か言ったが、聞きとることができなかった。

私はベルナルドが腕をあげ、それを振りおろすのが見えただけだった。ジュリアーノの馬は、銀地に濃い青の枝葉模様の馬覆いを深くかぶり、頭を低く伸ばすようにして走っていった。ジュリアーノの長槍は同じ濃紺に銀の網目模様が刻みこまれていた。彼はそれを水平に持ち、身体を前へ乗りだすようにして、手綱を握っていた。

私はトルナブオーニ家の末子が、槍を突き出すようにして、ジュリアーノめがけて馬を走らせるのを息を殺して見つめた。しかしジュリアーノは次の瞬間、水平の槍を斜に上げ、身体を右へ傾けるようにした。すると、相手の槍は、まるで、水車にはさまった棒きれのように大きく一回転し、空中へ高々と弾ねとばされたのだった。

　どのような秘密がそこにあるのか、私は知らなかったし、実際ジュリアーノがどのように自分の槍を動かしたのか、私の場所からは遠くて見えなかったが、トルナブオーニ家の末子の突き出す力を逆に利用して、それを弾きとばしたことは事実だった。人々はこの一瞬の胸のすくような妙技に我を忘れて喝采した。拍手と喚声とで広場はしばらく物も言えぬような騒ぎだった。

　私はほっとして何となく振返った叔父カルロと眼を見交した。叔父の眼にも軽い安堵感のようなものが浮んでいた。

　私はしかし息をつめるようにしていつロドルフォ・デ・パッツィが登場するかを見守っていた。なるべくならジュリアーノがまだ疲れないうちに、姿を見せるのが一番いいのである。あとになればなるほどジュリアーノの疲労は濃くなってゆくはずだった……。

　しかしジュリアーノは相手を攻撃するというより、相手の攻撃力を逆用して、槍を巻きあげたり、地面に叩き落したり、身をかわして相手を落馬させたりすることに、不思議な腕を持っていた。引きつづき彼の四人の挑戦者はいずれもジュリアーノの槍に打たれる前に、彼のこうした変幻自在な槍捌きによって自滅したのである。

私はロドルフォが現われるのをいまか、いまかと待ち望んでいたので、四人の顔が次々に西の入口に現われるたびに、ほっとしたり、肩すかしをくったような気がしたりしたのだった。そして最後には、ひょっとしたらパッツィ家ではロドルフォの出場を取り消したのではないか、と思ったほどだった。

「あと挑戦者は何人ですか」私はすでに第二十二時（午後六時）に近づき、西日が正面の舞台中央を赤く染めだしているのを見ながらそう言った。「もう夕方になりましたけれど、まだ挑戦者がいるんでしょうか」

私の声に叔父カルロは振りかえった。

「籤の表がここにきている」

叔父は厚い紙きれに人名を書きとめた表をまわしてきた。すでに表の上の名前はすべて横線で消し去られていた。ジュリアーノの名前は上段の一番最後に載っていた。下段の最後に出ているのはロドルフォ・デ・パッツィだった。つまりこの二人だけは抽籤なしに、最優先の場所に並べられていたのである。

それを見た瞬間、私は、この取決めを市政委員《プリオーリ》たちがやったにせよ、ここにはパッツィ家の隠された意志が働いていると思わないわけにはゆかなかった。

ジュリアーノが早く登場したのは、上段に並んだ騎士たちがそれだけ多く敗退したためで、これはまったく偶然の結果にすぎなかった。だが、最終的にジュリアーノとロドルフォ・デ・パッツィが顔を合わせることは、よほどの番狂わせがないかぎり、はじめから決められていたようなものであった。

私は四たび勝利者として馬場を埋める人々の喚声と喝采を浴びたジュリアーノがいささかも疲労の色を浮べていないのを見て安心した。彼は首席貴婦人から菫で編んだ花冠を頭に受けるとき、面頰をあげ、兜を頭からぬいだが、柔かな茶褐色の髪に囲まれた額にも、祖父コシモ譲りの長目の鼻にも、両端のそった薄い唇にも、汗らしいものが流れているとは見えなかった。

ジュリアーノが兄ロレンツォに劣らず男らしく、堂々として、寛大な様子に見えたのは、おそらくこのときが初めてだったろうと思う。彼はシモネッタから花冠を受けるときにも、いかにも貴婦人に扈従する仏国宮廷《フランチア》の騎士のような、重厚な、暖かい、鷹揚な感じを全身に現わしていたのだった。

しかし夕日が赤々と射しこむサンタ・クローチェ広場の入口に、フィオレンツァの大観衆の熱狂した叫びと拍手のなかに、黒ずくめの衣裳を着たロドルフォを見たとき、私の心は突然不安の思いに高鳴りはじめたのである。いや、実際、ロドルフォが現われたとき、喚声に湧く観衆のなかに、何か雨を含んだ突風の前で騒ぎたてる麦の穂波のような動揺とどよめきが拡がっていったのを見ても、黒ずくめの装束がいかに異様な印象を与えたかがわかるのである。

私はこれを書いているいまも、ロドルフォ・デ・パッツィの黒馬にかぶせた黒い馬覆いと、鋼鉄の鎧に面頬をつけた黒装束をはっきり思い出すことができる。それは、華麗な色どりと、繊細な装飾と、仏国宮廷《フランチア》風の優雅な雰囲気を濃く漂わせていた騎馬試合《ジオストラ》のなかにまぎれこんできた不機嫌な、苛立った、不吉な異端者という感じを与えた。ロドルフォはサンタ・クローチェ寺院の正面に反響する喚声に気圧され、後脚で立とうとする馬を制しながら、夕日を浴びて二、三度、広場の入口を小走りに回った。

彼はすでに面頬をおろしていたので表情はわからなかったが、その全身の動きから窺えるのは、明らかにメディチ家の華やかな催しに対する敵意であり、反発であった。ロドルフォの黒馬が頸を振り、苛立っていたために、こうした彼の態度は、戦の優雅な真似ごとにすぎぬ騎馬試合に、一種の重苦しい殺意に似たものを感じさせた。広場を囲んだ大観衆が、いよいよ二人が東西に別れて馬を並べて相対峙したとき、一瞬静まりかえったのは、この異様な気配を彼らも感知したからである。

私も叔父カルロも　言も喋らなかった。もともとこういうように仕組まれていた以上、どう動いてみても、これは避けることができなかったのだ――私は手に汗がにじむのを感じながら、そうつぶやいた。

広場の中央へひょこひょこ曲がった長い脚で進みでたベルナルドが、二人の騎士の様子を見くらべ、呼吸を計るように手をあげていた。

「どうしたの？　パパ、どうして黙っちゃったの？」

幼いアンナの声が、息を殺したような観衆の沈黙のなかで異様にはっきりと聞えた。が、私は末娘に答える間がなかった。次の瞬間、ベルナルドの手は振りおろされ、悲鳴とも絶叫ともつかぬ喚声のなかを、ジュリアーノとロドルフォは馬場の中央めがけて馬を走らせだしたからである。

銀に濃い青の衣裳のジュリアーノは、濃紺の槍を右手に抱え、走りながら水平に構えていた。これに対して黒ずくめのロドルフォは相手の槍を弾ねかえすように下段に構え、頭を低くさげ、ジュリアーノの水平の槍の下をかいくぐるようにして走っていた。

しかし最初の疾走は双方が相手の構えをさぐるための準備であるかのように、槍先一つ接触せず、互に、あっという間にすれ違っていった。観衆の叫びはどよめきに変り、ざわざわと頭が動いていた。

二人の騎士はふたたび馬首を転じると、しばらく相手の様子を窺うように睨み合っていた。私は騎馬試合の技巧などには一向に不案内であるけれども、全速力で馬を走らせ、すれ違いざま、一瞬に相手を打つというこの競技は、自分の繰りだす槍で、たとえ相手を打つことができても、下手をすれば、自分自身もその反動で弾ね飛ぶであろうことは次第に理解できたのである。騎士たちが馬を疾駆させながら、相手の槍が突き出されるとき、単に斜に構えた槍の柄で受けることによって、それを弾ね返し、逆に相手を転落させることができるのも、試合がこうして一瞬のすれ違いの間に行われるからであった。

二回目は私などの眼にも、黒いロドルフォがはっきりジュリアーノを目がけて槍を繰り出すように狙いをつけて走りだしたのがわかった。ジュリアーノのほうは逆に濃紺の槍の柄を垂直に持ちながら馬を走らせていた。二人の身体がすれ違いざま激しく動き、金属音に似た甲高い音が響き、ロドルフォの槍の黒い柄が大きく輪を描いて弾ねかえってゆくのが見えた。しかし彼の手は槍の柄からはなれず、槍は頭上を大きく一まわりすると、ふたたびロドルフォの手もとに手繰りこまれた。

人々の吐息と叫びとが相半ばしてサンタ・クローチェ広場の建物が揺らぐようだった。私は二度の接触でロドルフォ・デ・パッツィの敵意はいっそう激しく燃えあがっているにちがいないと思った。それは三度目に対峙したときもロドルフォの執拗な攻撃的な姿勢が一向に弱まっていないことからも容易に推測できたのである。

ロドルフォはジュリアーノの巧妙な槍捌きを計算するように、面頬をつけた頭を前へ傾け、黒馬の手綱を引きつけていた。馬はようやく広場の喚声に慣れはじめたようだった。

二頭の馬が走りだしたとき、私は、ロドルフォが槍を手もとに手繰りこんだままであるのに気がついた。ジュリアーノのほうはこんどは濃紺の槍の柄を上段に構え、身体だけは低くしたまま走りだしていた。

二頭の馬が近づいたとき、私は、ロドルフォが手もとの槍を鋭くジュリアーノの脇腹に突き出すのを見たのだった。それは予め考えぬかれていた作戦だったらしく、槍がジュリアーノに届いたとき、彼のほうはその槍先を弾ねのけることができなかった。ジュリアーノの上段に構えられた槍は相手の槍先に対してまったく無力だった。

私は思わず叫び声をあげた。私の眼には、ジュリアーノが馬上から消し飛んだように見えたからである。が、同時にロドルフォの首のあたりにジュリアーノの濃紺の槍が落ちかかるのが見えた。

一瞬、何が起ったのか、私にはわからなかった。ジュリアーノのいない銀に濃青の馬覆いをかけた馬が走っており、反対側には黒ずくめの馬覆いの黒馬の鞍の上で、黒装束の鎧の騎士が前へのめり込み、それから仰向けに手綱を放してそり返ったかと思うと、身体をひねるようにして頭から馬の下へずり落ちていったのであった。

私は夢中で、先に落馬したジュリアーノの姿を眼で探したが、広場には、黒い影のように横たわっているロドルフォの姿のほかは何も見当らなかった。私ははっとして眼を馬のほうに返した。そのとき私は信じられぬような光景を眼にした。落馬したはずのジュリアーノが、まるで魔法でも使ったかのように、馬上にふたたび姿を現わしたからであった。

広場の全観衆がどよめき、やがて耳も聾するかと思われるほどの喝采と叫びが広場を囲むサンタ・クローチェ寺院や家々を揺るがした。パッツィ家の席から、四、五人の男が柵を乗りこえてロドルフォのほうへ駆けていった。すでに夕日は沈んでいて、広場には青ざめたかげが流れだし、サンタ・クローチェ寺院の黒白の縞模様の正面が空に拡がる夕焼け雲の赤々と燃える輝きに映えて、薔薇色に染っていた。幾つかの窓は赤味を帯びた金色に光り、いまにも熔けだすように見えた。

ロドルフォが重傷を受けたことは、彼を抱きあげた男たちの身ぶりから推測できた。彼らが叫んでいる言葉は喚声に掻き消されてわからなかったが、柵を越えて走ってくるパッツィ家の人々のなかに老ヤコポや父親のフランチェスコがまじっていたことから、それはロドルフォの重傷を告げた言葉であろうと思われた。

私はなぜこんなことが起ったのかわからず、叔父の肩を叩いた。

「よかった、よかった。こう見事な結末になるとは夢にも考えなかった」

カルロは私の耳もとに口をつけて大声で言った。

「それにしてもどうしてこんな結果になったのです？」私は興奮から思わず声が震えるのを押えられなかった。「ジュリアーノ殿は一度ロドルフォに突き倒されたのではありませんか？」

「ああ、私もそう思って、観念して眼をつぶった」叔父カルロは顎を引きつけるように言った。彼も興奮を何とか落着かせようとしていたのだ。「だが、次の瞬間、ジュリアーノ殿の槍が、すれ違いざま、背後からロドルフォのながくのび切った身体に打ちおろされるのが見えた。いや、見えたというより、そう感じられた。で、私はすぐジュリアーノ殿は馬の反対側に身体をかわされたのだ、と気づいたのだ」

「馬の反対側に？」

私はおどろいて訊ねた。

「ああ、こちらから見ると、馬の向う側だ。つまりロドルフォは槍先を、すれ違う直前まで控えていた。だから、前のように、槍の柄を弾ねかえすことはできなかった。それで、すれ違った瞬間に突き出された槍先を、ジュリアーノ殿は身体を伏せて避《よ》けられた。だが、それだけでは足りなかった。ジュリアーノ殿は片足を鐙にかけたまま、馬の胴のかげに、身体を斜にかくして、その槍先をかわすと、上段に構えたご自分の槍を、ロドルフォの肩口に打ちおろされたのだ」

むろん私はカルロの説明を聞いても、実感として、それがどう起ったのか、はっきり摑めなかった。ともかくジュリアーノは疾走する馬の胴にへばり付くというような軽業もどきの妙技によってロドルフォを撃ったのだ、ということが、辛うじて理解できたにすぎなかった。

ジュリアーノが面頬をあげ、人々の喝采にこたえて手をあげたとき、場内の喚声は一段と高まり、やがて「ジュリアーノ万歳」の叫びがサンタ・クローチェ広場に鳴りひびいた。

私はそのときになってはじめて中央舞台に立つシモネッタが茫然自失したようになってジュリアーノを見つめているのに気がついた。そこまでの距離が近かったら、私はそこが貴婦人席という特別席であることを忘れて駆け寄ったことであろうと思う。

六人の婦人たちが手に手に菫の花冠や、黄金の剣や、宝石を鏤めた楯を持って、それをシモネッタに渡した。シモネッタはそれを馬からおり、貴婦人席の前に跪くジュリアーノに手渡した。喚声と拍手がそのたびにサンタ・クローチェ広場にこだました。

最後にシモネッタの白いレースの衿飾りに囲まれた細っそりした顔がジュリアーノの額に近づき、それに唇が軽くさわったとき、花火が一斉にヴィオレンツァの宵空に打ちあげられ、赤、青、黄、白の輝きが菫色の夕暮を色どったのであった。

しかしその瞬間、シモネッタの身体が崩れるようにジュリアーノのほうへ倒れかかった。すでに星が一つ二つ瞬きだした宵闇のなかに、花火は次々に筒形の輝きを明滅させていた。

「パパ、なんて綺麗なの、なんて綺麗なの」

二人の娘は私にかじりつき、何かこわいものでも見るような様子で、宵空を見あげていた。

私は、後になって、いろいろの人から、シモネッタがジュリアーノにあのように激しく抱擁されたのは、彼がロドルフォを倒して、パッツィ家の人々と決定的な不和の種を播いたので、もはや妻のビアンカ・デ・パッツィの手前をはばからずに済むと考えたからであろう、と聞かされて、すくなからず驚いたものであった。いかにジュリアーノがビアンカとそりがうまく合わなくても、この瞬間に、彼がビアンカを公衆の面前で侮辱するような態度をとるなどということはありえない。それはまったく事実の誤認であった。シモネッタはジュリアーノの額に口づけしたとき、彼女は精根つきて倒れたのであり、ジュリアーノはそれを周囲に気づかせぬように抱きかかえたにすぎなかったのである。

すでに宵闇が前よりも濃くなっていた。夕空だけはまだ暮れ残り、雲に夕映えの色が染みていたが、それも足早に菫色に変っていた。広場の隅では篝火が火の粉をはじかせて赤く燃えあがり、鮮かな炎の色をなまなましく揺らせていた。

トランペットが九本の筒をそろえて高々と騎馬祭の終了を吹奏した。喚声と拍手のなかをジュリアーノに抱えられたシモネッタと六人の婦人が、ほの白い影のように退場していった。つづいてロレンツォを囲んだトマソ・ソデリーニはじめ八人の市政委員《プリオーリ》が高官や有力者たちと挨拶したり、手をあげたり、頭をふったりしながら、次々と、馬車に乗りこんだ。

観衆はトランペットの吹奏のなかをぞろぞろと出口に向って動きだしていた。私も子供の手をとり、末娘のアンナを抱いて、群衆の流れのなかにまじった。アルノ河の向う岸で打ちあげる花火が、花筒のような形できらきらと青ざめた空にのぼっては、乾いた鋭い音で鳴っていた。

「パパ、ジュリアーノ様がお勝ちになったのね？」

上の娘のマリアがそう訊ねた。この子はふだんは無口なおとなしい性格だったが、めずらしく広場の人々の興奮に酔ったようになっていた。

「ああ、お勝ちになったのだよ、見事な技でね」

私はそう答えたが、あの早業を何一つ理解できなかったことは事実だった。広場から、黒い熔岩の流れのように、篝火に照らされて、ゆっくり押し出されてゆく群衆の流れのなかで、私が耳にするのも、ジュリアーノのこの信じられぬ馬捌きについての驚きの声であった。

「正直言って私はやられたと思いましたよ」私の前にいた職人は隣の男に声高に話していた。「私は、こう、ここんところをね、ずきーんと突きあげられたような気になって、思わず眼をつぶったね。だってジュリアーノ様が馬の上にいらっしゃらないんだからね」

「そうだよ、私はね、ジュリアーノ様が魔法でぱっと隠れた、と思ったね」ひょろ長い相棒が、がくがくした首を振りながら言った。「ロドルフォ様も驚いたろうね。相手が急に消えちまったんだから」

そこで二人は笑い、また試合の様子をあれこれ反芻するように話しつづけた。

しかし何人かの人々は、落馬したロドルフォに対して市政委員《プリオーリ》も騎馬祭委員たちも何らふさわしい取扱いをしなかったと言って、非難がましい言葉を吐いていた。

「ロドルフォ様がおっ死《ち》んじまったら、どうするだね？」鍛冶職人らしい、顔に火傷のある、片眼の男が、私の背後で言った。「これあ、ただごとじゃすまねえぜ」

「なんだい、パッツィとメディチの喧嘩になるちゅうことかい？」相手は肥った陽気な感じの男だった。おそらく肉屋だったのであろう。「喧嘩は前々からちゅう話だがな」

「いや、喧嘩どころじゃねえと思うね」片眼の鍛冶屋が言った。「こりゃ、ひょっとすると、内輪もめだね」

「何だ、戦《いくさ》かや？」

「だと思うね」

「とすりゃ、お前んとこの仕事も忙しくなるちゅうこった」

「まあな、ここ五十年というもの戦はなかったからな」

「いや、戦になるかもしれんて。あれじゃロドルフォ様は可哀そうだで」

私が後を振向くと、二人は口をつぐんだ。

しかしロドルフォに対する同情は意外に強かった。彼がしばしば無法者という噂を流していたにしては、この同情は私には理解できなかったが、おそらく勝利者のジュリアーノが花冠を得ただけではなく、美しいシモネッタと相愛であるという噂に対するひそかな妬み、反発、いまいましさが、ある種の人々の底流となっていたためであろう。

　私がロドルフォの死を聞いたのは、その夜おそくであった。それはたまたま別の用事で立ち寄ってくれた父の家の執事が伝えていったのだが、私は、そのとき、ふと夕刻耳にした会話を思いだした。

　このことがメディチとパッツィの対立をいっそう深刻にすることは眼に見えていた。それを予見してか、ロレンツォはその夜のうちに弟ジュリアーノを連れてパッツィ屋敷へ弔問に出かけているのだ。叔父カルロの言葉によると、試合の結果が思わぬことになったので、メディチ家で用意された晩餐は取りやめになったということだった。

　しかしメディチを贔屓するフィオレンツァの人々は、ロドルフォ・デ・パッツィは愚かな自惚を持ったために、それを罰せられたのだ、と言っていた。彼らはこの際ジュリアーノがビアンカとの関係をはっきりさせて、シモネッタとの愛を公的なものにすべきだと主張したのである。

　私はこうした主張をプラトン・アカデミアの人々から聞いたこともあるし、新市場広場《メルカート・ヌオヴォ》の裏手の酒場にサンドロと葡萄酒を飲んでいるとき、耳にしたこともある。

たしかにこうした漠とした期待、漠とした望みは、華やかな都市《まち》の賑わいから、自然と生れているような感じがした。花行列や、少女たちの乗った山車や、無言劇や、楽隊や、町角の踊りなどは、まず何よりそれを形どった人物が、華やかなメディチの春を演じることで、はじめて意味を持つように思われたのである。

私は、こうした花の都《フィオレンツァ》の気分をのぞいて、陽気なアンジェロが即興でつくった長篇詩『騎馬祭《ジオストラ》』の輝かしい、弾むような韻律を説明することはできない。

いずれ後世に残るこの美しい詩篇について私がこの回想録のなかで語るのは、蛇足の感がなくもない。しかし私はジュリアーノの屋敷や、シモネッタのひっそりした庭園に、気が向くと出かけていって、気楽に、当意即妙の会話をして、相手を笑わせたり、楽しませたりするアンジェロの才能を、ことのほか、大切なものに思っていたし、またアンジェロがこの二人に寄せる感情は、単に学芸保護者《メケナス》に対する文学者の限度を越えていたと思えるので、なおのこと、彼の詩篇について触れておきたい気がするのである。

彼はジュリアーノが女神パラス・アテナに導かれ、美々しい試合に勝利を得るまでを、快い韻律で歌いあげたが、それは、騎馬祭のあと、熱に浮かされたようになって、七日足らずで書きあげたということだった。

「僕はね、あの日はあまりいい席に坐れなかったんだよ」ある日、アンジェロは陽気な様子で胸のポケットに手を入れ、時々道の石を蹴りながらそう言った。私たちはカレッジ別邸の裏山ぞいに、暑い日ざしを避けて歩いていた。「だから、シモネッタ様をジュリアーノ殿が強く抱擁されたのが、どうもよく見えなかったのだ。でもね、僕はうれしかったよ。みんなの前でね、パッツィの孫を打ち倒してから、シモネッタを抱いたりなさったのだからね。僕の隣にいた老人などはね、フィオレンツァは愛の都市《よち》だぞって、ずいぶんと盛んなことを叫んでいたよ。君は、しっかり見たんだろ？　二人が抱擁したのを」

私はそのときどうしても本当のことが言えなかった。「いや、シモネッタはもう力がつきていたのだ。シモネッタの愛は抱擁したり、花を投げ合ったり、踊りの輪にかこまれたりするようなものじゃない。あのひとの愛はただじっと待っている愛なのだ。喚声に湧きかえるさなかにあって、声もなく、動きもなく、自分の外に歩み出まいとひたすら耐えている、そういう愛なんだ」と、私は言うべきだったかもしれない。言うべきだったのだろう。しかしこの楽隊や踊りや行列で賑わう花の都《フィオレンツァ》の申し子のような陽気なアンジェロに、わざわざそんなことを言って何になろう。むろんそれを聞いた直後は、彼も神妙な顔をして、一言二言何か言うにちがいない。だが、それも数日のことにすぎないのだ。アンジェロには湧きたつような喜びの感情が、口をついて出る軽やかな韻律や美しい詩句とともに、押えがたく動いているのだ。彼は踏んでゆく地面も、道端の小川も、小川のほとりの木立も、木立に囀る小鳥も、すべて喜びの感情を誘い出さずにはいなかった。この意味ではアンジェロはどこかロレンツォ・デ・メディチの軽妙な陽気さに似ているところがあった。もちろんロレンツォはただそれだけの人柄ではなかったが、それでもアンジェロがロレンツォのあとについて散歩している姿を見ると、この二人は二人で、どこか瓜二つほどに似たところがあると思えてくるのだった。

私がアンジェロにあの日の本当の光景を告げなかったのは、彼は、この花の都《フィオレンツァ》のそうした華やかな姿、浮き立つ姿のために生れていて、決してその奥にあるもの、暗く不気味なもの、残忍で冷酷なもの、嫉妬と憎悪で歪んでいるもの、強暴で限度を知らぬものを透視したり、外にむきだしてみたりする役柄でないと思ったからである。

これはアンジェロに対する私の讃嘆の気持の表われでありこそすれ、彼の陽気さを浮薄なものとして軽蔑したためではない。私は、フィオレンツァこそはそういう華やかな都でなければならないと思っていた。その賑わいがつづくあいだは、何とかしてそれをつづかせる必要があると信じていた。「祭はつづけなければならない。それが真に生きることの姿だから」と私はサンドロによく言ったものであったが、私の真意はこういったものだったのである。

私がもしあのとき事の真実を話したら、あの見事な詩篇『美しきシモネッタ』が生れたであろうか。彼はシモネッタに近づいていた暗い影の存在に気がつき、よしんば同じシモネッタを歌っても、詩篇の調子は、あの甘美な古代ギリシアの、優美な軽やかさを保ち得なかったのではないだろうか。

短い時間で一気に書かれた『騎馬祭《ジオスーラ》』もすばらしかったが、詩句や韻律を彫琢した『美しきシモネッタ』は、その詩稿を見せて貰ったとき以来、私の胸に鳴り響くことをやめないのである。

私がアンジェロに誘われてシモネッタの家に出かけたのは、すでに秋に入って、庭園の小道や、石欄をめぐらした露台に、落葉が散りかけている頃であった。

シモネッタの顔色は前よりずっとよくなっているように見えた。彼女は金髪を、耳を隠すようにたっぷりと垂らして、項《うなじ》の上で束ね、細い銀線の輪を頭にはめていた。その銀の輪から垂れた翡翠《ひすい》が額の上にとまっていた。気のせいか、あるいは緑の衣裳のせいか、シモネッタにはどこか大胆な、放埒な感じが漂っていた。そしてそれが細っそりした顔や、涼しげな青い眼と、奇妙にちぐはぐな印象を与えた。

アンジェロはその頃、『美しきシモネッタ』の一章ができあがると、それをシモネッタに朗読して聞かせていたのだった。私たちは落葉に埋まる露台に面した部屋に坐った。アンジェロは赤いリボンで結んだ詩稿をひろげると、シモネッタの前で跪き、その手に口づけしてから、それを静かに読みはじめた。

「わが憧れこがれる乙女、
その姿、優しく、うるわしき。
静かにも妙なる動き、

この世ならぬ甘やかな
賢き眼ざし、水晶のごと
輝きぬ、このかぐわしき園に。
ああ、神々の静かに歩む
時の停りたる楽園よ。
想い深き白き額より
黄金なす髪、一房垂れて、
楽しき歌声に、かの人は
舞う、足軽やかに、
面伏せつつ……」

私はいまこれを筆写しながら、アンジェロの含みのある、よく響く声と、その前で、じっと首をうなだれていたシモネッタの姿とを、まざまざと思いだすのだ。

窓の外には黄葉が時おりゆっくりと影のように舞い落ちていた。遠く並木の先に、アルノ河の水面が見えていた。

アンジェロがその日の詩句を読み終えたとき、私はシモネッタの眼が潤んでいるのに気がついた。しかし彼女の顔は明るい微笑を浮べて、アンジェロの捲毛に囲まれた額に口づけすると言った。

「私はサンドロのおかげで時間にも滅びない自分の姿を残すことになったし、アンジェロ、あなたのおかげで、人々の心に、何か甘美な水晶のような清らなものになって残ることになったのね。本当の私は決してそんなものじゃないのにね」

「いいえ、シモネッタ、あなたはこの詩以上です。ここに歌われた以上ですとも。それはフェデリゴだって保証してくれます。あなたがフィオレンツァにお生れになったというのは、いまフィオレンツァが花の盛りだというのと同じことです。どちらが欠けてもそれは成りたたないんです。それはプラトンがギリシアに現われ、イエスがベトレヘムに生れたのと同じです。人にはその土地と時代に深く結びついた宿命があるんです。花の都《フィオレンツァ》はあなたを呼んでいるんです。あなたの美しさがこのメディチの春のしるしなんです」

　私は陽気な口調で話すアンジェロの言葉を聞いていた。しかし私は心のなかで「アンジェロよ、それは君自身について言えることではないか。君もまたフィオレンツァの春が呼び寄せた詩人なんだよ」とつぶやいた。

　すでに午後はおそくなり、庭園の落葉のうえに、ひんやりとした淡い影が落ち、遠く川の辺りには靄が流れだしていた。

　私はそのときシモネッタの健康状態を知る少数の一人だった。そういう私自身の眼で見ると、アンジェロがシモネッタの美しさをメディチの春の象徴だと言った言葉が、何か不安な圧迫となって私の気持にのしかかっていた。いまから見ると、シモネッタの緑の衣裳の下に動くこの大胆な、放埒な気配は、ひょっとしたら、彼女の病気がつくりだす妖しい幻影なのではなかったろうか。とまれ、その秋の午後、私はシモネッタから「今日は少しも陽気になって下さらないのね」という言葉を聞きながら、私の心を横切ったのは、このフィオレンツァの春は、いつか、本当に、過ぎさってゆくのではないか、という恐怖に似た感情だったことを思い出さずにはいられないのである。

第九章　工房の人々

I

一四七五年の騎馬祭《ジオストラ》の章を書きおえてから、実を言うと、私は一カ月ほどこの回想録の前から遠ざかっていた。多少健康上の理由はあるが、それ以上に、騎馬祭《ジオストラ》の思い出を生きたあとでは、どうにも、それにつづく日々を書きつぐのが辛く思われたからであった。私にとっては、あの頃がフィオレンツァの盛りの頂点と思われたし、サンドロも私自身も、あとで味わうような苦しみを、まだ知らなかった。もちろん思い出のなかに現われるものは、つねに誇張されていることを私は忘れているわけではない。嬉しい記憶は何から何まで明るい色彩に包まれているし、辛い回想は極端なまでに灰色の色調で満たされるものだ。しかしあの時期のフィオレンツァの賑わいのなかには、何か若々しい、張りのある、新鮮な気分があった。疲れを知らぬ、爽やかな午前の光に似た、健康な気分が流れていた。サンドロも私もそうした町々の賑わいの裏側に、暗い窓から虚ろな眼を外にむけている老人や、汗を流す十字架の奇蹟に熱狂する男女や、ヴォルテルラの奇形児の噂などの示す不気味な、陰気な臭いを感じなかったわけではない。むしろ私たちは当時の浮かれ騒ぐフィオレンツァの人々のなかでは、かなり早くから、こうした町々に漂う別種の空気に感づいていた。サンドロや私の父などが〈暗い窖《あなぐら》〉の中にずり落ちるような感じに悩んでいたのはその最もいい例であるかもしれぬ。しかしそれでも、心の底では、まさか、それがフィオレンツァの根底に大きな空洞を穿つようになる不安や焦燥の先触れであるなどと思ったことは一度もなかった。私たちはフィオレンツァの明るい花の盛りがなお十年、二十年とつづくことを信じていた。町々の賑わいはまだまだ序の口で、将来は、さらに大規模な形で、祭礼が実現されるだろうと思っていたのである。

私は、回想のなかで、そうした春の明るい盛りを生きていると、サンタ・クローチェ広場に響く喚声や、トランペットの輝くような旋律や、仮面舞踏の音楽が、いつまでも耳もとで消えずにつづいてくれたら、どんなによかったことか、と考えたのだった。妻のルクレツィアもまだ若かったし、それに上の娘マリアも、活発な、負けず嫌いの末娘のアンナもなお幼児といっていい年頃だった。娘たちもあの頃、彼女たちがその後背負ってゆく運命については何一つ知らなかった。そんな暗いかげの気配すらなかった。

私が内心の悩みを嚙みしめなければならなかったとき、この二人の娘が、家の外で、どれほど私の憂苦を深めたか、それはまた、この回想録の先のほうで触れることもあるだろう……。ともあれ、さまざまな思いが、騎馬祭《ジオストラ》の記述を終ったとき、私の心に殺到してきたのは事実である。

私はまるで時の神クロノスの力を押しとどめることができでもするかのように、この幸福な時代の回想のなかに、いつまでも立ちどまろうとしていたのだ。私は机の前を離れ、遠くから、書棚の上に分厚く重なった回想録の紙束を眺めていた。

「もし私がフィオレンツァの花の盛りで筆をとめたら、私の心のなかの花の都《フィオレンツァ》は昔のまで永遠に残るのではないだろうか」

私はそう独りごちて、自分の気持がひどく気違いじみたものに変ってゆくのをどうすることもできなかったのである。

もちろん回想録のなかの時間は止め得ても、現実の時はとどめることができない。私は十日たち二十日たつうちに、回想録を離れている苦痛に苛まれはじめた。すでに一年半のあいだ、雨の日も風の日も私は回想録のなかに生きるのが、私のこの世での生き方でもあったのだ。私に回想録がないことは、この世でも空虚になることを意味していた。

私はとうとう一カ月目に、これ以上フィオレンツァの花の盛りで筆をとめるという気違いじみた気持を我慢することができなくなった。

もともとフィオレンツァがそのように変転し、サンドロも、私も、私の家族も、その他の人々も今あるように形づくられていったのであるなら、それはもうどうにもできないことではないか。むしろそうした変転をこえて永遠に変らぬもの、時の流れの上に浮ぶ常春の島に他ならぬものを、そこに描きだすことが、真のフィオレンツァの不滅の春に生きることではないか――私はそう考えるようになったのだった。

たまたま上の娘のマリアが、昔の彼女自身とそっくりの娘を連れて私の家に寄ってゆき、思わぬ昔語りに話がはずんで私たちは夜更しをした。もちろん例の、私たちの間に傷を残した思い出には、互に、注意深く触れぬようにしていた。が、マリアの話は、私の回想録に取りかかる勇気を与えてくれた。私はいきいきと当時の気持をふたたび思いかえすことができた。

それはつい数日前のことである。私は回想録の新しい章のために、サンドロの残してくれたノートや素描類を改めて読んだり眺めたりした。

この章が当時のサンドロの周辺や私自身の回想に多く頁をとられるようなことがあるとすれば、私の胸のうちに、時の神クロノスの歩みをすこしでも押しとどめたいという気持があるためかもしれぬ。だが、時の歩みの早さをうらみつづける私たちが、それを押しとどめたからといって、それがどうして非難されることになるだろう。いや、いや、この回想録そのものが、私の身体のなかに重く蓄積した押し葉のような時間の重なりを、ゆっくりと、一枚一枚引きのばしてゆく仕事である以上、私はなお若いサンドロの上にも、当時のフィオレンツァの上にも、眼をそそぐことを、あえて自らに許したいのである。

当時のサンドロの工房《ボッテガ》は、祭礼の飾りや、ジュリアーノ・デ・メディチの布絵《コレメッソ》の旗の評判のほかに、祭壇画、とくに東方博士礼拝図や聖母子像の成功によって、ポライウオーロ親方やヴェロッキオ親方の工房《ボッテガ》と並んで、上流階級の人気を集めていた。とくにサンドロの作品を高く買っていたのは、同じ上流階級のなかでも、トルナブオーニの奥方のように古代彫刻を蒐集していたり、私の父のように古代ギリシアの詩歌や記録に熱中していたりする人々であった。当然、父が親近感を抱いていたフィチーノ先生やランディーノや帽子の下から髪のはみ出していたジェンティーレ・ベッキなどカレッジ別邸のプラトン・アカデミアに集る古典学者や詩人たちの関心は、ひたすら、サンドロにむけられていたのだ。むろん前に何度か触れたが、サンドロ自身もプラトン・アカデミアの気分や、フィチーノ先生の講義に愛着を寄せていたし、アンジェロと知り合うようになってからは、セネカやオヴィディウスやホラティウスなどラテン語で書かれた詩篇や省察録にも興味を示していた。私はアンジェロから、彼がオヴィディウスの韻文訳をサンドロに読んで聞かせたと言っているのをじかに聞いたことがある。

フィチーノ先生が上機嫌な折によく口にした言葉を借りれば、サンドロはプラトン・

アカデミアの人々が精妙な言葉と洗練された言いまわしでやることを、線描と色彩で表現していたのだ。これは彼の肖像画が、当時フィオレンツァで急に有名となり、人気を博したこととと無関係ではない。

私は、後年サンドロとよくポルティナリの邸にゆき、ブリュージュのメディチ銀行の破産の後、豪華なブラドラン屋敷を畳んで、フィオレンツァに戻ってきた当主のトマソに会った。むろんトマソ・ポルティナリを紹介してくれたのは叔父のカルロであったが、私たちの目的はトマソその人に会うことではなく、彼がブリュージュから引き揚げてきた荷物のなかに含まれていた北方画家たちの作品を見ることであった。

もちろんポルティナリ家の礼拝堂を飾る祭壇画の幾つかは、重苦しい名前を持つ北方画家の手になっていたから、私たちは、以前からイタリアの画家とはまったく異なる気分と素材と筆触による絵画の世界を知っていた。しかしフィオレンツァの忠実に物象《もの》を写そうという画風――ポライウオーロ親方の〈物から眼をそらすな〉に代表される画風から次第に遠ざかってゆくように見えたサンドロが、なぜこれほど北方画家の絵に眼をこらすのか、私にはわからなかった。色彩は私には重苦しく暗く思われたし、だいいちそこに描かれる人物の表情や姿に野卑な世俗的な気分が濃く漂っているように見えて仕方がなかったのである。

サンドロはそういう私にむかって頭を振りながら言うのであった。

「ああ、フェデリゴ、古典についてあれほど優れた感受力や寛大な理解力を持つ君が、この絵の前でそんなふうに感じるなんて、とても信じられないな。ねえ、この絵はたしかに物を精密に写したように見える。ポライウオーロ親方やヴェロッキオ親方の工房《ボッテガ》でやっている以上に物象《もの》を見つめている。だがね、フェデリゴ、この絵のなかに感じられる澄んだ、音の絶えたような、冷んやりした感触は何だと思う？　それは別に形で表わしたのでもなく、色彩で表わしたものでもない。天井も、吊り燭台も、寝台も、窓も、床石も、窓から見える遠い風景も、フィオレンツァの画工が描くように普通に描かれている。だが、この絵には、まるで画面いっぱいに冷たい水が湛えられているように澄み渡っていて、色や形がくっきりと、眼の玉を洗いでもしたように、よく見えるんだ。ね、これはなぜだろう？」

サンドロはボルティナリの長い廊下に並んでいる絵の前に立ち、腕組みをしながら、私と絵を半々に見て言った。

「それはね、フェデリゴ、この絵が、こういう澄んだ、冷たい、深々と落着いた静寂を表わそうとしているってことなんだよ。それは〈永遠の桜草の姿〉と同じく、この北の国に住む画家の見た〈永遠の姿〉なんだよ。ぼくはこれを見ながら考えたんだ。この桜草、あの桜草の中から〈永遠の桜草の姿〉を描きだす方法のことをね……。そうなんだ、北国の画家たちは物の姿を見つづけ、見つづけ、その揚句に物の姿の向う側が見えるようになったんだ。それは日々咲いて散ってゆく桜草じゃない。そういう日々の桜草の形を借りて表われている〈永遠の桜草の姿〉が、見えるようになるのと同じだ。この澄んだ深い静けさは〈永遠〉が湛えている気分なんだ。時の滅びの向うにこういう静かな澄明さがある。それを北国の画家は描いたんだ。それも日常の室内や町の人々の平凡な姿を借りてね。しかしぼくらの眼を絶えず洗ってくれるようなこの緻密な、水晶のように透明な空気はどうだろう。これこそ絵と呼ぶにふさわしいものだ。これこそ永遠を描きだした絵なんだ……」

私はいきなりはサンドロの言葉についてゆけなかったものの、そう言われてみると、ただそれらが忠実に室内風景や人物たちを模写したのではないことはよくわかった。サンドロに注意された絵の澄明な気分といったものも一度それに気がつくと、何かこちらの魂をくっきりと洗いだしてくれるように感じられるのだった。

しかしサンドロが一時は毎日のようにポルティナリの長廊下《ガレリア》に通ったのは、これら北方画家たちの肖像画を見るためだった。暗い重い響きの名前の北方画家たちは、濃い青や淡い黄を背景にした単純な構図のなかに、まるで生きた人がそこにいるように、精密な線描と色彩とで、人物像を描いているのであった。それは単にその人物がモデルに似ているというだけではなかった。たとえば私はポルティナリ夫人の家庭的な敬虔な表情を浮べた肖像画を、夫人のそばで眺めたことがあるが、そのときの奇妙な印象はいまもはっきり覚えている。私はその瞬間、絵の中からポルティナリ夫人が外に出てきて、かりに一時の用足しをしている、という気がしたのである。画面のなかのマリア・ポルティナリは金の刺繍のある筒形の帽子をかぶり、帽子の縁の毛織りの黒い長い被《おお》いが、髪をすっぽりと隠していた。広い額の下の細い弓形の眉と、優しさを湛えた内気な眼との間にある浅い窪みが、先の反った鼻や、忍耐強い感じの唇とともに、大商人の妻らしい上品な機敏な性格をよく出していた。絵の前にいる現実のポルティナリ夫人は、絵の姿より、幾分老けていたせいもあって、わざと、その絵の真似をしている人のように見えたのだった。

サンドロは前から線描に優れた腕を持っていたし、ポライウオーロやヴェロッキオ親方の工房《ボッテガ》では、肖像の素描を仕込まれていたので、彼の似顔絵の見事さはフィオレンツァでも指折り数える画家の一人だった。しかしそのサンドロがつくづくと自分の肖像画はまだ北方画家の絵に及ばないと言わせるだけのものを、たしかにそれらは持っていたのである。

「フェデリゴ、あれはただの絵じゃない。物語なんだ。それも、長い時間かけて話す物語じゃなくて、一枚の肖像によって一瞬に語る長い物語なんだ。この老人の眼を見給え。ここには老人の生涯が語られている。やさしい光があるが頑固だね。結構、古狸だよ。狡猾な、抜け目ない光り方をしている。そのくせ人懐っこいんだ。孤独な仕事に耐えていたんだね。フェデリゴ、この絵の前にいると、ぼくたちはこの老人の全生涯を見渡すまで立ち去れない気持になるね。これはすばらしいことじゃないだろうか。たった一枚の画面にその人物のすべてが表現されるなんて……」

たしかにそれはすばらしいことにはちがいなかった。だが、そう思ったとしても、誰がサンドロと同じように、思ったことを、そのまま表現できたろう。私などはただサンドロの夢中になった姿を眺め、物をつくりだす人の不可思議な心の動きをみているほかなかった。

サンドロは他の仕事の場合と同じように、そんなときにも疲れることを知らなかった。彼はポルティナリの長廊下《ガレリア》に画架を持ちこんで、二、三の肖像画を模写したことがある。彼がフィオレンツァの肖像画の気分と異なる、背景に装飾のない、簡潔明晰な人物像を描きだしたのは、こうした北方画家への熱中から醒めた一時期であった。

叔父カルロは初めてサンドロに肖像を注文した一人だが、メディチ家の礼拝堂のために描いた『博士礼拝図』以来、その他にも彼に肖像を頼む人は決して少くなかった。しかし北方画家の肖像画に触れてから、彼の描く人物像には、ある種の不思議な落着き、重厚さといったものが生れはじめた。それはジュリアーノ・デ・メディチやシモネッタのように前から何度も手がけた肖像画の場合も同様であった。彼は人物から身のまわりの装飾まで取りさって、その人物だけを単純な背景の前に置いたのである。

だが、こうしたサンドロの遣り方は、たしかに人物にすべての注意を集中できるので、人物の存在感が強くなることは事実だった。しかしそれは、人物のちょっとした性癖やら気分やらを表わす附属品、小道具をまったく剝ぎ取ることを意味していた。サンドロは人物の内部の物語を描きだすために、ただ眼鼻や、顔の形や、肌の感じを用いるほかなかった。

私が、いつだったか、そのことを訊ねると、彼はフィオレンツァの顧客たちの顔を素描した画帳をとりだし、それを私に示しながら言った。

「フェデリゴ、ここにある顔を見給え。一つとして同じ顔はないね。この顔は――これが誰だかわかるだろう。老ルチェライだ――いかにも豪放な感じだが、眼のあたりに内気な性格を表わしているね。この若者は胆汁質だね。おっとりした顔だが、眼のあたりに気難しい感じがあるね。この婦人の凜々しい感じはどうだろう。家庭のなかで万事を取りしきっている様子が眼に浮ぶね。ところが、こんなさまざまな感じを表わしているのが、ただ眼鼻立ちだけだというのは不思議なことではないだろうか。つまりね、この眼や鼻や口は、こうした感じ……表情を、表わしているんだ。ぼくらは眼の形がどうであるかを見ているんじゃなくて、その眼が表わす優しさや陰険さや内気さや思慮深さなどを見ているんだよ。でも、考えてみれば、そのことは物象《もの》を通して〈神的なもの〉が現われているのと同じではないだろうか。ぼくたちは朝の空の青さを仰ぎ見るとき、そこに見ているのは空だけじゃない。透明な空や、白い光や、澄んだ空気を通して、何かすがすがしいもの、生命に満ちたもの、いきいきしたものが現われているのを感じるんだ。ぼくが肖像を描くのは、その人を描くんじゃない。その人の外貌を〈眼をそらさずに〉写すんじゃない。そうではなくて、そこに現われている〈神的なもの〉を描いているんだ。そこに語られる長い物語を描いているのだ」

サンドロの肖像画は北方画家の作品に較べると、色彩の点で、より豊かであり、画面に漂う空気は暖かなフィオレンツァの空気であったが、人物の内面の動きがたえず外貌をこえて私たちに語りかける力の点では、極めて似かよった姿勢を感じさせたのである。

おそらくこうしたサンドロの把握力の大きさが、フィオレンツァの上流階級の人々を驚かしたのであろう。もちろんごく一般の商人階級、中流階級などで好まれたのは、サンドロの絵ではなく、ボッティチーニ親方や、父の晩餐の常連であるちびのロッセリーノ親方、またはネリッティ・ビッチ親方の工房《ボッテガ》の作品だった。しかし比較的絵画彫刻に対して口の重い叔父カルロなどもこうしたフィオレンツァ好みの、幾分口当りのいい、優美な趣味の作品には、何となない気難しい批評を口にした。

「サンドロの聖母のことをわたしの友人たちまで優美だなどというがね、それは間違っている。サンドロの絵は強い絵だ。決して女性的といったようなものじゃない。あれは、何というか、こう、浮動するもののなかから抜きとった不動な部分、といった感じの絵だ」

　私はカルロの言葉がすべてサンドロの絵を説明しているとは思わないが、しかしある大切な面を言いあてているとは思う。

　その頃、サンドロは仕事が上り坂にかかっていたといってよかったろう。彼は注文をつぎつぎとこなしていったし、そのなかには、ルチェライ家や、メディチ分家の仕事などでフィオレンツァの評判となった肖像や祭壇画も数えられた。当時、サンドロだけではなく、ヴェロッキオ親方もギルランダイヨ親方も工房《ボッテガ》に山のような仕事をかかえて、疲れもせずに、よく働いていた。彼らの工房《ボッテガ》を何かの折に覗くようなことがあると、絵具をとかしたり、カンヴァスを張ったりする新米の徒弟から、親方の代りに筆を走らせている高弟まで、狭い場所で立ったり坐ったり何か叫んだりして、夢中になって注文の絵を制作しているのだった。そのほとんどが形の一定した祭壇画だったが、なかにはトルナブオーニ家やストロッツィ家やサセッティ家のようにそれぞれの個人礼拝堂の壁画を委嘱するということもあったのだった。

　そんななかでサンドロの工房の特色を強いて拾えば、その顧客がかなり偏っていたということだったろうか。私はいまになって、サンドロがフィオレンツァを好み、終生この都市《まち》から外に出られなかったことに比例して、フィオレンツァの人々はそれほどサンドロの絵を愛していなかったのではないか、という気がする。ポライウオーロ親方もドナテルロ親方も最後にはフィオレンツァの嫉妬や、中傷や、小心や、陰険さに腹をたてて、他の都市《まち》へ出ていったのに対し、サンドロはひたすらフィオレンツァにかじりついていた。

しかしそれにもかかわらず彼がフィオレンツァからどれほどのものを得たか、私は、いまになると疑わしい気持になる。

サンドロの死後、あのように簡単に彼の絵を忘れ、愛着を示そうとしないこの都市《まち》の人々のことだから、事情は当時も変っていたとは思えない。たしかにプラトン・アカデミアの古典愛好者たちのような例外はあった。しかし都市《まち》全体から見たら、どれだけサンドロの絵が理解されていたのだろうか。

彼はボッティチーニやビッチ親方のように気楽に終日工房《ボッテガ》に腰をすえて、鼻唄まじりに絵筆を走らすということはできなかった。ポライウオーロ親方やゴッツォーリ親方のように疑うこともなく黙々と仕事をつづけることもできなかった。なるほど彼の仕事は早く、熱中すると昼も夜もなく筆を走らせた。注文の祭壇画だけでも手いっぱいの数をいつも抱えていた。

しかし時おり彼は一切を放りだして、自分の部屋にこもることがある。そんなとき、私が訪ねると、例の父マリアーノの家の屋根裏の、七人の燭台を持つ乙女の彫刻のある寝台に仰向けになって何か考えこんでいるのだった。

「ぼくはどうやら絵を描きっ放しというわけにゆかないんだね」サンドロは私の顔を見ると、上半身を起し、寝台に腰をおろしたまま言った。「どういうわけか知らないが、時どき絵を描いていても急に不安になることがある。自分が空《から》っぽになったような気になることがある。そんなとき、ぼくは工房《ボッテガ》にいても駄目なんだ。傭兵隊のベネデットが戦線を縮小するように、ぼくもここへ引きこもって、絵のことや、〈神的なもの〉のことや、〈表情〉といったものについて考えるんだ。たぶんもう大丈夫だ。また元気が戻ってきたみたいだ」

サンドロは私を安心させるために、立ちあがって、部屋のなかを行ったり来たりした。彼が工房《ボッテガ》や仕事場を逃げだすのは昔からのことであったし、何か考えつめると、昼も夜もそのことに頭を突っこんでいて、同時に絵の制作をつづけるということはできなかった。

私が見たところ、彼が自分のなかに閉じこもって、冬ごもりをする動物のようになるのは、何か周期的なリズムがあるような感じもした。そしてこうした彼の惑乱と無為とは、ピサでの壁画制作を放棄したときと同じく、彼の作風の上に、目立った変化をもたらした。おそらく彼は自分の探究をぎりぎりまで進めてみて、そこに壁が立ちはだかるように感じると、一切を放棄して、この壁を乗りこえる方法を考えるのかもしれない。その結果、サンドロがふたたび工房《ボッテガ》に姿を見せると、彼はおのずと違った画題の組立て方をするようになったのであろう。

残念ながら、この時期のサンドロの苦労がどの点に向けられていたのか、私は直接話し合って確かめたことはない。私にわかるのは、彼の絵が本能のままにまに噴出したものではなく、考えに考えぬかれたものだということだけである。一枚の何気ない肖像画でも、彼はながいこと手間どることがあった。そしてそんなとき彼は何もせず、画帳の上に形にならぬものを書きながら、一心に何かに心を奪われているのであった。

この時期にサンドロが描いたジュリアーノ・デ・メディチの肖像は、ジュリアーノ自身の気分を反映してか、いずれも憂鬱な、物思いに捉えられた表情をしている。しかしこれはサンドロの気分も幾分かは加えられているのかもしれない。騎馬祭《ジオストラ》のあった一四七五年の終りには、すでにシモネッタの病気は、誰の眼にもはっきりわかるようになっていたのだった。

私がアンジェロと訪ねたそんな日々、庭園の見える居間には、煖炉に火が燃えているだけで、人の気配はなかった。露台の向うには黒ずんだ裸木が見え、強い風がアルノ河のほうから吹きこんでは、その枝を揺らしていた。

プラトン・アカデミアでもシモネッタの病状が不安げに語られた。フィチーノ先生はシモネッタにたびたび手紙を送っていた。

「わが花の都《フィオレンツァ》には名前のとおり名花といわれる美しい聡明な婦人が少くない。しかしシモネッタのように優しさが言葉や挙措から溢れている婦人はまず見当らない。シモネッタのなかには子供がそのまま大人になったような不思議な可愛らしさがある。暖かな思いやりがある。自分の美しさにまるで気づいていないような、自然な、いきいきした感じがある。それでいて永遠の魂が地上のはかない生命を見つめているのに似た甘やかな憂愁の気分があのひとの挙措には漂っているのだ」

私が彼女の病状が思わしくないと話したとき、フィチーノ先生はそう言って深い息をついた。シモネッタの美しさを独特な感じで包んでいるこの優しさはサンドロの肖像画に濃く現われている。しかしこの時期のシモネッタ像が悲しげな放心したような表情をとっているのは、明らかにシモネッタその人の感情ではなく、サンドロの心の動きが押えようもなく流れだしていった結果であった。

シモネッタが病室に閉じこもるようになってから間もない頃と記憶しているから、おそらくその年の秋の終りか冬の初めだったと思うが、突然、サンドロが夜私の家を訪ねてきた。

「仕事中かい？」

彼は私の背後から、机の上にひろげた書物や辞書や原稿などを覗きこんで言った。

「相変らずフィチーノ先生のプラトン翻訳の手伝いだ。もっともぼくの論文も二、三仕上げた。オリゲネスの翻訳もやろうと思っている」

「大へんな忙しさだろうね」サンドロは椅子に腰をおろすと、手を両膝の間に垂らして言った。「まさか、ぼくのために一日数時間さいてもらうことはできないだろうね?」

「忙しいことは忙しいけれど」私は答えた。「君のためにさく時間は持っているつもりだよ」

「いつも頼みごとばかりで済まないけれど、こんども、ぼくの仕事の片棒をかついでもらいたいんだ。これは途方もなく難しい仕事になりそうなんだ。しかしこれだけは何としても遣りとげたい。いや、遣らないわけにゆかないんだ。たぶん君もそう感じてくれると思う」

サンドロは両膝の間に手をたらし、肩をこごめるようにして坐っていた。蠟燭の光が赤々と私たちを照らしていたが、サンドロは顔を俯《うつむ》けていたので、どんな表情をしているのか、わからなかった。

「君に困難な仕事を、ぼくが手助けなどできるだろうか」

「いや、できる。君ならできる。君しかできないと言ってもいい」

「絵の仕事なんだね?」

「絵の仕事だ。しかしそれだけじゃない」

「というと?」

「人の生死にかかわっているのだ」

「その絵がかい？」

「ああ、その絵がだ」

「どういう意味か、よくのみこめないが……」

「つまりその絵を描きあげて、生命を救いだすのだ」

「絵で生命を救う？」

「ああ、救うんだ」

「よくわからない。誰の生命をどう救うんだ？」

「誰の生命だって？」サンドロは弾かれたように顔をあげた。眼は血走り、ぎらぎら光っていた。「誰って、フェデリゴ、君は誰のことを考えていたんだい？　シモネッタのことをのぞいて誰のことを考えられるんだね？」

「じゃ、シモネッタの生命をどうやって救いだすのだ？」

「ぼくら自身を救いだすことによってだ」

「何だかよくわからない」私は頭が混乱してくるのを感じた。サンドロが謎をかけているような気がした。「もうちょっと初めからすじ道をたてて話してくれないか」

「ああ、ぼくが悪かった。話はこうだ。ぼくはシモネッタの肖像をずっと描いてきた。君も知っているように、これは昨日今日のことじゃない。ぼくは肖像画を一枚仕上げるたびに、シモネッタの美しさや若さを破壊する時間の力から、それを守り得たような気持になった。ところが、この前、シモネッタと会ったときから、ぼくの気持が急に動揺しはじめたんだ……。アンジェロと一緒にシモネッタを訪ねて以来ね……」

サンドロの話によると、二人が訪ねた日、シモネッタは病室を出て、庭園の見える居間で話したというのだった。

「もう大して疲れないから、と言ってね、ぼくらを心配させまいとしてか、元気そうに振舞っていた。よく笑ったりして……。だがね、それがシモネッタをいっそう痛々しく見せるのだ。頰のあたりが前より細っそりしてね、昔の少女時代に帰ったみたいに見えるんだ……」

シモネッタははじめてサンドロの絵のモデルになった頃のことを、しきりと懐しがっていたというのである。それをアンジェロが面白がり、根掘り葉掘り訊く。するとシモネッタは自分が疲れるのも忘れて話に夢中になっていたというのだ。

「もちろん君の話も出た。ざりがにを蠍《さそり》と間違えた話をしてアンジェロを大笑いさせた。ジュリアーノと会った夜のことも話してくれた。一つ一つがぼくには自分の思い出のようで胸が痛むような気がした。あのひとは、こうして話していると、自分がどんなに心愉しく暮してきたか、よくわかると言って、嬉しそうにするんだけれど、ぼくはだんだん気が重くなって、とてもたまらない気がしたんだ。フェデリゴ、君はわかってくれるだろう。こんな綺麗な女性《ひと》が死ぬなんてことがあってもいいのだろうか。あのひとは自分で満足し、自分の生涯や、知り合った人たちに微笑をむけている。あのひとはすべてを投げすてている。もう自分という気持もないんじゃないかと思う。でも、ぼくはあのひとが心のどこかではやはり、自分の美しさを衣裳のように脱ぎすてて、やがてこの世を去ってゆくのを、悲しんでいるのだと思うんだ。あのひとの眼のなかに浮ぶ暗い、途方に暮れたような、憂鬱な色を、ぼくは見ないわけにゆかないのだ。あのひとが放心して、窓の外に眼をむけるときなど、ぼくは見ていて、身体を切りさかれるような気持になる。なぜぼくがシモネッタに替ってやれないのだろう。なぜシモネッタとぼくは別々の身体に閉じこめられていて、自由に、影がまじり合うように、互に入れ替ることができないのだろう……そう思うとたまらなくなるんだ。君にわざわざこんなことを言う必要はないけれど、ぼくはカッターネオの奥方に会って、はじめて自分のなかで何が生きているかを理解した。そうだ、あのとき以来、ぼくが生きているんじゃなくて、カッターネオの奥方を通して現われた〈神的なもの〉がぼくのなかに生きはじめたんだ。ぼくはそれを時には野薔薇の咲く丘を越えて吹いてくる香しい風のように思ったり、夏の午後の蜜の香りに満ちた花畑のように感じたり、夕日に輝く金色の雲の連なりと見たりすることがあった。しかし〈神的なもの〉はそうしたさまざまな形となってたえずぼくのなかに生きていた。ぼくは、自分が単に〈神的なもの〉を入れる容器にすぎないと思った。ぼくは〈神的なもの〉をこの世に在らしめるために単に生きているにすぎない、と思うようになったのだ……」

サンドロはふたたび両膝の間に手をたらし、じっと顔を俯けていた。隣の部屋で末娘のアンナが何かにおびえたように泣いていた。妻がそれをなだめている声がかすかに聞えた。どこか部屋の隅で、虫が弱々しい声でとぎれとぎれに鳴いていたように思う。

「ぼくにとってその〈神的なもの〉を眼の前に現わしてくれたのがあのかただった。ぼくはながいこと――いや、いまでも、あのかたを思慕している。ぼくはそれを昔は恋であろうかと思っていたこともある。恋……たしかにそう言えなくもない。しかしそれは恋ではなかった。恋よりももっと激しいもの、もっと甘美なもの、もっと永続的なものだった。それに気がついたのは、シモネッタに会ってからだ。このことはたしか前に話したことがあったね。ぼくはシモネッタのなかに次第にカッターネオの奥方の似姿が現われてくるにつれて、〈神的なもの〉が個々の女性を越えて、まるで永遠の女性の型でもあるように現前してくるのに、恍惚とした気持を味わった。〈神的なもの〉とはある喜びの感情に似たものなんだ。そのなかに包まれると、胸が爽やかな明るさに満たされ、何か無限に仕事ができるような快活な活動力を与えられる。そこには花盛りの丘を越えてくる風の香りが満ちている。ぼくはそういう〈神的なもの〉をただ支えているにすぎないんだ。だから、それは恋じゃない。もっと不滅の、もっと大きな、もっと無慾な、高揚したものなんだ。ね、フェデリゴ、あのひとは――シモネッタはぼくにとってはそういう女性《ひと》なんだ。あのひとのなかに現われた〈神的なもの〉は不死なんだ。この世の外へ消えてはならないのだ。ぼくはそのことを描きたいんだ。いままでシモネッタの姿を聖母のなかに描いた。ダフネのなかに描いた。天使のなかに描いた。ぼくはすでにそれだけで〈神的なもの〉を不滅な形でとどめ得たと思っていた。しかしそれだけでは駄目なんだ。この〈神的なもの〉がなぜ不死なのか、なぜ永遠なのか、それを描きださなければいけないんだ。それ自体が〈神的なもの〉の現われとなる画面のなかで、〈神的なもの〉の不滅の理由を、深く、ぼくらが心底まで納得するように描きださなければならないんだ。それは〈神的なもの〉に触れながら、同時に、ぼくらが〈神的なもの〉が不滅であることを語って貰えるような絵なのだ。だから、ぼくらはその絵の前に立って、花の香りに似た甘美な喜びを感じると、同時に、その喜びのなかにいるぼくら自身が不滅であることを確信できることになる。不滅の証しは、実は、その甘美な高揚した気分なのだ。そしてまた、この喜ばしい気分を感じられないと不滅を証してくれるものも存在しないのだ……」

　私は話すにつれて次第に昂奮してくるサンドロの顔を見つめていた。たしかにサンドロが考えているような絵画があるとすれば、人間はそれだけで救済されるかもしれぬ——ふと私はそんな気がした。それは私が筆写し補註を加えているフィチーノ先生の霊魂不滅に関する省察をそのまま絵画に描きだすことになるではないか。フィチーノ先生はフィオレンツァの人々の〈暗い窖〉へずり落ちるような不安に対して、何とか自らを支える根拠を与えたいというのが、この著述の本当の動機なのだ、と私に語ったことがあったが、もしそうなら、サンドロの絵の果す役割もそれと似たものになるはずであった。

だが、フィチーノでさえ数年をかけて書きつづけ浩瀚《こうかん》な原稿の束がすでに幾つも机の上に積まれていても、なお論述を終えられぬような永遠性の観念について、わずか一枚の画面が語りつくすことができるだろうか。サンドロの願う気持は私には痛いようにわかったが、不滅とか永遠とかの証明はあくまで哲学者たちの仕事であるような気がした。

しかしサンドロは私の言葉を一応は諾《うべな》ったものの、ゆっくり首を振って言った。

「それは証明というのとは違うんだ。ぼくらが花の香りに満ちた喜びの気分を感じるとするね。早春のアルノ河沿いの散歩でもいい、夏の朝の林のなかの遠乗りでもいい。ぼくらは一瞬晴れやかな心の弾みを感じる。夕日の輝きのなかに神の都が現われているのではないかと思うことがある。ぼくはそうした陶酔感を味わわせることができればそれでいいと思うんだ。すでにそれが〈神的なもの〉の出現なのだから。しかし同時にその甘美な情感が、実は、不死を肯定したために生れているという仕組みにするのだ。つまり不死、不滅のながながしい説明ではなく、直覚的に納得できるある感じとして示すのだ。それを感じられたら、不死、不滅が肯定されたというふうにしておく……」

「それは君のような腕を持っていても困難な仕事だね」

「そうだ。困難なんて言えたものじゃない。だから、こうして君のところへやって来たんだ」

「ぼくにできることがあるだろうか。君の話を聞いただけで、ぼくなどは気おくれしてしまう。ほとんど不可能な仕事に見えてくる。目がくらくらするような感じだよ」

「それはぼくだって同じだ」サンドロはまた両膝の間に手をたらし、頭をうなだれた。

「ぼくは困難なことはよく知っている。しかしなんとかこれを描きださなければ、〈神的なもの〉の不滅を、自分自身ではっきり摑むことができない。それを摑めないときは、ぼくらはまだ不滅を自分のものにしていないのだ。ぼくらが不滅なり不死なりを自分で納得しないときは、ぼくらは真に不滅ではないんだ。真に不滅であるのは、〈神的なもの〉が不滅であることをぼくらが本当にわかったときだ。そのときぼくらは死も恐れることはない。なぜならぼくらが〈神的なもの〉として不滅であることを知っているからだ」

　サンドロはそれをシモネッタのために描こうというのだった。シモネッタは〈神的なもの〉の不滅のなかに生きている。それゆえ永遠に生きつづけてゆくのだ。彼はこの真実をシモネッタのために、そしてまた彼自身のために描こうというのだった。彼にしてみれば、それだけがシモネッタの暗い不安定な運命をこえるものであった。そしてそれを越えて、真に不滅の確信のなかに立つことこそ、救いという名に価することに見えたのである。

「だが、いったい何がぼくにできると思うね？」私が言った。「君のように完璧な腕を持っている画家に対して、ぼくの批評など何の役にもたたないんじゃないかね」

「いや、ぼくに要るのは批評なんかじゃない。ぼくの片腕になって、ぼくと一緒に物を考えてくれるひとなんだ。つまり、いまぼくが言ったことをわかってくれて、ぼくが願ったような主題やら、人物やら、挿話やら、装飾やら、暗喩やらを一緒に考えてくれる人なんだ」

「ぼくにできるだろうか？」

私はサンドロの熱中した態度に気圧されて、自分の能力がひどく疑わしいものに見えた。

「君にできるかって？　当り前じゃないか」サンドロは両手を前へ突きだして叫んだ。「はっきり言って、ぼくのことがわかるのは君だけだよ。ぼくが喋ったことをそのまま素直に理解してくれるのは、君だけだ。誓ってもいい。君をのぞいたら、ぼくには助けを頼むような人間はいない。どうか、ぼくの片棒を担いでもらいたいのだ」

私はサンドロの言葉に動かされた。たとえ私にその能力がなくても、彼のために全力を尽したいと思った。それだけがサンドロの信頼に応える道であると思ったのだ。

私たちが実際に仕事に取りかかったのは、その夜から数日後のことである。サンドロと私はまず不死、不滅、永遠といった観念を何によって表わすかで互に意見を出し合おうと決めていた。そこで私は私なりに思いつく考えを紙きれに書いてサンドロの工房《ボッテガ》に出かけた。

工房には何人かの弟子が祭壇画の下塗りをしていた。サンドロが描いた下絵に指定した色を塗ってゆく。それを最後にサンドロが仕上げてゆくのであった。しかし彼は当分、そうした仕事一切をフィリピーノやピエトロやドメニコなどの腕のいい徒弟たちに委せきりにしていた。彼の眼には、この新しい大作以外はまるで入らないように見えた。

私は工房の奥から狭い階段を上ってサンドロの部屋に通された。乱雑に紙や画布や下地板が積み上げてあるなかに、斜の写字机が置いてあった。そこにはすでに何枚かの素描が早い鵞ペンの動きで描きだされていた。

「フェデリゴ、ぼくは気が違いそうだ。あれから毎日これにかかりきりだ。何とか形をまとめなければならない。これは何としても早くシモネッタに見てもらわなければならないんだ」

「絵を依頼したのは誰なんだ？　ジュリアーノ殿かね？」

「ジュリアーノ殿の大伯父に当るピエロ殿だ」

「分家のメディチ家のだね？」

「ああ、ジュリアーノ殿の勝利に対する記念にこれを贈りたいといっているのだ」

「それじゃシモネッタとジュリアーノを主題にすることになるね」

「うん、そのことも考えた」サンドロはペンを指先でいじりながら言った。「それより、画題は何であれ、描かなければならないのは〈神的なもの〉の不滅ということなんだ」

「それだけに限って言えば、ぼくはオルフェウスの物語やヘラクレスのことを考えた。君が布絵《コンメッソ》でアテナ女神とアフロディーテを描いたように神話の衣裳を着せることも悪くないと思うんだが……」

「悪くない。だが、それではちょっとぼくの気持とずれるんだ。ぼくは〈神的なもの〉そのものを描きたい。その不滅を……何というか、花の香りに満ちた心の弾みを、そのまま描きたい……」

「花の香りか……」私はふとつぶやいた。そして前にアンジェロと一緒に読んだオヴィディウスの詩の一部を口ずさんだ。

「春来り　われ野をゆけば
西風は　まつわりつきぬ
逃げんとて　森を走れば
足早に　後より追いて
我を抱き　共寝せんとす

悲しきや　乙女なりせば
恥らいを　いま失うを
〈いな　汝《なれ》はわが花嫁ぞ
花をまき　新床《とこ》にいるなり
永遠《とこしえ》の春たのしみて〉
西風の言葉めでたし
年めぐり　心のどけく
木々青く　草また青し
わが住める野末の園は
たわわにも木の実あふれて
風そよぎ　泉流るる
わが園に花を満たして
西風は笑い言うなり
〈わが妻よ、汝はいま
花の女王ぞ〉……」

私はサンドロの叫びに思わず椅子から飛びあがった。彼の眼は異様な光に輝いていた。
「フェデリゴ、君が役に立たないなんて、よくもぬけぬけと言えたものだな」彼は笑ったり喉をひくひくさせたりして言った。「〈汝はいま花の女王ぞ〉……それなんだ。ぼくはそれが欲しかった。そうなんだ、それが主題になるんだ。神話に現われた主役の神々ではなくって、言ってみれば〈春〉という言葉のような、〈桜草〉という言葉のような、目立たない、親しみ深い存在……それでいて、それなしでは、ぼくたちはその世界に触れることのできないような、そういう存在……それが必要だったんだ。それが〈花の女王〉なんだ」

私はむしろサンドロの熱狂に驚かされた。それはたまたま記憶の底からのぼってきた詩句にすぎなかった。しかしサンドロはそうとらなかった。彼は私にその詩を紙に書かせると、何度も口のなかで読み、すぐに幾つかの人物を小さく素描帳の上に描いた。「つまり、ぼくは不滅なもの、回帰するもの、変転の上に浮んでいるものが欲しかった」サンドロは素描をつづけながら言った。「ぼくは農耕図のことを考えた。四季のめぐりのなかに現われる永遠を描こうかと思ったのだ。ここにウェルギリウスも借りてきてある。これでも読んでもらおうと思ったんだ」

彼はトルナブオーニ家から借りてきたというその革装の写本を私に示した。

「だが、もうその必要はない。いまの詩を聞いた瞬間に、ぼくはもう絵の全体が見えたような気がした。濃い緑の森のなかに、花の女神が歩いてゆくんだ。あたりに花がいちめんに撒かれている。空中にも地上にもね。そして西風《ゼフィロス》がそれをゆるやかに吹くんだ。

花の女神は、驚いたように西風を見ている……」

「なるほど西風が少女を追いかけて、花嫁にするところを描くんだね」

「うん、それを、もっと単純化して描きたいんだ。花の褥《しとね》に少女を連れてゆくような形では描かない。いや、そうじゃなくて、もっと単純に……もっと暗示的に描く……そうなんだ……絵が説明になったり、対象《もの》の模写になったりしたら終りだからね」

「緑の森だけですばらしいじゃないか」

「ああ、ぼくもそう思う。暗い森のなかにするんだ。厚く木々が背景を閉ざすんだ。ここが花の女王の舞台だから……」

「だが、どうやって不滅なものを表わすんだい？」

「それは、ぼくは農耕図と同じに表わせやしないかと思うんだ。つまりね、永遠に回帰するもの、蘇りの動きを強調するんだ……」

「農耕図の場合は春夏秋冬の四組で一つのめぐりを表わしているね、最小限……しかしこんどの絵は一枚でそれを出さなければならないんだろう？」

「そこなんだ」サンドロは素描帳に描いた人物のようなものの集りを示した。「ここに花の女神を置くね。そしてその隣に少女を描く。つまり一枚の絵に別々に描くものを、この一枚に描いてしまうんだ」

「じゃ同一人物が二つ描かれるわけだね」

「その通り」サンドロが眼を輝かした。「右の少女は西風につかまる前。左の花の女神は西風につかまってから後だ」

「とすると、もう一人、同じ女性を描くんだね……」

「ああ、絵の左端に、こう、その女を置く……花を撒き終って花籠の空になった老婆でもいい……何かそう言ったものだ……」

サンドロは素描帳の左端に、人物像というより何かまるい記号のようなものを、描いた。

「この三人の人物が、右から左へ、春の目ざめ、春の爛熟、凋落、夏への移りを表わすことになる」

「〈神的なもの〉がこの三人を通して現われるわけだね？」

「そうだ、花の女王の変貌を通してね」

「なるほど、それはいい考えだと思うけれど、かりに、こんな考え方はどうだろう？老婆なんてものじゃなくて、もっと蘇りをはっきり表わす存在――たとえば冥界と地上との間を自由に行き来するヘルメスのような神を置くなんていう……」

「フェデリゴ、そいつだよ」サンドロは椅子から飛びあがると、私の首に抱きついて、頬にたてつづけに二つも接吻して言った。

「そいつだ。それなんだ。老婆じゃいけない。いかに春の終りの象徴でもね。といって、若い女じゃ、終りの感じも、回帰の感じも出ないしね。そうだ。こいつはヘルメス以外に表現できないんだ。ヘルメス、しかも若々しい当世風のヘルメスだ。フィオレンツァの美少年がっとめるヘルメスだ……ああ、フェデリゴ、だんだん、全体が見えてくるぞ」

「ヘルメスが君の気に入るとはね」

「どうして気に入っちゃいけないんだい？　ぼくだってヘルメスの靴をはかないとは限らない。そうだ、フェデリゴ、ヘルメスの靴には目立たない羽を描きこんでおこうよ」

サンドロは素描帳に小さな靴を描き、そこに小鳥の羽のようなものを描き加えた。

「ヘルメスを君が許容するならば、だよ」私もサンドロの陽気なはしゃぎ方につられて言った。「というのは、君は神話の人物を避けようとしているので、ちょっと躊《ため》らっていたんだけれど、君の言う〈神的なもの〉とは要するに限りなく〈美しいもの〉のことだね？」

「そう言ってもいいってことは、フィチーノの弟子である君にわざわざ言う必要はないね」サンドロは陽気に素描帳にヘルメスらしい若者を素早く描きながら言った。「花の女神も〈美しいもの〉の象徴に他ならないのだ」

「それだったら、ぼくは花の女神よりも、なぜヴィーナスを登場させないのかと思うね。ヘルメスを許容するなら、君の神話世界のなかにはヴィーナスを……そう、アフロディーテを、登場させていけないという法はないよ。だってヴィーナスこそが、君のいう〈美しいもの〉の支配者だからね」

「君って奴は」サンドロは鵞ペンを放りだすと、ふたたび椅子から飛びあがって、私を抱擁した。「なんて驚いた着想の持ち主なんだ。花の女王なんかじゃない。ヴィーナスだ、アフロディーテだ。それを中心に据えなければいけない。ヴィーナスの統治……そうだ、そんな気分を永遠の春のなかで描くのだ」

私はサンドロが独り言を言い、頭を振り、心のなかの映像を見つめ、素描帳にペンを走らし、いきなり歩きだしするのを、ただじっと見ていた。彼は私がそばにいるのも忘れているようであった。何か心のなかの炎に追いたてられるように、息苦しいように鵞ペンを走らせて、人物とか花とか木の枝とか縦横の線とかを描き、不意に、それを投げだし、上半身をそらし、頭の後に両手をあてて何かを考えこんでいるのであった。

サンドロが取りくみはじめたこの『ヴィーナスの統治』という主題は、なお、その後も多くの困難を私たちの前に投げかけた。（どうか、ここで私が僭越にも「私たち」と書いたことを許していただきたい。この作品に関するかぎり私はあえてそう言いたいのである。作品の成立に私が日々立ち会っていたばかりではなく、それはいまなお私の心の一番近い場所に生きている作品だからである）

サンドロが巨大な画布にはじめて下絵を描きだしたのは、それから一カ月ほど後の、ある暖い日であった。フィオレンツァを囲む野山はなお冬枯れていたが、トスカナの空は、早春の気配を告げる淡い青さで拡がっていた。私はシモネッタの見舞いをかねて、サンドロが新たに描きはじめた大作のことを彼女に話すために、アルノ河を渡った。土手にはすでに枯芝のなかに青い草の芽がのぞいていた。明るい空を鳩が群れて飛び、大きな輪を描いてから、遠く屋根のつづく河向うへ消えていった。そしてその鳩が消えたあたりに、ブルネレスキがつくった花の聖母寺《サンタ・マリア・デル・フィオーレ》が、僧帽のように脹らんだ円屋根を、早春の光のなかに、大らかに浮ばせているのであった。

II

私はシモネッタに仕える老女から時おり病状や日々の暮らしの様子を聞いていたが、彼女の話によると、若いベルナルド・ルチェライに雇われた音楽家たちがよくシモネッタの家にきて絃楽を合奏するということだった。私はベルナルドがフィチーノ先生のもとでプラトンを学ぶかたわら、シモネッタを讃美する言葉をよく口にするのを知っていたが、彼女が家に引きこもるようになると、誰よりも先に、彼女を慰める手だてをあれこれと考え、古い修道院などで手に入れた美しい細密挿絵つきの祈禱書を贈ったりしていたのであった。そうしたベルナルドのことだから、シモネッタの気晴らしになることなら何でもしただろうが、それでも自分の楽師たちをシモネッタの家まで遣って演奏させるというような細かい思いやりに私は心を動かされたのである。

私はせめてシモネッタから呼ばれたとき、深夜だろうと早朝だろうと、すぐ彼女の家に出かけてやることぐらいしかできなかったが、そんなことでも、シモネッタは自分の境遇がいかに恵まれているか信じられないほどだ、と言っていたのだった。

「どうして先生はすぐ私のところにいらして下さるんですの?」

シモネッタは、天蓋から垂れた銀糸の刺繍のある幕を左右に開いた寝台に上半身を起し、明るい、陽気な、子供っぽい青い眼で私をじっと見つめた。

「どうしてって、あなたが私を呼んだからじゃありませんか?」

私は天蓋付き寝台のなかにいるシモネッタがまるでドナテルロ親方の彫った巧妙な透し彫りででもあるかのような気がして、思わず彼女に見とれながら、そう言った。

「それはわかっていますわ」シモネッタは可笑しそうに笑った。「私の申しあげた意味は、先生がなぜたまには私のお願いごとなど断って下さらないのか、ってことですわ。先生がお忙しいのはわかっておりますし、それに他にご用も多くていらっしゃるのに……」

「よしんばそうであっても、私は何はさておき、あなたのところに飛んでまいりますね」私は何の躊いもなく言った。「あなたは私の教え子だったたし、あなたに必要なものがまだ私の中に残っていると思えるのは教師としてこの上ない喜びだし……それに……」

私はシモネッタを見てつづけた。

「それに、昔からそうでしたが、あなたに会っていると、私の気持が不思議と活気づいてくる。何とも言えぬ嬉しさでいっぱいになりますからね」

「じゃ私が先生にお目にかかりたくなったら、これからも、いつでもきて下さいますわね？」

「いつでもきますとも」私はシモネッタを励ますように言った。「その代り、あなたも一日も早くよくならなければいけませんよ。フィエーゾレの丘でお喋りできたら、どんなにか気持が弾むだろうと思いますね」

「春になったら、きっとそうするようにいたしますわ」シモネッタはぼんやりした表情で独りごとのように言った。「もう一度、フィエーゾレの丘で桜草を摘んだり、古代劇場の跡に坐ったりいたしますわ」

私は彼女にぜひそうなってほしい、そうならなければいけないのだ、と心をこめて言ったが、シモネッタの放心した顔からは、果して彼女が本当にそう思っていたかどうか、推しはかることはできなかった。

シモネッタはごく稀ではあったが、気分のいいとき、ベルナルド・ルチェライやアンジェロなどを客間に呼んで、古代詩歌の話をしたり、亡くなったパオロ親方の絵の噂をしたり、フィオレンツァの誰かれの品定めをしたりして陽気なお喋りをたのしんでいた。アンジェロの書きつづけている『美しきシモネッタ』はすでに二百聯を越える長篇詩にふくれあがっていた。私はフィオレンツァの文学好きの人々のあいだでアンジェロのこの新作の詩が、シモネッタの噂とともに、何か神聖な話題のように話されていたのを聞いたことがある。おそらくアンジェロの朗読に立ち会った人の口から『美しきシモネッタ』の噂が流れ、それが自然とこの詩篇のまわりに神秘な気分を漂わすことになったのであろう。

しかし冬の終り頃になると、そのアンジェロでさえシモネッタと会うことができなくなった。彼女は自分が起きだせないとき、誰にも、寝室に入ることを許さなかったからである。アンジェロが詩を持ってくると、シモネッタはわざわざ老女に助けられながら、階下の客間まで下りてきたが、それもできない日、シモネッタはアンジェロに手紙で会えないことを詫びるのであった。

おそらく彼女が天蓋付き寝台に横になっているのを見たのは、私のほか、ジュリアーノとサンドロぐらいだったのではないだろうか。私とは時おりフィチーノ先生のプラトン解釈や霊魂不滅について話すこともあったが、ほとんどが昔の思い出で終始した。彼女が私に手紙を書いて、すぐきてくれと言ってくるのは、大抵の場合、彼女が一人でいる不安に耐えかねたときであった。彼女は昔馴染の私の顔を見、カッターネオの奥方の思い出や娘時代の話を口にするうち、次第に気持が晴れてくるらしかった。私自身もむずかしい話をする教師としてではなく、長い歳月をともに過した身寄りの一人として、そうした彼女の話相手となっていたのである。

前夫マルコの叔父に当るジョルジオ・ヴェスプッチにカレッジの別邸で会うようなとき、彼女の近況を訊ねるのはジョルジオのほうだった。メディチ側近の一人として、プラトン・アカデミアにもよく出入りしていたこの温厚俊敏な人物は、大きな頭をゆっくり振って「お恥しいことながら、私らはシモネッタの気持を聞くことができませんのでな」と言った。彼女がマルコ・ヴェスプッチと別居したとき、ヴェスプッチ一族が示した頑な態度をシモネッタはいっこうに許そうとはしなかったのである。

その冬の終り頃、シモネッタを訪ねることができたのは、ジュリアーノや、二、三の親しい女友達をのぞけば、サンドロと私ぐらいのものであったろう。しかし『ヴィーナスの統治』の制作がはじまってからは、例によってサンドロはほとんど工房《ボッテガ》から出ようとしなかった。私はサンドロの仕事机の上にシモネッタの顔をいろいろに素描した画帳を見かけたが、それだけの素描を仕上げるには十日、二十日の日数ではさかなかったであろう。その時期のサンドロは、シモネッタの部屋に連日通っていたにちがいない。しかし一旦制作にかかると、彼はシモネッタの存在などまるで忘れた人のように仕事をつづけた。とくに、こんどのように、主題や構図に変更や修正が多い場合、サンドロは終日仕事机に向って、数えきれぬ数の紙を、斜線や三角形や円や不定な雲形で埋めたり、破りすてたりしていた。時には、工房に雇われているモデルの娘が、サンドロの前で立ったり、腕をあげたり、身体をねじ曲げていたりして、それをサンドロが素早く素描しているようなこともあった。それはいずれも『ヴィーナスの統治』のなかに描きこむ予定の人物たちの姿態の習作であった。彼はそうした習作の必要をふだんの制作よりも頻繁に感じているらしかった。

サンドロの仕事が終ると、モデルの娘は階下の工房《ボッテガ》におりてゆき、そこでフィリピーノやドメニコと喋ったり、貸本の絵入り物語を読んだりしていた。必要に応じていつでもモデルを使えるように、サンドロは娘を工房で一日雇うことにしていたのである。フィリピーノは父親のフィリッポ親方によく似た、寄り眼気味の長い顔を娘のほうに向けて、軽口や冗談を言っては娘を笑わせていた。

私が『ヴィーナスの統治』の構図や主題や進捗ぶりを話しにシモネッタのところに出かけたのは、サンドロにすすめても、彼がいっこうに工房《ボッテガ》を離れようとしなかったからである。

「ぼくは一刻も早くこれを仕上げなければならないんだ。それなのに、まだほんの序の口に辿りついたばかりだ。先の困難さを考えると、目がくらみそうだよ」

彼は私の誘いをはっきり断ると、そう言って、どこか虚空の一点を見つめていた。私は、こういうときのサンドロは、私のことなどほとんど意識に上っていないのを知っていた。彼はまったくそうした周囲のことには上の空で、ただ制作中の画面だけが眼にうつっていたのである。

私がシモネッタを訪ねたその冬の終りかけた暖い午後、シモネッタは天蓋付き寝台を出て、隣の部屋まで姿を現わしたのだった。いつもは複雑な形に結いあげ、宝石を鏤めた簪や櫛で飾っていた金髪を、その日は解《ほど》いて、青いリボンで簡単に頭のうしろで結んでいた。そのせいか、ふだんよりずっと年齢《とし》が若く見え、どこか寛いだ、大胆な、打ちとけたなまめかしい感じが漂っていた。

「寝台を離れて大丈夫ですか？」

私はシモネッタの差しだす柔かい手をとってから訊ねた。

「ええ、ここ二、三日、午後は必ず寝台から起きることにしているんです。ずっと気分がいいんですの。昨日はジュリアーノ様とチェスを三勝負しましたわ」

「それじゃもう一息ですね。三勝負もできる気力があれば」私が言った。「どちらが勝ちましたか、その勝負は？」

「それはジュリアーノ様ですわ。三度目にはわざと負けようとなさって、へまばかりなさるんですけれど、私のほうがずっと弱いので、きっとお困りだったと思います」

「そんなことありません。ジュリアーノ殿は楽しく勝負をされたと思いますよ。勝負の愉しさは勝ち負けじゃありませんからね。ルチェライ家の楽師たちも相変らずやってきますか？」

「ええ、下の広間で演奏してくれますわ。一日おきに。私ね、うとうと半分眠りながら聞いていますの。いい気持ですわ」

「サンドロの絵の評判はお聞きでしょうね」私は彼女を煖炉に近い背の高い椅子に坐らせてから言った。「あなたに捧げる最大の作品にするのだとサンドロは考えているのです」

「ええ、ジュリアーノ様から……。ジュリアーノ様もまだご覧になってはいらっしゃらないそうですけれど……」

「まだ誰も見ていないのです。サンドロの工房《ボッテガ》の奥に置かれていますからね。しかし驚くべき絵ですよ。ご覧になったら、息がとまるような気がなさるでしょうね。画面から、冷んやりした、花の香りに満ちた風が、顔を吹いてゆくような感じを受けます。何か胸を弾ませるものがすでに濃く漂っているんです。絵はまだ構図さえはっきり決っていないんですが」

私は『ヴィーナスの統治』と名づけられた由来と主題が私たちの間で煮詰っていった経緯をシモネッタに話した。

「サンドロはこの作品で言ってみれば〈神的なもの〉そのものを描こうとしているんですよ」

「でも、いままでもサンドロの気持を捉えていたのはそのことだったんじゃありません？」

「ええ、そうですが、いままでの作品は、たとえば聖母子像とか肖像とかでした。そうした姿を通して私たちは〈神的なもの〉を感じていたんです。しかしこんどは、その絵の主題は聖母子とか肖像とかではなく〈神的なもの〉そのものなんです。〈神的なもの〉とは何か、〈神的なもの〉はどうして生れるのか、〈神的なもの〉はいかにして不滅であるか、などを絵画作品で明らかにしようというわけなんです」

「まあ、そんなことが絵でできますの？」

「それが、いまお話したような形で物語られているんです。若い乙女が花の神《フローラ》に変身してゆくところなど、私などは身体が痺れるような快い気持を感じますね。しかし同時に私は乙女と花の神《フローラ》は同一人物であることを理解します。その快い感情は、あるものから他のものに変っても、不変であることが自然とわかるのです」

「〈神的なもの〉って、サンドロの言葉で言いますと〈あの桜草、この桜草〉ではなくてそのどれにも現われている〈永遠の桜草の姿〉ということでしたわね？」

「そうです。サンドロはそう説明していますね」

「でも、本当は、私、サンドロの言うことがよくわかりませんの。先生はいま快い気持って仰有いましたけれど、〈神的なもの〉って快い気持なんですの？」

「自分の気持の動きに即して言えば、そう言えると思いますね。〈神的なもの〉に触れるとき、私たちは快い感情を味わうものだと思います」

「でも、〈神的なもの〉は永遠のはずですわ。快さなんて一瞬で消えることもあるんじゃないでしょうか？」

「〈神的なもの〉が一瞬しか現われないからといって、その不滅な姿は変るわけないでしょう。それと同じことです」

「なぜ同じなんですの？」

　私はシモネッタの明るい、子供っぽい、青い眼を見つめた。細い弓なりの眉の下に、浅い窪みになった上瞼が、物を訊ねるときの癖で、いたずらっぽい表情に大きく見開かれていた。頭の真ん中から左右にわけた金髪がたっぷりした感じで耳を覆い、耳の下のあたりでゆったりと重さを湛えるように垂れさがり、項《うなじ》の後へ流れていた。

「ちょうど月が雲に隠されるような場合、月が一瞬しか見えないからといって、月の永遠の存在を疑うでしょうか。それと同じで、〈神的なもの〉は一瞬しか現われないとしても、万物の根底に存在しているんです。万物は変転しています。生生流転しています。しかしその底にあって〈神的なもの〉は不変なんです。〈あの桜草、この桜草〉は春ごとに花が咲き、花が散ってゆきます。〈永遠の桜草の姿〉はその個々の桜草を借りて現われ出ますが、決して滅びることはないんです。〈快さ〉が〈神的なもの〉に触れて生れるとしたら、そして〈神的なもの〉が不滅だとしたら、この〈快さ〉はやはり不滅だと言わなくてはなりません」

「それはよくわかります」シモネッタが何か考えるような表情で、客間の露台の向うに見える庭園を眺めながら言った。「でも、なぜ〈快さ〉は決して永遠でも不滅でもないんですの？　いいえ、それは反対に、ごく短いのが普通ですわ」

「それは〈神的なもの〉に呼びおこされた〈快さ〉ではないからです。官能的なもの、感覚的なものが瞬間に過ぎてゆくのは当然です」

「でも、私たちは誰でも神々に較べたら瞬間的な生をしか生きられないんじゃないんでしょうか？　〈快さ〉もその意味では不滅じゃありませんわ」

「たしかにその通りです」私は強いてシモネッタの病気のことは考えないようにして言った。「人間の生が短いという意味では〈快さ〉も決して不滅なわけはありません。まして人生には不快なこと、不合理なことが満ちています。人生の大半は不愉快や無感覚の連続であるといっていいでしょう。そんななかでの〈快さ〉なんて、それがどんなに精神的なものであっても、永遠なんてことはありません。そのことは私も認めます。しかし私たちはサンドロの言うように〈あの桜草、この桜草〉に等しい存在です。私たちは実は個々の桜草なのです。春ごとに花が咲き、花が散る桜草なのです。しかし〈この桜草、あの桜草〉を通して〈永遠の桜草の姿〉が現われているように、私たちには、私たち個々人の姿を通して〈永遠の人間の姿〉とでも言うべきものが現われているのです。私たちは個々人としては短い人生を蠟燭の火のように燃えつきて過ぎてゆくでしょう。しかし私たちのなかに現われている〈永遠の人間の姿〉としては不滅なのです。〈神的なもの〉によって呼びだされる〈快さ〉は実はこの〈永遠の人間の姿〉が私たち個々人のなかから現われたことを示すのです。ですから〈快さ〉が消えたとしても、それが私たちをこえてつねに生きていることには変りがないのです」

「では、どうしたら〈快さ〉をながく保つことができますの？　いま先生が仰有った〈永遠の人間の姿〉がいつも現われているようにするためには……？」

「サンドロと私はこの点完全に意見が一致しているのですが」私はシモネッタの青い優しい眼に見入りながら言った。「私たちが万物のなかに、〈永遠不滅な姿〉を見うるようになるにしたがって、だんだんそうなってゆく、というふうに考えています」

「私たちには難しいことですわね」

「もちろん私もそう思います。ただサンドロがフィオレンツァの画家たちの好みとは反対に〈永遠の姿〉を描こうとしているのは、私たちのそうした困難を、絵画によって取りのぞけると信じているからです。サンドロの絵の前に立つと、〈快さ〉が胸に満ちわたってきますね、何とも言いようのない、甘美な、夏の午後の幸福感のような……」

「ええ、それは私も感じます」

「サンドロはこの〈快さ〉こそが〈神的なもの〉を感じている証拠だと言うんです。人々がこの〈快さ〉を知ることによって、絵画のなかだけではなく、この地上のすべてのものの奥に〈神的なもの〉があることを次第に理解するようになるのだ、とサンドロは考えているんです。絵画は〈永遠の姿〉に形どられた地上への一つの入口なんだ、と彼はよく話していましたからね」

「〈永遠の姿〉に形どられた地上……」

「ええ、サンドロはそう言っています。青空も木立も緑の草も桜草もアルノ河の水も〈永遠の姿〉を浮べているんです。私たちがただぼんやり無関心にそれを見るときは、それはただの青空、ただの木立です。それは日々に生滅する個々の物象《もの》にすぎません。しかし青空に心が躍り、嬉しさがこみあげてくるときがありますね。緑の木立が夏の日に懐しい木かげを作ってくれて、いかにも親しげに風にそよぐことがありますね。そういうとき、私たちは青空や木立を無関心に見ているのではなく、その青空、その木立を通して覗いている〈永遠の姿〉に触れているんです。ふだんは青空や木立の表面を見ているにすぎませんが、そういう心の躍るとき、私たちは表面の奥に沈んでいる〈永遠の姿〉を見出しているんです。桜草を見て心が躍るとき、私たちの前に、その桜草の奥から〈永遠の桜草の姿〉が浮びあがっているんです。私たちが何かを見て心が躍り〈快さ〉を感じ、嬉しく思うとき、つねに〈永遠の姿〉に触れているんです。その意味では、私たちの心持次第で、地上の物象《もの》のなかにたえず〈永遠の姿〉を見ることができるわけですね」

「そういう人はいつも心の躍る晴れ晴れした気持でいられるわけですのね？」シモネッタは青い眼に悲しげな表情を浮べて言った。「そうだったら、どんなにいいことでしょう。サンドロの絵を見ていても、なかなかそうなりませんもの」

「それが容易だったらサンドロがあのような苦しみを味わわずにすむでしょうからね。フィチーノ先生が日夜カレッジの別邸に閉じこもっているのも、万物のなかに〈永遠〉を不断に見ることができるようになるためだ、と言えるんですよ。だから私たちにそれが途方もなく困難だとしても当然だと思いますね」

「でも、私はそう長く待ってはいられませんもの。ぜひ〈永遠の姿〉を不断に見られるようになりたいんです」

私はシモネッタの言葉に何と答えてよいか一瞬戸惑った。しかし私の弱気を教師としての義務が押しのけた。

「シモネッタ、あなたは私にはじめて病気のことを打ち明けたときのことを覚えていますか？」

「ええ、よく覚えています」シモネッタは静かな表情に戻って言った。「私が母のところに近々参るのだと申しあげました」

「あのとき、あなたはおぞましい〈死〉にも〈神的なもの〉が現われているかとお訊きになりましたね？　そして私は〈死〉にも〈神的なもの〉が現われており、それは素晴らしいことだと申しました」

「よく覚えております」

「あのとき、あなたは自分の虚しさに静かに向き合っていると言いましたね」

「ええ、そう申したと思います」

「あのときは冬の季節の美しさについても話しましたね。私たちの結論は何だったでしょう？」

「すべてのものに〈神的なもの〉が見られるということでした」

「では、今日の結論と同じところへ辿りついたわけですね」

「ええ……」

「では、なぜそれを手放そうとなさるんです？」

「頭ではわかっていながら、実際にそう見えなくなることがあるんです。私、母のところにゆくことは何一つ恐しいとは思っていません。でも、青空を見ても木立を見ても心の躍らない日があるんですの。それが悲しいんです」

「それは、シモネッタ、あなたが青空や木立や緑の草を当り前にそこにあるものだと思っているからではありませんか。そこにあるのが当然だと思っているからではありませんか」

「ええ……おそらく……」

「もしそうだとすれば、それは誤りです。それは神々が私たちに与えてくれた恩寵の一つなんです。青空も木立も緑の草も私たちに贈られた貴重な財宝です。ごく当り前にそこに置かれたものじゃありません……」

「ああ……本当に……」シモネッタは大きく眼を見ひらいて言った。「本当にそう考えなければいけませんわ」

「これはフィチーノ先生の考えです。しかし私もそう教えられて眼を開かれたように思ったことがあります。生命も青空も季節も神々の贈り物です。私たちは本当は何一つない乏しい存在です。そうした裸の存在のくせに、このように豊かに日の光や青空や風や花々を与えられているんです。裸の存在から見たら、私たちはあり余る豊かなものに囲まれているんです。フィチーノ先生は言われました、この豊饒さの前で、神々の恩寵に眩暈を感じないでいられるだろうか、と」

「私たちは乏しい裸の存在なんですわ。そう考えなければなりませんわ、本当に」

シモネッタは視線を落し、じっと煖炉の火を見つめていた。

「こんな長話になって、さぞかしお疲れでしょう？」私は解いた金髪に耳まで覆われているシモネッタの青白い横顔を眺めた。

「私はただサンドロの絵のお話をするだけの積りでしたのに」

「いいえ、疲れるなんて……。私ね、先生からもっとこうしたお話をお訊きしたいんです。今日は、なんだか胸の閊《つか》えがとれたみたいですの。急に私ね、豊かなものに取り囲まれているような気持になりましたわ。青空や木立が本当に嬉しいような気持で眺められますの」

「そうだと私もほっとします。サンドロだって喜んでくれますよ」

「私ね、さっきまでどうしてあんなに塞《ふさ》いでいたか、わかりませんわ。なんだか晴れ晴れした気持になってきました」

「それはきっとあなたが地上の物象《もの》が好きになったからでしょう」

「地上の物象《もの》が好きになる？」

「ええ、青空や木立を無関心に見ているんじゃなくて、いまは青空や木立が好きになっているんです」

「それは本当ですわ」シモネッタの顔が急に輝きはじめた。

「不思議ですわ。昨日、ジュリアーノ様とチェスをしたとき、私は嬉しかったけれど、こんなふうに心が軽くありませんでした。でも、いまは違うんです。チェスが……チェスがあることが……それだけでとても嬉しいんです。私は病気ですのに、私がこうしているのが、とても嬉しい気持になっていますの」

「嬉しさは〈神的なもの〉に触れている証拠です。〈神的なもの〉は私たちの心に活気を与えるんです。心が活気づくとき、私たちは真に生命に目ざめているんです」

「先生、不思議ですわ。私ね、息がつまりそうなほど、沢山の素晴らしいものに囲まれているのが感じられるんです。家や、庭や、早春の気配や、青空や、遠くの光や、赤く煙っている木立や……」

私はシモネッタの顔が子供の頃のように陽気になり、いたずらっぽくなるのを見ていた。彼女は椅子から立ちあがり、露台につづく扉のほうに歩いていった。

「乏しい、裸の私たちに、こんなにあり余るものが与えられているなんて……」

シモネッタは独りごとを言ってそこに立ち庭の奥を眺めていた。並木は枝ごとに芽がふくらんでいるのであろう、赤味がかった柔かな色がぼうっと木立を包んでいた。草はすでに青々と伸びはじめ、午後の日の光をたっぷりと吸っていた。そのときシモネッタが振りかえって言った。

「先生、私ね、自分がシモネッタであるのがとても嬉しいんです。こんな気持、生れてはじめて感じました。でも、それは本当なんです。不思議なくらい仕合せな気持ですの」

シモネッタは両手を私に差しだした。私はそれをとり、彼女を寝台まで連れていった。別れるとき、彼女はしばらく泣き、私を抱擁し、サンドロによろしくと言った。私が部屋を出ようとして振りかえると、シモネッタはすでに眼を閉じていた。私は窓の厚い緞子の幕を静かに引き、部屋を暗くしてからそっと外へ出た。

私がこの日のことをよく覚えているのは、話した事柄が後になって何度も思いかえされたからであったが、もう一つには、その日が、彼女が寝台から起きることのできた最後になったからである。

私はその夜、シモネッタの家で働く老女から、彼女が激しく血を吐いたことを知らされ、即刻、彼女のところに飛んでいったのだった。シモネッタは私に気がつくと、昼と同じ調子で、自分は不思議なほど仕合せな気持でいるのだ、と言った。私は、長話が身体に無理をさせたにきまっている、あなたの教師として何という軽率なことをしたのだろう、と言って詫びると、彼女はかすかにほほ笑んで、昼は本当に元気だったのだ、その元気のあるうちに、いいお話を聞けて本当に自分は幸運だった、と言って、手を出して、私の手を求めた。

病室にいた老アグリや医師のレオーネは小声で大分落着いたからもう引きとったほうがいいだろうと言ってくれた。

私はシモネッタの手を握ったとき、何か震えのようなものが彼女の身体から私のなかに移ってくるような気がしたのだった。そのせいか、私は、ひょっとしたら、シモネッタはこのまま起きあがることはできないのではないか、という嫌な予感が走りぬけるのを感じた。

彼女の家の中庭は森閑と静まりかえり、篝火が二つ、壁の鉄輪に支えられて燃えていた。どの窓も暗く、中庭をめぐる廻廊は洞窟のように空虚だった。早春の気配はあるとはいえ、夜は寒く、星は冬さながらに凍った冷たい光で輝きながら空を埋めていた。時おりその宝石を砕いたような星の輝きのなかを、長く尾をひいて流れ去る星が見わけられた。

シモネッタの病状の悪化がサンドロにどのような変化を与えたのか、外から見たところはまったくわからなかった。彼はシモネッタの見舞にゆく様子もなかったし、相変らず工房にこもったきりだった。

私はその後サンドロから三人の美神を画面に加える計画やら、ヴィーナスの占める位置やらについて相談を受けた。その都度、私はフィチーノ先生やランディーノのような先学のところまで出かけては、私に不明な箇所をあれこれ質問した。

私は彼の画帳や習作のなかに驚くべき見事な美神たちの素描を見ていたが、サンドロはどうしてもそれでは気に入らぬというのであった。

「なるほどこれだけ切り離せばよく描けているといえるかもしれない。しかし問題は、この画面のなかで、それがどんな役割を持つかということだ。それが決りさえすれば、胸のここに響いてくる。その響きがないんだ。それが響くまで捜すほかないんだよ。しかしゆっくり捜すわけにゆかない。ぼくは昼も夜も夢中になっているんだ……」

サンドロは私がなぜ早く素描をもとにして制作に入らないかと訊ねるたびに、いらいらした口調でこう言うのであった。

私はその年の冬から春にかけて生涯で最も足繁くサンドロの工房《ボッテガ》に通った。彼に呼ばれることもあれば、フィチーノ先生のところからの帰りに立ち寄ることもあった。そんなとき私はカリマルッツォ街からカント・ディ・ヴァケレッキア街にかけて工房《ボッテガ》が並ぶ界隈を通りながら、このフィオレンツァの賑わった工房《ボッテガ》のなかで、サンドロの店だけが異様に静まりかえっているような気がした。もちろん階下の仕事場でフィリピーノやドメニコを助けて、徒弟たちが絵具をとかしたり、混ぜたり、カンヴァスを張ったり、膠《にかわ》をといたり、下絵を塗っていたりしたのである。しかし他の工房《ボッテガ》では徒弟たちは口笛を吹いたり、紙の帽子をかぶったりして気楽に仕事を進めていたのに、リンドロの工房《ボッテガ》だけは奇妙な沈黙が支配していた。一人一人が黙りこくって動いていた。何か話さなければならないとき、徒弟たちは声をひそめ、囁き声で言うのだった。

私はサンドロが決して怒鳴ったり、徒弟を叱責したりする性格でないことを知っているだけに、彼の仕事への熱中が、徒弟たちに自然とそうした挙措をとらせているのがよくわかるのだった。

ジュリアーノ・デ・メディチの馬が急に暴れだしてアルノ河に飛びこんだという話があったのもその頃だった。幸い馬は馬丁が曳いていたときだったので、ジュリアーノにも周囲の人々にも怪我はなかったが、しかしふだんは名馬の誉の高い馬が何に驚いてそのようなことをしたのか、人々はさまざまに噂した。馬はアルノ河を横切って対岸に泳ぎついたが、しばらくジュリアーノの厩舎のなかから外へ出されなかった。こうした馬の取扱いは、私などにはどこか奇異な、冷酷な印象を与えたが、おそらくメディチ家の人々がこれほどこの出来事を過敏に感じたのは、それが何か悪い報せの前兆と思われたからではなかったかと思う。

事実、その予感は、それから数日後に、サン・フレディアーノ門から駆けこんできたメディチ家専用の早馬の伝える報告によって、適中したのだった。報告はアヴィニヨンのメディチ銀行から送られてきたものだった。その報告によると、アヴィニヨン支店は巡礼手形の支払いや葡萄栽培の貸付けに焦げつきができたうえ、プロヴァンス地方の豪族の預金引上げが追い討ちをかけ、ほとんど破産寸前に追いつめられているというのだった。

私はその翌日、偶然の機会に叔父カルロに会ったが、彼はメディチ家の大番頭サセッティを囲んだ徹宵の会議から帰ったところで、顔に疲労が重く灰色の仮面のようにこびりついていた。

「前から報告は届いていたのだ」カルロは私の質問に答えて言った。「サセッティ殿も新たにトルナブオーニを送る計画だったが、それも間に合いそうもない。いや、トルナブオーニのところ自体がいま危険な状態なのだ」

「トルナブオーニのところって、ローマのメディチ商会のことですか？」

私は思わずびくっとして椅子から立ち上った。

「ま、いま説明する時期ではないだろう。ともあれ、メディチ銀行の柱がぐらぐら揺れている。ロンドン支店が閉鎖になったのは三年前だ。北ヨーロッパの明礬独占販売権を失ったのが二年前だ。そしてこんどはアヴィニヨン支店の崩壊だ。法王庁がメディチ商会に一括して委託していた巡礼手形の取扱いや、土地管理、用品購入などの管理業務一切をパッツィ家に切りかえたのが、つい一昨年のことだ。例のイモラ買収にからんで、メディチ家と法王庁が仲違いをした。それがとうとうここまで進んできたのだ」

「トルナブオーニの苦境もそのためなんですね？」

「そうだ。しかしそれにはこちらも対策を講じている。いずれ好転のきっかけが摑めるだろう。トルナブオーニをアヴィニヨンにやれなかったのは、そちらの仕事が手放せなかったからだ」

私はカルロと別れてからも、胸のあたりに重い液体が澱んでいるような気持になった。

その日、都市《まち》はちょうど聖女アグネスの祭りで白衣を着た少女たちの行列で賑わっていた。花の聖母寺《サンタ・マリア・デル・フィオーレ》の前の広場には、親たちが娘の晴れ着姿を見ようと押し寄せていた。早咲きのアネモネや水仙を手に手に少女たちは歌をうたって広場に入ってきた。先頭に立って香炉を揺らせている年かさの少女が歌の一部をうたうと、他の少女たちがそれに応えるようにして歌をつづけた。私はその列のなかに上の娘マリアと下の娘アンナの顔を見わけた。朝、家を出るとき、妻のルクレツィアから広場に出かけるように言われていたのを、私はあやうく忘れるところであった。ルクレツィアはギリシア古典にも翻訳の仕事にも一切口出しをせず、私のしたいように自由にやらせてくれたが、父親としての務めに関してはなかなか譲歩しなかった。彼女にとって家庭は神聖な日々の義務であり、それを怠ることは、どんな言訳があろうと、許されないのであった。しかしこのルクレツィアの勤勉な敬虔な態度が私の家を静かな居心地よいものにしていたのは事実であった。

そのルクレツィアが私が出かけるとき、時間と場所を念を押して教え、そこで娘たちを是非迎えてやってくれと言ったのである。しかし叔父カルロと話しているうち、私はそのことを忘れ、半ば放心して、花の聖母寺《サンタ・マリア・デル・フィオーレ》の前まで歩いてきてしまったのだった。

私は娘たちを見つけると、朝の妻の言葉を思いだし、自分ながら、少々気がおかしくなっているのではないかという気がした。私は聖女アグネスの祭りの清楚な可愛らしい気分が決して嫌いなわけではないのに、メディチ家に危難がふりかかっているこの瞬間に、このような花やかな行列が町々を練り歩くということが理解できないように思えたのである。

私は二人の娘と微笑を交し、しばらく行列に並んで歩いてから、広場を離れた。

私は法王シクストゥス四世がフィオレンツァとメディチ家に対してたえず猜疑の眼を向けつづけていたのが、これほど破局に近づいていることを知って、その事実に打ちのめされたようになっていたのだった。

叔父カルロの言い方を借りれば、フィオレンツァの平和と繁栄は、北の三角形（フィオレンツァとヴェネツィアとミラノ公国）と南の三角形（フィオレンツァと法王庁とナポリ王国）とが巧みに均衡を保っているために持続することができたのだった。それはパウルス二世までは何とか維持できた秩序であった。ロレンツォ・デ・メディチの人柄や明るい奇智に笑い興じたパウルス二世はフィオレンツァの均衡政策をむしろ喜んでいる様子さえ示した。

しかしシクストゥス四世が法王に推されてからは法王庁の空気はがらりと変った。トルナブオーニ家の夜会で当時しきりと噂されたのは、あの温厚篤学の学究の徒フランチェスコ・デラ・ロヴェーレが法王に推挙された途端、一夜にして、なぜまったく別の人間になったか、ということだった。

「私がパドヴァでお目にかかった頃は」と学問好きのベルナルド・ルチェライが言った。「フランチェスコ殿は学問以外の一切に無関心でした。神学はむろんのこと、ギリシア、ラテンの詩に打ちこんでおられました。私がティベリアヌスの写本を見せて貰ったのも、フランチェスコ殿の書庫でした」

「いや、そう仰有られると、私も思いだします」ジョヴァンニ・トルナブオーニは二重顎になった円い顔に柔和な微笑を浮べて言った。「以前、フランチェスコ・デラ・ロヴェーレと会っていた頃、あの方は週に一度断食をされ、夜なかに自分の身体を鞭で打たれるという話を聞きました。誰か側近の者の言葉だったと思います。枢機卿という高位聖職についた人間で、なお苦行を自らに課しているなどとは私には信じられなかったので、この話は忘れがたく残っていたのです。事実、あの頃、フランチェスコ・デラ・ロヴェーレは沈鬱な禁欲的な表情をしていました。あの方の周囲で、何かいまわしい話など聞くのは不可能でした。古武士のように簡素な生活をされ、学問に深く沈潜しているという印象しか残しませんでした。ところが、法王になってから会ってみますと、あんなに寡黙で沈鬱な表情をしていた人が、急に陽気なお喋りになっているのです。思慮深く敬虔だった人が突然、皮肉な、疑い深い、部屋をせかせか歩きまわる、声の大きな、尊大な人間に変っていたのです。いつも黒いマントしか着ておられなかった方が、こんどは金の刺繍のある緋のマントをひるがえしておられるのですから、正直言って、私は同じ人物に会っているという感じはしませんでした。まるで双生児《ふたご》の兄弟がいて、別々の人に会っているように思ったものでした」

　私が聞いたこういう話から推しても、シクストゥス四世がフィオレンツァの均衡政策を秩序維持の最良手段と見なすことに疑惑を抱いているらしいことは十分説明できるような気がした。学究的な枢機卿から一躍法王になりあがったフランチェスコは、まず何よりもフィオレンツァの存在自体が疑わしいものに見えたのだった。私の見るところ、シクストゥス四世は真摯な孤独な学究であったと同じその眼で、こんどは法王としてフィオレンツァの花の盛りを見たにちがいないのである。

　フィオレンツァの人々が北の三角形と南の三角形を調和させたので、都市《まち》の繁栄が保たれていると主張しても、孤独な書斎から、政務で忙殺される法王庁に引きだされた男の眼には、それは単なる表面的、儀礼的な言辞と映るほかなかったのである。私のこの意見は叔父カルロや兄なども認めてくれている。むろん私の独断もあろうが、いまから振りかえってみても、なぜシクストゥス四世があれほどフィオレンツァと事ごとに反目しようとしたのか、それをのぞくと説明しがたいのだ。

　たとえばフィオレンツァが北の三角形を巧みに調和させると、シクストゥス四世は、法王庁は、この北の三角形と、ナポリ王国の挟み撃ちになっている、というふうに感じたのだ。フィオレンツァにとっては、法王庁とナポリ王国は、それはそれで、南の三角形を作る要素の一つ一つであり、毛頭、法王庁を圧迫する意図など持ち合わせていなかったのである。

かりに、こうした法王シクストゥス四世の眼を通してフィオレンツァを見ると、イモラ領を買収するロレンツォ・デ・メディチの計画は、ただちに法王領の封じこめの策略と受け取られても仕方がなかったかもしれない。もちろん法王の誤解をとくための手段は種々とられたにちがいないと思う。

しかし一度この種の猜疑に取りつかれた人間は、それが孤独で熱狂しやすい性格であればあるほど、癒しがたい存在となってゆくものだ。このペコリレの農民上りの男は自分の血族以外は誰ひとり信用しようとはしなかった。しかし彼が甥たちに与えた信頼と権力は私などローマからの噂で耳にするにすぎぬ者にとっても、信じがたい程度のものだった。彼は甥の一人ピエトロ・リアリオを二十五歳で枢機卿に取りたてたり、もう一人の甥レオナルドをローマ知事に就任させたりしたのだ。

もちろん法王領内部で何が起ろうと、私たちフィオレンツァの人間にはどうでもいいことだったが、イモラ買収問題をきっかけに始まったシクストゥス四世の干渉は、妙に執念深い、念の入った筋書きでつづけられた。

北の三角形とナポリ王国に挟撃されていると信じた法王は、まず北の三角形の纏まりを破壊することから着手した。そのためにはフィオレンツァの望むイモラを横取りすること、それと同時にフィオレンツァの内部に対立抗争をつくりだし、フィオレンツァ自体の勢力の弱体化を計ること――この二つが法王の主要な目標となったのだった。

すでに述べたように、私たちの耳を驚かした法王によるイモラ買収、そしてその買収資金がパッツィ銀行で用立てられたという噂は、まさしくこの二つの目標を、一挙に達成しようというシクストゥス四世の執拗な、ねばっこい意図によって、はじめて説明されるものだった。

その後、法王領にあるトルファの明礬鉱の独占採掘権がメディチ家から取りあげられ、パッツィ家に与えられたこと、法王庁の管理業務が同じようにパッツィ家に移されたこと、そして目下トルナブオーニがローマで法王庁の妨害に逢いながら、メディチ銀行の業務をつづけていることなどは、いずれも法王シクストゥス四世の内部抗争策の一環として説明できたのだった。

もちろん当時、叔父カルロでさえ、これほど明確な形ですべてを説明できたわけではなく、あらゆる要素がごたごたと入り組んでいたのは事実だった。たとえばアヴィニヨンのメディチ銀行の破産は厖大な数の巡礼手形の割引が回収できなかったのが最大の原因だったが、これなどもすべてが明らかになったあとでは、法王庁の裏面工作によって一切が仕組まれていたのが判ったのであるから、結果としてはアヴィニヨンの事件もローマのメディチ銀行の窮境も同一の根から出ていたのである。しかしその頃、それは別々の出来事として私などは感じていた。一つ大波が押し寄せ、さらにもう一つ大波が押し寄せた、というふうに思っていたのである。

こうした事件が相継いだにもかかわらずフィオレンツァの賑わいはいつもの通りであった。聖女アグネスの祭りのあと、聖女ブリジッタ、聖グレゴリオなどの祭りがつづき、三月終りの復活祭の準備がすでにフィオレンツァの四地区の協議会で議題にのぼっていた。私たち学者仲間にも、サンドロの加わっている聖ルカ組合にも、演《だ》し物の下相談が持ちかけられていた。

ただ私はこうした花の都《フィオレンツァ》らしい活気のある人々の往来に同調できない自分を感じていた。むろんシモネッタの病状が春の訪れにもかかわらずいっこう好転しないということもあった。サンドロの『ヴィーナスの統治』が遅々として進まず、彼の容貌に何か狂暴な感じが加わってきたということもあった。しかし何か重苦しい気配が刻々とフィオレンツァのうえに覆いかぶさっているという印象を、私はなぜかその春人一倍強く感じていたことを、いまも思いだすのである。

私は叔父カルロから時おりメディチ側近の間で囁かれる噂をそれとなく聞かされていた。私自身はフィオレンツァの行政はおろか、近隣都市との競合にも、北南の三角形にも、まったく無智であったが、それでもカルロの話のおかげで、フィオレンツァの一般の人々より、幾分かは、政治なり軍事なりの動きを早く摑むことができたのだった。

たとえばイモラ買収事件の際にあからさまになったメディチ家とパッツィ家の反目の背後に法王シクストゥス四世がいたことなどは、当時一般には知られていない事柄だった。私は例の傴僂のトマソと会った折、法王領やナポリ王国に出入りしている彼から、そのような話を匂わされたことがあったけれども、その任務の定かでないトマソの身分や性格からいって、それはごく漠然とした内容にすぎなかった。しかし私はトマソの話し方や表情から、法王庁とフィオレンツァの関係が想像以上に複雑に入り組んでいるのを容易に推測できたのである。

たまたまパッツィ家の孫息子ロドルフォの不慮の死が呼びおこした両家の間の気まずい険悪な空気は、こうした背景を考慮に入れてみると、単に町の人々の噂していた以上に、息苦しい緊迫感があったのだった。

たしかにメディチ銀行はアヴィニコンとローマとで危機に陥っていた。ロレンツォ・デ・メディチは大番頭のサセッティに命じて、アヴィニヨンの支店を閉鎖させ、残務をリオン支店に代行させた。切りすてるべきものは切りすて、残すものは残す――そうした思い切りのいい処置をロレンツォは何の躊躇もなく果していった。カルロなどにはまるでロレンツォが他人の業務を行なっているような気がしたほど、冷静に、事もなげに、そうした決定を下していたということだった。

私は側近者の会議の模様は知らないが、しかし彼が決して無感動にメディチ銀行を閉鎖したり、資金の引き揚げを決定したりしたのではなかったのである。

それを私が証言できるのは、騎馬祭《ジオストラ》が終って半年ほどたった頃、私はカレッジ別邸に休息にきていたロレンツォと出会ったからである。彼はロドルフォ・デ・パッツィが死んでからは、何回となくパッツィ家を訪れて弔意を表していた。むろんその仲立ちになったのは義兄に当るグリエルモ・デ・パッツィだったが、しかしそうした細かい配慮があったにもかかわらず、両家の間に入った亀裂はどうにも癒しようがなかったのである。

私はロレンツォがひとりで馬をおり、青空を映している大水盤に近づき、その縁石に片足をかけ、その膝の上に置いた腕で顎を支えて、ぼんやり池水を眺めている姿を見たとき、これが、つい二年前、このカレッジの別邸でプラトンの胸像の除幕をしたロレンツォと同じ人かと眼を疑ったほどであった。

以前よりは幾らか広くなったがっしりした額の下の青い眼は、苦痛をこらえているような沈鬱な緊張感を湛えていた。鼻梁の中程で段がついて前に迫りだしている鼻と、薄い、大きな唇は、相変らず挑むような、男臭い、骨太な柔和さを感じさせたが、眉と眉の間に刻まれた皺や、そげ落ちた頬や、蒼黒い艶のない顔色からは、ロレンツォの持ち前の朗らかな、屈託ない、機敏な性格を推測することはできなかった。私は彼を見たとき、ただ彼が年をとったというだけではなく、何か魂の拷問に長いことかけられた人のような感じがしたのである。

ロレンツォは、私がフィチーノの講義を二頁分筆写するだけの時間、人水盤の水面をじっと眺めながら何か考えていた。それから別邸の正面柱廊を行ったり来たりし、しばらくして私の部屋に顔を出した。

「お邪魔ですか」

ロレンツォは親しげな、苦いような笑い方をした。私はすぐ椅子をすすめ、フィチーノ先生は正午頃には戻られるだろうと言った。

「いや、私はフィチーノに用があったわけじゃない」彼は机の上のプラトンやウェルギリウスやティベリアヌスを取りあげ、眼をこらすような、一種独特な見方で、しばらく行を追っていた。「こういうものをゆっくり学べる人たちは羨しい。私も一日あと二時間余分に時間があれば、こうした書物まで手がのばせるんだが……」

彼は太い息をついた。

「せせらぎは緑なす谷を流れぬ

　石ひかり花咲きこぼれ

黒き月桂樹《ロリエ》、緑のミルテ、

そよ風に揺れ、甘く騒ぎぬ」

ロレンツォは即興で韻文に訳しながら、眩しいような表情をした。私はそれを見ていると、なぜアンジェロの当意即妙な会話や即興の才をロレンツォが高く買っているかが納得できるような気がした。「乙女らよ、明日は明日、きょうの日を、楽しめよ」とかつて歌ったロレンツォ・デ・メディチは、彼自身、アンジェロのような軽やかな、生きいきした、楽しげな生活を望んでいたにちがいなかったのだ。トルナブオーニ家の夜会やルチェライ家の狩猟で華麗な即興詩をつくったり、婦人たちを涙が出るまで笑わせたり、男たちと剣技を戦わしたりするアンジェロのような生活を、ロレンツォも、送れるなら、送りたかったのだ。ロレンツォが息子たちの家庭教師にアンジェロを雇ったのも、そうしたひそかな願望の表われだと言えないだろうか。そしてそのアンジェロを、生真面目な妻のクラリーチェが好んでいなかったのは、彼女がアンジェロのなかに良人の弱い面を嗅ぎわけたからではなかったであろうか。

「お見事な訳だと思います」

私は思わずロレンツォの顔を見あげてそう言った。

「いや、この原詩の輝くような典雅な感じは、即興では、訳しきれない」ロレンツォはなおティベリアヌスの詩に眼をそそぎながら言った。「見事だな。花の香りや蜜の匂いが漂ってくるみたいだ。〈花の神《フローラ》の歩み、かぐわし……〉か」

彼は口のなかでなお数行韻文訳を口ずさんだが、あとは黙って詩を読んでいた。それから本を閉じると、

「花の神《フローラ》で思いだしたが、サンドロの『ヴィーナスの統治』はその後どうなっているの

かね？」

と訊ねた。

私は驚いてロレンツォの顔を見つめた。

Ⅲ

「ジュリアーノの話では、作品はほとんど仕上っているということだが……」ロレンツォは私がすすめた椅子を引きよせると、それに腰をおろし、膝を組んだ。「まだ作品を見た者はいないそうだね」

「サンドロの癖で、全体に魂を吹きこむものが見出せないとき、作品を人目にさらそうという気持にならないのです」

私はロレンツォの苦いような表情の柔和な青い眼を見て言った。

「それは当然だ。私が画家だったとしてもそうしただろうからね。しかし何でサンドロは画面が仕上っていながら、それに吹きこむ魂が見つからないのだろう？　魂がはじめにあって、それで絵が描かれてゆくものではないのかね？」

「いつものサンドロならそうだろうと思います」私が言った。「ただこんどの場合、シモネッタのことがあって、それがサンドロを苦しめているのです」

「そのことはジュリアーノからも聞いている。しかし早く仕上げてシモネッタを喜ばせることがこの際必要のようにも思うが……」

「私もそう思います。実際に私はそう彼にも言ってあります。彼だってそれは百も承知です。しかし彼が『ヴィーナスの統治』を描きだしたのは、〈美しいもの〉〈神的なもの〉の不滅を表わそうと思ったからでした。サンドロはそれを描くことでシモネッタの美しさが永遠に私たちの手に残されると信じていたのです。もちろん彼の考えは変りませんが、シモネッタの病気が重くなってきてみると、サンドロは、そうした主題にひどく物足らなく感じだしたようなのです。つまり彼は〈神的なもの〉の不滅ではなく、シモネッタの生命が不滅であることを、直接、あらわに、そこに描きださなければならないと思うようになったらしいのです。これは私がサンドロからじかに聞いたので、本当ではないかと存じます。つまりヴィーナスの主題はいつかシモネッタに変っていたのです。彼が絵を仕上げられないのはそのためじゃないでしょうか」

「構図や人物などは変更されたのかね？」ロレンツォ・デ・メディチは、がっしりした額の上に垂れてくる髪を掻きあげて言った。「もし君に時間があるなら、絵について少し話して貰えまいか」

「喜んでお話しいたします」私はそう言って、彼が『ヴィーナスの統治』という主題を思いついた経緯を話した。

「なるほどオヴィディウスが主題の中心を与えたわけなんだね」

　ロレンツォは何か考えるようにそうつぶやいた。

「画面の中央の後景にヴィーナスが白い襞の多い衣裳をつけて、小暗い森のなかに立っています」私は着想の経緯を話したあと、構図の説明をはじめた。「前景には、三人ずつ二組の人物が描かれています。右の三人はオヴィディウスをそのまま絵に写したもので、西風《ゼフィロス》が乙女に戯れかけ、乙女が花の女神《フローラ》に変身するところが描かれています」

「変身の移りゆきを描くのは困難だったろうね？」ロレンツォは私の言葉から、サンドロの画面を思いだそうとするように、青い眼を虚空にさ迷わせて言った。

「私はサンドロが心を砕くのを毎日眺めておりましたので、よくわかりましたが、本当に声を出して唸っているみたいでした。私が、まるで子供を産んでいる女みたいだと言うと、いや、俺の苦しみのほうが上だろう、なんて言っていました。この変身の移りゆきでサンドロが苦心したのは、やはり移りゆくその動きの表現だったでしょう。彼は花の女神《フローラ》が花を撒き散らして歩いてゆく姿を描きましたが、女神には花模様の、肩の豊かに脹んだ衣裳を着せました。しかし西風《ゼフィロス》の戯れる乙女は美しい裸身の透けて見える薄い軽やかな衣裳しか纏っていないのです。この乙女は花の女神《フローラ》の前身ですから、それは画面の上では、本来は消えていなければならない存在なのです」

「なるほど、一方は存在感を稀薄にし、他方はそれを濃厚にして、一方から他方へ変容が行われたことを暗示するわけだね」

「その通りです」私はサンドロと議論したときのことを思いだしながら言った。「乙女が花の女神《フローラ》にすでに変身していることを強調するため、サンドロは西風《ゼフィロス》に抱かれる乙女の口から、花が吐きだされているところを描きました。乙女は女神《フローラ》と一つに溶けていて、彼女の手は女神《フローラ》の身体のなかに、水中に手を差し込むように、入りこんでいるのです」

「それはまた思い切った工夫だね」ロレンツォは驚いて言った。「どうしてそんな表現ができたのだろう？」

「たとえば乙女ののばした手の上に、女神《フローラ》の衣裳の花模様を描くのです。すると、それは、手が花模様の下に差し込まれていることと同じ結果になります。つまり乙女の手はすでに実体を失い、影のような存在に変って、何のなかにも自由に差し込めることを暗示しているわけです」

「なるほど、うまい工夫をしたものだな」ロレンツォは片手で顎の先を支えながら言った。「それだけの表現を手に入れたのに、どうしてサンドロは思い悩むのかな？」

「おそらくオヴィディウス風の神話的気分の表現だとしたら、サンドロもそれで十分満足しただろうと思います。事実、花が咲き、散り、実をつけ、ふたたび花が咲くという四季の循環《めぐり》をサンドロは当初は描こうとしていたのです。死と復活《よみがえり》——それが彼のいう〈神的なもの〉の永遠の現存の在り方だったからです」

「まさしくフィチーノの考えだね？」ロレンツォはうなずいて言った。「私もプロティノス講義のときに、この〈永遠に一なる者〉の実在について深い感銘を受けたことがある。フィチーノはこの〈一なる者〉が様々に変化して現われる姿を、この世の現象だと説いていた」

「私も同席させて頂きました」

「サンドロはむろん講義内容を知っているわけだね？」

「ずっと私の筆記を読んでおります」

「サンドロの作品は、以前から、フィチーノの思索を絵画で表現したものだと言われていたが、こんどの絵などは疑いようがないね」

「ええ。これはいわば従来のサンドロの考えを真正面に据えて描こうという強い意図があったように思います。たとえばこの右の女神《フローラ》の変身のドラマと対《つい》になって三人の美神の輪舞が描かれているのですが、これなどは最初フィチーノ先生の講義やアルベルティ老人の『絵画論』にしたがって、アグライア、エウフロジネ、ターリアの三人の美神としたのです」

「なるほど、当世流行の三美神だね。真ん中の裸婦が後向き、両側の裸婦がこちら向きという……」

「トルナブオーニ家で最近つくられたメダイヨンの裏面にも浮彫りされておりますね」

「ジョヴァンニはだいぶ得意のようだったが……」

「実は、サンドロもこの三美神の型を借りて〈美なるもの〉の変容を表わそうとしたのです」

「アルベルティにしたがって言うと、三美神は恩恵《グラーチェ》の表現だったわけだね」

「そうです。恩恵を与える者、受ける者、感謝を返す者です」

「それを〈美なるもの〉の変容に変えたのだね？」

「そうです。サンドロは〈美〉を与える者、〈美〉を受ける者、〈美〉を返す者の三美神に変えました。〈美〉を与える者とは〈美の女神〉です。〈美〉を受ける者とは、〈美〉によって〈憧れ〉を呼びさまされた女神、つまり〈愛の女神〉です。三人目の〈美〉を返す者とは、愛を満された女神、〈快楽の女神〉です」

「なかなか三美神を巧みに変容させているように思えるが、サンドロはどこが不満なのだろう？」

「おそらく図柄全体だと思います」

「しかしそれは十分考えぬいた画面配置だろうし、〈神的なもの〉の永遠の回帰という主題から言えば申し分のない着想に思えるが……」

「私もそう思います。画面の左端にヘルメスが描かれています。中央のヴィーナスと、右の三人、左の三人、計七人の人物を纏めているのが、このヘルメスです。さっきお話しいたしましたように、ヘルメスが死であると同時に蘇りを示していて、この左への進行が、元に戻って、右端から再び始まることになるのです」

「見事な構図じゃないか。私などには、なぜサンドロがそれに不満なのか、そっちのほうがわからないな」

「いま申しあげたように神話的気分だけではサンドロの差し迫った気持を表現できないことがわかったからだと思います。サンドロはシモネッタの生命を絵によって救済しようと思っているのです。ヴィーナスではなく、シモネッタその人が不滅であるのを、この同じ〈永遠の美〉の図柄によって描きだそうと意図しているんです。そうすることによって、誰より彼自身が、シモネッタの不滅を手に入れようと躍起になっているように見えるのです」

「気持はわからなくないが、フィチーノの思索も、アンジェロの詩も、個々の事柄、あるいは特定の個人にじかに結びつくことはできない。それは〈知的なもの〉が担っているどうすることもできぬ宿命のように思えるがね」

「サンドロの苦しみはそこにあるのだと思います。彼は気が違ったようにシモネッタの生命に齧り付いているんです」

ロレンツォは何か考えるように窓の外を見て黙っていた。窓からは、柱廊をこえて、冬枯れた庭園と、庭園の奥の黒ずんだ糸杉の列が見えていた。晴れていればトスカナの平野の向うにフィオレンツァの城壁に囲まれた家々や花の聖母寺《サンタ・マリア・デル・フィオーレ》の円屋根が見えたが、その日は冬の午後の靄が灰色がかった青いヴェールで遠い風景を隠していた。

「オヴィディウス風の主題を描いていた画面と、現在の画面とでは、どんな変更が加えられているのだろう？」

ロレンツォは男臭い、骨太な顔を私にむけると、そう訊ねた。

「私も正確に申しあげることはできませんが」私は以前の画面を思い出しながら言った。「まずヴィーナスが、病床につく直前のシモネッタの姿に変えられました。ご存じのように、サンドロは、シモネッタより、シモネッタの母――カッターネオ夫人を聖母や女神のモデルにすることを好んでおりました。ヴィーナスもはじめはむしろカッターネオ夫人に似ていたように思います」

「なるほど……シモネッタその人が画面に現われたわけだね」

「そうです。もう一つ大きな変更はヘルメスの顔と姿態《ポーズ》です」

「ほほう、画面の左端に描かれたと言ったね？」

「ええ、ヴィーナスが静かに歩んでゆくその慎しやかな歩みの露払いなのですが……それが、突然……いや、数日、工房に行かなかった間に……ジュリアーノ殿の似姿に変えられていたのです」

「ジュリアーノの？」

「そうです。しかも若いヘルメス役のジュリアーノ殿は、杖で繁みのなかのレモンの実をもぎとろうとするような恰好をしているのです」

「では、サンドロは二人の恋愛をこの絵画の主題にすることに決めたのだろうか？」

「そうとも受けとれます。しかし『ヴィーナスの統治』の図柄がそのまま生きているところを見ると、ただそれだけではないように思えるのです」

「たしかにそうだ。『ヴィーナスの統治』の主題――永遠の〈美的なもの〉の現前だったね？――をシモネッタ個人の運命のなかで描きだそうというのかもしれないな」

「私はそうだと思います」私はロレンツォの想像力の動きに感嘆しながら言った。「それを証明するのは、左の三美神の息をのむような美しさです。私は、サンドロの作品でも、あのように甘美で典雅な作品を見たことがありません」

「それも変更が加えられているわけだね？」

「私ははっきりどこがどう違ったと申しあげられる自信はありませんが、前の画面のそれと異なった感じを受けるのです。いや、確かに変更は加えられています。私は一箇所しか指摘できませんが、変更は、あると思います。それは三美神の手の位置です」

「三美神は普通手を繋《つな》ぎ合っているはずだね？」

「ええ、手を繋いだり、肩に手をやったりしています。サンドロの三美神もはじめはそうでした。すでに、そのとき類ない美しさだと思いましたが、その後、手の位置に大幅な変更が加えられました。〈美の女神〉と〈憧れの女神〉は下で手を繋いでいますが〈憧れの女神〉と〈快楽の女神〉は顔の高さまで、繋いだ手を上げています。そして〈快楽の女神〉と〈美の女神〉は繋いだ手を高々と上げているのです」

「それはどういうことだろう？」

「〈美〉は〈憧れ〉に愛を呼びおこすわけですから、二人の手の位置はまだ低いでしょう。しかし〈憧れ〉は愛に目覚め、〈快楽〉のほうへじっと眼をそそいでいます。〈憧れ〉と〈快楽〉の繋ぎ合った手が顔の高さにあるのは、徐々に高まってゆく恋の情熱を示すために違いありません。〈憧れ〉の左肩、つまり〈快楽〉に向いたほうの肩からは、軽やかな薄衣がずり落ちているのも、彼女が〈快楽〉への情熱に燃えている証拠でしょう」

「〈快楽の女神〉はどんな姿に描かれているのかね？」ロレンツォはいかにも炎のような恋歌の作者らしく、好奇心に駆られて訊ねた。「きっと年上の女の姿でも借りたのじゃないかな」

「いいえ、正反対です」私は言った。「いちばん年若い、あどけない顔の女性です」

「それが〈快楽〉なのかね？」

ロレンツォは鼻梁の中程で段がついて前に迫りだしている鼻をひろげ、肉感的な、薄い、大きな唇を上下に揉むように動かした。

「そうなのです。その若い女性は、長い官能の楽しみにぐったり首を傾げ、物憂い、満ち足りた、放心したような眼《まな》ざしを見ひらいているのです」

「〈快楽〉と〈美〉とは繋いだ手を高く上げていると言ったね？」

「ええ、高々と、誇らしげに上げているのです。あたかもそうした結びつきをこれ見よがしに誇示しようとしているように、です」

「〈快楽〉の誇示というわけだね」

「愛における至上の高みは甘美な〈快楽〉であることを、サンドロは訴えたかったのだと思います。〈快楽〉が〈美〉と手を執り合って一段と高まることも示しているに違いありません」

「なんとなくサンドロの狙いがわかってくるような気がする」

「ヴィーナスの頭上に目隠しをしたキューピッドが火矢をつがえて、今にも、それを〈憧れの女神〉にむけて放とうとしている姿も描かれています」

「なるほど、サンドロはシモネッタの心に情熱が燃えあがろうとした瞬間を描こうとしているわけか？」

「私は、変更を加えられた『ヴィーナスの統治』を見ると、どうもそう思うほかないように思えるのです。シモネッタの永遠な姿はジュリアーノ殿なしには、私には考えられません。私はお二人の出会いから存じあげているので、なおさらそうなのかも知れませんが……」

私はヴェスプッチ家の仮面舞踏会の夜を思いだした。彼女はその夜私にはじめてジュリアーノを愛していたことを打ち明けたのだ。「ああ、私はつい今しがた、マルコを良人にしたんです。どうして、あと半日前に、あの方と会えなかったのでしょうか。あと半日前に会っていたら、私の運命は別のものになっていたでしょうに」シモネッタは暗いかげになった寝台に花嫁の髪飾りを押しつけて泣いていた。

マルコと別れた最初の謝肉祭の日、彼女は町の娘のように、ジュリアーノと仮面舞踏の輪のなかに入って踊っていた。私には「明日は明日、きょうの日を、楽しめよ」の歌声が聞えていたが、もうその日は彼女の健康とともに戻ることはなかったのだ。

ロレンツォ・デ・メディチはなお『ヴィーナスの統治』についてあれこれと訊ねたが、私としては、その一切が、シモネッタの不滅をまざまざと感じさせるために工夫された細部だと説明するほかなかった。

たとえばヴィーナスの背後に、小暗い森の梢が透けていて、遠い空が白く望まれたが、それは、聖母が円蓋の下に坐っている図柄に故意に似せて、半円に切りぬいてあるのだった。ヴィーナスの手も祝福を与えるように前へ差し出されていた。

私はそのことを直接サンドロに訊ねたわけではなかったが、彼がヴィーナスをシモネッタに変形させるうち、彼女の頭上に、神聖な円蓋をおのずと描かないわけにゆかなくなったに違いないのだ。私はそうした細い配慮にも彼がシモネッタの〈不死〉を画面に濃く浮び上らせようとする、激しい渇望を見る思いがしたのである……。

冬が終って、アルノ河の土手にアネモネが咲き乱れ、沼や池に沿って水仙が黄色い花を開くようになると、私たちは、シモネッタが厳しい季節を耐えしのんだことに、何か、ほっとした心の安堵を覚えたのだった。事実、老フィチーノ医師も、レオーネも口を揃えて、暖かくなりさえすればこちらのものだ、と言っていたのである。

私は娘たちがアルノの土手で摘んできたアネモネの花束を幾つか持って、彼女の病室を訪ねた。

その日は三月のはじめで、明るい日ざしが病室に流れこんでいた。窓は、医師レオーネの命令で、大きく開け放たれ、花の香りに満ちた清々しい空気が流れていた。

彼女はアネモネの赤、紫、白の花を眺めながら、フィオレンツァに住んで最も心を動かすのは、このアネモネが町に届けられる頃だと言った。

「水仙の甘い香りも好きですけれど、子供の頃、夜に、まだ寒さが残っているようなとき、窓にアネモネを置いて、町の通りを馬で通ってゆく音を聞いていると、私って、どんな生涯を送るかしらって、よく考えたものでしたわ。子供って、本当に変なことを考えますのね」

彼女はそう言って、花瓶に挿したアネモネをじっと眺めた。

「サンドロの絵も間もなくできあがります」私はシモネッタの枕もとに坐って言った。

「これは私には説明できない不思議な力を持っている絵です。サンドロの絵は多く見てきましたが、こんなのは生れてはじめてです。私は昔からあなたのことをよく知っていますから、はっきり断言できますが、この絵の前で感じる甘美な痛みに似た感じと、私たちがあなたから受ける感じとは、驚くほど似ているんです。サンドロはこの絵の仕上げに、信じられない位の努力を重ねました。それもただこの不思議な感じをなまなましく私たちに味わわせるためでした。サンドロの言葉によると、あなたは、花の香りに似た甘やかさそのものだと言うのです。比喩でも何でもなく、あなたは花の香りだ――そう言うのです。フィオレンツァが花のように咲き乱れたとき、神々が、春の息吹きとして送られたのが、あなただと言うんです。こんどの絵はサンドロのそうした思いが、ヴィーナスの優美な姿や、花の女神《フローラ》の堂々とした歩みや、三人の美神の典雅な舞姿に濃く滲みだしているのです」

「そんなふうに言って下さって、先生は、今も、私を励まそうとしていらっしゃるんですね」シモネッタは明るい、笑いを含んだ青い眼で私を見つめた。「もっと前だったら、先生がそんなこと、仰有ったら、それは身に過ぎたお言葉だと言って、きっと、途中で止めて頂いたと思います。でも、私ね、今はもうそんな気持もありませんの。だいいち、そんな元気がなくなっていますし、それに、私には、もうそんなこと、本当はどうでもいいように思えます。こんなことを申しあげて、お気を悪くなさいます？」

私は、とんでもない、気を悪くするどころか、非常に立派な高潔な気持だと思って聞いている、と言った。

「それを聞いて安心しましたわ」シモネッタの浅く窪んだ上瞼が、細い眉の下でかすかに震えた。「私ね、先生に、傲慢な思い上った女だと思われたくなかったんですの。死ぬことしかない人間が、生きることに対して関心を失って、そんなことはどうでもいいなんて頑なに思いこんでいるとすれば、それは、とても悲しいことですわ。私、そんなふうにはなりたくありませんの」

私は、どんなに間違っても、そんなふうに受けとるわけがないではないか、あなたのことなら、黙っていたって、手にとるようにわかるのだから、と言った。

「ああ、私は先生がいて下さるので、自分の好き勝手をしたのかも知れません」

「そんなことはありません。私はあなたの昔の教師にすぎませんし、あなたの自由な動きを見るのが快かったのです。それで、黙ってあなたの後をついてきたのです」

「もしそうでしたら、私は、それを神々に感謝しなければなりませんわ。私ね、自分がもし本当にそうだったなら、それをそのまま喜んで受けいれようと思っているんですの。フィオレンツァに生れたことも、フィオレンツァが花の盛りであることも、ジュリアーノに会ったことも、サンドロに沢山の絵を描いて貰ったことも、何もかも、ありのままで受けいれられるんですの。もちろんそれは私にとって身に過ぎるようなことばかりです。でも、もし他の形で、別の生涯を送らなければならないとしても、私は、今と同じように、それを受けいれられるように思うんです」

私はシモネッタの澄んだ、湖のような、静かな眼をいまもはっきりと覚えているが、そこには、大声をあげて階段を駆けおりてきた娘時代の彼女の眼も感じられれば、何か挑むような様子で遠くを見ていたマルコと別れた頃の眼ざしも残っていながら、そうした私の知っているシモネッタとはまったく別個の感じ、別個の表情が浮んでいるのだった。

私はフィチーノ先生がプロティノスの〈一なる者〉の遍在について講じられた内容を話し、シモネッタのような心境こそが、真にプラトンふうな清朗さではないか、と言ったのだ。

「フィチーノ先生はつねづね、あなたが女弟子のなかでは最も忠実に先生の教えを理解されていると言っていましたが、よく見ておられるなと思って感心しています。先生はこのフィオレンツァの春のような賑わいのなかから、私たちが、何か貴重なもの——他の時代には見ることのできぬ、独自なもの——を見出すように勧めていますが、シモネッタ、あなたはそれを見つけられましたね」

「そうでしょうか」

「そうですとも。フィチーノ先生の言われる〈一なる者〉とは、いま輝いている春の午前の太陽のような、穏やかな、静かな〈よきもの〉のことでしょう。サンドロならそれを〈神的なもの〉とか〈美しいもの〉とか言うでしょう。でも、それはいずれも同じことを言っていると私は思いますね。そしてそれは、シモネッタ、あなたが言ったこととまったく同じです。この世は〈一なる者〉〈よきもの〉が様々に形を変えて現われていて、そのどれをとっても、そこから〈一なる者〉〈よきもの〉に達することができるんです。あなたが晴ればれとして、どんな生涯も引き受けることができると思うのは、〈一なる者〉をあなたが見ているからなのですね」

　シモネッタと会うことのできたのは、医師のほか、ジュリアーノ、カッターネオ家の親戚、それに二、三の友達だけだったが、私は、彼らが心の底でシモネッタの晴ればれした表情を訝っているのを知っていた。ジュリアーノは自分が悲しみに捉われていたせいか、シモネッタの気持についてゆけない様子を示した。私は何度かシモネッタの屋敷で、彼が暗い顔をして、階段をおりてくるのに出会った。

　ジュリアーノはもともと学問や政治は自分に向いていないのだと決めてかかっているところがあった。彼は兄ロレンツォのように詩もつくらなければ、ギリシア語に熱中することもなかった。市庁舎《シニョリーア》に出かけて市政委員《プリオーリ》たちとフィオレンツァ共和国の政務を処理するなどということは、はじめから彼の頭にないように見えた。

かつてカレッジ別邸で見た柔かい捲毛のジュリアーノは、ほとんどそのまま変りなく成長したような感じだった。広い秀でた額をかすめて両側へ波打つ黒い髪は、細っそりした、面長の顔を縁どり、項《うなじ》の上まで柔かく覆っていた。私がカレッジ別邸でよく会った頃、恥しそうに内気な笑いを見せたものだったが、シモネッタの屋敷でも、彼は、つねにひ弱な静けさをその挙措のなかに感じさせた。暗褐色の、内省的な眼はいつも伏せられていたし、老コシモに似た長目の鼻は、薄い受口になった唇の上へ、どこか人間嫌いな感じで、のびていた。

私はジュリアーノが上流階級の夜会や狩猟の集りに好んで出かけたと聞いた記憶はない。むろんロレンツォの弟で、騎馬試合の勝利者だった彼が、あの頃のフィオレンツァで人気を集めなかったはずはなく、叔父カルロなども豪華な夜会を開いてジュリアーノの出席を求めていたのを私は知っている。

しかし彼は偏頭痛に悩まされているという口実で、めったにそうした集りに顔を出さなかった。彼の側近の話では、ほとんど一人で狩猟にゆくか、乗馬に熱中するか、古代貨幣の蒐集や分類に没頭しているかだったという。

それは一見すると、華やかなメディチ家の中心人物としては、いかにも禁欲的な、地味な生活態度であったが、彼は別に努めてそうしているわけではなかった。その証拠に、気持が向けば、トルナブオーニ家の夜会などにはよく顔を出し、ロレンツォと楽しそうに話しこんでいたのである。そんなとき、ジュリアーノは趣味のいい、贅を尽した衣服を着て、いかにも優雅な挙措で婦人たちの眼をひいていた。私の嫂までがジュリアーノを見ていると、もう一度若くなって、彼に見つめて貰いたいような気になる、と言っていたのだから、フィオレンツァの女性がどんな気持で彼を眺めていたか、大体のところは見当がつく。

彼は夜会にめったに姿を現わさなかったが、それかといって、夜会に来れば来たで、兄ロレンツォに似た寛いだ、朗らかな態度で話をすることができたのだった。

私は母のお伴で出ていたトルナブオーニ家の夜会で、婦人たちがジュリアーノの狩猟の話にうっとりと聞き入っているのを見たことがある。彼は身体にぴったり付いた海老茶の天鵞絨《ビロード》の胴着を着ていた。胸に二列の水晶の飾りが並び、彼が身体を動かすたびに、その二列の水晶が燭台の火を反射して、動物の眼のように、赤くきらきら光るのだった。その動作は静かで優美だったが、狩猟や乗馬に熱中しているジュリアーノの身体は、それに反して敏捷で強靭な感じを与えた。

私はそのときこの外見と内実とのまったくの相違を何か奇妙なものを見るように眺めていたことをよく覚えている。ジュリアーノは優しい物静かな外見にもかかわらず、孤独な、激しい行動欲にとり憑かれていた。彼は動物のように走り、駆け、戦い、荒い息をする以外は、ただ無言の休息があるだけだった。

彼は夜になって、シモネッタとともに眠ることは、ちょうど日が沈むと、星たちが夜空を飾るのと何ら相違がなかった。ジュリアーノのなかには、不思議な単純さがあり、それは、人の心の裏を読むのに慣れていたフィオレンツァの都市《まち》の人々には、かえって何か古代の、高貴な彫像でも見るような、崇高感と畏怖を与えていたのである。

シモネッタが病気になって以来、ジュリアーノがフィオレッタ・ゴリーニを愛するようになったことも、こうした彼の自然な単純さから理解したほうがよさそうな気がする。フィオレッタは私の遠縁に当る娘だったから、私も一、二度会ったことがある。身体のがっしりした、物に熱中しやすい、鷹揚な女だった。私は彼女がいつも木靴を穿いて歩いているような印象を受けた。素朴な、重苦しい感じをどこかに感じたためかもしれない。都市《まち》の噂によると、ジュリアーノに夢中なのは彼女のほうで、夜も日もなく彼にまつわりついているということだった。もちろん当時、私はフィオレッタと行き来はなかったので、事の真相を知ることはできなかったが、彼女の性分から言って、そういうこともあり得るかもしれぬと思った。

むろん私はジュリアーノもフィオレッタを愛していたに違いないと思う。ある意味ではシモネッタよりも、この気のいい、清潔な、健康な女性のほうが、彼の疲れ切った気持を休めるには、ふさわしい存在であったかもしれない。単なる古典学徒にすぎず、生涯を書斎で暮した私などが、恋愛の手管について述べる資格があるとは毛頭思っているのではないけれど、ジュリアーノがシモネッタに求めていたものと、フィオレッタに求めていたものとではまるで別々だったことぐらいは解るのである。古典学も畢竟するに人事の機微に通じた学問ではないだろうか。

　私がこんなことを書くのも、他ならぬジュリアーノが暗い顔をしてシモネッタの部屋から出てくるのを見るようなとき、そこに、ジュリアーノの真率な苦悩が滲み出していたことを言いたかったからである。たしかにある種の人々はジュリアーノの心変りを男のつねとして難じたし、また別の人々はそれを男のつねである故に寛大に見なそうとしていた。しかし私はジュリアーノがフィオレッタを愛したことが決してシモネッタを裏切ることだとは思えなかった。当然のことながらシモネッタの病気が、フィオレッタとの情交を深めただろうし、事実またフィオレッタはジュリアーノの子供をその翌年に産んでいるのである。にもかかわらずジュリアーノは真実シモネッタを愛していた。彼はシモネッタによってだけ与えられるこの世の幸福を知っていたし、それが彼には掛け替えのないものであることをよく理解していた。もし何かの事情でフィオレッタを見棄てなければならなかったら、ジュリアーノは喜んでそうしたに違いない。しかしシモネッタに対しては彼はまったく別個の感情を抱いていた。

　むろんジュリアーノは兄ロレンツォのように明晰に自分の心の動きを分析することは得手ではなかった。彼が無口だったのは、事実、言葉の形で理解するより、直覚的に多くのことを摑むのに優れていたからにすぎない。彼は思慮深く、その判断も的確であるのに、何かを喋る場合には、どことないぎごちなさがつきまとった。彼は動物のように敏捷に行動することができ、日々そのように暮していたが、それを一々説明するとなったら、随分と困惑したに違いない。

彼はシモネッタが彼にとって何であるかを巧みに説明はできなかったが、それだけ本能的に、彼女の病気が計り知れぬ不幸を彼の人生に投げているのを理解していた。私はジュリアーノを見ると、何か深く傷ついた獣が、その傷に気づかず、途方に暮れて遠い空を仰いでいるのを見るような、そんな気持になったものであった。

ともあれ春になってトスカナの空が青く明るく晴れ渡り、桜草が土手に花をのぞかせるようになると、医師たちの言葉もあって、私はシモネッタの病状が徐々に好転しているのではないか、という気持になった。サンドロの作品も最後の仕上げに入っていた。私はひょっとしたら、このまますべてはうまくいって、悪い夢でもみていたときのように、あとになって、今のことを笑えるようになるのではないか、などと思ったりした。

しかしそういう私に冷水をかけるように、突然、トルファの明礬採掘権がメディチ家からパッツィ家に移されるという報せが飛びこんできた。

それを聞いたのは、カレッジ別邸の傍に建てられたフィチーノの家から戻ってきたときだった。私は噂を耳にすると、すぐ新市場広場《メルカート・ヌオヴォ》の父の店に寄ってみたが、詳しいことはわからなかった。そこですぐ叔父カルロの屋敷へ出かけたのである。新市場広場《メルカート・ヌオヴォ》から古市場広場《メルカート・ヴェッキオ》へかけての道々、大勢の人々が集って、議論したり、口論したり、叫んだりしていた。都市《まち》じゅうが騒然とした感じだった。市庁舎《シニョリーア》の前には軍隊が長槍を立てて並んでいた。広場を人々が行ったり来たりしていた。

パッツィ屋敷の道は同じように軍隊が並んで交通を制限していた。そこに集っている群衆は殺気立っていて、口々に「裏切り者」と叫んでいた。

私が屋敷に着いたとき、叔父カルロはまだ帰っていなかったが、間もなく、青白い顔をした叔父が、ゆっくり階段をのぼってくる姿が眼に入った。

「噂を聞きましたが、本当なんですか？」

私はカルロの肩からマントをはずすのを手伝いながら訊ねた。

「ああ、本当だ。法王から正式に通達があった」

カルロは椅子に腰をおろすと、しばらく蹲るように背を丸め、片手の親指と人さし指とで、じっと眼もとを押えていた。

「しかしメディチ家から採掘権を取りあげておいて、それを競争相手のパッツィ家に与えるというのは、あまりに露骨な遣り方じゃありませんか。これでは、メディチ派の人々に怒るなというほうが無理な話ですよ」

「そんなことはわかっているんだ」叔父は顔をあげると、疲れた眼をしばたたいて言った。「シクストゥス四世はいよいよ気違いじみてきた感じだ。どうあってもメディチ家とパッツィ家とを反目させ、フィオレンツァのなかに対立、抗争をつくりだそうというのだ。その手はじめにアヴィニヨン銀行は閉鎖された。法王庁の管理事務はパッツィ家に移された。そしてこんどの採掘権に対する措置だ。お前の言うようにこれではメディチ家が、パッツィ家に腹を立てるのを待っているようなものだ。だから、ここでパッツィと事を構えたほうが負けとなる。フィオレンツァはあくまでこの両家の争いの外にならなければならないのだ。それが今日のメディチ側近の結論だった」

「しかしトルファの明礬がパッツィ家に独占されたら、フィオレンツァの主導権もパッツィ家が握るようになるんじゃありませんか?」私は不安になって叫んだ。

「いや、フィオレンツァの人々もばかじゃない。こうした動きを全部読んでいる。法王の手のうちなど、大部分の人が理解しているのだ。敵はパッツィ家ではない。シクストゥス四世だし、ヴェネツィア共和国の連中だ」

叔父のこうした言葉があったにもかかわらず、私は、トルファの採掘権をメディチ家が失ったことは、フィオレンツァの将来に何か暗い影となって残るのではないかという気持を拭い切れなかった。

私はその後、パッツィ家の従僕が、肩が触れたの触れないのでメディチ家の御者と斬り合いをしたとか、これに類した両家のいざこざの噂を聞いた。しかしパッツィ家からは長老のヤコポにせよ、グリエルモにせよ、メディチ家に出向いてトルファ採掘権の移譲の経緯について諒解を求めるよう努めていたのである。

　私はそのことを叔父から聞いて、問題はやはりこの際フィオレンツァ内部に何ら分裂や反目を起さないことであろうと無理にも言い聞かせた。都市《まち》に漂っている何となくぎごちない、苛立たしい気分は、それにもかかわらず感じられたからである。これは当時の私の素朴な印象だから、どこまで正確かわからないが、酒場の雑談や路傍の立話のなかにも、以前より、パッツィ家を贔屓する人が増えているような気がした。同時にメディチ家の誹謗――とくにヴェネツィア、ロンドン、アヴィニョンとつづいたメディチ銀行の破産と閉鎖、法王庁との確執、北ヨーロッパでの資産の不安定などが、このフィオレンツァ第一の名家の屋台骨を揺がしているのだ、という噂は、かなり真実味のあるものとして、人々の耳に囁かれていたのだ。

　私はむろん根拠さえあればそんな噂など言い負かしてしまいたい衝動を覚えたが、当の私自身のなかに、ひょっとしたらそれは事実なのではないか、表面が糊塗されているだけなのではないか、という危惧が生れていた。たとえばその年の謝肉祭に予定されていたメディチ家の仮面舞踏会は中止になったり、プラトン・アカデミアの図書購入に当てられる費用の支払いが繰り延べになったりしたのだ。カルロなどは、それは単にメディチ銀行の決済の手続き上の理由だし、メディチ屋敷の舞踏会の中止は、法王領からの圧力に対する新たな傭兵隊の増員に厖大な支出があったからだと説明していた。

しかし四月に入って間もなく、ローマのメディチ銀行がついに業務を停止したという報せがフィオレンツァの町々を稲妻のように走りぬけた。それはトルファの採掘権の放棄など大した影響はないのだと嘯《うそぶ》いていたメディチ派の人間にとって、駄目押しに似た一撃であった。たしかに私はその噂を聞いたとき、自分の身体がぐらぐら揺いだように思ったのを覚えている。

叔父の屋敷まで私は出かけたが、どの窓も暗く、カルロはメディチ家の会議に出ていて留守だった。私は茫然として暗いフィオレンツァの路地をぬけ、アルノ河のほうへ歩いていた。

春の月が花の聖母寺《サンタ・マリア・デル・フィオーレ》の円屋根の上にかかっていた。水仙の香りが、通りすぎてゆく窓辺の鉢から匂っていた。町角に篝火が燃え、その火影に警備員の姿が黒く浮び上っていた。鋭い鑿《のみ》で削ぎ取ったように、深く凹型にくびれこんだ暗い道が、うねりながらつづいてゆく。足音だけが左右に建物の壁の迫る細い道の遠くまで反響した。

私がアルノ河に向う小さな広場に出たとき、おぼろな月の光のなかを、誰か黒い人影が、酔ってでもいるかのように、ゆっくりと、河岸にむけて歩いているのが見えた。私はその男に背後から近づき、やがて、それを追いこした。しかし追いこした瞬間、その人影に何か気にかかるものがあって、月の光にすかして、その顔をふりかえった。それはサンドロであった。

　私は驚いて彼の手をとった。

「酔っているのかい？」

　私は訊ねた。

「酔っている？」彼はひどくぼんやりした声で答えた。「酔っているのかもしれない。酒は飲んじゃいないけれど」

「じゃ、何に酔っているんだい？　まさか月の光にたぶらかされたのと違うかい？」

「いや、そうかもしれない。今のぼくはぼくじゃないみたいな感じだからね」

　私は一瞬思いあたるものがあった。

「わかったよ、サンドロ。おめでとう。あれができ上ったんだね」

「ああ、フェデリゴ、ありがとう。とうとう仕上ったよ。これでシモネッタの生命は救われたよ。ぼくらのシモネッタはもう死ぬことはないんだ。あのひとは今静かに眠っているよ」

「君はシモネッタのところへいったのかい？」

「ああ、作品を届けてきたんだ」

「シモネッタはあの絵を見たんだね？」

「ああ、見たんだ」

「何と言った？　彼女は？」

「一言ね、美しいと言ってくれた」

「美しいって？」

「ああ、そう言ってからね、涙があのひとの眼から溢れだしてね、もう絵が涙で見えないって言うんだ」

「どんなにシモネッタは喜んだろう」

「それから、あのひとはね、世界じゅうの人間が、この絵があることを伝え聞いて、きっとフィオレンツァに集ってくるだろうって言うんだ。そしてそのとき、あのひとはね、いつも、そうした大勢の人たちのなかで生きることができると言っていた。あのひとは、ぼくにね、あなたは死ぬことが恐いと思うか、と訊くんだ。ぼくは恐くもあり恐くもない、って答えた。すると、あのひとはね、人間って、こうした〈美しいもの〉を見るためには、明日死ぬことがわかっていても、遠くへ旅立とうと思うものだ、と言うんだよ。この〈美しいもの〉が人間の心を高く打ち響かせ、死をさえ、小さな、取るに足らぬものに思わせるのだ、と言うんだよ」

　私はサンドロの言葉を自分がどこまで理解しているのかわからなかった。ただその〈死をさえ取るに足らぬものに思わせる、心を高らかに打ち鳴らすもの〉を、一刻も早く見たい思いに駆られていた。

私はサンドロに作品をいますぐ見られるだろうかと訊いた。彼は、シモネッタの家の階下に運びこんであるから、老女を起せば、見ることができるだろうと言った。シモネッタの屋敷はそこから橋を渡って、菜園などのつづく界隈を過ぎると、ほんの十数分の距離にあった。

私は老女を起すと、深夜に訪ねた理由を話した。

「シモネッタ様はついさっきもここまで下りていらしたのです」老女は燭台の火をつけると言った。「私はもう身体のことは考えていられない、そう仰有ってました」

私は燭台の火が一つ一つ点じられるにつれて、次第に闇のなかから浮びあがってくる『ヴィーナスの統治』に眺め入った。私は深夜、病人のいる屋敷に無断で侵入していることも忘れた。

いったい私の前にあるのは、絵画と呼んでいいものだろうか。それはたしかに画家サンドロの腕によって描かれた画布上の作品であった。しかし私はそこに絵がある、画面がある、という気はまったくしなかった。

私の前には、ある甘美な痺れがあるだけだった。小暗い緑の森のなかに、美しい女神たちが輪舞を踊っていた。そのゆるやかな衣の動き、薄衣を透かして見える甘やかな女神の身体の色、優美な指や足先、豊かな髪や項の線を、私はいったい見ていたのだろうか。それともその湖底にも似た静かな時の停止感のなかにひとりで溺れこんでいたのだろうか。

　むろん私は時間のたつのも知らなかった。自分が何を話したのかも知らなかった。私はただ自分の身体の奥底から、抑えがたい喜びの感情が、羽毛の群のように湧きあがってくるのを感じているだけだった。それはいかにも甘美で楽しく恍惚とした思いなので、もうこれ以上高まりようはないと思っていると、次に、私が眼を移すと、その瞬間、前よりいっそう甘美な、輝くような喜びの感情が、その果知らぬ深みから、湧きあがり、渦を巻いて、復活祭の合唱が花の聖母寺《サンタ・マリア・デル・フィオーレ》の円天井に高く高く響きのぼるように、高まりつづけてゆくのだった。

　私が物音を聞いたのは、どのくらい経ってからであったろうか。

　むろん私は音のしたほうを見る意志はなかった。ただ何気なく放心しながら、そのほうへ眼をやったのだった。

　はじめ私はそれが人影であるとは気づかなかった。

　次の瞬間、私の身体を何か驚駭の衝撃に似たものが走りぬけていった。

「シモネッタ、どうしたんです？」

　私は、階段の下に立っているシモネッタを見ると、自分がしていることも忘れて彼女のほうへ走り寄った。

「先生、シモネッタはもうこんなに元気です。サンドロが生命を与えてくれたんですの」

彼女は私に向って両手を差しのべた。それはつい今しがた『ヴィーナスの統治』の中央に、白い襞の多い衣を着て、首を右に憂鬱げに傾けているヴィーナスとそっくりであった。ちょうど鏡があって、シモネッタの姿がそのまま絵のなかに写っているような気がしたのだった。

Ⅳ

おそらくこの回想録を私の手稿のまま眼を通される読者は、この章の字体がしばしば震え、しばしば薄れているのに気づかれるであろう。父の丹念な、正確な、細かい字体で書かれた日記や帳簿や家族簿に較べると、私は、自分の字体がすでに内心の動きにあまりに左右されているのを見て、多少情ない気持がする。父マッテオなどは、商会の船がスペイン沖で難破したときにも、下の妹が赤子のうちに死んだときにも、ただそうした事実を記録し、何ら自分の感情をそこに書きこまなかったのと同じく、その字体も平静そのものであり、何の乱れも見られないのであった。

むろん父だって商会の経営が不活発になりはじめ、前から予感していた〈暗い窖《あなぐら》〉へずり落ちるような不安が現実に姿をとったかに見えるようになった当時、内心は決して穏やかではなかったであろうし、まして妹が死んだ日、その悲しみの深さは、ほとんど涙を見せたことのなかった父が書斎でひとり泣いていたことからも、容易に推測できるのである。

たしかに父の世代の人々は感情を統御することを美徳の一つに数えていたし、その仕事の進行はただ計算と事物に即した冷静な判断のうえに成りたっていた以上、感情の動きは父の生活から排除されていたのも当然だった。

にもかかわらず私はそうした毅然とした、不屈の、意志的な姿勢に、かつてのフィオレンツァの古武士的な剛直さを見るような気がしてならない。それは、自分の情に脆い、危惧逡巡に満ちた気質に較べてみるとき、フィオレンツァの華々しい春の趣を支えていた重要な要素の一つでなかったか、とさえ思うのである。日々、祭礼の行列が通りを練ってゆき、仮面舞踏や受難劇や神話劇が広場で人々を集めていた頃、そこにこうした剛直な、果断な気風が生きていた、と書けば、いかにも矛盾した表現に見えるかもしれないが、それはあくまで事実なのだ。四十年前のフィオレンツァは華麗で豪奢であったが、同時に男らしい活気に満ちていたのである。

だが、私はすでに当時から花の都《フィオレンツァ》の剛直な気風の分け前には、それほど与《あずか》っていないのを感じていた。若年の私は、そうした武骨な、肩を張った生き方より、自分の心情に忠実な、風のまにまに吹かれる自然の生き方のほうが、より人間らしいと感じていたのだ。事実、私は父のように歯を食いしばって商会の没落を支えようと努力したことも なければ、資金を見つけるために眼の色を変えて奔走したこともない。それは私の持ち分の仕事ではないと思えたし、そうした能力がないことも私にはわかっていた。それに、ここで、多少告白的な意味合いで付け加えれば、私のそうした気持には、フィオレンツァの実利を追う人々に対する優越感もまじっていたのだ。

しかしいま、フィオレンツァの町々に物悲しい黒ずんだ風が吹きぬけ、かつてあれほど賑わった広場には失業した中年男か、戦争で負傷した若い男がぼんやり佇んでいるにすぎぬ昨今のこの都市《まち》の姿を眺めるにつけ、私は、漠と、こうした父の世代の剛直な、意志的な生き方を失ったとき、花の都《フィオレンツァ》の運命が決ったのではないか、と思ったりするのだ。そして私の字体が震えたり、思わず落ちる涙とも鼻水ともつかぬものに滲んだりするのも、やがて没落してゆくこの都市《まち》の姿を描くには、ふさわしい書き方かもしれぬと思うのである。

私が感情の抑制力の衰えた老人であるということを、どうか読者は再三思い出していただきたい。自己の感情を率直に表わすことを信条としていた以上に、老年のとめどない激情が、私の手を震わせているのだ、と考えていただいたほうがいいかもしれない。

ともあれ私は、いまとなっては、この回想録のなかの時間を、これ以上停めておくことはできないのを知っている。それはいや応なく前へ進んでゆく。私の震える手を曳きずりつつ、その避けがたい一点へ——できたら永遠に引きのばしておきたい事柄へ——歩みを運んでゆく。

言うまでもなく、私はシモネッタの死について語らなければならぬときに来ているのである。この回想録のなかに見え隠れして、それに筆が及ぶとき、あんなにも私を幸福で満たし、あんなにも胸をときめかせてくれたシモネッタの姿と、私は、これっきり、別れなければならぬときが来ているのである。

私は父マッテオのあの冷静さがほしい。私は一行書いては溜息をつき、二行書いては鼻水をすすりあげているのだ……。それに私は前にどこまで書いたか、思いだせない位だ。回想録の執筆者としては何という態度であろう。しかし……私は力を奮いたてなければならぬ。私がシモネッタを愛していたなら、いまこそ、父の冷静さを呼びおこし、彼女の姿をくっきりとこの回想録の上に刻みつけておかなければならぬのではないか、サンドロが『ヴィーナスの統治』のなかに彼女の生命を不滅のものとして描いたように……。

そうだ、私は『ヴィーナスの統治』が仕上がって、シモネッタの屋敷に届けられた夜の出来事まで筆をすすめていたのだ。

思えば、あれから間もなく私たちと永遠に別れてゆかなければならなかった彼女が、どうして『ヴィーナスの統治』を見るために、夜半、もう一度、階下の広間まで下りてくることができたのであろうか。いったいどのような神秘な力が彼女の肉体を支えていたのであろうか。サンドロの絵が真に生命を彼女に吹きこむ力があったのであろうか。

それはともかく、その夜半、私が支えていたシモネッタの身体は重くしっかりした感じだったし、その喋り方にもひどく浮き浮きした、はしゃいだ調子が感じられた。

「先生、この絵のなかで私が一番感心したのは何だとお思いになります？」

シモネッタは絵の前に立つと、私を見上げるようにして言った。

「さてね」私はわざと困ったように言った。「きっとキューピッドが矢を放とうとするところかもしれませんね」

「そんなこと、ジェノヴァにいた頃に卒業しましたわ」彼女は子供っぽく笑って言った。「ね、先生、絵の左端をよくごらんになって下さい。ジュリアーノそっくりのヘルメスがおりますわね？」

「ええ、いますね」

「ヘルメスが触っているのは何だとお思いになります？」

「触っている？」

「ええ、ヘルメスが杖の先で……」

私は花の女神《フローラ》や三美神を先導にしてヴィーナスが小暗い春の森を軽やかに進んでゆく情景を何回も見ていたはずなのに、ヘルメスが杖で何に触っているかを一度も考えたことがなかったのである。

「私は繁みに見えるレモンの実を杖で捥《も》ごうとしていると思っていましたが……」

私の言葉を聞くと、シモネッタは可笑しそうな笑い声をたてた。彼女の楽しげな笑いが身体の動きとなって、私の腕に快く伝わってきた。

「まあ、先生ったら、いやですわ。そんなこと仰有ると、サンドロががっかりしますわ」シモネッタは壁に凭れて、絵のほうに見入っているサンドロを、横眼でちらと見ながら言った。「ヘルメスは……」彼女は笑いで言葉を跡切らせてから続けた。「ヘルメスはレモンを捥いでいるんじゃありませんわ。それに、これはレモンでもオレンジでもなく、黄金の林檎ですわ」

たしかにそうであった。私はどうしてそんなことに気づかなかったのであろうか。もちろんサンドロに問いただすまでもなく、その暗い緑の森の梢に点々と実る黄金色の果実を、現実との連想から何気なくレモンというふうに思いこんでいたのだ。だが、黄いろい果実がレモンだと直ちに考える私は、およそ神話的想像力に欠けている人間と言われても仕方がない。これはシモネッタの言うようにレモンなどではあり得ない。ヴィーナスの背景を飾るのはパリスの与えた黄金の林檎以外にはないではないか。

「まったく私の迂闊ぶりには自分ながら呆れますね。これではフィチーノ先生も私を破門なさるかもしれませんよ」

「そんなこと……」シモネッタは真剣に頭を振った。「そんなこと、仰有っちゃいやですわ。私ね、サンドロに説明して貰ったんですもの。そのヘルメスの杖が触っているものも、サンドロが教えてくれたんです」

私は若々しい半裸の身体を仰向けるようにして、高く杖を差しあげているヘルメスをじっと見つめた。たしかに杖の先は緑の梢のなかに差し込まれているのではなく、そこに漂う何か煙のようなもの、横にもやもやと流れるものに触っているのであった。

「これは、ひょっとすると……」私は自信なげな調子で躊らいながら言った。「雲ですね。黄金の雲……もしかすると、ゼウスが変じたあの黄金の雨……ダナエーにそそいだその雨を降らす雲かもしれませんね」

「先生、その通りですわ。サンドロがさっきそう説明してくれましたの」

私は壁に凭れて立っているサンドロを見たが、彼は自分の絵に見入っていて私たちの話にはまるで気がついていない様子だった。

「私ね、あのヴィーナスを見ていますと、本当に、自分が鏡に写っているみたいな気がしますの。何となく青ざめていて、ちょっとぼんやりしているみたい……そんなところまで、本当に私にそっくりだと思いますの。でも、まるで違うところがありますわ」

シモネッタは悪戯っぽく私を見上げて笑った。

「それが、どこだか、おわかりになったら、私、先生にキスして差しあげます」

「これは大へんなことになりましたね」私はシモネッタの身体が腕のなかで柔らかく頼りなげに動くのを感じた。「千載一遇の機会を逃すわけにゆきませんからね」

しかし本当のところ、彼女の言う相違点とはいったいどこなのか、さっぱり見当がつかなかった。私は画面の中央に首を傾げるようにして前を見つめている、襞の多い白い衣裳のヴィーナスを眺めた。軽く前へ出した右手の上を通って、滝のように流れている緋のマントが、身体の前を隠すように拡がり、その一端を、左手が、古代彫像に見られるポーズで、押えていた。それは着衣の女性だったにもかかわらず、サンドロがサン・マルコ修道院の庭に集められた古代のヴィーナスの裸像から学びとった姿態なのであった。私はそうしたことはわかったものの、シモネッタの言う相違点は一向に発見できなかった。

しかしふと、なぜヴィーナスが裸体でもないのに、身体の前を慎ましく隠すようなポーズをしているのであろうか、と考えると、突然、その衣裳の襞がふっくらと前へ出た腹部を描きだしているのに気づいたのである。

「まさか、ヴィーナスは」と私は半信半疑で言った。「赤ちゃんがいるんではないでしょうね？」

「その通りですわ」シモネッタは嬉しそうに声をあげて言った。「ヴィーナスは赤ちゃんをお腹に持っているんですわ」

彼女はそう言ってから、お約束のキスだと言って、私の頬に軽く唇を触れた。柔らかい、乾いた唇の感触は、一瞬、頬の上にとどまってから、ゆっくりと離れていった。私は、それを、いつまでも覚えておこうと、その瞬間考えたことを思いだす。

「花の女神《フローラ》に較べると、ヴィーナスはずいぶん物思わしげで、憂鬱そうで、ぼんやりした感じですわ。でも、本当は悲しいんでも、憂鬱なんでもないんです。ヴィーナスは生命が生れてこようとするのを静かに見ているだけなんです。嬉しいとか悲しいとか言うのではなく、もうそんな気持も必要じゃなくて、ただ静かにやさしくすべてを見ていればいいんです。すべてが生れて、そして死んでゆくのを……。先生はヴィーナスの表情を暗いとお思いになります？」

「いや、そうは思いませんよ」私は首を横に振って言った。

金髪の上に白いヴェールをかけたヴィーナスは明らかに花嫁として自然の前に捧げられた女性であり、すでに愛し子の母として身ごもっているのである。シモネッタその人の眉より、やや大きく長く引かれた眉は、浅く窪んだ上瞼や、遠くを見るような優しい眼ざしに、いかにも母親らしい、落着いた、大らかな、凜々しい気分を与えていた。形のいい上品な鼻や、固く結ばれた娘々した唇は、顔が傾げられているために、むしろ慎ましい、気品のある静けさを感じさせる。シモネッタが物思わしげだと言ったのは、おそらくこの首を傾げたポーズのためだったと思われる。

しかし私はそのヴィーナスの表情を見ているうち、突然、その静かな、遠くを見るような眼ざしが、古代の、牧羊神が森かげで笛を吹いたり、ニンフが流れのほとりでふざけ合ったり、神々が美酒に酔い痴れたりする、西風の生暖かな、花の香りに満ちた気分とは、まったく別の世界のものに感じられはじめたのだった。

それは、ひょっとしたら、私の、先走った軽率な解釈の仕方であったのかもしれない。事実、フィチーノ先生もジェンティーレ・ベッキもランディーノも学問好きのベルナルド・ルチェライも口を揃えて、この古代風の名匠アペレスさながらの画面を、豊麗なオヴィディウスの世界、甘美なプラトンの世界そのものであると言って嘆賞していたのである。

もちろん私自身この『ヴィーナスの統治』がどのような経緯で生れたかを見てきた以上、プラトン・アカデミアの人々が口々に発するこうした言葉に何ら反対する理由はなかったのだ。それは間違いなく甘美な永遠の実在を説くプラトンや、フィチーノ先生がとくに熱を入れて講じていたプロティノスの〈一なる者〉の清らかな現前を意図して描かれた作品だった。直接にはオヴィディウスやティベリアヌスやウェルギリウスがサンドロの心に映像となって働きかけていたのは私が見て知っていた。

いつかフィチーノ先生が「この人物たちの数を見給え」と言って、プラトン・アカデミアの人々の注意を喚起したとき、私は、サンドロが綿密の上にも綿密に、古代ギリシアの精神をこの作品のなかに鏤めようとしていたのに、あらためて驚いたものであった。

フィチーノ先生の説明によると、『ヴィーナスの統治』（これは後に都市《まち》の人々に『春《プリマヴェーラ》』という題名で親しまれたのだ）には二重の数の暗喩が含まれている、というのであった。まずこの作品の人物たちはヴィーナスの左右に花の女神《フローラ》のグループ三人、美神のグループ三人が配されているが、ヴィーナス自身も恋の矢を番《つが》えるキューピッドと杖を高く上げるヘルメスとで三人一組をなしているのだった。

「いいかね、三とは三位一体の三だ。そして九とは三位一体がさらに三つで神秘な一体を形づくることなのだ」

フィチーノ先生は絵の前を行ったり来たりしながらそう説明した。

「しかし諸君はもう一度画面を注意深く見なければいけない」先生は絵のほうを見ながら言った。「こんどは人物を右から数えていってみると、上方のキューピッドを除くと、八人いる。キューピッドはヴィーナスと一体のものと考えれば、この八人は宇宙の象徴、つまり星たちの運行を現わしているのだ。諸君は私の講義において、日の神アポロンに統御される星々のことを学んだはずだ。それを思いだしていただきたい。まず八つの星を数えあげてみよう。恒星《ケルム・ステラツム》、土星《サツルヌス》、木星《ユピテル》、火星《マルス》、地球《ソル》、金星《ウエヌス》、水星《メルクリウス》、月《ルーナ》だ……」

私はフィチーノ先生が人の好い、子供っぽい、灰色の眼を輝かせ、頬を赤く上気させて話す姿をいまもまざまざと見るような気がする。フィチーノは手を振ったり、肩をすくめたりしながら、八つの星々が宇宙を司る力について語り、それがピタゴラスによって宇宙調和の諧音として理解されていった経緯を説明した。八つの星は八つの音、つまりオクターヴを示すと彼は眼を輝かして言った。それからつづけて北方の音楽家、あの憧れに満ちた暗い荘重な音楽をつくるアリゴ・テデスコ——向うの人々にはイザークと呼ばれたこの音楽家の理論を、あれこれとフィチーノは付け加えるのだった。

後になって、都市《まち》の人々がこぞって『ヴィーナスの統治』を見にゆくようになって（当時すでにジュリアーノが死んで、絵は温厚な従弟のロレンツォ・ディ・ピエロフランチェスコ殿の所有となっていたのだが）『春《プリマヴェーラ》』と呼ばれるようになってからも、その濃緑の森かげの花々に囲まれた春の祭典は、あくまで古代の神々が自然に変身しながら戯れる甘美な生命の讃歌というふうに受けとられていたのである。

繰返して言うように、私はそうした古代ギリシアの暖かい長閑な春を決して否《いな》もうとしているわけではない。私はフィチーノ先生の解釈にも賛成だし、『春《プリマヴェーラ》』の前で恍惚として見入るフィオレンツァの女性たちの忘我の表情にも同感できる。それは疑いようなくプラトンの甘美な息吹きに触れて目覚めた世界なのであり、それはサンドロ自身もはっきり言っていることなのだ。描いている最中にもそう言っていたし、後年になって、忌わしい事件に私たちが悩まされていたときにも、秘かにそう言うのを止めなかった。

だが、それにもかかわらず、私がその瞬間、シモネッタを腕のなかに抱きながら、ヴィーナスの表情に　種異様な感じ――およそこうした古代ギリシアふうの気分と異なる感じ――を味わったことも否定できないのである。そしてそれがあまり痛切に私の胸をかすめていったので、サンドロが主題も構図もはっきりとつかみながら、これほどながいこと仕上げに手こずり、制作のあいだ血を吐く思いをしつづけたのは、実は、この奇妙な感じが、彼の内面に、気づかぬままに芽生えていて、それが最初の計画をひそかに心奥の暗部で変更させようと動いていたためではなかったか、と思ったほどであった。私はその後もなぜかこのことは言いだし難くて、とうとうそのままになってしまったが、私には、わざわざそれを訊くまでもなく、それは完全に正しい考え方だ、という気持があったのだった。

私がヴィーナスの面ざしに感じた静かな、諦念と理解に満ちた、優しい許しの表情は、たしかに母性的な安らぎと高い叡智から生れているのは事実だった。彼女が春の微風のなかで身ごもりながら、生誕のもつ清らかな精神の光だけを感じさせるのは、彼女の優雅な叡智の表情のせいであった。しかし私はその奥にさらに何かもっと大きな、もっと広々とした、優美、静寂、信頼、寛さ、親しみ、あどけなさ、慎しみがひっそりと息づいているのを感じた。それは葡萄の葉ごしに光の射しこむような、母性と女性とが交錯する甘美な清らかな〈家庭〉と名付けるべきあるものであった。ヴィーナスはたしかに物思わしげで憂鬱に見えたかもしれない。しかし私には、むしろ彼女はあるべき宿命に安らかに満たされているひとに思われた。それは育む女《ひと》、養う女《ひと》、受けいれ担いつづける女《ひと》の落着きであり、淑やかさであった。彼女の知的な、顎の細っそりした顔は、かすかに斜に傾げられることによって、ごく自然な、控え目な、優雅な慎ましさを与えられていた。彼女は自分自身が何者であり、何をしているのか、まったく意識していなかった。彼女はただ、その前に立つ者を、無限に理解していた。こちらがどのような人間であれ、どのような行いをしたのであれ、彼女はそれを無限のやさしさで見つめ、理解し、認めているのであった。

　だが、このような女性をはたしてヴィーナスと呼ぶことができるであろうか。自分を慕うものを静かに見つめ、受けいれ、励まし、心を安堵させてくれる女性を、単に生命を輝かし、柔らかなもの、心地よいもの、甘美なものに目覚めさすヴィーナスと見なすことができるだろうか。

　私は、反射的に、前年、師フィチーノがプラトンの〈神的なもの〉を教会の〈神性〉と結びつけて論考した著述を思いだしたのである。当時、私がフィチーノの探究の迷路を詳細に跡づけることができたとは思わないが、〈暗い窖《あなぐら》〉にずり落ちるような不安を乗りこえようとして、あるときは〈永遠の現在〉という考え方を、また別のとき〈神的なもの〉に触れる喜びを、彼が探りあてたことは、彼の手稿の浄書を主たる仕事にしていた私には、よくわかったのである。キリスト教会の〈神〉がプラトンの永遠の秩序と重なってフィチーノの心のなかに姿を見せはじめたことは、教会に対して曖昧な、その日暮し的な態度をとっていた私にとって、ある驚きを与えたのだ。

この点、私はフィオレンツァの古典学愛好者や、実利的な商人たちと同じ態度をとっていた。つまり父マッテオがよく言っていたように、日常生活の快適な進行を阻まぬ限度において教会とつき合っていたのである。教会をまったく無視すれば、当然、日々何かと思わぬ煩《わずら》いが惹き起されるであろうし、逆に教会に捉われれば、それだけ快適な生活や自由な思考に制限が加わるであろう――父マッテオなどはそう考えて、表面的には慇懃に神父たちを取り扱っていたが、内心の拠りどころはひたすらプラトンふうの〈神的なもの〉への同一化なのであった。

私とて、事情はまったく同じであり、〈神的なもの〉がフィオレンツァのさまざまな活動のすべてに、濃淡の差こそあれ、分有されているという一元的な考え方に、励まされもし、支えられもしていたのである。そしてこの考え方こそはプラトン生誕を祝うアカデミアの集りでフィチーノが述べた『現在を楽しむことが永遠性を手に入れる正統な方法であることについて』の主要な論拠であった。そこには教会的なもの、キリスト教神学的なものは一切排除されていた。そこには地上の甘美な生を肯定し、それを通して〈永遠〉を眺めるという、花の香りに満ちた、初夏の午後のような感覚の喜びが息づいていた。燭台の火が照らす暗い教会堂のなかの沈思ではなく、青空や太陽や森かげの小川などに色どられた微笑する知恵があったのである。

父マッテオが会計簿の複雑な収支を注意深く点検したり、日記を丹念な字体で書いたりした後、深夜、フィチーノの著作に読みふけったのは、まさしく日常の業務の持つ〈無意味な反覆〉を乗りこえさせるものが、そこに見出しえたからである。父はフィチーノの著作を詩作品を読むように読んでいた。彼はそこに甘美な浄福の先触れのようなものを感じていたのであった。

そのフィチーノが突然（むろん私は師の心内の動きを洞察したわけではなかったので、そのとき、かなり唐突な感じを受けたのだ）キリスト教神学的な考えを論述のなかに持ち込んできたのであったから、私が意表をつかれたように思ったのも当然だったのだ。

私はフィチーノの前にゆき、師の態度の豹変を責め、どういう根拠でこんな途方もない学説、信条の変更を行なったのか、問いただそうと、その部屋の前まで行ったことを思いだす。しかし私は勇気がなく、部屋に入りそびれて、扉の前でぐずぐずしただけで、結局それはそれきりになったのだった。もちろん現在の私ならフィチーノの気持は手にとるようにわかるが、当時プラトンに心酔していた私には、なぜ現世を否認し死後の不滅のみを強調する教会の神学に師が色目を使うのか、理解できなかった。

しかし私がサンドロの描くヴィーナスの慎ましい無限の優しさに、異様な震えのような気持を感じたとき、ふと、フィチーノも実は、こうした無限に優しいもの、無限に赦すものを、どこかに必要としていたのではないか、と思ったのである。

　私は腕のなかにシモネッタの熱に火照った、ぐったりとした、柔らかな身体を感じながら、彼女がサンドロによってどのようなものに高められたかを理解したのだった。その無限に優しい静かなヴィーナスの表情から、現実の蒼ざめた、すがすがしい眼ざしをしたシモネッタを見ると、私は、彼女を保護したり、その身体を気づかったりすること以上に、実は、シモネッタのほうが私を甘美に包みこんでいたのではないか、と思ったのだ。私がシモネッタに会っているとき、あのように愉快にも陽気にもなれ、心が寛ぐように感じたのは、彼女のこの果しない柔和さが私を包み、私のなかの労苦や煩いを溶かしてくれたからだったのではないか――私はそんなことを考えながら茫然とした気持でシモネッタの顔を眺めた。

「まあ、先生ったら。私のキスがそんなに変だとお思いになりますの？」

　彼女は私を軽く睨むような表情をして言った。

「いいえ、ヴィーナスの表情の美しさに見とれていたのです」

「それなら」と彼女は上機嫌な快い興奮にかられて言った。「それなら、どうか、私のほうをごらんにならないで、もうすこしヴィーナスを見て下さい。神々の黄金の雨のために、地上を豊かにする赤ちゃんを身ごもったこの幸せな女神を……」

「本当に何という優しさなんでしょうね」私は溜息まじりに言った。「しかし私はヴィーナスと、シモネッタ、あなたとが、いつか一つになって、何だか眩暈《めまい》のような気持を感じますよ」

「いいえ、私は花の女神《フローラ》が撒き散らす花のよう。……実りを与えることのできないままに散るんですもの。ヴィーナスとは大違いですわ」

「しかしヴィーナスが生みだすものは子供じゃありませんよ」私はサンドロが何を描こうとしたかを推測するような気持で言った。「それは子供と言えてもむしろ象徴的にです。それは時間をこえた存在、偶然をこえた存在です」

「でも、それはヴィーナスの身体を通って生みだされますわ」

「むろんそうです」私は顳にシモネッタの髪が触るのを感じながら、力をこめて言った。「サンドロはそれだからこそヴィーナスを身ごもらせたのです。サン・マルコ修道院の庭に並んでいるヴィーナス像のうちで、子供のいるヴィーナスなんて見当りませんよ。なぜって古代にはそんなことはヴィーナスに要求する必要はなかったからです。しかしこのヴィーナスは違います。これは永遠に私たちを励ましてくれるヴィーナスです。永遠に私たちを赦してくれて、私たちの錯誤を見守ってくれるヴィーナスです。それはヴィーナスと呼べないものかもしれません。しかしとにかくこのヴィーナスは何ものかをつくりだす存在なのです。豊かに、暖かく、柔和に、万物に生気を吹きこみ、喜びに目覚めさせ、生命の血の色を蘇らせる存在なのです。これこそ私たちが〈永遠の春〉と呼んでもいいものの化身なのです。しかしこの〈永遠の春〉を私たちは誰のなかに最も濃く感じたでしょうか？　それは、シモネッタ、あなたです。サンドロがこのヴィーナスのなかに表わそうとしたのは、そうしたあなたなんですよ。このフィオレンツァの春の盛りに私たちのところに来たあなたの本当の姿なんですよ」

「ああ、そんなに仰有って下さって、私、どうしたらいいか、わかりません。結局私は自分では何もできなかった、中途半端な女だと思います。でも、先生のお話を聞きながら、この絵の前におりますと、本当に私が花びらの一片、一片に変ってフィオレンツァの町々に流れていたような気持になります」

「あなたは本当にそうだったんですよ」

「まあ、そうだといいんですけれど……」

「ええ、そうですとも。あなたの、その綺麗な容貌《すがた》がフィオレンツァの春の歓喜《よろこび》だったのです。あなたは騎馬祭《ジオストラ》で菫の冠をジュリアーノ殿の頭に戴《の》せたときのことを覚えていますね。サンドロの意匠で飾られたサンタ・クローチェ広場に夕星《ゆうずつ》が一つ輝いていました。私はその星とあなたが同じものに感じられてなりませんでした。私は、その瞬間、いまこそフィオレンツァが春の盛りの頂に登りつめ、自ら春の冠を戴せているのだと思ったものです。フィオレンツァは夏を迎え、さらに賑やかな季節を送るようになるかもしれません。しかし花の都《フィオレンツァ》にふさわしい春はあなたとだけ訪れていたのです。それをサンドロはこの絵のなかに痛いように描きこんでくれました。この絵のあるかぎりフィオレンツァの春は〈永遠の春〉となって生きつづけるでしょう。シモネッタ、あなたが花の都《フィオレンツァ》に与えてくれた甘美な吐息とともに、ジュリアーノも、ロレンツォも、サンドロも、私も、ここにいるのです。そしてそのことを私たちはあなたに感謝しなければなりません」

私はシモネッタが身体をぐったりと腕のなかに凭せ掛けてくるのを感じた。彼女は眼を閉じ、かすかに仰向くような恰好に、頭を私の胸にあてた。

私がサンドロとともにシモネッタを天蓋付き寝台に運んだとき、彼女はまだ私たちにほほ笑むだけの力を持っていた。

「私、あんな楽しいお話が今夜できるなんて思いもしませんでしたのよ」深々と枕のなかに顔を沈めながら彼女は小声で言った。「主治医のレオーネ先生が聞いたら、きっと眼をまるくしますわ。私、きっと元気になります。サンドロの絵は本当に生命を与えてくれるような気がするんですの」

サンドロは彼女の顔を見つめながら、あの作品には、間違いなくそうした魔力があるので、春とともにきっと元気になるだろう、と言って、何度もシモネッタの手に口づけをしていた。それはまるで聖母像に誓願するときの迷信深い村の男の素ぶりに似ていた。

私たちはシモネッタの屋敷を出ると、アルノ河のほうに向い、河に出ると、しばらく土手をポンテ・ヴェッキオまで歩いた。背後の山の上に半分欠けた遅い月が浮んでいた。

「君はなんでさっきシモネッタに何も話さなかったのだい？」私は橋を渡って市庁舎《シニョリーア》の前へかかったとき、サンドロに言った。

「まるでぼくが勝手に君の絵を解釈して説明しているみたいで、何だか後《うしろ》めたかった。なんで黙っていたんだい？」

「あれでよかったんだ」サンドロは夢から醒めた人のように、ひどく驚いたような声を出した。「ぼくにはもう何も言うことはなかったんだ。あのひとには最初に少し絵の意図を話そうとしたがね、駄目だったんだ」

「それにしても、あのヴィーナスが、あんな表現をとるとは思わなかった。あれを見たとき、なぜ君がこの作品にこれだけ時間がかかったかよくわかったよ。あれはもう最初のオヴィディウスの主題ではないね。何かそれ以上のものがある」

「うん。さっき君はうまく説明していたね。ぼくは実は感心して聞いていた」サンドロは私のほうを見ないで言った。

「なんだ、黙って聞いているとは人が悪いね。ぼくはまた、例によって絵のことに夢中になって、ぼくらのことなんか、気がついていないと思ったよ」

「いや、そうじゃない。ぼくは何か言うのが恐ろしかったんだ。それだけだよ」

私たちは広場を通りすぎ、足音のよく響く細い小路を抜けていった。一度、橋の袂の監視所で夜番に誰何《すいか》されただけで、人気ない暗いフィオレンツァの夜道を、私たちはぶらぶらと歩いた。風は冷えていたが、すでに冬の風ではなかった。町角ごとの篝火が時おり風の流れに煽られて、火影を揺らすのが見えていた。

「恐ろしいって、絵の主題のことがかい？」

私はサンドロのほうを見て訊ねた。

「ああ、主題とも言える」サンドロは何か考えるように道のうえに視線を落していた。「君の言うように、ぼくはあの作品のなかで〈神的なもの〉がくっきりと輪廓を洗いだしたように描きたかった。はじめはこの〈美しいもの〉〈死をさえ取るに足らぬものに思わせるもの〉の実在が、ぼくには何の疑いもなく信じられた。それこそがシモネッタの〈永遠の存在〉を守る場所であると思えたんだ。それさえ作りあげれば、シモネッタは永遠にぼくの手に残ると思えた。それであの絵を描きはじめた。そのときのことは君も覚えているだろう？」

「覚えているどころか」私はうなずいて言った。「ヴィーナスやヘルメスを描こうとする理由もね」

「ところが、あの作品がほとんどでき上りそうになると、ぼくは急にシモネッタの死が何か避け得ない黒い深い窖のように思えて、どうしても、その窖から吹き上ってくる冷たい湿っぽい風の感触を拭いきることができなかったんだ。ああ、それはうまく言えないが、恐ろしい経験だった。ぼくは毎晩、絵の前で毛布をかぶって寝て、うとうとすると、恐ろしい夢でうなされるんだ。人殺しのあった部屋に押しこめられて出られなかったり、大勢の死人がぶよぶよ浮んでいる海に投げこまれたり……そんな夢ばかりみたんだ。そうなんだ、ぼくが〈死の怯え〉から逃れられない以上、この絵がシモネッタの〈永生〉を支えるなんてことはできやしない。だが、ぼくは何としてもシモネッタを救わなければならないんだ。何としてもね。それでぼくは〈死の怯え〉から抜け出す道を見つけようと跪きつづけた。一時は絵を塗りつぶそうと思ったこともある……」

私は思わぬサンドロの言葉に返事をするのも忘れていた。

「ね、フェデリゴ、〈死をさえ取るに足らぬと思わせるもの〉とは一体何だろう……。それは〈神的なもの〉だろうか。なぜって、それに触れれば、恍惚とした甘美な思いに満されて〈いまこの時〉を至福の時と思い、それ以上の存続など、どうでもよくなるからね。たしかにぼくはそれでいいと思えた。ぼくは〈神的なもの〉こそが〈永遠の存在〉だと思えたんだ。だが、シモネッタの魂は、ただ地上の甘美な思いを永続させるだけで、真に救い上げることができるだろうか――そう思うと、急に〈死の怯え〉がぼくに取りつきだしたのだ。ぼくは考えた、たとえ〈神的なもの〉であろうと、地上の甘美な思いがただいつまでも続くだけであるならば、そんな永遠はいったい魂にとって何だろう、何の意味があるだろう、ってね」

私たちは新市場広場《メルカート・ヌオヴォ》を通りすぎていた。犬が吠えていた。広場に面したメディチ銀行も父マッテオの商会もパッツィ銀行も夜の闇のなかに暗くひっそりと蹲っていた。

「たしかに一方では、この甘美な〈神的なもの〉に身体が満されたとき、ぼくはもう何も望まず、〈いまこの時〉ですべてが成就したと実感するんだ。その充実した歓喜の絶頂では〈死をさえ取るに足らぬ〉と感じるのも事実なんだ。それなのにシモネッタの死のことを考えると、そんな恍惚感も陶酔も急に何か独善的な、軽薄な、根拠のないものに見えてきたんだ。それは、足もとの土台が、砂のように崩れてゆくのに似た感じだった。すがりつくものがなかった。〈死の怯え〉とはそれだった。ぼくは来る日も来る日も絵の前で震えていた」

サンドロはそのときの恐怖を思い出したのか、身体を震わせ、肩を縮めた。

「ぼくはもう他に手段はなく、盲目のまま手さぐりで歩きだすような気持で、まずヴィーナスの表情から描きなおした。それも別にそれを意図したから、というのではなく、じっとしていられなかったからなんだ。何か渇いた人が本能的に水の匂いを嗅ぎつけるように、ほとんどひとりでに、そうしないではいられなかったからなんだ。ぼくは自分でも気がつかないうちに、ヴィーナスの背後の森の透き間を、聖母の立つ聖龕《せいがん》の頭部のような具合に描いていた。それにヴィーナスの右手を祝福を与えるときのように、前へ出さずにはいられなかった。フェデリゴ、ぼくはそうしようと意図したんじゃないのだ。ただ、そうやってみると、それだけ心のなかに黒ずんで蹲っていた〈怯え〉が薄れていったからなんだ。ぼくはね、フェデリゴ、〈怯え〉が薄らぐにはどうすればいいか――それだけを考えていた。そして少しでも〈怯え〉の薄れるモチーフがあれば、前後も考えず、それを描きこんだんだ。君が説明したようなヴィーナスの表情も、ひたすらこうした気持に従っているうち、自然とああなってしまったんだ。でも、あれはやはりヴィーナスなんだ。黄金の雨を受けて万物を育み、ヘルメスの先導で死から復活へ向う〈永遠の春〉を描いてあるんだ」

「いや、サンドロ、君は自分でも何を描いていたか気がついていないんだよ。だが、ぼくにはわかる。君はフィチーノ先生と同じなんだ。君は地上の姿を通して現われた〈神的なもの〉に満されないんだ。シモネッタの〈死〉を見つめなければならなくなると、ますますそのことがはっきりしてきた……そうじゃないかね?」

「ぼくが〈永遠の桜草の姿〉に満足できない、とそう言うんだね?」

「おそらくね」私は言った。「それは、君が〈永遠の桜草の姿〉をもってしても〈死の怯え〉を払いのけることができないってことで、証明されているんじゃないだろうか」

「じゃ、ぼくは何で満されているんだね?　君はそれを言えると思うかい?」

「たぶんね」私はサンドロから眼をそらすと言った。「それはね……君を真に満してくれるのはね……ヴィーナスじゃなくて、聖母なんだ」

「何だって？」サンドロは私のほうに顔を向けた。「何と言ったんだい？」

「つまりね、それは聖母マリアだ、と言ったんだ」

サンドロはしばらく私の顔を孔のあくほどじっと見つめていた。半ば口をあけ、自分でも何を言っていいのか、わからぬままに、茫然として、そこに立っていた。

「あれはヴィーナスなんかじゃない。ヴィーナスの姿をしているけれど、君は聖母のつもりで描いているんだ」

私たちはちょうどサンドロの工房の前にきていた。彼は背中で戸口をふさぐようにしてそこに立つと、「なぜそんなことが……」と小さく口のなかでつぶやき、しばらく地面の上に視線をさ迷わせていた。

「フェデリゴ、君は何とでも言うがいいよ」サンドロは額の上に垂れた金褐色の髪を掻きあげ、不安そうな眼で私を見つめた。脹れぼったい眼蓋が、その茶褐色の、柔和な眼の縁で、ぴくぴく震えていた。「でも、ぼくはシモネッタを救わなければならなかったんだ。そのためには、ただあのひとの〈花の香り〉を実際に絵のなかにつくらなければならなかったんだ。それでただそうしたんだ。聖母マリアか……たぶんそのおかげなのかもしれない。そうなんだろう。フェデリゴ、ぼくはわからない。なぜそうなったんだか……ただ、そうなったとき、ぼくは満された。シモネッタは救われたんだ……それだけなんだよ……それだけわかるんだ……」

サンドロは片手で何かを払いのけるような動作をし、まるで酔ってでもいるかのように、肩で工房の扉をあけると、そこへ倒れこんだ。

すでに夜が白んでいた。私は弟子のルドヴィコにサンドロの介抱を頼むと、そこから花の聖母寺《サンタ・マリア・デル・フィオーレ》の前をぬけて家までゆっくり歩いた。その朝のことは、これを書いている現在《いま》も、私の目の前に見るような気がする。広場や通りには春の朝らしい靄が流れ、明るくなった空には、真珠色の雲が浮んでいた。花の聖母寺《サンタ・マリア・デル・フィオーレ》や聖ロレンツォ寺院のなか赤い大きな円屋根にはまだ朝の光は当っておらず、しっとりと澄んだ空気の翳りのなかに沈んでいたが、広場に集る鳩たちは屋根をこえてすでに舞いたっていたのだ。

四月に入ってから医師レオーネや二、三の薬剤師からシモネッタの病状が好転しているという話を聞き、私はひょっとしたらサンドロがヴィーナスのかわりに聖母を描いたので、何か奇蹟に似たことが起っているのではないか、と思ったりした。私がひそかにオニサンティ寺院の私の家の礼拝室に出かけて、聖母にシモネッタの快癒を願ったのはその頃であった。

私は工房に出かけてもサンドロの姿を見かけなかった。弟子たちの話では、どこか場末の酒場に出かけているのではないか、ということだった。「先生はこのところずっと酒浸りですよ」ルドヴィコはそう言って肩をすくめた。

私は、できることなら『ヴィーナスの統治』がプラトン・アカデミアの人々のあいだに捲き起した気違いじみた騒ぎを彼に伝えてやりたいと思った。それはシモネッタの病気を遠慮して、決して表立ったものではなかったが、一度彼女の家を訪れてそれを見たほどの人は、どうしても黙っていられない興奮を呼びおこしたのである。

私はその頃絵画についてほとんど口をきいたことのない兄たちまでが、人の噂を聞きかじって、ヴィーナスがどうとか、三美神がどうとか、言っているのを耳にしたほどだった。実際にシモネッタの屋敷に出入りできたのはごく限られた人であったのに、絵の噂だけは、一度にフィオレンツァの都市《まち》じゅうに拡がったのであった。

その年の復活祭の前に『ヴィーナスの統治』をシモネッタの屋敷からメディチの分家のロレンツォ・ディ・ピエロフランチェスコ殿の屋敷に移したのは、それを一眼でいいから見たいという人々の願いを断りきれなかったからである。私はバルトロメオ・スカラとかジロラモ・モレリといったメディチ家側近の有力者たちが、サンドロに同じような作品を注文したとかしないとかいう噂を聞いた。『ヴィーナスの統治』は、復活祭の呼びものであった市庁舎前広場《シニョリーア》の神話劇以上に、都市《まち》の人気を集めていた。妻のルクレツィアの話によると、女たちの間で衣服いちめんにアネモネや水仙や早咲きの桜草をくっつけるのが大流行《はやり》だということだった。事実、復活祭当日、古市場広場《メルカート・ヴェッキオ》で踊りくるっていた若い女たちが一様に花を身体じゅうにつけているのを私も眼にした。それはサンドロの描く花の女神《フローラ》の荘厳な美しさにはむろん及ばなかったが、いかにも新しい春の復活《よみがえり》を祝っているようで、見る眼に快かったのである。

　例年にもまして花の聖母寺《サンタ・マリア・デル・フィオーレ》の大ミサは華麗をきわめ、アリゴ・テデスコの合唱曲は大天井の下に清らかな水晶のような反響を何度も繰りかえしていた。私は上の娘マリアと下の娘アンナを連れて、私たち一族の席に坐っていた。娘たちは時どき私の耳もとで何か早口に言ったが、私にはよく聞きとれなかった。おそらく彼女たちの眼を驚かした華美な聖具や司祭たちの衣裳、居並ぶ上流階級の金銀の衣服について何か言おうとしていたのであろう。

　ただ私の心は、そうした都市《まち》の賑わいにもかかわらず、妙に沈んでいた。叔父カルロがジロラモ・モレリと週末の会食の席で『ヴィーナスの統治』について話しているのを聞くようなとき、私は、何かひどく遣り切れない気持がした。

「あの女神の組み合わされた指の美しさを見ましたか？」カルロは葡萄酒に真っ赤になった顔をてらてら光らせて言った。「私のような人間まで、あの前から立ち去ることはできませんでしたな。本当のことを言って、私は絵というものが、これほど直接人の魂を魅惑するものだということを、こんど初めて知りましたよ」

「手も美しいが、私は女神たちの足の繊細さに驚きましたね」瘠せた青い顔のモレリが相槌を打って言った。「人間の足があんな美しいものであるとは思いませんでしたよ。

私はこれから女たちの足を見て暮したいと思いますよ」

二人は声をあげて笑った。

しかし私には笑えなかった。私はその〈花の香り〉に似た甘美な味わいがシモネッタの生命に他ならないのに、実際には、そのシモネッタの容態が復活祭を過ぎる頃から急に思わしくなくなったのを知っていたからである。

私は何度かサンドロを訪ねたが、彼はまったく黙りこくっているか、酒に酔っているか、どちらかだった。シモネッタのことを言うと、両手を耳に当てまじき様子を示した。

「どうか、ぼくをほっておいてくれないか」サンドロは泣いているような声で言った。「シモネッタは病気なんかじゃ死ぬわけないよ。それは君にもわかっているじゃないか。あのひとはフィオレンツァの春の盛りのためにぼくらのところにきたんだ。君もそう言っていたじゃないか。もうシモネッタの病気のことなんか言わないでくれ。あのひとはいつまでも生きているんだ。いつまでもね。ぼくはあのひとの生命を〈ヴィーナス〉のなかに閉じこめたんだ。あのひとはどんなことがあってもそこにいるんだ。いいかい、シモネッタはそこにいるんだよ。だから、もうシモネッタの病気のことなど言わないでくれたまえ」

私はそれ以上サンドロと話し合えないのを感じた。

私は毎日のように河向うのシモネッタの屋敷に出かけた。朝のこともあれば、夕方のこともあった。大抵、階下の大広間の扉をあけて、アルノ河に下っている芝生に覆われた庭園を眺めていた。石欄のついた階段が扉の前の露台から庭につづいていた。その欄干の上にアネモネや桜草や菫の鉢が並んでいた。

庭園の奥の木立は緑の葉を日に輝かし、アルノ河からの微風にそよいでいた。私はその穏やかな、明るい気分がそのままこの家のなかまで流れこまないのがなぜか嘘のような気がした。家のなかは半ば窓々の鎧戸を閉めて暗くしてあり、看護尼たちが黒い被布で髪をすっぽり包んで、ひっそりと階段をのぼったり、下りたりしていた。

私は二度ほどジュリアーノがシモネッタを見舞うのに出会った。もちろん私は彼に目礼しただけで話を交すことはなかったが、ジュリアーノの様子から、彼がどんな気持でいるかは容易に推測できたのだ。

彼は不眠の夜々を送っていたのであろう。コシモに似た伏眼がちの細い眼のまわりに黒ずんだ色がこびりついていた。

額から左右に分けられ、耳を覆い項の上までのびている黒い波打った髪が、細っそりした端正な顔を囲んで、その蒼白さをいっそう際立てているように見え、受け口になった薄い唇の上に伸びている長目の鼻は、肉が削げ落ちたように一段と尖って感じられた。彼の優雅な落着いた姿のなかにも、憔悴した、打ちのめされたような様子が見てとれた。ふだんは丹念に服装を整えているジュリアーノが、ある夜、まるで幽霊のように青ざめ、上着のボタンもはずれたまま、玄関に入ってきたのにすれ違ったことがある。

老女の話では、彼はシモネッタの枕もとに坐り、じっとその手をとりながら、頭を垂れているというのだった。

「お二人ともほとんどお話はなさらないようですわ」老女は階上の病室へ眼をやりながら言った。「まるでお互に相手のことを記憶のなかに刻みこもうとしておられるみたいに、じっとしておられるんです」

私はその話を聞くと、思わず眼がしらが熱くなった。いつか、私が下の広間にいるのに気づいたジュリアーノが、何を思ってか、近づいて手を握ると、フィチーノ先生はお元気か、と訊ね、考えるような様子でしばらく庭のほうを眺めていた。

私が、シモネッタの容体を訊ねると、彼は蒼白い、端正な横顔をゆっくり振って、薄い唇を歪めるように固く結んだ。それから一言「ああ、なぜ、人は、話せるとき十分に話し合わないのだろう？　話し合えなくなるなんて、これほど残酷なことはないのに、それを人間は強いられるんだ。だが、ぼくには許せない。そんな理不尽なことを、どうして許せよう。なぜ人は話し合えなくなるんだろう？　なぜだ？　なぜだ？」と言って、私のそばを急に離れていった。私はジュリアーノの頬がひくひく動き、いまにも泣きだしそうになっていたのを見たのだ。そのジュリアーノがもう話すこともせず、シモネッタの前で頭を垂れている——私はそのことだけで彼の悲嘆が痛いようにわかったのである。

四月二十五日の夕暮、私がカレッジのメディチ別邸に近いフィチーノ先生の新居から戻ってくると、道々、林の木々を揺らして生暖かい突風が吹き、空の雲行きも何となく不穏であった。灰色に曇った空が不気味な赤さで輝いたかと思うと、黒い雲が綿をちぎったように、あちこちに浮びはじめ、西に向って、羊の群のように急ぎ足で動いていた。

夜に入っても風はやむどころか、いっそう激しくなり、板が倒れる音や、屋根にせかれて底ごもって鳴る風音が、ひっきりなしに聞えていた。私は妙に頭がずきずき痛み、熱があるみたいに手足がだるかった。それでも私は燈火の下に書物と字引を拡げて一行でも先にプロティノスを読みすすめようとしていた。

窓の外では、雨が風にまじりだしたらしく、時おり、ざあっと風に煽られた雨が吹きつける音がした。

そのとき、誰かが扉を叩く音が聞えた。私が扉を開けると、馬車が一台とまっていて、御者が私に一通の書つけを渡した。それはシモネッタの老女の走り書きで、シモネッタの病状が思わしくなく、医師たちは今夜もつかどうか、わからないと言っているから、あなたもできたらシモネッタに会ってほしい、と認《したた》めてあった。

私はすぐマントをかぶると、馬車に乗りこんだ。フィオレンツァの都市《まち》は真っ暗で、その暗闇のなかを雨と風が唸り、身をよじり、荒れ狂っていた。

『ヴィーナスの統治』の飾ってあった階下の広間にはメディチ家の人たちのほか、ベルナルド・ボンジロラーミ、バルトロメオ・スカラ、ジロラモ・モレリのような側近の有力者たちの顔も見えた。信心深いトルナブオーニの老夫人やビアンカ・モレリは聖像の前に燈明をあげて何か一心に祈っていた。

誰もが声をひそめ、ひそひそと話を交していた。看護尼が急ぎ足に階段をのぼってゆき、何か布に包んだものを持って下りてきたりしていた。

医師レオーネは病人につきっきりで、階下には姿を見せなかった。私は扉の前で庭園の暗闇のなかを吹き荒れる雨を眺めていた。乏しい燈火に照らされた露台の端に、吹き飛ばされた鉢が割れ、菫が雨に打たれて石にべったり貼りついているのが見えた。雨は割れた鉢と菫を容赦なく打ちのめしていた。

やがて人々のざわめきに振りかえると、大司教が金糸で刺繍した重々しい衣服をつけ、四、五人の司教たちとともに入ってきた。ジュリアーノが階段まで大司教を迎えた。彼は前よりもいっそう蒼白の顔をしていた。何か彫像のように表情もなくなっているように見えた。

終油をさずける人々が階上に去ると、広間には重苦しい沈黙が立ちこめた。私はただ露台の片隅で雨に打たれている菫を見つづけた。闇の奥で木々が風に鳴っていた。雨脚が私の立っている窓に滝のように打ちつけ、一瞬、菫も露台も見えなくなった。

その夜、シモネッタは亡くなった。翌朝、白い花に埋れた彼女の顔を見たとき、私は、なぜか、白い睡蓮がどこか遠くへ流れてゆくような気持を味わった。私のそばでサンドロが何枚も何枚もシモネッタの顔を素描していた。そしてどの素描にも涙のあとが点々と、蠟をこぼしたようにしみをつけているのだった。

（『春の戴冠』３に続く）

『春の戴冠』上・下　一九七七年五月　新潮社刊
『辻邦生全集』9及び10（二〇〇五年二月・三月　新潮社刊）
を底本としました。文庫化に際し、全四巻に再構成しました。

本文中には、現在の人権意識に照らして不適切な表現がありますが、作品の舞台であるルネサンスヨーロッパという時代背景や作品の文学的価値、および著者が他界していることなどに鑑み、原文のままとしました。

（編集部）

中公文庫

春《はる》の戴冠《たいかん》2

2008年6月25日　初版発行
2016年5月30日　再版発行

著　者　辻《つじ》　邦《くに》　生《お》

発行者　大橋　善光

発行所　中央公論新社
〒100-8152　東京都千代田区大手町1-7-1
電話　販売 03-5299-1730　編集 03-5299-1890
URL http://www.chuko.co.jp/

ＤＴＰ　平面惑星
印　刷　三晃印刷
製　本　小泉製本

Published by CHUOKORON-SHINSHA, INC.
Printed in Japan　ISBN978-4-12-204994-9 C1193

中公文庫既刊より

各書目の下段の数字はISBNコードです。978-4-12が省略してあります。

つ-3-1
背教者ユリアヌス（上）　辻　邦生
ローマ皇帝の家門に生れながら、血を血で洗う争いに幽閉の日々を送る若き日のユリアヌス……。毎日芸術賞に輝く記念碑的大作。
200164-0

つ-3-2
背教者ユリアヌス（中）　辻　邦生
汚れなき青年の魂にひたむきな愛の手を差しのべる皇后エウセビア。真摯な学徒の生活も束の間、副帝に擁立されたユリアヌスは反乱のガリアの地に赴く。
200175-6

つ-3-3
背教者ユリアヌス（下）　辻　邦生
ペルシア兵の槍にたおれたユリアヌスは、皇帝旗に包まれメソポタミアの砂漠へと消えていく。悲劇の皇帝の数奇な生涯を雄大な構想で描破。〈解説〉篠田一士
200183-1

つ-3-8
嵯峨野明月記　辻　邦生
変転きわまりない戦国の世の対極として、永遠の美を求め〈嵯峨本〉作成にかけた光悦・宗達・素庵の献身と情熱と執念。壮大な歴史長篇。〈解説〉菅野昭正
201737-5

つ-3-20
春の戴冠1　辻　邦生
メディチ家の恩顧のもと、花の盛りを迎えたフィオレンツァの春を生きたボッティチェルリの生涯――壮大にして流麗な歴史絵巻、待望の文庫化！
205016-7

つ-3-22
春の戴冠3　辻　邦生
メディチ家の経済的破綻が始まり、フィオレンツァの春は、爛熟の様相を呈してきた――永遠の美を求めるボッティチェルリと彼を見つめる「私」は。
205043-3

つ-3-23
春の戴冠4　辻　邦生
美しいシモネッタの死に続く復活祭襲撃事件……。ボッティチェルリの生涯とルネサンスの春を描いた長篇歴史ロマン堂々完結。〈解説〉小佐野重利
205063-1

つ-3-24
生きて愛するために
辻　邦生
愛や、恋や、そして友情——生きることの素晴らしさ、人の心のよりどころを求めつづけた者が、半年の病のあと初めてつづった、心をうつ名エッセイ。〈解説〉中条省平
205255-0

つ-27-1
「たえず書く人」辻邦生と暮らして
辻　佐保子
些細な出来事や着想から大きな一つの作品世界を構築していく作家・辻邦生の仕事ぶりを、半生記を共にした夫人が綴る作品論的エッセイ。
205479-0

な-66-2
日本書人伝
中田勇次郎 編
三筆三跡をはじめ名筆十九家を選び、その生涯をたどる。司馬遼太郎、永井路子、辻邦生ほか、作家と碩学による文学的評伝。巻末に詳細な年譜を付す。
206163-7

つ-3-16
美しい夏の行方 イタリア、シチリアの旅
辻　邦生
堀本洋一 写真
光と陶酔があふれる広場、通り、カフェ……ローマからアッシジ、シエナそしてシチリアへ、美と祝祭の国の町々を巡る甘美なる旅の思い出。カラー写真27点。
203458-7

い-3-2
夏の朝の成層圏
池澤夏樹
漂着した南の島での生活。自然と一体化する至福の感情——青年の脱文明、孤絶の生活への無意識の願望を描き上げた長篇デビュー作。〈解説〉鈴村和成
201712-2

い-3-3
スティル・ライフ
池澤夏樹
ある日ぼくの前に佐々井が現われ、ぼくの世界を見る視線は変った。しなやかな感性と端正な成熟が生みだす青春小説。芥川賞受賞作。〈解説〉須賀敦子
201859-4

い-3-4
真昼のプリニウス
池澤夏樹
世界の存在を見極めるために、火口に佇む女性火山学者。誠実に世界と向きあう人間の意識の変容を追って、小説の可能性を探る名作。〈解説〉日野啓三
202036-8

い-3-5
ジョン・レノン ラスト・インタビュー
池澤夏樹 訳
死の二日前、ジョンがヨーコと語り尽くした魂のメッセージ。二人の出会い、ビートルズのこと、至福に満ちた私的生活、再開した音楽活動のことなど。
203809-7

各書目の下段の数字はISBNコードです。978－4－12が省略してあります。

い-3-6
すばらしい新世界
池澤夏樹
ヒマラヤの奥地へ技術協力に赴いた主人公は、人々の暮らしに触れ、現地に深く惹かれてゆく。人と環境の関わりを描き、新しい世界への光を予感させる長篇。
204270-4

い-3-8
光の指で触れよ
池澤夏樹
土の匂いに導かれて、離ればなれの家族が行きつく場所は――。あの幸福な一家に何が起きたのか。『すばらしい新世界』から数年後の物語。〈解説〉角田光代
205426-4

い-3-9
楽しい終末
池澤夏樹
核兵器と原子力発電、フロン、エイズ、沙漠化、人口爆発、南北問題……人類の失策の行く末は。多分に予見的な思索エッセイ復刊。〈解説〉重松　清
205675-6

タ-8-1
虫とけものと家族たち
ジェラルド・ダレル
池澤夏樹訳
ギリシアのコルフ島に移住してきた変わり者のダレル一家がまきおこす珍事件の数々。溢れるユーモアと豊かな自然、虫や動物への愛情に彩られた楽園の物語。
205970-2

い-3-10
春を恨んだりはしない　震災をめぐって考えたこと
池澤夏樹
鷲尾和彦写真
薄れさせてはいけない。あの時に感じたことが本物である――被災地を歩き、多面的に震災を捉えた唯一無二のリポート。文庫新収録のエッセイを付す。
206216-0

い-87-1
ダンディズム　栄光と悲惨
生田耕作
かのバイロン卿がナポレオン以上に崇めた伊達者ブランメル。彼の生きざまやスタイルから〝ダンディ〟の神髄に迫る。著者の遺稿を含む「完全版」で。
203371-9

い-87-4
夜の果てへの旅（上）
セリーヌ
生田耕作訳
全世界の欺瞞を呪詛し、その糾弾に生涯を賭け各地を遍歴し、ついに絶望的な闘いに傷つき倒れた〈呪われた作家〉セリーヌの自伝的小説。一部改訳の決定版。
204304-6

い-87-5
夜の果てへの旅（下）
セリーヌ
生田耕作訳
人生嫌悪の果てしない旅を続ける主人公の痛ましい人間性を描き、「かつて人間の口から放たれた最も激烈な、最も忍び難い叫び」と評される現代文学の傑作。
204305-3

オ-1-2
マンスフィールド・パーク
オースティン
大島一彦訳
貧しさゆえに蔑まれて生きてきた少女が、幸せな結婚をつかむまでの物語。作者は優しさと機知に富む一方、鋭い人間観察眼で容赦なく俗物を描く。
204616-0

オ-1-3
エマ
オースティン
阿部知二訳
年若く美貌で才気にとむエマは恋のキューピッドをきどるが、他人の恋も自分の恋もままならない――「完璧な小説家」の代表作であり最高傑作。〈解説〉阿部知二
204643-6

か-57-1
物語が、始まる
川上弘美
砂場で拾った〈雛型〉との不思議なラブ・ストーリーを描く表題作ほか、奇妙で、ユーモラスで、どこか哀しい四つの幻想譚。芥川賞作家の処女短篇集。
203495-2

か-57-2
神様
川上弘美
四季おりおりに現れる不思議な生き物たちとのふれあいと別れを描く、うららでせつない九つの物語。ドゥ・マゴ文学賞、女流文学賞受賞。
203905-6

か-57-3
あるようなないような
川上弘美
うつろいゆく季節の匂いが呼びさます懐かしい情景、ゆるやかに紡がれるうつつと幻のあわいの世界。じんわりとおかしみ漂う味わい深い第一エッセイ集。
204105-9

か-57-4
光ってみえるもの、あれは
川上弘美
いつだって〈ふつう〉なのに、なんだか不自由……。生きることへの小さな違和感を抱えた、江戸翠、十六歳の夏。みずみずしい青春と家族の物語。
204759-4

か-57-5
夜の公園
川上弘美
わたしいま、しあわせなのかな。寄り添っているのに、届かないのはなぜ。たゆたい、変わりゆく男女の関係をそれぞれの視点で描き、恋愛の現実に深く分け入る長篇。
205137-9

か-57-6
これでよろしくて?
川上弘美
主婦の菜月は女たちの奇妙な会合に誘われて……夫婦、嫁姑、同僚。人との関わりに戸惑いを覚える貴女に好適。コミカルで奥深いガールズトーク小説。
205703-6

各書目の下段の数字はISBNコードです。978－4－12が省略してあります。

ク-1-1
地下鉄のザジ
レーモン・クノー
生田耕作 訳
地下鉄に乗ることを楽しみにパリにやって来た田舎少女ザジは、あいにくの地下鉄ストで奇妙な体験をする――。現代文学に新たな地平をひらいた名作。
200136-7

サ-7-1
星の王子さま
サンテグジュペリ
小島俊明 訳
砂漠に不時着した飛行士が出会ったのは、ほかの星からやってきた王子さまだった。永遠の名作を、カラー挿絵とともに原作の素顔を伝える新訳でおくる。
204665-8

し-9-2
サド侯爵の生涯
澁澤龍彥
無理解と偏見に満ちたサド解釈に対決してその全貌を捉えたサド文学評論決定版。この本をぬきにしてサドを語ることは出来ない。〈解説〉出口裕弘
201030-7

し-9-5
少女コレクション序説
澁澤龍彥
美少女、あるいは少女の人形……純粋客体としてのエロスのシンボルたち、そして小さな貴婦人たちへの知的な愛の冒険、または開放のための大胆な試み。
201200-4

し-9-7
三島由紀夫おぼえがき
澁澤龍彥
絶対と相対、生と死、精神と肉体――様々な観念を表裏一体とする激しい二元論に生きた天才三島由紀夫。親しくそして本質的な理解者による論考。
201377-3

し-9-8
エロティシズム
澁澤龍彥
人間のみに許された華麗な〈夢〉世界――芸術や宗教の根底に横たわり、快楽・錯乱・狂気に高まるエロティシズムの渉猟。精神のパラドックスへの冒険。
202736-7

す-24-1
本に読まれて
須賀敦子
バロウズ、タブッキ、ブローデル、ヴェイユ、池澤夏樹……。こよなく本を愛した著者の、読む歓びが波のようにおしよせる情感豊かな読書日記。
203926-1

チ-1-2
園芸家12カ月
カレル・チャペック
小松太郎 訳
軽妙なユーモアで読む人の心に花々を咲かせて、園芸に興味のない人を園芸マニアに陥らせ、園芸マニアをますます重症にしてしまう、無類に愉快な本。
202563-9

ハ-6-1
チャリング・クロス街84番地 書物を愛する人のための本
ヘレーン・ハンフ編著 江藤淳訳
ロンドンの古書店とアメリカの一女性との二十年にわたる心温まる交流――書物を読む喜びと思いやりに満ちた爽やかな一冊を真に書物を愛する人に贈る。
201163-2

む-4-3
中国行きのスロウ・ボート
村上春樹
1983年――友よ、ぼくらは時代の唄に出会う。中国人とのふとした出会いを通して青春の追憶と内なる魂の旅を描く表題作他六篇。著者初の短篇集。
202840-1

む-4-4
使いみちのない風景
村上春樹文 稲越功一写真
ふと甦る鮮烈な風景、その使いみちを僕らは知らない――作家と写真家が紡ぐ失われた風景の束の間の記憶。文庫版新収録の2エッセイ、カラー写真58点。
203210-1

む-4-9
Carver's Dozen レイモンド・カーヴァー傑作選
カーヴァー 村上春樹編訳
レイモンド・カーヴァーの全作品の中から、偏愛する短篇、エッセイ、詩12篇を新たに訳し直した〝村上版ベスト・セレクション〟。作品解説・年譜付。
202957-6

む-4-10
犬の人生
マーク・ストランド 村上春樹訳
「僕は以前は犬だったんだよ」……とことんオフビートで限りなく繊細。村上春樹が見出した、アメリカ現代詩界を代表する詩人の異色の処女〈小説集〉。
203928-5

か-56-1
パリ時間旅行
鹿島茂
オスマン改造以前、19世紀パリの原風景へと誘うエッセイ集。ボードレール、プルーストの時代のパリが鮮やかに甦る。図版多数収載。〈解説〉小川洋子
203459-4

か-56-2
明日は舞踏会
鹿島茂
19世紀パリ、乙女たちの憧れは華やかな舞踏会！ フロベール、バルザックなどの作品を題材に、当時の女性の夢と現実を活写する。〈解説〉岸本葉子
203618-5

か-56-3
パリ・世紀末パノラマ館 エッフェル塔からチョコレートまで
鹿島茂
19世紀末、先進、躍動、享楽、芸術、退廃が渦巻く幻想都市パリ。その風俗・事象の変遷を遍く紹介する魅惑の時間旅行。図版多数。〈解説〉竹宮惠子
203758-8

各書目の下段の数字はISBNコードです。978-4-12が省略してあります。

番号	書名	サブタイトル	著者	内容紹介	ISBN
か-56-4	パリ五段活用	時間の迷宮都市を歩く	鹿島 茂	マリ・アントワネット、バルザック、プルースト——パリには多くの記憶が眠る。食べる、歩くなど八つのテーマでパリを読み解く知的ガイド。〈解説〉にむらじゅんこ	204192-9
か-56-7	社長のためのマキアヴェリ入門		鹿島 茂	マキアヴェリの『君主論』の「君主」を「社長」と読み替えると超現実的なビジネス書になる！ 現代の君主＝社長を支える実践的な知恵を引き出す。〈解説〉中екс高徳	204738-9
か-56-8	クロワッサンとベレー帽	ふらんすモノ語り	鹿島 茂	「上等舶来」という言葉には外国への憧れが込められていた。シロップ、コックなどの舶来品のルーツを探るコラム、パリに関するエッセイを収録。〈解説〉俵 万智	204927-7
か-56-9	文学的パリガイド		鹿島 茂	24の観光地と24人の文学者を結ぶことで、パリの文学的トポグラフィが浮かび上がる。新しいパリが見つかる、鹿島流パリの歩き方。〈解説〉雨宮塔子	205182-9
か-56-10	パリの秘密		鹿島 茂	エッフェル塔、モンマルトルの丘から名もなき通りの片隅まで……時を経てなお、パリに満ちる秘密の香り。夢の名残を追って現代と過去を行き来する、瀟洒なエッセイ集。	205297-0
か-56-11	パリの異邦人		鹿島 茂	訪れる人に新しい生命を与え、人生を変えてしまう街——パリ。リルケ、ヘミングウェイ、オーウェルら、触媒都市・パリに魅せられた異邦人たちの肖像。	205483-7
か-56-12	昭和怪優伝	帰ってきた昭和脇役名画館	鹿島 茂	荒木一郎、岸田森、川地民夫、成田三樹夫……。今なおお眼に焼き付いて離れない昭和の怪優十二人を、映画狂・鹿島茂が語り尽くす！ 全邦画ファン、刮目せよ！	205850-7
か-56-13	パリの日本人		鹿島 茂	西園寺公望、成島柳北、原敬、獅子文六……。最盛期のパリを訪れた日本人が見たものとは？ 文庫用に新たに「パリの昭和天皇」収録。〈解説〉森まゆみ	206206-1